SAVING MAIN STREET
Small Business in the Time of COVID-19

Gary Rivlin

[美]加里·里夫林 著 方正辉 译

拯救老街
美国小微企业的死与生

上海译文出版社

献给我的挚爱黛西、奥利弗和赛拉斯

目　录

引言 ··· 001

第一章　皇冠之重 ································· 019
第二章　州长本是富家子 ·························· 029
第三章　无所畏惧 ································· 036
第四章　新冠病毒来到黑泽尔顿 ·················· 052
第五章　华盛顿 ···································· 071
第六章　既往病史 ································· 081
第七章　老福格人 ································· 096
第八章　"独裁者"州长 ··························· 114
第九章　身陷低谷 ································· 131
第十章　进入绿色区域 ···························· 143
第十一章　街角的药剂师 ·························· 154
第十二章　绝命威胁 ······························· 168
第十三章　商户点评之争 ·························· 177
第十四章　不期而遇的夏天 ······················· 189
第十五章　10％客流量 ···························· 198

第十六章	秋季风潮	209
第十七章	创业谷	216
第十八章	"锤子与舞蹈"	220
第十九章	濒危时刻	228
第二十章	坚持活下去	236
第二十一章	超越极限	243
第二十二章	又是一年春暖时	253
第二十三章	草根梦想	264

后记　过去与未来 …… 271

致谢 …… 285

资料来源 …… 288

译后记：草根里生出的梦想 …… 295

引　言

　　宾夕法尼亚州的老福格镇有 8000 人口，位于斯克兰顿市①以南几公里的地方。每年 1 月是小镇上意大利风味的库苏马诺餐厅最红火的时候。尽管有时气温降到个位数，但每个周末餐厅里高朋满座，楼下的"地窖"酒吧也很火爆。三十四岁的库苏马诺身体健壮，他从上小学的时候开始学着做饭。妻子尼娜比他小两岁，十六岁就开始在餐厅干活了。2013 年餐厅开张以来，这对夫妇也曾后悔过进入餐饮业。餐厅的菜品无可挑剔，也获得了不少顾客的赞誉，但有时候几个月都发不出工资，只能靠尼娜上菜挣点小费过日子。

　　到 2020 年 1 月，即使是周三周四，也有不少人前来消费，这种好日子一直持续到 2 月。那年的情人节恰好是星期五，那天晚上可能是这家餐厅开业七年多来生意最好的周五之夜，这个三天的假期也成了他们开业以来销售额最高的一个周末。

　　"我们一度觉得这回是真的成功了！"库苏马诺说。

　　2 月中旬客流开始减少，库苏马诺夫妻俩安慰自己，客流有所回落是正常的。但转眼到了 3 月，他们俩不时瞥一眼电话机旁记录预订信息的活页夹，上面预订周五周六晚餐的也只有稀稀落落的几个名字。"不过是暂时的不景气。"他们继续自我安慰着，餐饮业有淡季旺季的周期性特点，人们也不喜欢在三九天外出吃饭。有几个晚上，他们似乎更像是天气预报员，而不是餐厅老板。2 月的最后一个周六晚

Saving Main Street　　001

上，餐厅里只有不到一半客人。他俩估摸着是因为"今晚最低气温零下 4 摄氏度"。还有一天晚上的天气是"由冻雨转结冰"，难怪没什么客人。

早春 3 月，户外渐渐温暖起来，可预订量还是不断下跌。库苏马诺一直关注时事，了解到新型冠状病毒正在全球蔓延，但那时病毒还没有传到美国，东西海岸只有少数病例报告，距离他们这种中等规模的城镇还很遥远。他们也都没有注意到，即将到来的大流行可能是预订量急剧下降的原因。

餐馆从供应商那里进货时，食品的日期标签是另一个早期迹象，预示了灾难将要袭击老福格和世界其他地方。老福格是一座老矿工小镇，库苏马诺是小镇老街②上六家意式餐厅之一。沿街的安东尼餐厅的老板兼大厨菲利斯·米歇尔打来电话，隔壁里纳尔迪餐馆的拉塞尔·里纳尔迪和镇上其他餐馆的老板也打来电话，他们都问了同一个问题：供应商发的货不是最新鲜的？库苏马诺注意到一个不同的现象：以往进货的鱼都是在四十八小时内捕获的，现在都过了好几天了。

"我开始认真琢磨这是怎么回事。"库苏马诺说，他发现新冠病毒对生意的影响。

"我们想方设法节省开支，"他说，"减少食品预订，压缩酒类采购，缩短营业时间。"

3 月的第二个星期五是 13 日，那天的气温达到了 18 摄氏度，但夜晚的客人依然稀少。那个星期六，斯克兰顿市举办每年一度的圣帕特里克节③大游行，通常这时候的餐厅和酒吧里人潮涌动，餐厅也进

---

① 宾夕法尼亚州东北部城市，宾州的主要城市之一。——译者
② Main Street，又译主街或大街，通常指代美国小城镇的小企业、小作坊和平民百姓。——译者
③ 每年的 3 月 17 日，纪念爱尔兰守护者圣帕特里克，已成为美国的传统节日。——译者

账颇丰。"这个地方一片嘈杂混乱。"尼娜说，但斯克兰顿市取消了今年的游行活动。鲍勃·默克林那天在吧台服务，他是一个土生土长的老福格人，2017年当了一届镇长后，就开始周六晚上在这里上班（他决定参选和不竞选连任的理由都是"我在意我的孩子们"），通常他会在忙碌的周六晚上有一二百美元的小费，不过那天晚上能挣到50美元就算幸运了。只有一场意外的小型聚会，临到开始前几个小时才定下来。他们继续着庆祝活动，但那天晚上其他的顾客只有那些一夜夜坐在酒吧同一张椅子上的人。在平时充满了欢乐气氛的屋子里，人们的心情都很灰暗。

周日，距离小镇南部两小时车程的费城，市长宣布暂停餐厅堂食，州长对费城周边郊区以及包括阿利根尼县在内的匹兹堡的餐馆也实施了同样的限制措施。库苏马诺回忆起那一晚最后的狂欢，就像人们在末日来临前再出去尽情放松一次。"周日那天生意不错，我们都很吃惊。"库苏马诺说，在换班结束时，他与餐厅服务员杰西卡·巴勒塔一起坐了会儿，她从餐厅开业就在这里工作，她也是一个小企业主，在斯克兰顿有自己的舞蹈工作室。

"库苏马诺说他很清楚这周三餐厅不可能开张了，"（库苏马诺餐厅周一和周二不营业）巴勒塔回忆道，"我也觉得是这样。"周一宾夕法尼亚州州长汤姆·沃尔夫正式宣布签署了一项命令，餐厅可以提供外带和配送服务，但禁止全州各地餐厅堂食。

开始实施限令的几个小时，库苏马诺大部分时间都在跟他的二十三个员工打电话、发短信或谈话，餐厅服务生和酒吧调酒师往往有其他收入来源，但在厨房工作的员工却没有，他们需要工资来支付房租，维持生计。这成为库苏马诺最先碰到的棘手问题：留下谁？解雇谁？

他不想过多考虑时间安排。对任何企业来说，为员工建立退休计划都是一件非同寻常的大事，他和尼娜最终筹集了足够的资金，为自己和几个老雇员启动了 401K 计划①。当州长发布限制令时，他们只有几周时间与员工谈判，最终确定了一笔与员工缴纳的退休基金相匹配的数额不多的遣散费。这项计划还列入了一些需要暂时搁置的事项，谁也不知道会搁置多久。

"我们真的非常幸运！"库苏马诺说，"进入开业第七年，生意渐入佳境。"在过去的一年多，餐馆只有两三周的不景气。但忽然间，一次无限期的停业出现在眼前。

"过去我们真的经营得很顺利。"他说。

果真如此吗？其实不然。

库苏马诺餐厅向南五十分钟车程的州际公路旁，坐落着另一个老煤矿小镇黑泽尔顿。黑泽尔顿和老福格的兴起都可以追溯到两百年前，那时的宾夕法尼亚州东北部开发煤矿和铁矿，为工业革命提供了动力，但两个地方今天的模样却是截然不同的版本。老福格的独特之处是这些年来几乎没有什么变化，虽然城里有波兰人祖先最初定居的丘陵小区"波兰阿尔卑斯山"，还有象征性的爱尔兰酒吧，但今天的意大利人小镇还是像一百年前一样。人们乘坐公交到斯克兰顿或是镇上工作，这里有宾夕法尼亚州最大的啤酒和苏打饮料批发经销商，有很多仓库工作岗位，在通往城镇的主干道旁，还有庞大的木材和厨房用品仓库，吸引更多的人来这里就业。很多人在意大利餐馆找到工作，这些餐馆吸引了几代人来到老福格。

相比之下，黑泽尔顿几十年来一直处于巨大的变化中。黑泽尔顿城区有 3 万人口，一直是个"大熔炉"，每次发现一个新矿，都会在周边形成一个"补丁城"。意大利人在矿山工作（或者向矿工推销产

---

① 一种由雇员、雇主共同缴费建立起来的完全基金式的养老保险制度。美国 1978 年《国内税收法》新增的第 401 条 K 项条款的规定，已成为美国诸多雇主主要的社会保障计划。——译者

品和服务，就像库苏马诺家族就一直在老福格服务了几代人），但爱尔兰人、威尔士人、波兰人、斯洛伐克人、德国人和近来很多的多米尼加人也在这里生活和工作。

1959年，由于诺克斯煤炭公司采矿过于逼近萨斯奎哈纳河，造成斯克兰顿附近的煤炭业一夜间崩溃。这场在当地被称为"诺克斯灾难"的事故淹没了几公里的矿井，几乎终结了这个地区的采矿业。黑泽尔顿煤炭业的衰落来得晚一点，但同样严峻。到21世纪初，镇中心70％的店面空空如也。虽然有人逐渐认识到靠近80号州际公路就是问题的根源，但能够拯救黑泽尔顿的也是这条路。这条东西走向的大型公路连接着纽约市和旧金山（包括克利夫兰、芝加哥以及沿线的很多大城市），从该镇以北仅几公里处穿过。如今，一个民间组织资助在城外建了几个工业园区，其中就有亚马逊（Amazon）大型物流中心、嘉吉肉类公司（Cargill Meat）的屠宰场、汽车零售批发商奥众公司（AutoZone）、著名牛仔服装美鹰傲飞（American Eagle Outfitters）、大型巧克力类糖果制造商好时公司（Hershey）和其他几十家品牌公司的配送中心。

该地区的就业岗位大量增加，有助于当地经济复苏。布罗德街是黑泽尔顿的主要商业区，也是这里的老街，疫情期间小商户的租用率达到75％。通往纽约（距离东部两小时车程）和新泽西的便捷通道吸引了亚马逊和嘉吉公司，也同样吸引了大量工人，其中大多数来自多米尼加共和国。2000年，黑泽尔顿有不到5％的拉丁裔人口。新冠到来时，拉丁裔人口已经过半。19世纪中叶，那些在煤矿工作的英国、威尔士和爱尔兰人，不允许此后到来的意大利和东欧人参加他们组织的工会，为新来者进入他们的银行和企业设置障碍。那些曾经遭受歧视的先人的后裔们，显然没有接受那段不光彩的历史教训，他们对新移民群体极不友善，不愿意这些人也来分享他们的小镇生活。

伯曼尼亚·赫尔南德斯是多米尼加人来到黑泽尔顿的第一波大潮

中的一员,被家人和朋友、客户亲切地叫作薇尔玛。她出生于多米尼加共和国,十九岁时移居纽约。她的丈夫莱昂纳多·雷耶斯也是多米尼加人,为当地一家经销商运送饮料。薇尔玛先在一家发廊工作,后又离开布朗克斯公寓。2001年9月11日,他们一家五口人挤在只有两间卧室的公寓内。纽约双子塔遭恐怖袭击后六个月,他们在黑泽尔顿买了一栋独立屋,在这里,薇尔玛终于实现了她在美国的梦想——拥有一间自己的美发厅。在布罗德街,距离著名的阿特蒙酒店不远处、约翰·肯尼迪在1960年竞选接近尾声时面向公众发表演讲的地方,"薇尔玛美发厅"开业了。

与库苏马诺一样,薇尔玛在开业初期发展也不顺利,不同的是她还面临被视为"外来闯入者"的种种偏见。2006年,她的美发厅已经开业了好几年,黑泽尔顿通过了被媒体称为可能是全美最严厉的反移民措施。其中一条规定,如果企业雇用或出租房屋给非法移民,会被吊销执照,房主将被处以每天1000美元的罚款。薇尔玛几乎不会说英语,也拿到了公民身份证件,但这项措施吓跑了很多新来的。她认为这简直就是"一个倒霉的条例",让她的美发厅损失了大约一半的生意。

然而城镇边缘的工业园区繁荣依旧。她继续拓展客户,不断发展业务,还添置椅子和剪发座位,增加了人手。当疫情开始流行时,她已经雇了八个人,其中六名剪发,两人负责洗头和打扫卫生。

2020年,薇尔玛五十四岁了,她身体健康,一张善良、坦诚的面孔,黑发向后梳着,明亮、欢快的眼神在时尚的眼镜后闪烁。她跟那些还住在纽约布朗克斯区的老朋友交谈,他们告诉她老街坊的理发师和其他人受感染的可怕故事。有一家西班牙语媒体的报道让她很紧张,州长发布了餐馆堂食禁令,但她仍然无法想象疫情会在黑泽尔顿流行,更不愿去想她的店会关门。三天后,州长沃尔夫宣布"宾夕法尼亚州所有非生活必需类企业"的关闭禁令,她仍然无法完全接受这一消息。她的女儿吉妮西丝打电话告诉她州长的禁令。"她说:'妈妈,州长说你得关门!'"薇尔玛回忆着,"我心想,怎么会是这样?这不可能是真的。"薇尔玛经历过"9·11"事件,事件之后两天她仍继续工作,开业十六年来从来没有关过门,假期也照常营业,无一例外。她说:"我不相信这个关门令。"

尽管不相信,薇尔玛还是有了关门的借口。她的员工们围着顾客忙着洗发,靠近顾客的面庞精心修剪发型。当时的卫生专家强调,接触门把手或其他受污染的表面,很有可能感染病毒。薇尔玛和员工们开始戴着手套工作,客人离开后都要消毒。但美发厅属于公共密集型空间,关门不可避免。像库苏马诺一样,薇尔玛也觉得灾难要来了,尽管当时她还不能完全说清楚。以往忙碌的店里,员工们站在一起无所事事,等着那些通常一两个星期就会来做一次美容的顾客,那些顾客明显地感觉不自在。回想起来,至少在一周前,州长宣布禁令也是迫不得已的事情。

"大家都怕,"薇尔玛说,"我就更怕了。"接下来几天都没有平息她的恐惧。工业园区以及黑泽尔顿与纽约的紧密联系,意味着病毒会迅速在这个工薪阶层聚集的小镇里传播。很快,当地官员发布黑泽尔顿已成为宾夕法尼亚州感染病例最多的地方。亚马逊物流中心和嘉吉肉类加工厂有大量的拉丁裔员工,很多人经常往返于纽约与黑泽尔顿之间。一些人指责这里的拉美裔人口众多是造成高感染率的原因,他们也同样指责共和党人市长对全体居民实施的宵禁。在全国范围内,唐纳德·特朗普[①]称新型冠状病毒为"中国病毒"和"功夫流感",激起了人们对亚裔美国人的仇恨,薇尔玛和其他拉丁裔人也防备着可能到来的冲击。

薇尔玛给八名员工逐个打电话,告诉他们她不得不解雇他们。她

[①] 2017—2021 年任第 45 任美国总统。——译者

历来擅长填写政府的各种表格，答应帮助他们学会如何使用本州的失业补助系统。有两名员工因为最近刚开始在店里工作，还不符合申领失业救助的资质要求。她尽力给了他们资助，为她和丈夫还有些积蓄感到欣慰。他们还需要些资金储备来还店里的贷款，并支付停业期间的其他费用。

薇尔玛尽量不去为长远的未来担忧，但每周与员工的谈话并没有给她带来宽慰。"他们给我打电话，担心以后怎么办，担心会失业。"她说，她尽力掩藏内心深处的恐慌，但也无法向他们保证一切都会好起来。

"他们不停地问，什么时候可以回来上班？接下来会怎么样？我只能告诉他们我不知道。"薇尔玛说。

"没有人知道。"

小企业的故事一直围绕着生存这一主题。技术发展、兴趣转移、市场变化、新竞争者出现，随时都会危及小企业的生存。技术进步让铁匠和马车成为历史，后来的录像带出租店和二十四小时冲印店也是如此。社区环境变化导致小企业倒闭，经济衰退又横扫了那些在繁荣时期本就步履蹒跚的小企业。互联网为企业家创造了新的机会，也带来了新的威胁。就像华尔街巨头的金融操纵导致了 2008 年的次贷危机一样，有时候它们往往会成为大型企业巨头追逐巨额收益的牺牲品，小企业用了将近十年时间才从由此造成的严重衰退中恢复过来。

近几十年，生存变得愈发艰难。沃尔玛和其他大型商店在全国城市的老街周边不断涌现，连锁店持续吞噬着整个商业领域。那些意欲角逐国内外市场的私人股本公司和财力雄厚的投资者，聘用专业的 MBA 管理团队，在饭店、零售商店、生产工厂等实施即时库存管理系统和其他提高效率的措施，压低了价格。同时，小企业的租金随着保险费和其他各种费用的价格一起飙升。这些自营的小企业对亚马逊和互联网望而生畏，它们在全球化和业务外包等全球趋势中艰难度日。美国有三分之一的小企业来不及庆贺它们的两周年就倒下了，半数会在开业五年内关门，70%在十年内倒闭。水灾、飓风、火灾、供应链断裂、中间人失信，以及银行通常对小企业特别是对女性和有色人种业主的歧视，结果就是：任何一家小企业存活下来都是一个奇迹。

起初，新冠疫情似乎对大大小小的企业都造成了暂时的打击，3月很糟糕，4月也不会好。再过几个星期，各种防疫措施就会见效，一切会或多或少地恢复正常。"我希望在复活节①前放开，怎么样？"唐纳德·特朗普3月底在福克斯电视台的《市政答疑》节目上这样说。但五天后，一向小看疫情的特朗普也承认，全国的疫情限制时间还不能确定。

疫情不会歧视。大企业和小企业同样承受着停工危机，但小企业跟那些大块头的老大们没法比，它们缺乏资金和财务缓冲，在衰退冲击中更加脆弱和受伤。2019年摩根大通公司的一项研究观察了75万多家美国有代表性的小企业，50%的企业手头仅有支付两周或更少时间的现金，白人企业主平均只有十九天的资金储备。黑人更少：银行户头里只有十二天的现金。人们除了担忧美国小企业的命运，还担心这位白宫的掌门人无法应对这场百年不遇的全球大流行病带来的巨大挑战。

权威人士警告说，更艰难的时刻正在到来。布鲁金斯学会的"汉密尔顿计划"深入分析了疫情开始后两个月的数据，在提出的经济政策建议中，宣布新冠疫情是"美国历史上小企业面临的最大生存威胁"。那年春季，有人预测四分之一的小企业将因为疫情而永久关闭。正如流行病学家警告的那样，有人预测如果疫情延续到秋季以后，这

---

① 2020年复活节是4月12日。——译者

一数字将达到三分之一以上。一些听证会直接听取了小企业主的意见，它们对未来的评估更加悲观。2020 年 4 月，美国全国经济研究所的一份研究报告称，如果疫情持续四个月，有 30% 的餐馆老板认为可以活下去；如果时间超过六个月，只有 15%。全国各地的地方商会和行业协会对它们的会员进行了调查，而在 2020 年春天进行的几乎所有民意调查中，无论农村、城市，还是近郊、远郊，结果都没有区别：超过一半的当地企业主表示他们有永久倒闭的风险。

大部分品牌连锁店和其他企业巨头会幸存下来。一般来说，它们有几个月的现金储备，以及可以随时筹集资金的办法。即使在疫情开始几个月后宣布破产的大型零售商（如服装销售商 JCPenney、连锁高端百货商店 Neiman Marcus、知名男士服饰 Brooks Brothers、女装品牌 Ann Taylor 和 Lane Bryant），也安排了继续运营所需的融资。对于一些小企业来说，影响它们偿付能力的唯一因素就是缺少能够体谅它们的房东和那些提供抵押贷款的银行家。到 3 月底，包括薇尔玛在内的美发厅和理发店的收入下降了 80% 以上。根据全美 6 万家小企业使用的电子支付数据，疫情发生一个月后，服装销售额下降了 90% 以上。包括披萨店、亚洲餐厅和其他适合外卖的熟食店在内，全美酒吧和餐馆的信用卡交易量下降了 43%，像库苏马诺餐厅那样的堂食店的营业额更是断崖式下跌。

大型连锁餐厅橄榄花园（Olive Garden）、苹果蜂（Applebee's）和连锁美发沙龙超级剪刀（Supercuts）日子还不错。大型零售商因为销售日用品、药品、五金制品和其他日常必需品，被允许继续开业，所以日子还过得去。那些代表小企业发声的人担心，新冠疫情提供了巨大的机会，使经济体中的那些大块头进一步扩大市场份额。每一个被弃用空置的店面，都成为快餐连锁店福乐鸡（Chick-fil-A）、熊猫快餐（Panda Express）、运动鞋生产商福洛克（Foot Locker）和派勒斯（Payless）等大牌的潜在新店。"这是一个强者通吃的时代。"

耐克公司 CEO 在疫情大流行几个月后这样告诉一个金融分析师团队。毫无疑问,这是那些大型零售和餐饮连锁店老板的心态。尽管它们的高管非常谨慎,也没有在财报电话会上公开讲明,但对他们来说,扩张似乎就是一种持续不断的常态。

我非常了解经营小企业的艰辛和风险,这也是我童年时期最深刻的记忆。我父亲成年后一直是个小商人,他和我爷爷起步时从著名的伦敦萨维尔街进口布料制作男士西服,他那时只是个十八岁的从英格兰移民来的犹太人(比薇尔玛来纽约时还小一岁)。十年后,他管理着一家与合作伙伴合开的小型工厂,后来演变为一家宠物食品公司,拥有并与我的两个哥哥经营了 6 家叫做"宠物馆"的宠物商店。

1980 年,罗纳德·里根当选总统,最终毁掉了我家人的工厂。(他们大部分产品是卖给大学和研究机构的,但里根大幅度削减了用于科学研究的资金。)一家收购宠物食品业务的大公司背叛了我父亲和他的合伙人,让一笔本来有可观回报的买卖落空。风险投资是"宠物馆"倒闭的关键因素(我父亲和兄长们没有财力雄厚的投资者,而他们的竞争对手却有),最终在 1992 年的经济衰退中关门,那场经济衰退促成了比尔·克林顿当选总统。我父亲在六十四岁那年因心脏病去世,他的"宠物馆"也摇摇欲坠。不论从哪方面说,他都算是成功的,可以养家糊口,衣食无忧,过着相当舒适的生活。但这一切来之不易,而且没有达到他想要的回报。我目睹了父亲一生事业中的兴衰沉浮,这让我对小企业主抱有由衷的敬意,特别是对那些跋涉过背信弃义的污水险滩仍能存活下来的。

2020 年春天,当我要求采访一些企业主时,他们普遍乐意接受。那时我才意识到,关注小微企业,其实是关注更广泛意义上的疫情。莱赫药店的乔·莱赫六十出头,尽管他希望能够关门歇业,但像他这样的企业被认为是生活必需类,员工没有关门歇业的待遇。小企业处于口罩大战的前线，执行还是不执行戴口罩的要求，就像是决定社交距离规则一样，取决于他们自己。最后，还有接种疫苗的问题。是否要求员工接种疫苗，对于从事食品或理发业务的企业主来说是至关重要的问题。

意外的是，报道灾难竟成了我的专长。2005年，卡特里娜飓风之后，洪水仍在新奥尔良市的大部分地方肆虐，《纽约时报》派我去那里找一家受灾特别严重的小企业，连续报道其遭受的重创和重建的艰辛。此后的十年里，我一直追踪报道自由银行①。飓风过后，这家银行只有大约七十五名员工，但却重建成为全美最大的黑人银行之一。我的关注范围扩大到整个城市的重建，在堤坝垮塌六个月后，新奥尔良2.2万家企业中的2.1万家仍处于停业之中。我采访过的每一位房主都认为，他们是否重建家园，一定程度上取决于那些被淹没的社区里小企业的状况。在杂货店、药店、干洗店、加油站等不能恢复正常的情况下，选择重建难道是明智的吗？小企业并不能决定一个社区的命运，但新奥尔良在飓风过后的现状表明，小企业左右着人们对生活在一个地方的看法。几年后，我正在写关于2008年房贷危机的报道，那场危机仅在美国就造成了近1000万套无法偿还房贷的房屋。我曾在遭受重创的社区采访过一段时间，那些在艰难时期挺过来的小商人重新开设了小额贷款、小型租售商店、典当行等业务，而在经济衰退初期苦苦挣扎的家庭经营企业无一例外地倒闭了。小额贷款商和典当行相继入驻，还有一些大型电信运营商，否则店面还会空置更长时间。

小镇上空置店面的黑暗景象一直萦绕在格伦达·舒梅克眼前。她在唐克汉诺克小镇上有一家礼品贺卡店，这个只有1700人的小镇地

---

① Liberty Bank，是一家跨路易斯安那州和密西西比州的拥有十三家分支机构的社区银行。——译者

处宾夕法尼亚州郊区的安德里斯山脉。2020年4月的一天，格伦达独自坐在母亲三十多年前开办的商店里，思虑的不仅是自己，还有小镇和很多像她这样的人。她担心新冠病毒意味着"美国生活方式的终结。我们熟悉的美国小镇就要消失了"。

她的观点不无道理。无论在小城镇、大城市，还是在两者之间任何规模的地方，有四分之一或三分之一的小企业会对当地产生深远的影响。那些被大型零售商和连锁店蚕食的小镇老街，因为小企业的相继倒闭而进一步被掏空，社区重心进一步转移到大型零售商劳氏（Lowe's）、塔吉特（Target）和百思买（Best Buy）聚集的购物中心。新冠疫情有可能改变全美国的商业地理，那些颇具特色和吸引力的商店和餐馆陆续关门，这一道风景线的消失，就如简·雅各布斯在《美国大城市的死与生》中所说的"宜居城市人行道上的芭蕾"再也看不到了。人们不会再来这条曾经的商业一条街餐饮和购物，而是去州际公路附近的商业设施。新冠疫情有可能摧毁当地经济。那些远在大城市里的大公司办公室聚集了越来越多的资金，在小镇社区循环流动的资金则越来越少，造成更广泛领域的经济增长放缓。在我待过的每一个社区，我发现人们一直在努力重振逐渐式微的老街，他们在与企业巨头的多年竞争中不断受到打击和削弱，疫情大流行又为这场抗争增添了悲剧性和紧迫感。格伦达感慨道："如果我们都关门了，除了沃尔玛、一元店和互联网，还能给人们留下什么呢？"

"多样性"是我在观察研究企业时坚持的原则。这当然包括企业的类型，以及企业主的年龄、性别和种族。在这个严重撕裂、躁动不安的时代，地理上的多样性很重要，政治上的归属也不能忽视。我住在纽约市，疫情开始时，这里有20多万家小企业，有很多有意思的小企业可供选择。但作为美国最大的城市和最昂贵的城市之一，纽约似乎并不典型，这里的主要问题是过高的租金和昂贵的生活成本。奈杰尔是我楼下的干洗店店主，房东将月租金从8500美元涨到13000

美元，那不过是一个狭窄简陋勉强放一个柜台和挂干净衣服的地方。他关了自己的洗衣店，当地一家专营低价糕点、三明治和咖啡饮料的加盟店搬了进来。从我办公室窗口可以看到一家"领事馆餐厅"，面积不大，每月租金超过 2 万美元。

我在纽约找到了一家小型生产商索可可公司，它是纽约市最北端布朗克斯区产业园的巧克力制造商。除此以外，作为本书焦点的企业位于宾夕法尼亚州东北部，特别是三个县：卢泽恩县（黑泽尔顿）、拉克万纳县（老福格和斯克兰顿）和怀俄明县（唐克汉诺克）。宾夕法尼亚州的这些小企业远离海岸，没什么特殊优势，是很好的可供观察研究的典型。我喜欢宾夕法尼亚东北部，这里既不是重要的大都市（这里是我的家乡），没有绵延广阔的郊区，也不是世人耳熟能详的地方。它们就像詹姆斯和黛博拉·法洛斯 2008 年的书中，以及 HBO 纪录片《我们的家园》里所描述的那样，是个"小而又小的地方"。这里除了媒体报道的坏消息之外，通常不会引人注目。作为一个有影响的城镇，斯克兰顿可能在流行文化方面表现突出，但它只有 7.7 万人口，不能说是一个大城市。薇尔玛美发厅所在的黑泽尔顿曾经是个辉煌的城镇，那里的人口减少到只有 3 万，很多小企业艰难挣扎，布罗德街上的写字楼无人租用而闲置着。在西边的唐克汉诺克，我发现了格伦达·舒梅克和一个自营药店的药剂师群体，他们为了维持生存而不断抗争。如果他们的店都关门了，人们就得开车去 80 公里外的地方买药。

还有很多其他小企业在应对疫情方面可以成为这本书的例证。"一条老街就是一个城镇的延续"，作家和社会批评家辛克莱·刘易斯 1920 年出版的小说《老街》(*Main Street*) 中，虚构了明尼苏达州一个叫戈菲尔·普雷里的城镇。"不论在俄亥俄还是蒙大拿，也不论堪萨斯还是肯塔基，或是卡罗来纳，故事都差不多，没有太大的不同。"在老福格小镇上，库苏马诺餐厅的困境和大部分其他城镇的高档餐厅没有多少区别。在唐克汉诺克小镇上的薇尔玛美发厅，莱赫药店和格伦达·舒梅克的礼品贺卡店也是这样。不过在选举年到来之际，作为选战阵地的宾夕法尼亚州还有另外的意义。只有加利福尼亚、得克萨斯、纽约和佛罗里达四个州比宾夕法尼亚选票多，2016年唐纳德·特朗普在这个州以4.4万张选票、不到1％的优势获胜，其中70％的选票来自安德里斯山脉的几个县。卢泽恩县（黑泽尔顿）和拉克历纳县（斯克兰顿）在宾夕法尼亚州的各县中成为两个最大的摇摆县，它们投给了特朗普。卢泽恩是全国206个所谓的"回旋镖"县之一，它们曾两次投票给奥巴马，但在2016年投给了特朗普。乔·拜登来自斯克兰顿，特朗普因在老福格镇上一个巨大的木材和厨房用品仓库发表演讲，也被写入书中。那时，我与库苏马诺已经交流了几个月，演讲结束后，特勤局用来接送总统的被称作"野兽"的重型装甲超大豪华轿车就停在老街库苏马诺餐厅的正前方。但特朗普没有在这家高端意大利餐厅用餐，而是去了街对面一家由他信任的共和党人家族经营的热门的披萨餐厅。他点了一种独特（非常美味）的长方形的饼皮更松软、轻薄的披萨，然后登上"空军一号"返回华盛顿。

关于"小企业"（small business）这个术语有一点说明，这个词已被解释得过于宽泛而几乎没有意义了。联邦政府荒谬地将小企业定义为不超过499名员工的企业，如果我们不是生活在一个动辄拥有数万名员工、超大企业员工数十万的时代，499人这个规模无论以何种标准衡量，都应该是一个中型企业。（2021年初沃尔玛有员工220万人，亚马逊130万人，劳氏公司30万人。）一些专业学者和智库提出了"微型企业"（microbusinesses）的概念，因为我们的现代经济需要这样一个新的称谓来称呼特小型家庭经营企业。我接触的这类企业只有两个、五个或十个员工，但都不会超过二十个。

言不由衷是美国小企业故事的主调。在美国人的叙事中，企业主是白手起家、靠坚强的个人而获得成功的英雄。官员们能有共识的少数几件事之一，就是认同小企业对美国经济的健康发展至关重要。美国的就业增长几乎完全是由小企业推动的，而不是大型企业。作为一个整体，大型企业往往减少和创造的就业岗位一样多。不管左翼、右翼还是中间派，政客们都在重复着同样的台词："小企业是美国的支柱。"然而，就在唱此高调的同时，他们仍在实践中偏向大型、有实力和人脉广泛的企业，损害着他们认为必不可少的小企业的利益。联邦政府设有小企业管理局（Small Businesee Administration，SBA），但 SBA 是政府最小的内阁机构，每年的运营预算比国防部一天的支出还少。它的大部分资金最终流入有数百名员工的企业金库，有时甚至是超过 500 名员工的企业。2020 年春季，国会通过的"薪酬保障计划"（PPP）旨在为 500 人以下的小企业发放员工薪资提供支持，以帮助小企业在疫情大流行中生存下来，但在具体实施中被操弄成有利于那些大型和占主导地位的企业。一批较大的企业实体（最著名的就是美国星级餐饮集团公司昔客堡［Shake Shack］、知名牛排连锁店品牌茹丝葵［Ruth's Chris］）利用了最初立法上的漏洞，看起来政府是为小企业准备了资金，但大部分小企业主还没有拿到，资金就不见了。尽管后来政府补充了资金，改变了规则，但 PPP 仍有利于规模较大的小型企业，而不利于只有少量员工的小微企业。尤其是那些由女性和有色人种拥有的企业，资金周转往往是它们面临的最大需求。

并非只有政客们言行不一，几乎所有人都对小企业抱有自相矛盾的态度。无论我们说起来有多么珍视这种夫妻店或家庭餐馆，但数据是不会说谎的：每年我们付给企业巨头的钱都在增加。我们认识到小企业给城镇带来活力，那些便利的小商店、老式药店、诱人的家庭小餐馆等，赋予了一个地方独特的个性。但是我们太忙了，所以总是会登录网站购物，或者被优惠价格吸引去那些大型零售商场。我们都知道，那些独立经营的小企业有助于构成一个宜居的社区，但我们还是会光顾知名眼镜连锁品牌亮视点（LensCrafters，隶属于一家年销售收入100亿美元的企业集团），或者登录互联网眼镜品牌沃比帕克（Warby Parker，2020年销售收入3.94亿美元），我们去理发连锁店享受便宜的服务，又去大型超市买打折的鲜花。

  我自己身处其中也不能免俗。在距离曼哈顿上西区住处两个街区的地方有一家西维斯药店[①]，但我们通常会去隔着几个街区的一家自营的"公园西药店"。不过我们还是会网购肥皂和牙膏等日用品，既方便又便宜。我不止一次去过西维斯药店买阿司匹林或剃须膏。我们会在附近的一两家小店配眼镜，但欧迪办公（Office Depot，美国大型零售公司，2020年销售收入100亿美元）时常发来8折优惠券，加上其他便利，所以我大部分的办公用品都是在它们那里订购的，而不是去隔着八个街区的一家本地文具店。最近我在美国最大的家居电商威费尔（Wayfair，年销售收入140亿美元）买了一张书桌，但我从未想过在离我们三个街区远的达美乐披萨店（2020年销售收入40亿美元）点餐。我不知道为什么附近的人会在它们那里点餐，因为有好几家比达美乐更好的餐馆，包括我们街区的彼得披萨店。尽管如此，偶尔我还是会经过一些个人经营的餐馆，在墨西哥风味快餐连锁店吃顿简餐。在路上奔波时，看到快餐连锁品牌帕尼罗面包（Panera）和赛百味（Subway）的标识也会很高兴。在家里，我们一边说不要沉迷网购，一边又在亚马逊网站上耗资不菲。我们喜欢个人经营的书店斯特兰，这家店最近接盘了一家濒临倒闭的书店。我也经常在美国最大的独立书店鲍威尔书店（Powell's Books）买书，这家总部位于俄勒冈州波特兰市的书店在网上有很大的影响力，另一家思里福特书店（ThriftBooks）也不错。但是，只要超过每天的步数目标，健康保险公司就会为我们在亚马逊网站上兑换1美元，而且每当

[①] CVS，美国大型药店和保险企业。——译者

孩子过生日时就会收到两三张亚马逊礼品卡。有时我们还想要免费的一站式服务和两天内送货上门，因为亚马逊为其"超级会员"提供了更多的便利。这些营销手段持续吸引、转移了传统自营商店的客流。

最后，我想告诉读者的是：从 2020 年 4 月起我开始采访小企业经营者，但直到那年夏天才实现面对面交流，也开始了一点点的记述。当在 8 月启动写作时，我一直担心自己会记录一场大规模的小企业倒闭潮。但与此相反，在实际采访中，我竟然发现了那么多出乎意料、令人饶有兴致甚至是振奋的事物。

第一章　皇冠之重

格伦达·舒梅克想象一个商界人士在查看她商店的账簿,这个念头让她感到很羞愧。"我会无地自容。"她说。多年来,位于宾夕法尼亚州唐克汉诺克的这家贺曼商店主营礼品和贺卡,曾经获得了不错的收益。格伦达的母亲和她的合作伙伴靠商店赚的钱生活得很好,他们有钱投资商店,有时还会有额外的现金储蓄。但过去十年,差不多就是格伦达开始主事的时候,偏偏就这么倒霉,贺曼商店只能赚到微薄的收入,有时格伦达会担心付不起这个月的开销。

格伦达是一个比普通人高一些的健壮的白人女性,有一张宽宽的坦诚的面孔,蓝眼睛,高高的额头,金发齐齐梳在脑后,干练洒脱,让她看起来像一个上点年纪的摇滚歌手。很久以前,她就描述自己是"身体损伤"但情感丰富的人。

"我不想说谎,"格伦达说,"在疫情前我们就生存很艰难了。"

格伦达知道她花了很多时间思考惨淡的经营状况。这对她的心态没什么帮助,她做的是基于礼品、贺卡和特殊场合装饰的季节性生意。春天应该是不错的,有复活节、母亲节和毕业典礼,但夏天来的时候,就要忍受好几周低迷,甚至会想她能否撑到下一个春天。每年秋天都是旺季,在感恩节和圣诞节之间,预订占了销售的近一半。直到新年来临,这一切又周而复始。"我还开着门呢!"当人们问起她生意如何时,这是她一贯的回答。她又坚持了一年,对她来说,这就是成功。

自打她接手以来，2020年像往年一样开始。2019年底，圣诞节的生意很火爆，然后一切就戛然而止。情人节前生意有所好转，直到春天之前都会冷清下来。冰雪融化时，外出的人增多了。女人们收起冬靴和厚重的衣服，开始浏览在贺卡和礼品旁售卖的衣服。顾客不仅来自周边地区的城镇和农场，还来自邻近的县。正如格伦达所说，她的商店"戴着金色的皇冠"，每张贺卡背面都有标志性的贺曼公司印戳。天气转暖时，人们更乐意开一个多小时车去置办一些贺卡，看看格伦达的商店里又添置了些什么。

贺曼商店是宾夕法尼亚州成千上万临时歇业的小企业之一。3月19日，宾夕法尼亚州民主党州长汤姆·沃尔夫下令关闭一切"非生活必需类"活动。全国各地还有数百万小商店、餐馆和其他企业也被视为非必需而关闭。格伦达身处其中，同很多人一样对此感到不满。在此之前，她就从来没有喜欢过这个州长，只要宣布实行紧急状态，他就有权为所欲为。格伦达更支持特朗普，他警告人们不要对病毒做出过度反应，向所有人保证一切尽在掌握。格伦达也对媒体的喋喋不休感到恼火，总在报道病毒不是置人死地，就是让人重病缠身。但她的生意被认为是非必需的，必须按照指令关闭。

格伦达给她的十个兼职员工打电话，跟每个人说着差不多的话：州长关了我们的商店，在接到新的通知前不要来上班。然后她就回家了，看《早安美国》、CNN和福克斯新闻，仅仅一周后就感受到严峻的现实：疫情有可能给她的生意带来毁灭性打击。格伦达意识到，如果她在家里待更长时间，很可能会永远失去她的商店。

格伦达五岁时，她爸爸开始在IBM工作，到纽约州西部港口城市奥斯维戈上班，这家电脑巨头位于苏必略湖沿岸的大学城，为军方生产专业设备。他们从唐克汉诺克搬到向北三小时路程的奥斯维戈，来到这个让他们有机会跻身中产的地方。"我父亲没有受过正规的大学教育，但他对数字总是很在行，"格伦达说，"这是他的一次重大转机。"

然而，在奥斯维戈仅仅住了五年，格伦达的父亲就在四十二岁时因患癌症去世，妈妈带着女儿又搬回唐克汉诺克，这里有他们的家人和朋友。格伦达在这里上小学，妈妈珍妮特·舒梅克在城里的菲兹商店做售货员。"从那时起就只有我们俩了。"格伦达说。

后来，格伦达的母亲找到一份薪水更高的工作，在克拉克斯萨米特做秘书，那儿离斯克兰顿更近，城镇更大。格伦达高中毕业还没开启新生活，就遭遇了一场严重车祸。股骨（大腿骨）是人体中最粗最长的骨头，一旦骨折也是最痛苦的，而格伦达的两根股骨都断了。因为这场车祸，她的两个膝盖和髋关节都做了更换手术，今后此生都要承受背部疼痛。"一条腿比另一条腿短，"她说，"把我的整个身体都搞乱了。"到二十岁的时候，格伦达终于觉得身体可以适应去工作了。一开始她每天穿戴着"恶心的棕色制服和可笑的工作帽"在城里的麦当劳上班，做一个"大厅女孩"，清理餐桌、打扫卫生间和擦地板。后来又操作炸锅、翻转汉堡，还在免下车窗口服务，这是留给店里最有能力的员工的工作。终于，她成为店长，替一对外地夫妇经营这家店，他们在宾夕法尼亚州东北部拥有十多家特许经营店。

对一些人来说，开一家小公司源于一种激情，正如一对热爱动物的夫妇开一家宠物商店、一位艺术爱好者为孩子们开一个工艺工作室一样。珍妮特·舒梅克就属于那一类人，拥有一家企业不是为了给自己增加收入，更多是一种独立的表现。珍妮特了解到，贺曼公司在全国各地拥有自己的商店，但大部分带有该公司名称的商店都是独立运营的。这家位于堪萨斯城的贺卡巨头不收取加盟费，也不收版税。但是，戴上这个"金色皇冠"意味着经营者同意"最低产品展示要求"，至少55％的商店货架必须销售贺曼的产品，包括贺卡、圣诞装饰品、

Saving Main Street 021

毛绒玩具和印有励志名言的品牌系列产品,该公司所谓的"金冠协议"还包括有关适当照明和清洁的规定。在贺曼商店出现之前,人们要想找一家精品礼品店,必须开车去很远的斯克兰顿或威尔克斯-巴里。那些生活在怀俄明县西部和北部农村地区,以及安德里斯山脉的人,则需要走得更远。

1988 年,贺曼商店开业时,格伦达二十多岁,还在麦当劳努力工作升职中。珍妮特·舒梅克五十出头,格伦达说:"她是那个年代为数不多的女性店主之一。"雷切尔·雷克是镇上的一名房地产经纪人,他为珍妮特提供了启动资金,由珍妮特负责管理运营。(贺曼商店的全称 J. R. 's Hallmark,其中 J 和 R 分别代表他们俩。)为了减少费用,他们在距离市中心约 1.6 公里的商业街租了一处窄小的门店。对贺曼开头几年的记忆,让格伦达对童年时代的小镇充满了怀旧的感情。

"那是一座美丽的小镇,"格伦达说,"后来发生的事太让人难过了,那也是到处都有的小镇故事。"

唐克汉诺克这个地名在美国原住民语言中的意思是小溪流,唐克汉诺克溪流与萨斯奎哈纳河在镇中心交汇,这条河是美国东海岸最长的、没法商业航行的河流。宾夕法尼亚州官方介绍说这座城镇始建于 1700 年,1841 年设为市镇。希拉里·克林顿曾谈到她还是小女孩时,舔着甜筒冰淇淋和祖父母一起沿着河边散步,他们在约 13 公里外有一处避暑别墅。镇里的主要商业区位于泰奥加街(泰奥加来源于北美印第安人易洛魁人语,指两条河的交汇处),绵延大约六个街区。城里另一条主要街道是大桥街(29 号公路),它把泰奥加街一分为二,并将唐克汉诺克与北部和南部的城镇连接起来。据说,歌星猫王曾经下榻这里的王子酒店,一座当时气势恢宏的三层砖砌灰泥建筑,就坐落在泰奥加街和大桥街交会处的一角。街对面坐落着乔治·迪特里希于 1936 年开设的迪特里希剧院，堪称装饰艺术的瑰宝。

唐克汉诺克与怀俄明县的一部分地处某个尴尬的位置，距离富饶的宾夕法尼亚州东北部煤田近在咫尺，却又不在其中。而萨斯奎哈纳河沿岸又呈现出一种相似的尴尬：适合钓鱼、游泳和散步，但不适合发展商业。直到 1966 年，农业和伐木都是那里的主要产业。那时，宝洁公司在城镇以西约 16 公里处建了一家大型工厂，称这是他们在美国最大的生产基地，宝洁在这里生产帮宝适和乐芙适纸尿裤、邦蒂纸巾和恰敏卫生纸系列，2020 年春天疫情初期，这种卫生纸被人们爆买。怀俄明县商会主席吉娜·苏黛姆和她的丈夫介绍，大约有 2200 人在那里工作，接近全县总人口的 10%。

1970 年代，格伦达上学的时候，迪特里希已经变得破旧不堪，但剧院里仍然每晚放映电影。在她看来，这给小镇增添了几分格外的魅力。格伦达的祖母在那里做收票员，"坐在小窗户后面，就像在大城市一样。"她说。小镇有两家百货商店，她妈妈工作过的菲兹商店是两家服装店之一，还有两家鞋店。"你可以一年到头不用出城就把自己装扮好，而且都是地道的好东西。"格伦达说。

1980 年代，有传言说沃尔玛要来了。1980 年朱迪和戴维·米德从年迈的克里夫·菲兹手中购买了菲兹商店，他们最近成立了一个市镇中心商人协会，怀俄明县商会也刚刚成立不久。"但沃尔玛将要开业提升了人们的热情，给组织工作增添了更多的动力。"曾任商会第二主席的当地药剂师乔·莱赫这样说。这两个组织联系了其他城镇抵制或试图抵制沃尔玛的人，给他们分配了工作，研究分区法或其他法律途径来限制沃尔玛。当这家零售业巨头开始申请建筑许可时，一个团体提起诉讼，理由是在萨斯奎哈纳河附近建造这么大一家商店会对环境造成影响。但是，两家商会却不再抗争。"我们基本上对此无能为力。"朱迪·米德说。环境诉讼失败了，巨大的建筑开始施工，前面还有一个橄榄球场大小的停车场。像镇上其他商人一样，米德深深地叹了口气，继续朝前看，"我们已经尽力了"。

1994年，沃尔玛的开业给这个小镇带来了双重打击。零售店的顾客被沃尔玛的低价吸引走了，镇上的财政收入也受到影响。沃尔玛在唐克汉诺克南约1.6公里的伊顿镇建了商场，沃尔玛吸走了泰奥加街商店的顾客，它们上缴的税收收入使伊顿镇受益，而唐克汉诺克的收入却减少了。沃尔玛还会尽可能地少缴税，担任过怀俄明县政府官员十二年的朱迪·米德这样认为。米德说："沃尔玛有这么一群律师，他们到处抱怨被高估了，说应该少交一些税。"每隔几年，同样的争斗就会发生一次。沃尔玛请来外部评估人员，这些人一贯认为政府对沃尔玛要价过高，之后他们会为每年减少一两千美元的财产税争论不休，尽管其2020年的销售收入为5490亿美元（沃尔玛对此不予置评）。

法瑟特百货商店位于泰奥加街和大桥街交会处一座漂亮的维多利亚风格的建筑里，是沃尔玛的早期受害者。第二家百货商店坚持的时间长一些，但也关闭了。米德说："我们所有人都在受沃尔玛的压榨。"为了说明这一点，她提到菲兹商店里销售的三件装汉纳斯男士内衣。菲兹商店的业务规模很小，不能批量购买汉纳斯，就只能依靠斯克兰顿镇的批发商，批发商批量购买后再根据他们的需求供货。米德第一次走进新的沃尔玛时就预见了自己的命运，沃尔玛以她付给批发商的相同价格销售三件装汉纳斯男士内衣。

"我们会保留一段时间汉纳斯的库存，以满足部分顾客的需要。"米德说，但她觉得好像在欺骗别人，不知道顾客是否也这么想。他们销售的沃尔里奇、北岛等一些高质量品牌产品沃尔玛没有，但牛仔裤和其他生活必需品的销量却直线下降。当地鞋店关门后，他们试着增设一个鞋品部，"但必须进货各种尺码和款式，我们这样的小店是做不到的。"米德说。他们放弃了鞋子，增设礼品类。镇上另一家服装店关门了，菲兹还在艰难维持着。"我们在想方设法争取继续经营下去。"她说。

小镇的低谷出现于 1990 年代，迪特里希剧院在 80 年代末就关门了，不再放映影片，建筑年久失修。街对面的王子酒店也一派萧条。一项城镇调查显示，在沃尔玛开业几年后，泰奥加有十三家空置的店面。深受喜爱的盖博面包店已经关门，镇上唯一的肉店也是如此。1916 年在泰奥加开办的格林伍德家居店仍然屹立不倒，但人们发现似乎没有去市镇中心商业区的必要了。商会的项目协调人埃里森·舒尔茨在 90 年代还是个十几岁的孩子，"在我们成长的年代，你要想做点事就得离开小镇，"舒尔茨说，"在城中心连吃饭的地方都没有。"1960 年，唐克汉诺克有 2300 人居住，到 90 年代末，只有 1900 人。

小镇不甘就此沉沦。朱迪·米德是唐克汉诺克街景委员会的三位女性之一。这三个人都没有填过拨款申请，但她们成功筹集了 100 万美元，这些钱足够在泰奥加周围种植树木，修复破损的人行道，并增加能够唤起人们回忆的漂亮的金属灯柱。同时，一个抢救迪特里希剧院的市民组织也成立了，他们从镇上的居民那里筹集了这处房产的首付款，利用当地小企业和富人的捐款以及政府的拨款，让剧院重现昔日的光环（还增加了第二块屏幕，可以与多厅影院竞争）。2001 年春天，剧院的霓虹灯再次照亮了泰奥加的这个角落。

剧院的复兴是唐克汉诺克的一个关键转折点，绕城公路的建设是另一个。1950 年代宾夕法尼亚收费公路建成后，首府哈里斯堡的设计师们将 6 号公路改道穿城而过。6 号公路是全美第二长公路，连接马萨诸塞州的普罗温斯敦与加利福尼亚的毕晓普。州交通部门的官员希望通过改道能吸引更多的游客，但始料不及的是造成泰奥加街永无休止的交通拥堵，还有很多来往宝洁公司生产厂的大卡车。为缓解泰奥加交通拥堵，一条新的绕城公路开工了。当地报纸迅速捕捉到热点："一条绕城公路，三十六年等待。"

迪特里希的复兴和交通拥堵的缓解，吸引人们又来到市镇中心商业区。渐渐地，商业气氛又回到了泰奥加，这说明只需要一个健康的环境，人们就可以通过创业来解放自己。杰瑞·伯格丁在宝洁工厂有一份不错的工作，一直干了十三年，1999年他辞职在距离迪特里希剧院一个街区的地方开了一家"小树枝"餐馆。受到"迪特里希复兴"的激发，另一家餐厅"泰奥加小酒馆"也在剧院对面开张了。

迪特里希又增加了两块屏幕，一共四块，并腾出空间来举办文化活动、研讨会、儿童课程等。更多的商业活动也随之而来，花店、理发店、武术馆、文身店相继开张，德里餐厅在小酒馆和"季节餐馆"旁边开业，斯克兰顿一家颇受欢迎的披萨餐厅毗邻迪特里希开了分店，一个街区外开了一家餐馆，一家名为"香料专柜"的商店租下了"小树枝"餐馆旁边的店面。

然而，小企业面临的逆风依然强劲。斯克兰顿和威尔克斯-巴里附近的购物中心和大型商店迅速发展，都是约四十五分钟的车程。连锁店搬到了距离6号公路二十五分钟路程的克拉克斯萨米特，互联网吞噬了更大的零售市场份额。一家区域杂货连锁店威斯在伊顿镇南部开了一家大型超市，沃尔玛在原来门店的对面建了一家更大的商场。2011年，新的沃尔玛超市开业，这意味着本地出现了第二家大型超市，还有一个花卉市场，一个扩大的药房和一个小型家具部。"美元树"（A Dollar Tree）搬进了旧沃尔玛，达乐（Dollar General）商店开在了贺曼商店对面。镇上的餐厅除了麦当劳，还有必胜客、赛百味、汉堡王（Burger King）、邓肯甜甜圈，号称"全国领先的家庭餐厅"的帕金斯（Perkins）也开了门店。

21世纪初，互联网泡沫破灭引发的经济衰退影响了市场销售，2008年金融危机后那场更严重的经济衰退同样如此。2011年萨斯奎哈纳河洪水泛滥，对市镇中心商业造成严重破坏。"洪水同时从前门和后门冲进来。"迪特里希执行董事埃里卡·罗格勒说。社区再次投入拯救迪特里希行动，300名志愿者拆除了剧院内部设施，并筹集了重建资金。

米德和她的丈夫在 2012 年洪水过后不久关闭了菲兹商店。米德说，回想起来，他们或许在三四年前就应该退出，"我们一直在想，日子会好转起来"。她称商店关闭是"这个时代的标志"，她补充说："小企业正在退场，现在轮到我们了。"一家西维斯搬到城里，来爱德（Rite Aids，美国药店企业）也来了。像米德一样，莱赫药店的乔·莱赫说，菲兹商店关闭不久，他就关闭了自己在镇上的药房，其实他应该关得再早一点。其他店也陆续关张，包括镇上的三家小超市。最后一家关门的是布里克，是一家大型商场，几十年来一直坐落在中心商业区的东端，有一个肉类柜台和大型农产品区。在疫情前几年关闭时，布里克公司雇用了近 40 名员工。

"时代就是这样，"一位顾客对前来采访的斯克兰顿电视台记者说，"老一代的夫妻店正在消失。"

疫情是那些家庭经营小店的新威胁。2019 年的最后几天，在中国武汉一家医院工作的一名三十四岁的急诊室医生，在一个线上聊天群里分享了他了解的情况，一种神秘的呼吸道系统病毒在这座有 1100 万人口的中国中部城市传播。最初，人们认为这种新病原体传染性不强，就像 SARS 病毒一样，只要把那些有症状的人隔离起来就能控制住。但医学专家很快发现，那些无症状感染者就是超级传播者。2020 年 1 月 21 日，当中国政府禁止人们离开武汉时，已经太晚了。据估计，从发现第一个有症状的病人以来，有约 700 万人离开了武汉。1 月 30 日，世界卫生组织宣布新冠病毒为全球紧急事件，那时已有包括美国在内的二十个国家至少 1 万人感染。

美国公共卫生官员发出了警告。奥巴马政府的国家安全委员会制定过一份 69 页的指南，题为《早期应对高风险新发传染病威胁和生物事件的行动指南》。然而，特朗普和他的支持者并没有遵循这份详

Saving Main Street　　027

细的分步指南，而是奉行了一厢情愿的政策。特朗普反复提出病毒会随着天气变暖而消失，(他对一群州长说："很多人认为它会在4月份炎热到来时结束。") 并把疫情视为政治对手操弄的破坏他连任的"骗局"。将近2月底，美国疾病控制与预防中心（CDC，疾控中心）负责呼吸系统疾病的负责人警告说，在美国暴发大规模疫情将不可避免。"会严重影响日常生活。"她说，包括关闭学校。然而，特朗普更自信，次日晚上他在白宫的一个会议上说："有一天疫情会奇迹般地消失。"

到3月3日，意大利部分地区的医院不堪重负，一些城市开始"封城"。在美国，那是一个"超级星期二"，一个由乔·拜登主导的夜晚，他似乎越来越像与特朗普在11月对决的劲敌。两天后，特朗普前往斯克兰顿，在他的家乡嘲弄获胜的拜登。由福克斯新闻台赞助的市政厅会议在斯克兰顿文化中心仓促进行，这是他几个月来最后一次参加竞选活动。第一个问题来自一位自称犹豫不决的选民，他问总统有关抗击新冠病毒的计划，特朗普只是自顾自地说他的"好评如潮"，并宣称"我们取得了巨大的成就"。

辛迪·黑因参加了当晚市政厅会议，她和丈夫住在老福格，在斯克兰顿经营一家小型游泳池用品公司，她在全国独立企业联合会（National Federation of Independent Business）中很活跃，这个联合会是几个主要的倡导团体之一，他们宣称自己是美国小企业经营者的代言人。特朗普的竞选团队联系了他们意在寻找支持者人选。共和党人黑因还在犹豫，她支持低税收和放松监管政策，但对特朗普的行为感到不安（"他说了那么多愚蠢的话"）。她想支持特朗普，但当晚会议印象最深的就是特朗普和会议组织者对疫情毫不在意的态度。黑因说："他们让人们挤在一起排队，没有人要求大家保持距离。"疾控中心敦促人们保持社交距离，不要握手。"但特朗普还在台上若无其事地与人握手。"黑因说。

第二章　州长本是富家子

七十一岁的民主党人汤姆·沃尔夫站在一个装饰着宾夕法尼亚州徽的狭窄讲台上，说话中透着一种安慰的声调，这是他担任州长的第二个任期。2020年3月6日，宾夕法尼亚州刚刚发现了两例新冠病毒感染者。沃尔夫留着小胡子，戴眼镜，光头，领带有点歪，整个人都像他曾经梦想的学者模样。他的演讲比较枯燥，但以实事求是、理性克制的风格让人平静。他解释说，五个星期前，州政府在应急管理总部设立了事故指挥中心，位于距州首府哈里斯堡议会大厦几英里处的一栋三层玻璃砖建筑内。在那里，人们"一直在努力工作，制订计划，以应对病毒不可避免地来到宾夕法尼亚"。

疾控中心制定的《现场流行病学手册》规定，民选官员在疫情中的首要工作就是强化公共卫生官员所制定的主要沟通目标。这就是沃尔夫的方法，他给公众的建议成了未来几周的标准做法，比如勤洗手可以减少感染，每次洗手要用唱两遍《祝你生日快乐》的时间；咳嗽时要用手肘遮挡；觉得不舒服就要待在家里，等等。

州卫生局长雷切尔·莱文博士也站在讲台上，她重复了州长关于洗手的建议，并向人们保证政府正在全力处理疫情问题，但其实她一直忧心忡忡地关注着疫情的扩散。她提醒沃尔夫和他的工作人员，这种高度传染性的病毒可能要求暂停大型室内聚集，并关闭企业。然而，两人站在讲台上，唯一的暗示是他们正在考虑特别措施，沃尔夫宣布他签署了一项全州范围的抗灾令,授予行政部门广泛的权力,可以"采取必要的措施以应对紧急情况"。

汤姆·沃尔夫出生于芒特沃尔夫市,这是一个以他曾祖父名字命名的地方。出生于优越和富有家庭的沃尔夫曾就读于宾夕法尼亚州东部的一所精英寄宿学校,校友中不乏美国参议院和内阁部长(包括特朗普的两个儿子小唐纳德·特朗普和埃里克),之后进入达特茅斯学院。他曾作为美国和平队①志愿者在印度工作两年,此后在伦敦大学获得硕士学位,又在麻省理工获得政治学博士学位。他没有像计划的那样去教书,而是回到了芒特沃尔夫。正如沃尔夫家族前几代人所做的那样,他最终进入家族企业,制造、销售厨房和浴室橱柜。

沃尔夫家族企业有一些那个时代特有的古怪有趣和传统的做法。沃尔夫小时候,每年夏天祖父都要举办一次晚宴款待沃尔夫供应公司的员工,他和他的堂兄弟堂姐妹都被安排去当服务生,他的父亲实施一项利润分享计划,把每年利润的20%—30%分配给工人。在这样一个家长式企业里,如果新一代想要掌管经营大权,就要从前辈手中赢得"资质"。沃尔夫回到祖上传下的家族企业里,干过铲车司机,然后管理一家本地的"真值五金店"。七年后,父亲认为他已经准备好可以掌舵了。沃尔夫和两个堂兄弟作为共同总裁管理公司,他们将公司改名为"沃尔夫组织",经过二十年的发展,成长为一家年销售收入近4亿美元的橱柜行业巨头。

这位曾经的和平队志愿者从未放弃服务社区事业,他大力支持清理当地的排水管道,推动改革那些表现不佳的公立学校。他为当地的公共广播电台筹集资金,并担任当地大学的理事会主席。当他对政治

---

① Peace Corps,1961年美国肯尼迪政府成立的志愿服务组织,其队员需要义务服务两年,目标之一是帮助其他国家的人们更好地了解美国人民和美国的多元文化社会。——译者

更加感兴趣时，他和妻子弗朗西斯成为宾州主要的政治捐助者。五年内，他们夫妇为民主党州长 E. D. 伦德尔捐助了超过 25 万美元竞选资金。

老沃尔夫的下一代对经营一家橱柜供应公司不感兴趣。近六十岁那年，沃尔夫和他的两个堂兄弟联系了一家总部位于波士顿的私募股权公司。2006 年，一项杠杆收购安排让该公司背上了数千万美元的债务，却让他和两个堂兄弟富了起来，每人得到大约 2000 万美元，并保留该公司 11% 的股份。一年后，伦德尔任命沃尔夫为州税务局局长。一年半后，为了在 2010 年选举中竞选州长，沃尔夫辞去了局长职务。

第一次尝试竞选州长，还没到他正式宣布竞选就结束了。2008 年的全球金融危机重创了这家专门生产建筑用品的公司，担保信贷危机也威胁着它的生存。他和他的堂兄弟们仍然拥有"沃尔夫组织"三分之一的股份，这家五代人经营的企业宣告破产也影响了他的政治生涯，主要原因是这个公司积累了巨额债务，却肥了自己的腰包。他回到自己的家族企业，同时共和党人汤姆·科比特入主哈里斯堡的州长官邸。

2014 年参加州长竞选时，沃尔夫是一名六十五岁的政界新手。在全州的知名度几乎是零，带着企业高管们常有的那种平淡、谨慎的话风。他的优势是卖掉家族企业所赚的钱，他和妻子出资 1000 万美元参加初选，主要用于全州的电视宣传。早在竞争对手还未考虑电视广告之前，沃尔夫就用一系列广告轰炸了全州。那些有经验的政治观察家们说，这是他们见过的最好的广告。第一个宣传片描述了一个来自宾夕法尼亚州中部地区的孩子，从当一名铲车司机开始，把家族企业发展成美国最大的橱柜供应商之一，广告中有一段员工为公司的利润分配计划欢呼的画面。另一个宣传片里，讲述他提议征收一项新的税种，以帮助因州长科比特实施紧缩措施而遭受重创的学校。他以

Saving Main Street　　031

58%的选票赢得了初选,并在2014年成为唯一击败现任共和党州长的民主党人。他在就职仪式上宣布:"我要成为一名打破常规的州长。"

3月11日,世界卫生组织正式宣布新冠病毒在全球暴发大流行。美国的确诊病例超过1000例。美国职业篮球联赛NBA当天宣布暂停赛季,著名电影演员汤姆·汉克斯和妻子丽塔·威尔逊的新冠病毒测试呈阳性,股市下跌超过5个百分点。那天晚上,唐纳德·特朗普在白宫椭圆形办公室发表全国讲话。"美国同胞们!"他开讲了,这一回他听起来像个总统的样子。他建议大家勤洗手,常擦洗用过的物体表面,避免大型聚集。他说:"只要我们保持警觉,病毒就没有传播机会。"但在两天后的记者会上,他却表现得一点也不警觉。他跟别人握手,还凑到人们脸边上说话。不过,他站在讲台上向全国的小企业发布了一个好消息,宣布新冠大流行为全国紧急状态,为此发放数百亿美元的低息紧急贷款,帮助受疫情影响的小企业渡过难关。

整个国家开始关闭。迪士尼乐园关闭了它的主题公园,全国大学体育协会NCAA取消了年度"疯狂3月"篮球锦标赛,大学也把学生们送回了家。那时的目标是减缓病毒的传播,"使曲线变平",似乎通过几个星期的努力,我们就可以控制这场瘟疫在社区蔓延。那个周末,美国国家过敏和传染病研究所所长安东尼·福奇[①]博士在接受电视采访时警告说,除非每个人都尽自己的一份力量来减轻新冠病毒的影响,否则美国会有数十万人死亡。在当天的记者会上,特朗普在谈到疫情时却反驳了他的首席传染病专家:"我们是完全可以控制疫情的。"

宾夕法尼亚,3月13日星期五,汤姆·沃尔夫下令关闭学校。

---

① 白宫首席医疗顾问,美国流行病学家。——译者

州长表示，两周内，该州公立或私立学校的170万名儿童将无法到校上课，这样他的应急小组就有时间"重新评估，决定是否需要继续关闭"。那个星期一，他下令关闭该州的所有餐馆和酒吧，并"强烈敦促"非生活必需类企业及时落实，不要等到"有必要强制关闭"，他还要求人们在未来八周内取消任何聚会。

星期二是圣帕特里克节，州酒品管制委员会下令该州所有的酒品商店在晚上9点前无限期关闭。第二天，出现了首例感染致死的病例。星期四，沃尔夫回到州应急管理总部，强调要求企业关门是命令，必须执行，关闭全州所有"非生活必需类企业"。

沃尔夫的反应速度在各州中处于中间状态，他早于大多数地方关闭学校，但在发出全面紧急禁令上迟缓了一些。加利福尼亚是全美人口最密集的州，在沃尔夫关闭宾州所有"非生活必需类企业"的同一天，加州发布了居家令，是第一个做出这个不可思议决定的州。有三十多个州强制实行全州范围的居家令，都早于4月1日才开始实行的宾州。只要保持社交距离，人们可以在户外散步或跑步，也可以去药店或上班。除此之外，必须待在家里。

没有什么指南来帮助他们应对这种疫情。基因·巴尔是宾夕法尼亚州工商会的会长，他说："州长和他的工作人员不会说，'哦，就是这儿！让我们翻到第47页，看看我们该如何应对企业关闭'。""他们和我们一样，都在摸索着解决问题。"州长第一次提出该州关闭企业的标准，区分了"必需"和"非必需"。然而，当政府正式宣布关闭大多数企业时，这个标准变成了"维持生计"企业和"非维持生计"企业。药店和食品店是维持生计的企业，那五金商店算不算呢？花园供应品店和幼儿园呢？自行车商店呢？宾夕法尼亚州餐饮和酒店协会会长约翰·朗斯特里特说："我知道他们也是在摸着石头过河，但州长发出的信息实在是太不清晰了。"

州长在大流行刚开始时签署的第一批法令中，不经意关闭了该州的所有酒店，这对那些需要寻找适当的地方躲避一阵的人来说就比较困惑，可能产生严重后果。朗斯特里特说，工作人员按照州长的指令行事，"他们将不得已赶走全州成千上万的客人"。大型连锁酒店在哈里斯堡有关系，那些人安慰酒店说正在想办法解决。但规模较小的经营者就只能靠自己了，他们在这些相互矛盾的命令之间努力寻求生路。朗斯特里特介绍说，州政府很快纠正了这一错误，不过"这也成为我们跟这位州长打交道的经验了"。

沃尔夫大概无意偏袒大型零售商，冷落该州的小企业，但实施关闭禁令的结果就是如此。沃尔玛可以继续开门营业，理由是他们有药店和食品杂货店，但事实上全州的小药店、小食品店都被迫关闭了。基因·巴尔说："我一直在和州政府的人电话沟通，有时一天打十个电话，争取改变这种不合理的状况。"其他人也进行着同样的抗争。也许可以改写规则，允许小花店在路边发货，允许小商店通过顾客预约的方式销售与沃尔玛相同的商品（花卉店、家具店、珠宝店等）。然而，禁令依旧。在这场国家危机时小企业与大企业不平等的抗争中，那些大企业中的巨头再次占据了优势。

沃尔夫成年后一直是个商人。那些代表该州商业领域的各个团体，都希望沃尔夫能够运用其经营家族企业的经验，为他们应对疫情指点迷津。人们看到相邻的俄亥俄州，州长迈克·迪怀恩是共和党人，他创建了一个由商界人士组成的特别工作组，帮助他为企业渡过危机提供建议。两党的其他州长也采取了同样的做法。

但沃尔夫的风格是把自己关在办公室里，与几个主要助手和部门主管待在一起，然后将他们做出的决定通知全州。餐饮和酒店协会代表了全州 26000 多家餐饮机构和 1000 多家酒店，这两个行业受疫情打击尤其严重。然而过去了几个星期，协会的会长约翰·朗斯特里特才得到三十分钟面见州长的机会。

戈登·丹林格也有同样的遭遇。他是全国独立企业联合会（NFIB）宾夕法尼亚州的会长，其成员严重倾向共和党，他在去联合会工作之前，曾在州议会任职6届。"我认为很多失误都是因为用人，那些真正了解企业实际情况的人不受重视，"丹林格说，"我们提出的所有建议都被搁置不议。"

宾夕法尼亚州工商会的基因·巴尔是个例外。他的组织代表了各类企业，从最大的连锁店和制造商到最小的商店，都是该组织的成员。当州长最初宣布关闭本州企业时，他和州长一起站在讲台上，后来他说感觉自己像个道具。

"我以为他对企业的要求是合适的，"巴尔说，"在那个时候，我就觉得：'嗨，不就几个星期嘛，我们让它过去，然后就会正常运转了。'"

第三章　无所畏惧

库苏马诺还在摇篮中的时候，父母就开始经营食品杂货店的生意了。他的父亲汤姆·库苏马诺曾是一名管道装配工，在发电厂、公寓大楼和其他大型工程作业。他有些商人的禀赋，在1970年代时，每小时可以挣到60美元，也经常一次出差几个星期。他的两个女儿分别比库苏马诺大十一岁和十二岁，他已经错过太多和儿女们一起的时光，不希望刚出生的儿子也过这样的生活。他在工作时经常需要两腿跪地、举起重物或向前爬行，在接近五十岁的时候，他担心自己的膝关节会出问题。儿子一周岁生日前后，汤姆·库苏马诺联合他的妻子、妹妹和妹夫，在老福格的老街附近开了一家意大利商店，名叫罗西。

罗西早年的生意对两个家族来说都是不错的。库苏马诺的叔叔拉里和拉里·罗西离开海军陆战队后，在附近超市的肉类部工作，是肉类屠宰方面的行家里手。他们的柜台专做意大利火腿、意大利辣香肠和传统冷切肉（也叫熏肉），以及其他意大利肉食。还有"拉里叔叔"著名的烤乳猪，一种用苹果汁或其他口味慢慢烤熟的特殊风味食品，他还为商店制作手工意大利馄饨、披萨、调味酱和其他半成品菜肴。他们销售新鲜的马苏里拉奶酪、希腊金椒和意大利面包，还有从意大利进口的橄榄油、干意面和罐装番茄等。库苏马诺的妈妈托妮·库苏马诺是厨师，他的姑妈凯西负责收银并兼顾一些别的事情。

托妮说："一切都很顺利，直到后来出了事。"

库苏马诺读七八年级的时候，他的父母、姑妈、叔叔都想扩大店面。镇中心一家大超市的业主想出售，费城地区的一个团体已经开始接触他们。托妮介绍说："他们想让我们接管这个大超市，加入他们的合作公司，这样我们就能得到很多好处。"

他们聘请了律师负责具体谈判交易条款，律师问他们，是否确定知道这么做意味着什么：他们的月租金会飞涨到每月2万美元，还要负责这栋建筑的维护，以及保险和财产税。他们两家会拥有自己的新店，但按照协议约定，他们将把大部分自主权转让给合作公司，还需要出售原先的罗西商店。"我们只看到了金钱的影子，就觉得可以干，"托妮回忆说，"我们太贪心了。"

他们保留了罗西的名称，改名罗西施丝超市。他们还有自己的熟食店和肉类柜台，人们在那里还可以买到"拉里叔叔"的熏肉、汤姆的烤面条和通心粉。但现在他们有满满一个商店的产品要卖，原来商店里的库存不到5万美元，现在却有40万美元的库存堆放在这个超大市场的货架上。

托妮嘲讽地说："卖出一罐汤。恭喜你，赚了9美分。"账目登记簿上每周都有几万张收据进账，但他们支付账单的速度似乎更快。

几乎从一开始，他们就跟新搭档合不来。"说到底就是关系不好。"托妮说。这两个家庭倾尽了全力，但那些外地的监工却不断地吹毛求疵，对经营情况表示不满。"后来事态发展到，他们想抛开我们，让别人来干。"托妮说。这种感受是互相的。"我们正想摆脱他们。"合作经营这家大超市十几年后，他们分道扬镳。罗西施丝超市改名为雷施丝超市，库苏马诺家族痛苦地离开了。

托妮说："那个家伙买走了罗西超市，他知道我们走投无路了。他们知道我们的处境，不管数额多少，我们只能同意接受。"

"我们的心情很纠结。"托妮说。这家店在新老板手里表现不佳，没几年他们就放弃了，这让他们感到安慰。但可悲的是，老福格镇上的一家老店消失了。从那以后，这家商店和相邻的很大一块地段就一直空置着，镇上也没有了超市。人们只能去周边很远的地方，泰勒小镇的恰波超市、穆西克小镇的格瑞迪超市（一家本地连锁店）和杜里埃小镇的韦斯超市（一家更大的地区性连锁店），在那里的超市连锁店里购物。

"有时候觉得也许我应该接受那种合作经营，或者就一直当一个管道装配工，"汤姆感慨着，"但我喜欢那样的生活，特别是我们拥有了自己的商店时。我挣的钱不多，但我可以和家人在一起，这就很好。人们现在还会念叨罗西商店。"

托妮·库苏马诺从不想要儿子，这是她在库苏马诺出生时告诉产科医生的话。"我还以为会是和前两个一样的女孩呢！"她说，"所以当医生说是个男孩时，我心想，什么？不会吧，我只喜欢女孩。"她用她崇敬的父亲的名字给他取了名。托妮嫁给了一个叫汤姆的人，与汤姆·库苏马诺同名，但她确定谁都知道她的父亲汤姆·约瑟夫。她肯定是喜欢上了这个孩子，库苏马诺的朋友们都觉得她简直把孩子当王子一样对待。她说："我硬是让自己爱上了他。"

库苏马诺还是个孩子的时候，卢·马里亚诺就是他的好朋友，从他们在镇上唯一的教区学校上幼儿园时就开始了。那时他们的老师是一个很严厉的修女，马里亚诺说她就是坏脾气。"我很怕她，"他说，"所有人都怕她，就库苏马诺不怕。他敢面对她。"马里亚诺形容库苏马诺"无所畏惧"，虽然他根本不是老师的对手。马里亚诺回想着，老师肯定占上风："她威胁说，如果库苏马诺还不听她的，他就再也见不到妈妈了。"

马里亚诺记得，他们上三年级的时候，库苏马诺第一次给他做饭：他把牛排卷上胡椒和其他香料放在锅里煎。那年他只有八岁。

"真的很好吃，不过那是我吃过最辣的东西，"马里亚诺回忆，一起吃饭成了他们经常的事，"上小学时，他就请我们去他家，给我们做饭吃。"

库苏马诺小时候吃东西就很大胆。在去餐馆的路上，托妮告诉孩子们不要点牛排或龙虾那么贵的，口袋里不太宽裕，库苏马诺就点了同样贵的羊排。托妮说："他只有七岁。"他是吃着店里卖的熏肉长大的，还有意大利大香肠，把猪头肉煮熟，然后把所有的肉、皮、舌头都切碎装在一起。帕特·雷维洛在老福格老街上有一家披萨餐厅，他记得八九岁时的库苏马诺。几乎所有那个年龄的孩子都会点披萨或意面，但小小的库苏马诺会点"肚子"，就是那种用家畜的胃的部分做成的肉食。有几个教区学校时的朋友记得，库苏马诺十岁时就为圣玛丽年度募捐野餐做过饭。

他的父母都是烹饪高手，但库苏马诺认为外婆詹妮在烹饪方面对他影响最大。他的父母都在店里工作，放学后，他乘坐巴士到外婆家，一直待在那里吃晚饭。"她有一台很大的老式电视，放在一个巨大的棕色柜子里，她很喜欢看烹饪节目。"库苏马诺说。詹妮特别喜欢看《美国厨神茱莉亚·查尔德》和《世界大厨》节目，也看中国菜厨师的《甄能煮》和格兰汉姆主持的《飞驰美食家》，不管什么烹饪节目她都喜欢看。库苏马诺说："那简直就是家里的背景声。"

每天晚上都有像样的晚餐。外婆詹妮的丈夫汤姆·约瑟夫几年前去世，库苏马诺的两个姐姐上大学或外出旅行。外婆的弟弟是小镇的执业医师，几乎每天晚上都来和他们一起吃晚餐。"她的视力很差，总是让我读食谱给她听。"库苏马诺说。她会在做饭的时候问他一些小问题，让他换算杯子、茶匙和盎司的分量，显得很需要他的帮助。

托妮说起母亲："她就是这么厉害，每天晚上都能无中生有地做出一桌大餐。库苏马诺就坐在旁边的椅子上，看她做饭。"

詹妮把小时候学到的所有食谱都做了。"她是个百分百的意大利

Saving Main Street 039

人,父母刚移民过来。"库苏马诺说。外婆跟他讲故事,每年冬天开始的时候都要杀猪做腌肉。"他们用砖头和木块压制,用这种方法来制作香肠,把腌制的香肠和火腿里的水分和空气都挤出来。"汤姆·约瑟夫是个黎巴嫩人,詹妮就学做中东风味的烹饪。从外婆那里,库苏马诺学到了如何为黄瓜沙拉过滤酸奶,以及如何用中东的香料扎阿塔尔和漆树叶来烹饪。

"她确实烹饪技艺高超。"库苏马诺说。他的奶奶安妮在一家服装厂当裁缝做裤子,但四十年来都在晚上和周末在小镇的几家餐馆上班,制作老福格风味的披萨。一直到九十二岁时,她还在雷维洛餐馆的厨房干活。

汤姆·库苏马诺说:"我妈妈教会了很多人做披萨。"

库苏马诺十五六岁时,在布鲁尼科餐馆打工擦桌子,那是一家高档意大利餐厅,奶奶安妮就在这里做过披萨。一年后,他来到邻近小镇上一家新开的意大利餐厅,这家餐厅是一对兄妹合伙开的。妹妹曾在纽约为米其林星级厨师工作过,她对菜式做了创新,激发了库苏马诺的灵感。"她对意大利餐进行了颠覆式改造,并以完全新鲜和原创的方式使其还原。"他说。

库苏马诺离开老福格去林恩大学读书,那是佛罗里达州波卡拉顿市的一所规模不大的私立大学。一年后,他转到尚普兰学院,佛蒙特州伯灵顿市一所昂贵的私立大学,离家也更远了。在这里学习市场营销,(或者就像他在写个人简介时开玩笑说的那样:我学的是市场营销和滑雪。那时他在校开设了自己的推特账户)暑期在纽约过,在曼哈顿特里贝克地区的一家广告公司打工。"我很喜欢那里,他们也很喜欢我。"库苏马诺说。如果毕业后想去这里工作,应该没问题。

大学期间,他在餐厅厨房打工贴补学费,那才是他真正接受教育的地方。在佛罗里达,他在一家很火的餐馆马里奥·奥斯特里亚打工,它的后厨员工几乎都是海地人,厨师长也是。"他是一位特别出色的师傅,也是餐厅的优秀老师,"库苏马诺说,"每个人都尊敬他,爱戴他。"库苏马诺最初是洗碗工,但厨房员工流动性很大,对老板是种困扰,对年轻的库苏马诺倒是个机会。几周时间,他就能切菜、切肉了,他的刀功让主厨印象深刻。很快,他就成为厨房的调度员,就像空中交通管理员一样,他的位置在传菜口(服务生从这个窗口把做好的菜取走),负责厨房的各个流动环节高效地运转。在这家每晚要做1000顿餐食的餐馆,他处于忙碌的中心。("如果我在库苏马诺餐厅能每晚做300顿,我就很开心了。"库苏马诺说。)马里奥餐馆有十四名厨师,两名全职披萨制作工,还有将近三十名餐厅服务生。

每天晚上都热闹非凡,库苏马诺说:"我太喜欢这样了。"

在伯灵顿时,他在丽维拉城外的一家意大利餐馆打工。在这里,他再一次受到大厨的启发。"他做任何事都很有条理,"库苏马诺说,"从保持香草新鲜,到菜单上的每道菜,他都有一套流程。"他在这位大厨的指导下干了三年,直到2009年从尚普兰学院毕业。

"我基本上是靠做饭上完大学的,"库苏马诺说,"还有喝酒。"

如果没有罗西商店改为罗西施丝超市的那一场劫难,库苏马诺的人生会有很大的不同。他正想着去纽约或其他大城市的广告业工作,他还打算上法学院。但是,就在他快要从尚普兰学院毕业还在家休息的时候,托妮找他谈了罗西商店的事。"我永远忘不了妈妈说的:'我们破产了,商店只能关门。'"库苏马诺说。为了让他上一所外地的好大学,他的父母做出了牺牲,现在他也应该努力回报父母。毕业后,他回到家里,在罗西施丝超市做了两年商店经理。他告诉父母,他的工资就是食宿。他在城里的餐厅轮班打工挣钱,大部分是当酒吧服务生,而不是厨师。对这一点,他也没法解释,只能说在里纳尔迪酒吧工作可以与朋友和老主顾聊天喝酒,比在人家的闷热厨房里干活有趣得多。

库苏马诺遇到了尼娜,一个老福格当地人,比他小两岁。他们似乎注定要在一起，她的祖父和库苏马诺的祖父是好朋友，他的一个表姐在他们相遇之前就撮合过这门亲事。尼娜十六岁时开始在里纳尔迪酒吧打杂，后来成为一个服务生，再后来一边在宾州州立大学附近的中学上学，一边做餐厅服务员。他们起初在里纳尔迪酒吧相识，但他们都认为是在 GI 酒吧每次把酒言欢到深夜时才相爱的（就像电影《特种部队》里演的那样）。GI 酒吧以前叫库苏马诺咖啡馆，老一辈人把它改成了现在的名字。

  他的父母还是催他去读法学院。"父亲真的不想让我入这一行。"库苏马诺说。然而，那时他已下定决心。从记事起，他就想象着自己以烹饪谋生。"烹饪是我唯一热爱的事。"他说。爱上一个女服务员似乎就是达成了协议：他有了一个可以监督餐厅大堂的人。他们在 2013 年订婚，同一年他们买下那栋房子，开办库苏马诺餐厅。在餐厅开张一年后，他们结婚了。

  库苏马诺餐厅周一周二例行歇业。因此，当州长宣布暂停全州餐厅室内用餐时，员工们都不在。但差不多有一半员工周一周二都来店里帮忙，"他们没有打卡，就是来帮忙，帮助我们清理冰箱，做一些关门前需要安排好的事情。"库苏马诺说。他喜欢把员工视作家人，但也很清楚，人家不一定这么看。

  "看到员工对餐厅关闭依依不舍，我很欣慰，"库苏马诺说，"危机时刻让我们的心更近了。"

  库苏马诺个子不高，不到一米七。胸脯宽阔，身材像橄榄球联赛的后卫，他的朋友马里亚诺形容他是个"巨手"。棕色短发，棕色眼睛，大鼻子，总是带着一脸灿烂的笑容。他对州长的紧急禁令没有抱怨，停止全州餐厅堂食让他感到有些宽慰，因为这种无形的病毒已经侵入他的社区。就在库苏马诺还在营业的那个周日，邻县的一名男子死于新冠感染。两天后，他所在的拉克万纳县确认了首个病例，很快又出现了首个死亡病例。到 3 月底,他们这个叫做拉克万纳谷的地方已经出现了数十例感染者,封锁令在他看来是明智的。

"在我们社区,这是救命的措施,"他说,"我认为应该这么做。"

停业的最初几天,现金流是他最大的担忧。"压平曲线"成了人们嘴边的口头语,指的是防控措施效果开始显现,感染人数趋于平稳。这可能需要几周,但他觉得很多顾客需要更长时间才能在公共场合感到放心。像各地的餐馆老板一样,他开始减少从供应商那里进货,这些进货是他账单的大头。如果拖欠这类费用,餐馆经营就会开始进入恶性循环:供应商将拒绝供货。除非有现金进账,他没有足够的资金支付现有的账单,还有贷款和每月要付的其他费用。他必须撑过未来五六个星期,然后寄希望于 5 月有一个爆发式增长。

在州长宣布堂食禁令后的第一个星期三,餐馆开门了,库苏马诺也不知道会发生什么。他提供了全菜单的外卖品种,但他也知道餐厅供应的菜品不太适合外卖。设想一个顾客花 15 美元买了库苏马诺餐馆的一道前菜,或是更贵的价格买了菲力牛排或三文鱼,用新鲜的罗勒叶调味,佐以鲜榨的橙汁,当然期待热腾腾地端上来,而不是湿漉漉地装在袋子里,自己取走带回家。他也考虑过第三方送货服务,就像外卖配送平台多尔达什(DoorDash)、食品配送公司格拉哈波(GrubHub)一类的。当他了解到对方要抽取订单额的 30%,而且也没有解决他关注的菜品问题,就不再考虑这种方式了。他以蛤蜊酱调制的意式焗饭和扁意面,是餐馆的两大畅销品,必须在做好后趁热吃。作为老福格镇上的一家意大利餐厅,必须有那种长方形的"老福格披萨",按"片"或"托盘"出售。他知道星期三该做披萨了,尤其是在老福格,周五晚上的两盘披萨似乎已经成为这个小镇的传统。他也明白,在当前情况下,他提供的品种太多了。

在疫情开始的最初几天里,库苏马诺想了很多有关罗西商店的事。"那里差不多就是我长大的地方。"他说。他记得大一点的时候,每到周末就去整理货架,还有得到父母信任,第一次在收银台干活时的那种兴奋劲儿。"所以看到餐厅里有那么多食物却没人来,我的第一反应就是把它们卖了。"库苏马诺说。镇上的人们需要储存一些食物,在这里买东西就不用去拥挤的菜市场了。每个餐馆老板都会担心食材损坏变质造成浪费,如果能及时卖掉,他就可以减少一些损失。不出意外的话,他可以用这笔钱补充一下现金流。

员工们义务帮忙装袋,把洋葱、西葫芦、辣椒、土豆、胡萝卜之类的装起来放在桌上,旁边是面包、生菜和其他一些不易存放的东西。他们拿出手头的很多干面、袋装面粉和其他必需品,就像他父亲那些年在罗西商店做的一样,库苏马诺往一个1升多的容器里倒入他特制的"周日酱汁"(他的家人周日晚上吃意大利面时用的一种红酱)和其他酱汁,再加上沙拉调味料和磨碎的奶酪。这些都摆好后,尼娜拍摄了一段短视频,讲述他们为顾客提供特色食品服务,在餐馆的脸书页面上发布。在得知州长的餐馆禁令不到四十八小时内,他们就在餐馆后面带顶棚的露台上设立了一个简易市场。

他们根据平时的支出为菜品和其他主食定价,在调味酱和其他预制食品上挣了点钱,但主要收入来源是酒类。也许是有史以来第一次,宾夕法尼亚的餐馆老板们对州酒类控制委员会的人有了好评,因为后者同意放松对酒类销售的规定,州内的餐馆、酒吧可以销售封闭容器包装的啤酒、葡萄酒和烈性酒。由于该州的酒类商店暂时关闭,在库苏马诺餐馆的这个临时市场上,6瓶一盒装的酒特别受欢迎。

州长发布餐馆禁令的那个晚上,库苏马诺和尼娜开始商量如何安置员工。很多员工在这里工作感觉就像家人一样,但餐馆毕竟是企业,而且突然陷入了危机。现有二十三名员工中的大部分需要解雇。"我们还有别的选择吗?"库苏马诺问。他们想尽量分担一些困难:为那些最需要这份工作的人提供至少一两个轮班岗位。

餐馆有两个厨房：楼下是一个大的预备厨房，那里有披萨烤箱；楼上主餐厅旁是一个小厨房。需要准备多少食物是最难确定的，下午5点一开门，就得有人来根据外卖订单加工菜肴。库苏马诺让他的披萨小哥和两个厨子留下来干活。当然，布伦达·罗西奥里从2013年餐馆开业的第一天就一直在这里当服务员。她曾在餐馆的临时仓储部工作，其他来帮忙的家人和朋友也都在那里干活，她还会帮忙送外卖。尼娜盯着电话，记下订单和信用卡号码。老福格高中的辅导员肖恩·尼平时在餐馆兼职服务员，现在和布伦达负责把食物从楼上的厨房送到酒吧临时搭建的一个地方，当顾客打电话说到了，他们就把订餐送到车上。餐馆的糕点师就是尼娜的妈妈，也加入进来忙碌着。

接下来，库苏马诺很怕要和那些可能被解雇的人谈话。让他宽慰的是，谈话没有想象的那么困难。他的调味厨师安琪·加尔松，三十岁，和她姑妈生活在一起，姑妈有肺病（COPD，慢性阻塞性肺疾病），很容易受病毒感染，科学家已经确定这会导致严重的呼吸问题。安琪自己有糖尿病，这也使得她属于高风险人群。尼娜也了解到同样的情况，一名服务员是有既往病史的六十多岁的女性，另一个和母亲住在一起，第三位年龄小一些，但也为母亲的身体担忧。三个人都喜欢待在家里。洗碗工吉米有前科，就住在餐厅楼上。他跟库苏马诺说他喜欢干活，也很乐意坐在沙发上从政府那里领失业救济金。其他的洗碗工和勤杂工都是高中生或通勤的大学生，他们和父母生活在一起，只要别把病毒带回家里，怎么都行。

"很多人告诉我们，在疫情好转前他们不会回来。"库苏马诺说。他想象着全国餐馆和酒吧老板们的焦虑。2019年底，有将近1500万餐馆从业人员，使得该行业成为全国第二大私营企业雇主（医疗保健排在第一）。无论是厨师、服务员还是洗碗工，不管是在宾夕法尼亚州的大型连锁餐厅还是老福格这家中等规模的意大利餐厅工作，忽然间，他们大多数都失业了。"我不用去开这种让人很难受的会议，跟大家说：'你们都被解雇了，'"库苏马诺说，"他们帮我减轻了负担。"

库苏马诺知道他的多数员工都过得去，大部分服务员有其他收入来源，似乎没有人会挨饿或拖欠房租。他也不担心酒吧服务员，他们在库苏马诺餐厅里有属于自己的天地，他们工作的目的似乎就是为餐厅增添个性和活力。"对我来说，这份工作更像是社交。"前镇长鲍勃·默克林说。其他兼职员工除了前镇长和本地学校的辅导员外，还有一位中学老师、一名为市政府工作的律师和库苏马诺的堂弟安东尼，他是劳工工会成员，白天的工作是铺设混凝土。默克林是保德信金融集团在斯克兰顿的技术专家。"拿了别人的钱我会感到内疚。"他说。

库苏马诺担心的是那些每天在身边干活做饭的人：厨房里的员工。他们是蓝领工人，几乎没有积蓄，4月1日的房租可能都付不起。在饭店和就餐大厅，尤其是厨房的，是那些没有高学历或没有意愿做白领工作的员工，他们甚至不具备前台需要的接待客人的能力。"我喜欢在厨房里那种纯粹的不可思议的感觉：像一个梦想家、疯子、难民和反社会者。"1999年安东尼·布尔丹在《纽约客》上发表了一篇著名的文章，开启了他的媒体生涯。那些能忍受约束的人可以在物流中心或沃尔玛找到一份工作，那些不愿墨守陈规的人不想穿公司的工作服，他们经常会在专业的厨房找到工作。"那是格格不入者最后的避难所，"布尔丹专门写了美国的厨房，"是一个忘掉过去重新开始的地方。"有些人可能梦想有一天成为一名大厨，但多数人就是想干一天活挣一天钱。今天的餐馆厨房就像是煤矿、钢厂和大型制造工厂，不过现在大多数厂矿都关闭了。不同的是，过去在汽车制造厂、钢厂和煤矿工作待遇丰厚，如今这些工作在美国"现代工厂"的普通一线厨师，年收入可能不到3万美元（库苏马诺餐馆略高一点）。他们是餐馆里一群鱼龙混杂的员工，老板要求他们每天准时上班，但当他们偷偷溜出去嗑药、大声播放音乐或留着长发时,老板也只能睁只眼闭只眼。"我真正关心的是他们能不能把活干好。"库苏马诺说。

在库苏马诺餐馆后厨的等级中,处于最高位的是安琪·加尔松,仅次于库苏马诺。疫情发生时,她已经在餐馆工作了近两年,禁令起初让她很困惑。"我不知道政府还能这么干。"她说。在州长下令停止餐馆室内用餐几天后,全州又关闭了美发厅,这才让她感受到现实的打击。安琪不是大家心目中的那种时尚达人,她穿着宽松的法兰绒衬衫和裤子,一顶棒球帽盖住短发。

"不知道为什么,"她说,"关闭理发店让我觉得很严重。"

安琪的童年很艰难,后来她成了同性恋。在来斯克兰顿定居前,她住过很多地方,泽西南部、泽西海岸以及宾夕法尼亚和得克萨斯的各种小镇。因为父母离异,她老是搬来搬去。她有点害羞和孤僻,说话很简洁,有时语句中带些锋芒。她就会在厨房干活,热烘烘地忙碌着,同时照顾 8 或 10 个锅,那就是她最快乐的时候。她第一次打工在汉堡王餐厅,那时她还是新泽西的一个高中生。她在泽西岛的一家夫妻三明治店工作,后来又去了另一家店,那家店以菜单上有 20 种水牛城鸡翅而闻名。后来她住到斯克兰顿,二十五六岁的时候,想要找一个有医疗保险的工作。原先她在红龙虾连锁餐厅工作,她喜欢那里,但后来厌倦了这家餐厅的官僚习气。如果她有一个问题,"我必须找值班经理,值班经理必须找总经理,然后谁也不知道总经理还要找谁谈才能解决问题。"她说。

两年前安琪找到这里时,库苏马诺很高兴。"我喜欢用那些从大连锁餐厅出来的人,"他说,"他们比较守纪律,也知道在工作中好好表现。"库苏马诺跟安琪交待了一些事项,就像跟其他来自连锁餐厅的员工说的一样。安琪有能力干好工作,但在库苏马诺餐厅她要做不同的菜品。大型餐厅为厨师们提供罐装的预制酱汁和香料,"在这里,一切都要自己动手，"库苏马诺告诉安琪，"酱料、面包、各种甜点，所有的东西。"忽然间，安琪觉得有没有保险也不重要了，考虑到医疗保险中挂号费和自付部分那么高，那种福利也没多大用。她一开始做披萨，后来越做越好。"我要成为一名真正的厨师，也能有更高的收入。"安琪说。她也很喜欢在这里工作时的自由。"如果我有什么问题，告诉库苏马诺，马上就解决了。"在她干了将近六个月的时候，餐厅的意大利厨师离职了。制作沙拉的员工接替了厨师，安琪又开始接替他做沙拉。不到一年，安琪就成为后厨大拿，可以制作菜单上的菜品（玛莎拉鸡肉、虾味烩饭）和烤肉时铺在肉上的酱料。

安琪费尽心思，想着餐馆关闭后他们第一次谈话时该对库苏马诺怎么说。他一直信守承诺，教了她很多烹饪方面的知识。他们偶尔也有争吵，因为餐厅里总是挤满了人，订单不断，而库苏马诺是个追求完美的人。"有时候谁都可能让人烦，但库苏马诺真是个好人。"安琪说。库苏马诺一直对她很好，她担心在这场危机中会让他失望。

从十五岁起，安琪就觉得自己是把工作放在生活首位的那种人。那天有人没来上班，她在最后一刻来到餐馆，一直帮老板干到很晚。这一次，她决定把自己放在第一位。她深吸一口气打了电话，匆忙地告诉库苏马诺，说她姑妈有呼吸系统疾病，她自己身体也有问题，她的两个姑妈都在家工作，作为三人家庭的一员，她最好也能待在家里。

"他真的很善解人意。"安琪说。库苏马诺告诉她说家人和自己的健康都是最重要的。"他跟我说，只要我觉得需要，这里随时欢迎我回来，然后我们就挂了电话。"

乔伊·格拉齐亚诺是库苏马诺餐馆的高级披萨制作师，已经在这里工作了一年多。在餐厅禁令发布后的周三下午，他跟往常一样来上班了。即使有疫情，他说："我从来没有停止过工作。"三十一岁的乔伊身材削瘦，在小镇上与六十多岁的父母生活在一起，身体都不错。"说实话，我从来不害怕，"他说，他对这份工作心存感激，他在小镇上几乎所有的餐馆都干过，"库苏马诺餐馆是目前我工作过的最好的。"

库苏马诺琢磨着找人帮忙，白天需要做些准备工作，晚餐时间需要烹饪制作。他找了利瓦伊·卡尼亚和布莱恩·马里奥蒂，他们俩是跟他一起共事时间最长的厨师。布莱恩是老福格人，十五岁就开始在库苏马诺餐厅当勤杂工。"我在餐饮这一行没有什么梦想，"他说，"就是想挣点钱。"四年后他十九岁时成了餐馆的厨师，但还是不能确定以后会做什么。布莱恩是个清瘦的白人小伙，留着一头红褐色的长发，拿着仅供外卖的菜单忙碌着，餐厅不仅提供意面，还有不少其他的菜品。库苏马诺说："我喜欢布莱恩的就是他不管干什么都能干好。"

利瓦伊在这里工作的时间更长，差不多餐馆开业时就在了，也是老福格人的后代。2014年，利瓦伊十四岁时开始在这里做勤杂工。"他的父亲找到我说：'你能帮我管教管教这个熊孩子吗？'"库苏马诺说，"他告诉我这孩子需要工作，需要有人指点，孩子的状况很糟糕。"不久利瓦伊就开始当洗碗工，开始熟悉厨房。他跟库苏马诺的童年伙伴布莱恩学会了做披萨，布莱恩也很高兴教这个爱学习的孩子做披萨。后来布莱恩不幸死于服药过量，成为阿片类药物泛滥的又一个受害者。十五岁时，利瓦伊升职了，成了餐馆的披萨主制作师。第二年，开始在主厨房做沙拉或意面。

利瓦伊在疫情开始时才二十岁，和父母住在一起。州长发布堂食禁令后，他给了自己一个"两周假期"，然后就加入餐馆的骨干团队中。他不太担忧疫情，他妈妈的工作是照顾老年人，他住地下室，有单独的卫生间，如果要隔离也没问题。"因为工作时间少了，我在经济上受了点损失，但平时存了些钱，所以也还过得去。"利瓦伊说。

餐厅后厨中最新的员工是莎-爱莎·约翰逊,出生在纽约的皇后区,疫情来袭时二十二岁,但她的妈妈却被她称为一个"游荡的幽灵"。他们住在夏洛特市和印第安纳波利斯很多年,在那里的好几个地方住过,后来搬到了纽约。她妈妈在一家本土连锁餐厅当厨师,擅长做汤类、三明治和沙拉。莎-爱莎十六岁时,她妈妈带着她和弟弟搬到斯克兰顿,一年后又来到老福格镇。她说,这最后一次搬家需要一段时间适应。莎-爱莎是黑人,老福格镇绝大多数是白人。对她来说,最大的挑战是适应住在城市之外的地方。"这里实在太安静了,真是一个小镇,"她说,"搬到这里让我不知所措。"那时,莎-爱莎已经上过六个高中,第七个就是老福格高中,她在这里毕业时比其他同学要大两岁。她说:"就因为老是搬来搬去。"

2019年,莎-爱莎在拉克万纳学院参加了两年的烹饪项目学习,那是一所斯克兰顿的公立社区学院,她认为是母亲在纽约当厨师的经历启发了她。莎-爱莎在索尼克快餐店找了一份工作,但这里的老板不让她在后厨工作。她在这里当餐厅服务员,直到索尼克倒闭后又去了麦当劳,但那里还是不让她做厨师。公司培训她后厨的业务,但却安排她做免下车购物窗口的岗位。"我告诉他们:'我要去烹饪学校做饭,至少也能做翻翻几个汉堡之类的事吧。'"莎-爱莎说,"但他们还是一直让我在窗口干活。"

她的课程要求之一是在专业厨房工作至少一百八十小时。她来到库苏马诺餐厅隔壁的雷维洛披萨店,在那里工作还不到一周,老板帕特·雷维洛了解到实习生并不是他所想的免费劳力,有点不太情愿。库苏马诺出于给雷维洛帮忙,欢迎莎-爱莎到他的店里来实习。"我在疫情前就开始工作了。"莎-爱莎说。

库苏马诺认为,只要观察一个人怎么持刀,就可以完全看出此人的厨房技术水平。他知道莎-爱莎是个新手,但让人印象深刻的是她学得很快,而且渴望进步。"我不管过去别人是怎么教她的,反正我能把她教好，"库苏马诺说，"我看中的是他们的工作态度和学习的愿望。"也许同样重要的是，莎-爱莎的性格适合在厨房工作。库苏马诺不是戈登·拉姆齐[1]，在这里工作也不像《地狱厨房》里那样受虐。比如，库苏马诺从来不会说：你跳进烤箱里算了，我不想再看见你。温和的处罚才是他的工作风格。他会让她切一大袋洋葱，或者洗一袋红辣椒，然后摇摇头，对她花的时间太长表示不满。"慢爱莎。"他给她起了这么个绰号。她不但没生气（"我就是慢。"莎-爱莎说），还和其他人一起乐着。

"他总是善意地调侃人，"她说，"总是把我们逗乐。他是个有趣的家伙。"莎-爱莎还在实习时，库苏马诺解雇了沙拉厨师，因为他没车，不能保证准时上班，莎-爱莎接替了这个岗位。快到2月底的时候，莎-爱莎的实习结束了。库苏马诺在她将要离开餐厅时把她拉到一边。"我对你很满意，"莎-爱莎转述着他的话，"如果你愿意，就在这里工作吧。"他给莎-爱莎的时薪是9.5美元，她以前在麦当劳的时薪是10.5美元。但对她来说，这个决定很容易。"我在麦当劳提出两周后离职时，他们都很不高兴，"莎-爱莎说，"但我觉得，他们真的应该让我在厨房干活。"

当库苏马诺电话通知她被解雇时，莎-爱莎很理解。因为堂食禁令，库苏马诺有很多事要做。像全国的很多人一样，莎-爱莎回家了，等待着情况好起来。

---

[1] Gordon Ramsay，英国米其林三星主厨、烹饪节目主持人，以要求严格、追求完美著称。——译者

第四章　新冠病毒来到黑泽尔顿

黑泽尔顿市长杰夫·科赛特八岁时就开始了他的第一笔生意。他和哥哥用板条箱换棒球卡,凑成一套完整的棒球卡后卖给同学,生意成功后他们又发展到做比尼娃娃和其他收藏品。科赛特还在上高中时就租了一个小店面,开了一家"科赛特卡片和藏品商店"。他还在家庭餐馆"科赛特小酒馆"打工,那是1936年他的曾祖父母开办的。

"我从十二岁开始在那里做饭,从高中到大学,一直到我工作。"科赛特说。卡片店关门了,但多年来他除了家庭餐厅,还做过很多副业。他大批购买演唱会和体育赛事(费城棒球比赛、宾州州立大学橄榄球赛)门票,打包出售给观众,包括乘坐他预订的公共汽车往返的人。他有几个自费停车场和一家小旅行社。2013年,在一小时车程外的一家博彩厅里,他开了自己的"科赛特烤肉店"。他是当地一家电话营销公司的合伙人,公司负责预订分时度假和酒店房间。即使当了市长,在第一个任期中,他还是会在周五周六晚上来他2018年开的罗科餐馆干活。

"我喜欢工作,工作就是我的全部。"科赛特说。

他曾在2011年竞选市长,后来发现自己是被人利用来打击现任市长的,就退出了竞选。科赛特是白人,身材魁梧,戴眼镜,听起来像是在南费城的街头长大的,说话笨拙,语法含混。然而,他也有斗牛士般坚定的决心。年轻时他就意识到,有很多人比他聪明得多,要想成功就必须更加努力。四年后他再次竞选市长，终于赢得了选举，并于 2020 年 1 月连任。

宾夕法尼亚州的法规决定了唐克汉诺克是一个镇而不是一个市，这样就把黑泽尔顿定位成一个"三流城市"。这一决定基于它的人口，1940 年代时它的人口高达 38000 人，2020 年时人口则减少到 23000 人。但对当地人来说，这不过是一个拙劣的笑话。它的人口高峰期如果不是 1930 年代，也是在 1960 年代，其中前二十年种族冲突严重。市政的财务状况非常糟糕，科赛特上任不到一年就获得了一项不太光彩的"荣誉"：黑泽尔顿被定为"不良债务城市"。后来城市获得紧急贷款，重组了债务，至少可以支付它的基本费用了。一个对科赛特比较友好的新的市议员取代了那个一直跟他较劲的议员。"2020 年本应是一个全新的开始。"科赛特说。

3 月 21 日在黑泽尔顿发现了首例新冠感染患者。"黑泽尔顿的市民们"，科赛特开始了当天的新闻发布。他没有就这个病例多说什么，而是利用这个机会提醒人们，大家是一条船上的人。州卫生局长雷切尔·莱文为民主党州长工作，而科赛特是共和党人。几年前，莱文由男性变性为女性，是全美知名度最高的跨性别官员之一。提到她名字的共和党人往往带有敌意，这种怨恨随着新冠疫情而加深。但作为一名公职人员，科赛特的工作是回应卫生官员发出的信息，所以他在新闻稿中引用了莱文的话："就像莱文博士说的那样，'宾夕法尼亚州当前的重要任务就是保持镇定、留在家里，保证安全'。"

科赛特不是一个甘于平庸的人。在第一个任期内，他完成了数百小时的培训，获得了消防培训和安全、应急管理、法规实施方面的证书，他认为这会让他在工作中有更好的表现。在疫情初期，他每天晚上都和医生以及卫生保健部门的人通电话，尽可能地了解这种疾病、住院率和基本传染数（R0），因为 R0 反映了感染的严重性。"我每天晚上打电话到半夜，早上 6 点起来再接着打。"他说。

科赛特主要担心他称之为"双重居民"的问题。这些人家住纽约或新泽西，但在黑泽尔顿上班，他们乘坐仅有的几辆面包车往返上下班。"面包车的侧面写着他们要去的地方：布朗克斯（纽约），帕特森（新泽西），"科赛特说，"这些车辆拉着人们每天往返二三十趟，人们几个小时坐在一个拥挤的空间内，呼吸着同样的空气，然后去那种有几百人的大型工厂上班。"科赛特意识到这是一个关键问题：必须停止面包车运营。

在首例患者出现后的一周内，又发现了十几个阳性病例。他知道他的城市正面临危机。在他的帮助下，一家当地医院在城市周围和工业园区外搭建了检测帐篷，仅仅两天的检测就发现了 300 例感染者。十天后，这个数字达到 1000 多。"几乎 5％的人口同时感染了新冠病毒。"科赛特说。黑泽尔顿曾经以煤炭和纺织业闻名，这一次却是以其惊人的高感染率引起了关注。"我确信有一段时间我们在全国是最高的。"他说。

科赛特知道，一个市长无权关闭州际公路运输公司，就是临时关闭也不行。但是，他把公交公司的负责人召集到办公室，说服他们自愿暂停运营。他还发现，虽然作为一个"三流城市"的市长，手中的权力很有限，但他对人行道和街道有管辖权。3 月底，科赛特发布了全市范围的宵禁令，每晚 8 点到次日早上 6 点，除了直接上下班外，不得在人行道和街道上行走。他还禁止白天公共场所 4 人以上的聚集，并发布了黑泽尔顿临时法令，人们与非家庭成员须保持 1.8 米以上的距离。

"我不敢轻易使用这个权力。"科赛特解释说，但这是"大敌当前的一个必要措施"。他的法令可以保持五天有效，如果延长必须得到市议会的批准。

薇尔玛·赫尔南德斯很高兴能关在家里，除了家人，跟其他人都保持距离。但她仍然感到害怕，随着病毒的扩散和越来越多的人感染，媒体的报道从感染病例转向病死人数。薇尔玛美发厅关闭的那天，美国有 200 例死亡。两周以后，死亡人数超过了 6000。

"一旦他们开始谈论有人死于新冠感染疾病，你就会惊讶地感叹：'哇，这太可怕了！'"薇尔玛说。有的美发厅老板可能很羡慕别的地方的同行，比如瑞典就没有关闭理发店（包括健身房、餐馆、酒吧和电影院），但她不在那儿。市长和州长都要求他们待在家里，别去上班，她也只能服从。

保持冷静是她很难做到的事。"人在绝望的时候很容易受挫，"她说，"这一切都是哪来的呢？我该怎么付水电费呢？"她想关掉店里的电源，又想保留一点灵活性，以便在警报解除后可以尽快开业，担心关闭水电设施会影响重新开张。"政府没说多久我们可以开业。"薇尔玛说。除了传言她什么都不知道。

薇尔玛认为自己算是幸运的。莱昂纳多是当地学区的维修工，也在家待着，但他们算是休假。这就是说，跟那些被解雇的人不同，他的健康保险保持不变，这样就不用担心这笔开支了。估计他很快就会失业，他们俩都可以在仓库和物流中心找到工作，但他们只希望能够待在家里领取失业救济金。

她也没有像很多人那样感到完全孤立，她有莱昂纳多，还要帮别人照看三个孩子。因为托儿所暂时关闭，孩子的父母还得上班，就交给她照看。

即使有这些分心的事情，薇尔玛还是时常担忧自己花了十六年打造的这家美发厅。很多时候她都在打电话，问问那些老客户过得怎么样，问他们是否有什么需要。她也得知有几个人死于病毒，有的感染了病毒。

"说实话，那段时间非常难过。"她说。

黑泽尔顿起初是交通要道上的一个休息站，这条路由南向东连接萨斯奎哈纳山谷和利哈伊谷。它可以追溯到19世纪早期，这条泥泞污浊的小路上走的是马夫、马车和公共马车，最终演变成布罗德街，就是薇尔玛·赫尔南德斯在两百年后的今天开美发厅的地方。这座城市坐落在温泉山顶的高原上，海拔500多米，是宾夕法尼亚州海拔最高的城市。这个地区长满了榛树（hazel），如果不是因为一个办事员的拼写错误，这座小城的名字应该叫"榛树城"。大约五十年后，城镇的名字被登记为黑泽尔顿（Hazleton），错误成了既成事实。

煤炭，更确切地说是无烟煤，让黑泽尔顿出了名。在宾夕法尼亚州东北部，人们总是说"无烟煤"，而不是"煤炭"。平原煤是美国大部分煤炭产区常见的沥青品种，在工业革命时期，这种软烟煤产生的大量煤烟和刺鼻的烟雾，布满了黑暗的天空。无烟煤更坚硬，富有光泽，杂质更少，燃烧更充分，很少产生煤烟。那些无烟煤点燃的巨大高炉，为国家的钢铁厂提供动力，有力地推动美国成为全球工业强国。无烟煤也在整个东北部用于家庭供暖，其中95％在宾夕法尼亚州东北部的楔形地带，黑泽尔顿大致位于这一地带的中部。

无烟煤的故事几乎渗透了各个行业。几个煤炭大亨变得超级富有，那些冒着生命危险在地下干活的矿工却在为养家糊口而卖命。1840年代，矿工来自英格兰、苏格兰和威尔士，后来爱尔兰人为了躲避本国饥荒来到美国，也在这里做工。到1880年代，东欧和中欧的经济困难引发了又一波移民潮，正好为矿主们利用从中获益。这些来自意大利、波兰和斯洛伐克的新移民迫切需要找到工作维持生计，迫不得已接受了矿主支付的极低工资，这就是研究该地区的一位人类学家所说的"勉强糊口"水平的工资。矿井下的条件更加危险，死伤频繁，但后面排队等候工作的人还是源源不断。1897年，数百名波兰、斯洛伐克和立陶宛移民组织了一场抗议活动，要求同工同酬和更好的工作条件。他们举着美国国旗，在距离黑泽尔顿几公里外的拉蒂默小镇的煤矿游行。当地治安官和 150 名警察向手无寸铁的人群开火，造成 19 人死亡，至少 36 人重伤。

市中心逐渐开始形成。1891 年，黑泽尔顿成为美国第三个拥有自己电网的城市。纺织厂相继开业，拉动了更多行业的发展。几栋砖砌的写字楼建成，有 8 层、10 层甚至更高。那些著名的杂耍演员在剧院演出，拳击比赛也在城镇上进行。鼎盛时期，黑泽尔顿市中心有三家酒店、四家百货商场。布罗德街和怀俄明大街上到处都是餐馆和酒吧，还有不少珠宝店和男女服装店。

第一次世界大战前后，煤炭生产放缓，石油和天然气等成为更受欢迎的燃料。同时煤炭开采越来越困难，成本也更加昂贵。到第二次世界大战，煤炭业一度回光返照，随后逐渐衰落。1972 年，这个地区的最后一座煤矿关闭。随之而来的失业率达到了 23%，"到泽西去！"成为当时的流行语，说的就是人们离开小城镇，去外地寻找更多的工作机会。

1950 年代中期，当地商人和市民领袖成立了一个民间组织叫"我们能行"（CAN DO，"社区新开发组织"的首字母缩写），旨在为黑泽尔顿增加就业机会。他们计划筹钱买地，建一栋空壳楼来招商。没有人会来黑泽尔顿的空地上建房，但在这里新设一个总部，提供完善的设施，还是有可能吸引企业入驻的。该组织通过在社区范围内的"每日 10 美分"项目筹集了 1.4 万美元，并出售了数十万美元的股份。

一家海绵橡胶公司第一个入驻，一家生产高速公路拖车和金属柜的制造商紧随其后。那时，"我们能行"的口号在组织内部就是做好"清洗和冲刷"，营造良好环境。吸引企业入驻之后，他们再把大楼卖给公司和投资人。然后，他们用所得资金购买更多土地，扩建道路和公共设施，并且再建一栋标准楼房，吸引其他制造商入驻。他们也开始在《工厂与公园》杂志和其他类似出版物上给城市做广告，吸引企

Saving Main Street　057

业入驻工业园区。大陆罐头公司（Continental Can）入驻了工业园区的"我们能行"大厦，德索托汽车公司（DeSoto）和打字机生产巨头史密斯·科罗拉公司（Smith Corona）也相继到来。

"我们的制造业正在迅速发展，至少在六七十年代是这样。"凯文·奥唐奈介绍说，他管理"我们能行"组织二十六年，直到2020年底退休。

地方之间的竞争越来越激烈。1980年代中期，在争取通用汽车（General Motors）来这里新建大型土星轿车工厂的竞标中，黑泽尔顿输给了田纳西州。田纳西州提供的税收减免和其他鼓励措施，黑泽尔顿都给不了。后来，黑泽尔顿与威尔克斯-巴里、皮茨顿和宾夕法尼亚州东北部的其他城镇合作，雇用了一家公关公司。但是，世界变了。制造商更喜欢南部和西南部那些州，它们实行《工作权法》，工人可以自己选择是否加入工会，这对企业更为有利。越来越多的大企业将业务转移到海外以寻求更低的成本。不过，配送中心正在崛起：大型零售连锁企业、大型制造商和供应商建立区域性仓库，可以使他们的产品更接近用户。

"我们能行"组织有一条不成文的规定：工业园区不欢迎配送中心。仓库工作的工资远低于制造业，而且晋升机会有限。凯文·奥康奈尔说："问题是所有来入驻的都是分销商，没有一个是制造业的。"位于城镇以北11公里的地方有80号和81号州际公路，这是一条重要的南北商业通道。1990年代的一项研究提出，实现这种战略转变是正确的，结果就是现在仓库工作对黑泽尔顿很有利。这座城市把自己重新定位为"东部十字路口"，是企业在东北地区建立配送中心的理想场所。汽车配件连锁巨头"奥众公司"、牛仔品牌"美鹰傲飞"和手工艺连锁店迈克尔斯（Michaels）都来到工业园区，建立了自己的配送中心。互联网的兴起，催生了建设物流中心的新需求，这些物流中心设在人口聚居区的附近，可以更便捷地把产品运送到顾客手中。2008年，亚马逊开设了黑泽尔顿物流中心，一个巨大的建筑设施，在休假季雇用工人多达2000名。

黑泽尔顿靠近纽约大都市区，这里有2000万左右人口，对企业和潜在的员工都很有吸引力。2000年，工业园区工作的起薪很低，每小时10到12美元（年薪2万到2.5万美元），但有时候这份工作还包括福利，而且该地区的生活成本远低于城市。薇尔玛和丈夫莱昂纳多用他们在布朗克斯区租的两居室公寓的同样金额，在黑泽尔顿买了宽敞的带后院的四居室房子。莱昂纳多在嘉吉公司上班，公司于2000年搬到了工业园区。薇尔玛收拾好房子，给孩子安顿好学校，开始寻找出租门店。

小企业一直是讲述美国建国故事的核心。"从殖民地时期开始到19世纪的大部分时间，我们国家的绝大多数人是农民和小企业主，他们雄心勃勃，流动性强，充满乐观，不惧风险，反对专制，主张平等，善于竞争。"美国杰出历史学家理查德·霍夫施塔特这样写道。铁匠、药剂师、杂货店主等，体现了美国精神中最本质的自立意识。法国历史学家阿历克西·德·托克维尔于19世纪中期在美国考察游历了一年半，出版了著名的《论美国的民主》，他在书中说："在美国，让我深感震撼的与其说是某些事业的惊人壮观，不如说是无数的小事业小人物。"个人独立和它所创造的集体繁荣，似乎是我们集体意识中不可缺少的一部分，构成了世界上第一个民主国家与生俱来的"美国例外论"。的确，从19世纪后半叶开始，人们一直就认为强韧的小企业不仅是美国经济的支柱，也是美国民主正常运行的基石。一个在少数企业巨头控制下的政治体制是危险的，小企业的自立精神（和扩散能力）是国家健康发展的保障。

然而，故事也有另一面。美国是世界上大企业集团最多的国家，这些企业集团从美国经济中获取了大量资源，给小企业主的所剩无几。大型连锁店占据了美国市场很大一部分。结果,不管美国怎么看待自己,世界上很多国家的多数人都要靠创业来开启自己的事业。在多米尼加共和国,就是薇尔玛·赫尔南德斯生长的地方,那里没有"超级剪刀"这样的大型理发连锁店可以给她提供工作。与美国不同的是,那里没有地区性和城市的连锁店可以让她递交工作申请,甚至想在别人的美发厅里租一把椅子干活也没什么机会。想要当一名理发师必须具有创业精神。

薇尔玛的故事不仅是一个移民美国的小企业主的故事。在美国,一家小企业可能不会带来太多财富,但开一家小商店、干洗店或小旅馆是新移民进入中产阶级的一条途径。2020年初,薇尔玛的一个儿子在巴德学院做行政管理工作。另一个儿子在一家电子企业工作,并且养育了三个孩子(第四个会在疫情期间出生)。薇尔玛的女儿获得硕士学位后,在联邦惩教部门工作。

薇尔玛的故事也戳穿了一种观念,即美国的企业家比世界上其他地方的企业家更优越、更先进,或者不管怎么样都更特别。多米尼加共和国小企业经营者的人数比例比美国高很多,印度尼西亚、肯尼亚、玻利维亚、尼加拉瓜、澳大利亚、爱沙尼亚、意大利等都是这样。"在多米尼加,每个人都是创业者,因为他们别无选择。"富兰克林·努涅斯说,他于2006年搬到黑泽尔顿,在布罗德街有一家三个人的汽车维修店。他介绍多米尼加时说:"人们开一家小店,或者在街上卖点东西,或者在外面做点生意,卖服装之类的。"小企业可能是美国的支柱,但事实上它是地球上每个国家的支柱。

薇尔玛生长于多米尼加的首都圣多明各,一个300万人口的城市。她父亲是机修工,母亲是教师,生养了七个孩子,薇尔玛说她的家境"一般般"。多米尼加的公立学校允许孩子学一门职业技能,大约十五岁的时候薇尔玛开始上美容课程。在家人的帮助下,她十八岁时开了自己的美发店,只有一把椅子。

1986年,她和妈妈、姐姐和两个弟弟离开了多米尼加。那时她十九岁,盘算着能在美国过上更好的生活。到美国时她有高中文凭,但只会说西班牙语。两个弟弟在公立学校学英语,以后都会上大学的。"我们必须出去工作。"薇尔玛说到她和姐姐。她的孩子们说,她懂的英语比表面上看起来要多,但她在第二故乡说当地的主流语言还是会感到不自在。

他们来美国的第一年与先前已经来这里的薇尔玛的奶奶、姑妈一起住在皇后区。一年后,薇尔玛到了布朗克斯区,在这里有过一段短暂的婚姻,生了儿子布莱恩。不久之后,她遇到了莱昂纳多·雷耶斯,两人于1989年结婚,那时薇尔玛二十三岁(她按照多米尼加的习俗保留了娘家的姓氏)。后来的四年中,两口子有两个孩子,伊凡和吉妮西丝。那时她刚到这个国家,又在纽约这样物价昂贵的城市,开美发厅不太现实。尽管之前有开店的经验,但她还是按照纽约获得美容执照的要求,学完一千小时的课程,在曼哈顿一家发廊找到了一份工作,那里距离他们家坐火车三十分钟。布莱恩说,只要有机会学习头发护理方面的技术,她都会报名参加。

"妈妈总是说:'我们在这里有了发展的机会,我们做对了,'"布莱恩说,"她的风格就是'我不着急,事缓则圆'。"后来,一向照章办事的薇尔玛通过了入籍程序,取得公民身份。家人每个星期天都会去教堂,孩子们上教区学校。教区私立学校的学费更优惠一些,他们负担得起。

"我们很幸运,"吉妮西丝说,"不用忍受公立学校的那一套做法。"

布莱恩形容他住的布朗克斯西区一带的人都是"蓝领一族",吉妮西丝和伊凡更强调那里的危险。"毒品、枪支,什么都有,"伊凡说,"那是一个野蛮的、疯狂的地方。"他们住的公寓楼对面就是警察局,给了他们一些安全感,但三个孩子主要还是母亲照看着。"如果我们做错了什么,她就会嗤之以鼻,很不高兴,"吉妮西丝说,"她对

Saving Main Street   061

我们要求严格,非常严格。"

薇尔玛后来放弃了曼哈顿美发厅的工作,以便离家近一点照顾孩子。布莱恩说,即使他上了高中,妈妈也不让他自己坐车,而是送他到公共汽车站,然后再送弟弟和妹妹上学。"我总是跟妈妈说,你太爱我们了。"布莱恩说。为了赚点钱,薇尔玛在公寓外开了一家小日托所。每到周六,她就把家里的客厅变成一个美容院,配有椅子、镜子和吹风机。

"非常有意思,"布莱恩说,"妈妈非常有魅力,是一个很开心的人,大家都喜欢和她在一起,对我们都很好。"吉妮西丝印象最深的是源源不断的顾客,还有妈妈干了一天挣到的一沓现金。吉妮西丝说:"妈妈有经商天赋,她总是能够赚到钱。"

"9·11"事件和世贸中心遭到袭击,成为改变他们人生事业的转折点。跟很多纽约人一样,他们对恐怖袭击感到深深的不安。"双子塔倒塌之后,我决定离开纽约,"薇尔玛说,"我很害怕。"人们猜测恐怖分子可能还会袭击地铁,对经济下滑也很担忧。"'9·11'之后,各方面情况都不好了。"薇尔玛说。

同楼道的一个邻居搬到了黑泽尔顿。一家人从布朗克斯开了两个半小时来看他们,对自己的所见感到很欣慰,然后又去了一次。忽然间,搬到黑泽尔顿的想法变得很清晰。随着孩子们长大,他们需要大点的房子,但在纽约居住的这个区,根本买不起一套三居室的公寓。他们在黑泽尔顿找到了合适的住房,还有当地一所很有口碑的学校。"我们来黑泽尔顿就是为了让孩子受到更好的教育。"莱昂纳多说。那时,十二岁的伊凡对搬家很兴奋,("哪个十二岁的男孩不喜欢新鲜、冒险的事呢?"伊凡问道。)但是十五岁的布莱恩感到很突然。"我父母想的是这里有很棒的学区,小城很可爱,我们要搬家,"布莱恩说,"但我想的是:等等,你们要干什么?"他想去曼哈顿的纽约大学,或是布朗克斯的福德汉姆大学上学,离他们住的地方不远。不知道搬家是否会影响他学业上的理想。

事实证明，搬到黑泽尔顿得到了自由。"就像挣脱了锁链。"吉妮西丝说，那年她十一岁，可以在街上自由玩耍，任何时候父母在外面都不用担心。他们第一次有了各自的房间。"现在我们才更像电视上看到的美国人的生活。"吉妮西丝说。布莱恩在布朗克斯区长大，从来也不知道他看到的迪士尼频道电影里的生活是怎么回事。"我很困惑，因为那时我们家没有那种白色篱笆桩围起来的院子，没有那种生活条件。"布莱恩说。

薇尔玛从未放弃过在美国开一家美发厅的想法。薇尔玛和莱昂纳多觉得："只要有机会，我们就会做得更好。"经过几个月的搜寻，她找到一处理想的场所，看上了布罗德街上的一栋砖砌建筑，带一间很好的店面，离市中心不远。"附近有银行、超市和其他商店，"薇尔玛说，"这是一条老街，车辆和行人都会经过这里。"他们用莱昂纳多卖掉卡车和跑运输攒的大部分钱，付了定金。为了付清布罗德街上这处房产的首付以及6000美元的装修改造费用，他们又跟薇尔玛的弟弟借了些钱。每月还房贷1255美元。

"如果用一个词形容妈妈，那就是'无所畏惧'。"吉妮西丝这样说，不过薇尔玛的孩子们也都夸赞他们的老爸。别的丈夫可能会反感，妻子是这么有抱负和雄心的人。但莱昂纳多就像伊凡开玩笑时说的，是名副其实的"薇尔玛美发公司首席运营官"。莱昂纳多负责支付账单，安排预订，还要兼管房屋维修。"他们一直是一个完美的团队。"伊凡说。

初期比较艰难。开业那天，她悬挂了盛大开业的横幅，放了气球，只招来了一位顾客。刚开始她仅雇了一名员工，有时还会怀疑是否雇得起。那时，黑泽尔顿主要是白人，唯一敢来的是拉丁裔。她的故事是几代新移民走过的一条老路，也几乎是所有小企业主共有的故事。不论种族和原籍，他们都在一次次的交流中，通过优质的服务和

Saving Main Street

良好的口碑赢得顾客的信赖。

一百五十年前，黑泽尔顿还没有意大利人居住。而波兰和匈牙利人没有上千，至少也有几百。萨姆·勒三特是一个意大利裔美国人，在小镇上多年经营一家音像店。回忆起自己的家族史，他就想起祖父眼中的泪水。那是20世纪初的一年，祖父想在当地银行开一个账户。"他穿得西服革履，为自己是一个美国人感到骄傲，但因为不会说英语，他的申请被拒绝了，"勒三特说，"那个人对他说：'给我滚出去，滚回你的老家吧！'"那些早先来的人嫌弃他们的食物有异味，听的音乐老土，穿着也很俗气。

然而，一个世纪过去，被压迫者变成了压迫者。城镇周边的工业园区吸引了大批来自南美的肤色较深的移民，他们来这里找工作，希望改善生活。正像那些先前来到这里的人一样，他们中很多人不会说英语，但也有很多人会说。塞萨尔·索里亚诺生长于布鲁克林，先是在纽约开了一家小超市，后来开办了一家餐馆，"9·11"之后不久来到黑泽尔顿。他花4万美元买了一套房，在城里的席梦思工厂工作了七年，然后在布罗德街附近开了一家轩尼诗旧货店。

"有一天，我在超市买东西，一个白人妇女走过来冲着我喊：'要么说英语，要么回你们老家去！'"索里亚诺说，"我是棕色皮肤，这并不意味着我不说英语，也不意味我没受过教育。我上过大学，我是一个商人。"

这些新移民的到来，给学区、房市甚至警力都带来了压力。通往纽约和费城的便利，吸引了配送中心在这里建设，同样也吸引了贩毒者，他们通常携带枪支，而且通常没有合法的公民身份。这些贩毒者基本是拉丁裔，但买毒品的大部分是白人。"对于我们这个沉静的小镇来说，这一切太乱了。"安德烈·卡斯科说。他在布罗德街上的菲林珠宝店是个固定店铺，可以追溯到1922年。"我们有梅伯里那样待人友善的警察，关心民众的政府，和睦相处的小镇①。但突然间，我们要面对大城市才有的问题。"

然而，黑泽尔顿历史上曾经劣迹斑斑，这至少可以追溯到1970年代，那时黑泽尔顿以"黑帮城"闻名，因为这里就是黑手党的大本营。黑泽尔顿原警察局长、本地人弗兰克·迪安德烈介绍，美国联邦调查局发布的十大通缉犯名单上，经常会出现黑泽尔顿人的名字。商店出售的T恤上印有汤普森冲锋枪图案和"黑帮城"的称呼。1976年，一名副警长的家被燃烧弹击中，全家人遇害，那时他正在调查黑帮活动。

税收优惠吸引了大公司入驻工业园区，也加剧了人口快速增长带来的一系列问题。年轻家庭涌入该地区，导致公立学校入学人数激增，但学校的税基却没有相应的增加。"英语作为第二语言"的教学成本增加了近100万美元。本来，这些变化应该会引发一场关于人口变化的讨论，以及社区如何更好地帮助这些新来者尽快融入社会，当地人也可以要求进入社区的企业巨头履行他们的社会责任。

"但是，话题却被狭隘地聚焦在'他们'如何造成了'我们'学校的财政负担。"社会学博士杰米·隆格泽尔是黑泽尔顿本地人，他在2016年出版的关于家乡的专著《非法的恐惧》中这样写道。

2005年，距离布罗德街和怀俄明大街街角一个街区的地方发生了一起枪支暴力事件，一名拉丁裔男子与一个熟人发生争执，在一台借来的车里开枪打死了对方。六个月后，一名二十九岁的白人、三个孩子的父亲，在修理他的卡车时被两名非法移民开枪打死。市长卢·巴勒塔说，这成了"压垮骆驼的最后一根稻草"。

黑泽尔顿距离美国南部边境3200多公里。美国联邦调查局发布

---

① 梅伯里是一个虚构的小镇，出自两部颇受欢迎的美国电视情景喜剧。梅伯里小镇上的警察待人友善，乐于助人，居民之间和睦相处。——译者

的《统一犯罪报告》显示，在1999年至2006年间，城市犯罪率保持相对稳定。但是，在两名来自中美洲国家的非法移民枪杀了一名本地出生的白人后三十六天，市长巴勒塔提出《非法移民问题解决法案》。他宣称，目的就是要让黑泽尔顿成为"美国对非法移民最严厉的地方"。按照这一法律，企业雇用非法移民将被吊销营业执照五年，房主出租房屋给非法移民将被处以重罚。该法案明确禁止市政府雇员将官方文件翻译成其他语言，只能用英语发布。全部由白人组成的市议会以4比1的票数通过了这一法案，使小小的黑泽尔顿成了全国关注的热点。来自全国各地的记者汇集于此，报道宾夕法尼亚州这个小城市成了打击非法移民的先锋。著名电视节目《60分钟》将巴勒塔塑造成一个不太可能完成使命的"英雄"，勇敢面对非法移民涌入带给这个"美国城镇"的折磨。

政治争斗无疑有助于巴勒塔。2010年他以黑泽尔顿历史上最大的压倒性优势连任市长，并成功竞选国会议员，击败了一位颇受欢迎的民主党现任议员。2016年，他成为第一批支持特朗普竞选总统的国会议员之一，进一步提升了他的声望。但是，他的法案却一点也没有帮到"美国城镇"。联邦法官以违宪为由否决了这项法律，该市一直上诉到美国最高法院，被拒绝受理。该市需要为这项从未生效的法律支付140万美元的律师费和诉讼费，这使得本就经济拮据的城市陷入更深的财政困境。但是，更大的代价是对当地的拉丁裔与白人关系造成了严重损害。

阿米尔卡·阿罗约是秘鲁的一个银行家，秘鲁经济崩溃后他逃亡美国。阿罗约是一个谦和的人，小个子，1989年来到黑泽尔顿，他在推特上描述自己是"相信团结、合作和友谊的人"。在21世纪初，他创办了一本西班牙语月刊《信使》。"我从未遇到过任何针对我或我认识的其他拉丁裔的种族主义或歧视，"他说，但在法案事件后，"时常有人对我喊：'滚回你们老家吧！''你这个非法移民！''该死的墨西哥人。'"那些黑泽尔顿的长期居民也都有类似的经历，被一个陌生的白人咒骂是司空见惯的。"我们也没法把移民身份贴在脑袋上。"安尼·曼德斯说。他是一个本地商人，在法案事件前几年搬到黑泽尔顿。任何深肤色的人都被视为"闯入者"，不管你是否有合法身份。"整个社区都是被攻击的目标。"曼德斯说。

薇尔玛和她的家人觉得他们没有这么恶劣的遭遇。他们居住在一个白人聚居区，离市中心不远，与邻居相处得很好。布莱恩说邻居热情而有礼貌。"他们都很好奇，问了很多问题，但都非常友善。"他说。伊凡觉得学校里有些歧视，"人们用那种异样的目光看我，好像我是外星人一样"。在有关法案的辩论期间，情况尤其糟糕。"还有小孩冲我喊：'回你们老家去吧！''好好学英语！'"伊凡说。布莱恩特别赞美他的老师和高中辅导员，但也觉得自己像个外来的。他说，直到后来在汉堡王餐厅打工，这种情况才有好转，那时他开始跟同龄的白人孩子一起玩。

吉妮西丝也过得不错。她说，这得益于她是优等生，后来在高中期间通过了美国大学先修课程（简称 AP 课程）。吉妮西丝说："我不是吹牛，我比他们水平高，比他们学习成绩好，那些带着偏见的人我根本看不上。"吉妮西丝和伊凡都说，那些只会说蹩脚英语的孩子情况就很不好。"我们没有被当成外来的，不像那些有语言障碍的孩子。"伊凡说。

对薇尔玛来说，法案中的歧视让她感同身受。"我们都是移民，"薇尔玛说，"你伤害了一部分人，我感觉我们都受到了伤害。"她当然感受到生意上的影响，她想起一家人，那是一对夫妇带着三个女孩和一个男孩，每个月都拖家带口地来店里一两次。"他们都会来做头发。"她说。在法案事件后，就再也没见过他们。"那时我损失了很多家庭客户。"她说。

那段时间，莱昂纳多已经离开了嘉吉公司（"心寒啊！"他抱紧身体做出颤抖的样子），在工业园区的一家塑料制品厂工作。美发厅勉强维持收支平衡，一家人都靠他的工资生活。"那段时间非常艰难。"薇尔玛说。她不止一次想过，这家店是否还能活下去。

越来越多的企业搬迁到黑泽尔顿工业园区，越来越多的拉丁裔人也来到这里。在法案事件之前，大多数新到黑泽尔顿的人来自墨西哥或其他南美国家。现在主要是像薇尔玛这样的多米尼加人，通过纽约或新泽西来到这里。黑泽尔顿地处卢泽恩县。2009 年，卢泽恩县的拉丁裔人口增长位居全国第一。2010 年，官方统计显示 37% 的城市人口是拉丁裔，这一数字还在继续攀升。

人口结构的快速变化，让许多白人对他们的这座小城感到愤愤不平。1970 年代，位于城外的罗瑞尔购物中心开业，加速了城市的衰落，就像沃尔玛购物广场、劳氏零售店和其他大型超市一样，都在城市的边界处。在拉丁裔人到来之前，这里的经济结构开始从高工资的煤矿和制造业向低工资的仓储类工作转型，实际上这就是大批拉丁裔人投奔这里的原因。但很多城里的老居民将黑泽尔顿的问题都归咎于他们的拉丁裔邻居，一些长期居住的白人居民搬到城周边的"补丁城"，导致城市人口进一步拉丁裔化。

一家新的拉丁裔人美发厅开业了，看起来薇尔玛有了一个竞争对手，但其实有足够的客源可以开发。"我觉得这并不是真正的竞争，"薇尔玛说，"每人都有自己的客户。"为了适应新的需求，她又增加了员工，甚至开始偶尔为白人客户做头发。那是一个笃信宗教的虔诚女士，她说："上帝赐予每个人应有的客户。"

"棒球乔·麦登"出生于黑泽尔顿，从小在他父亲的管道和暖气店楼上的公寓里长大。他和一批黑泽尔顿白人一起，想方设法修复这座城市与新移民的关系。2016 年，麦登带领芝加哥小熊队进入世界职业棒球大赛，这是一百零八年来的第一次。"棒球麦登"由此得名，他帮助启动了"黑泽尔顿种族融合计划"（简称 HIP）。2013 年成立以来，该计划的目的就是通过儿童课外活动和免费英语课程把城市团结起来。就在同一年，在附近小镇长大的克里斯塔·施耐德创立了"黑泽尔顿市区进步联盟"。作为一名在哈佛大学获得城市设计硕士学位的前军官，施耐德把城市的这种新旧混合视为一种积极因素，而不是需要解决的麻烦。在卢泽恩县的其他地方，像美国的其他类似社区一样，都出现了老龄化趋势。但在黑泽尔顿，从2000年到2010年，十八岁以下的人口比例增长了30%。到2020年，这里大约一半的人口年龄在三十岁以下。

　　渐渐地，人们开始认识到，城市的新移民不是问题的制造者，而是城市的拯救者。那些拉丁裔创业者跟随薇尔玛的脚步，进入布罗德街和怀俄明大街上被废弃的店面。阿米尔卡·阿罗约是个出版商，在他布罗德街办公室的大白板上，有一份拉丁裔人在城里开办小企业的动态名单。到2016年，他列出了100多家，包括美发厅、餐馆、酒吧、家具店、服装店和食品市场。约瑟夫·亚努齐任市议员时曾投票赞成巴勒塔的移民法案，现在他作为市长也开始认识到，正是城市的这些拉丁裔人挽救了当地经济。他们"开办了各种小店"，亚努齐在2016年接受《费城问询报》采访时承认，"这确实是一个积极因素"。这些新企业增加了城市的税基，为城市增添了活力。

　　社区建设是一个缓慢的过程。拉丁裔人终于加入了当地商会的董事会。一年一度的黑泽尔顿拉丁裔人节日也开始举办，不过尽管有食品展示和音乐表演，要吸引白人参与还需要时间。靠近布罗德街和怀俄明大街的一角，一个新的艺术中心开始兴建。还有多米尼加人负责全新的市中心孵化器工作，旨在催生更多的小企业。此时，新冠疫情来袭，似乎过去六年取得的许多进步都将付诸东流。

　　在两次竞选期间，杰夫·科赛特的竞选材料都用英语和西班牙语两种语言印刷。这次发布关于新冠疫情的公共健康信息时，他也是这么做的。(按照2006年的移民法案,这是被禁止的,除非有市议会的特别授权。)他召集拉丁裔社区的盟友,告诉他们要保持警惕。他可能不是世界上最进步的市长,但他坚定地主张黑泽尔顿必须步调一致。乔·麦登找来棒球巨星亚伯特·普荷斯和其他球员,在西班牙语电视上发布信息。他们警告说:"不能漫不经心,必须保持高度警惕,严防社区传播。"

嘉吉工厂暴发了疫情,那里大约四分之三的工人是拉丁裔。有将近200人,即超过五分之一的工厂员工检测结果呈阳性,那时工厂已经关闭了两周。在同一工业园区的亚马逊大型仓储中心暴发疫情,《纽约时报》宣称这里比亚马逊其他地方的疫情都更严重。疫情暴发对拉丁裔工人的影响更大,因为很多拉丁裔工人必须去上班,否则就会面临失业的风险。他们大多数人聚集在一起工作,没有口罩和其他防护设备。然而,有些白人对拉丁裔邻居不得不去工作非但没有同情,反而指责是他们在城市里传播了瘟疫。当黑泽尔顿市议会延长了市长的紧急宵禁令时,那些白人又对失去自由表示不满。

很多拉丁裔人对于在脸书、Instagram和其他社交媒体上看到的一些说法感到震惊,仿佛巴勒塔那个时代又回来了。市医院的一位呼吸科大夫在社交媒体上发文:"我不知道拉丁裔人有什么好……他们讨厌我们就像我们讨厌他们一样。"另一个医院员工发文说:"拉丁裔社区并不关心……也不遵守政府的规定和建议。自从他们成群结队地来到黑泽尔顿,就一直是这样。"

不过与上次不同的是,这一次城市的官员和商界领袖都在维护拉丁裔人,而不是站在那些愤怒的老居民一边。"他们每个人工作都很努力。"吉米·格罗赫尔是布罗德街上吉米快餐店的第三代老板。他说:"我认为应该对他们抱有一份理解和同情。他们是拉丁裔或白人或别的什么人都不重要,重要的是我们都生活在黑泽尔顿。"

第五章　华盛顿

大企业历来是华盛顿的头等大事。2008年就是这样，联邦政府出手救助次贷危机的始作俑者，即华尔街金融巨头和其他一些大公司，但从来也没有考虑过帮助那些无辜的受害者，他们在这场灾难中失去了自己的房屋。面对新冠疫情，航空公司得到救助。美国航空运输协会是该产业的游说团体，2020年44名说客花了650万美元，每家航空公司都有自己的说客。（美联航雇用了31人，美国航空公司雇用了46人。）疫情刚流行才几个星期，十家航空公司就分到了政府给他们的250亿美元资助。据《纽约时报》发布的调查报告，在疫情流行的头几个月，医院获得了700多亿美元的联邦援助，这可以说是理所应当的。但其中大部分援助却充实了拥有雄厚资金储备的大型连锁医院，那些急需现金的小医院则几乎见不到钱。

没有多少钱是留给全国的餐馆用的，他们必须和其他人激烈竞争。同样，全国的零售店、电影院、酒店和一长串因新冠疫情而遭受重创的行业也是如此。他们都有各自的说客小团队。（例如，据2020年全国餐饮业协会称，麦当劳、塔可钟快餐、肯德基和橄榄园餐厅雇用了27名说客。）每个行业都是大型连锁企业和小型自营企业并存，自从有了大企业，小企业就得与之竞争。而永恒的问题是，是否还会有钱剩下来帮助那些家庭经营的小店，或者说大型连锁店和其他巨头是否会在资金流向小企业之前就已经夺走了大部分。

一直到企业巨头出现、有组织地攻城略地，小企业才开始意识到维护自身的利益。在 19 世纪中后期之前，每一家企业都是小企业，至少以今天的标准来看是这样的。19 世纪下半叶见证了垄断和寡头垄断的崛起，以及利用企业结构的复杂性和规模经济主导竞争的实业家。1890 年，19 世纪末兴起的钢铁、石油和铁路大亨催生了《谢尔曼反垄断法》和十四年后的《克莱顿反垄断法》。"我们要争取的就是打破大企业和政府之间的这种伙伴关系，"伍德罗·威尔逊[1]在提出禁止掠夺性定价的理由时说，这种做法在大型托拉斯中普遍存在，"要让做小生意的人能像做大生意的人一样自由地获得成功。"

弗·温·伍尔沃思和西尔斯可能就是那个年代的沃尔玛和亚马逊，但 20 世纪早期真正的巨人是 A&P[2]，第一家年销售超过 10 亿美元的零售商。连锁店在 1920 年代开始出现，没有人比 A&P 更加强大，在它高峰时期有将近 1.6 万家商店分布全国，还有 70 家工厂和 100 家仓库。《伟大的 A&P 与美国小企业的斗争》一书的作者马克·莱文森写道，公司背后的两兄弟成为"20 世纪上半叶最受人诟病的美国企业家"。针对 A&P 的不满一直是此后小企业主们的悲歌：如果不是自己批量生产，零售连锁店也可以从供应商那里以更低的价格进货，从而导致无数家庭经营的小商店关门。

在 1930 年代的大萧条时期，小企业似乎取得了重大胜利。得克萨斯州议员赖特·帕特曼是一个佃农和民主党人的儿子，他支持立法规定供应商不得给予大型零售商特殊优惠价格。1936 年，全国的小企业庆贺《罗宾逊-帕特曼法》出台，但为赢得法案通过而做出的妥协，赋予了制造商提供"合理"价格的权利，如此代价昂贵的漏洞使得立法在与大型连锁集团的斗争中失去了效力。

---

[1] 1913—1921 年任美国第 28 任总统。——译者
[2] 全称为 the Great Atlantic and Pacific Tea Company，大西洋和太平洋食品公司。——译者

历史学家本杰明·沃特豪斯任教于北卡罗来纳大学，他说："很大程度上就是因为这一点，多数历史学家认为，《罗宾逊-帕特曼法》的通过，不是一场持续的反连锁运动的开始，而是真正的结束。"

德怀特·艾森豪威尔①和共和党控制的国会在1953年设立了小企业管理局，想以此反驳那些认为共和党是大企业政党的观点，但在设立小企业管理局的过程中，它的设计者们表现出对什么是小企业的扭曲看法。当时的民意调查显示，大多数公众认为小企业是员工少于10人的企业，只有3%的人认为超过100人的员工才是合格的小企业。然而，立法将小企业定义为员工不超过500人的企业。至于是不是数千人，还要看什么行业。

名义上，小企业管理局是一个独立机构，旨在"促进、咨询、帮助和保护小企业的利益"。不过，它最重要的功能是筹措资金。当地银行为小企业发放贷款，而不是小企业管理局，但该机构为借款金额提供高达85%的担保，基本上免除了贷款机构在新业务上的风险。这些钱可以用来创业，也可以用于已取得一定成功的小企业扩大经营。2019年，小企业管理局担保了280多亿美元的贷款用于初创或扩展小企业。

从一开始，小企业管理局就一直在进行一项工作。多年来，它与那些歧视有色人种借款人的银行合作，尽管民权组织极力要求他们不要这么做。迫于压力，南方银行在1960年代才开始雇用黑人贷款职员。作为"向贫困宣战"运动的一部分，林登·约翰逊②创建了一个小额贷款项目，旨在帮助黑人小企业，引发了保守派的批评。身为一名小超市店主的儿子，理查德·尼克松③承诺支持黑人拥有和管理企业的"黑人资本主义"，承诺每个人"机会平等"。

---

① 1953—1961年任美国第34任总统。——译者
② 1963—1969年任美国第36任总统。——译者
③ 1969—1974年任美国第37任总统。——译者

争议一直伴随着小企业管理局。美国汽车公司（AMC）是总部位于底特律的汽车制造商，创建于1950年代，是一家雇用了2万多名员工的上市公司。然而，它在美国汽车市场的份额从未超过几个百分点，它的"小精灵"和"领步人"两款车型都不受市场欢迎。1960年代，当这家公司陷入财务困境时，由民主党人操控的小企业管理局扩大了汽车行业小企业的定义，挪出资金来救助它。到1970年代"水门事件"时期，华盛顿有些人把小企业管理局称为"小丑闻协会"。一个地区负责人批给他的内弟110万美元贷款。费城区域主管因收受贷款回扣而接受调查。罗纳德·里根[1]宣称，认为小企业对美国经济"至关重要"是不够的，"小企业就是美国"。里根宣布将取消小企业管理局。但国会的投票结果相差甚远，没几个政客愿意关闭这个机构。这个设在华盛顿的机构宣称服务小企业，其实主要是服务那些拥有几百名员工的"不太小"的企业，这些企业为那些政客的竞选都做过贡献。

总统们继续为小企业唱着赞歌。比尔·克林顿[2]称小企业是美国经济的"发动机"。乔治·布什[3]在2006年说，小企业是"促进经济增长政策的基石"。这一年，一个里程碑真的形成了：美国历史上第一次出现，在500人以上公司工作的人比在少于500人公司工作的人多。到巴拉克·奥巴马[4]时期，小企业成了"预示着美国的未来"。与此同时，美国的创业精神正在稳步减弱。在1970年代末，新企业占美国全部企业的16%。到2011年，这一数字下降到8%。唐纳德·特朗普发誓："我们将为小企业发展创造一个几十年来从未有过的良好环境。"然而到了2020年，创业精神仍在衰退。地方自立协会

---

[1] 1981—1989年任第40任美国总统。——译者
[2] 1993—2001年任第42任美国总统。——译者
[3] 2001—2009年任第43任美国总统。——译者
[4] 2009—2017年任第44任美国总统。——译者

的斯特西·米切尔写道，很大程度上，这要归咎于"那些在市场上起主导作用的企业，它们的反竞争行为，以及经常利用自己的规模和市场能力去削弱和排挤较小的竞争对手"。大企业日益强大的实力正在扼杀新企业的初创。

多年来，小企业管理局在不同执政者手里和不同时期都有所变化。1970年代，在吉米·卡特[①]主政时期，女性企业主受到优先照顾。在这一年，对女性企业主的贷款增加了一倍。还设立了一个风险投资部门，称为小企业投资公司，为苹果、惠普和英特尔提供过早期融资。"我每年有40亿美元投资小企业，"马克·沃尔什说，他在奥巴马执政时期担任小企业管理局的创新和投资主管，"我就像是整个美国政府的风险投资家。"

他们有7(a)项目，（沃尔什说："小企业管理局在品牌推广方面可不是可口可乐或者耐克这样的公司。"）当人们想要开一家洗衣店、婚纱店或是在宾夕法尼亚州的老福格小镇开一家意大利餐馆，就可以在这个项目里申请支持。2013年，库苏马诺和尼娜就在该项目中成功申请到资金，购买了一家餐馆。第二个项目是为小企业和需要商品和服务的政府机构牵线搭桥，并为那些规模太小、无法满足自身需求、需要增强能力的企业提供资金支持。小企业管理局设有一个宣传部门，除了做别的事情外，就是要确保美国政府给小企业一个竞争机会，从每年大约4万亿美元的政府支出中分一杯羹。

"小企业管理局确实做了不少了不起的事情，"马克·沃尔什说，"但是会做不会说。"

从一开始，小企业管理局就以"协助受灾社区恢复经济"为核心使命。为此，小企业管理局设有"经济损害救灾贷款"（简称EIDL，发音与idol一样，后者意为"偶像"）。从历史上看，这类贷款最高

[①] 1977—1981年任第39任美国总统。——译者

可达15万美元，用于帮助受灾地区的小企业（也包括小农场和非营利机构），以3.5%的利息偿还。这些贷款帮助了卡特里娜飓风之后的新奥尔良企业，并且在洪水、龙卷风、火灾和其他灾难发生后开展过无数次。2020年的问题在于危机的范围是全国性的。卡特里娜飓风重创了墨西哥湾沿岸的大片地区，但仍然只占全国的一小部分。2005年，路易斯安那州创纪录的15.5万笔救灾贷款让小企业管理局不堪重负。然而在新冠疫情中，全国大约600万家至少雇用一名员工的小企业可以说都在艰难度日。如果联邦政府要帮助小企业渡过疫情这一关，仅靠原有的办法显然不够，必须另辟蹊径。

救助小企业以及新冠疫情后美国经济恢复的重任落在了一个人身上，此人最突出的才能似乎就是能够搞定他的老板。作为财政部长，史蒂文·努钦称赞特朗普有"完美的基因"，描述特朗普"超乎想象的健康"，尽管这位总统缺乏运动，爱吃垃圾食品。努钦是犹太人，但在弗吉尼亚州中部城市夏洛茨维尔暴力事件发生时，游行的人反复呼喊"犹太人不能取代我们"，而且特朗普宣称那些反犹太的抗议者是"好人"，他仍然为特朗普辩护。努钦还阻止了国会的民主党人核查特朗普的纳税申报。据媒体报道，特朗普经常辱骂他的财政部长，但努钦的忠诚从未动摇。每次特朗普说了些离谱的话，或是总统的前助手每次让人尴尬的爆料，努钦都会跳出来为总统辩解。"他也许是内阁史上最大的马屁精。"克林顿时期的财政部长劳伦斯·萨默斯这样说。但努钦也是一个幸存者，特朗普先后有过四个白宫办公厅主任，四个国家安全顾问，六个白宫通讯联络主任。当疫情导致经济骤然停顿时，努钦是内阁成员中仅剩的几个老班底之一。

以往的财政部长都是有政府工作经验的。但努钦不一样，他是高盛公司的前高管、对冲基金经理，在21世纪初投资了特朗普的两个房地产项目。2008年，努钦召集了一批亿万富翁投资者，包括乔治·索罗斯和迈克尔·戴尔，买下了一家倒闭的房贷公司的剩余资产，成立了一家新的银行，名叫第一西部银行。这家银行仅在加州就造成 3.6 万名业主因无法按期还贷而失去房产，努钦因此获得了"抵押房大王"的绰号。2015 年，努钦卖掉银行时赚了数亿美元，投资人投入的资金翻了一番。2016 年，特朗普竞选总统时，努钦担任特朗普的全国财务主席。

努钦住进位于华盛顿的特朗普国际大酒店，等待着就任财政部长的最后程序，因为他忽略了在参议院的信息披露表上登记 9500 万美元资产（包括在纽约、洛杉矶和汉普顿斯的房产），使得任命程序延迟。直至新冠疫情到来，他作为财政部长的标志性成就，是在 2017 年底倡导的削减企业所得税 40%，以及明显惠及最富有的 1% 人群的减税。《纽约时报杂志》描写努钦的形象时说"他那种永远笨拙的举止，有时会让人想起科幻电影中试图模仿人类的外星人"。但是，要在新冠疫情围困中寻求解决办法，努钦作为财政部长，势必成为斡旋特朗普与国会领导人关系的最佳人选。

看起来很多人都处于危难之中。3 月下半月，新增失业救济人数 290 万，突破了 1982 年 69.5 万人的纪录。月底，初请失业金人数又猛增了 600 万，而华盛顿的议员们还在认真地扯皮，争吵不休。任何救助计划都要以失业者为目标，新冠检测则需要特别支持，各州和其他地方的预算也出现困难，因为在实施大规模停工后，地方收入锐减。小企业需要救助，大企业也不例外。大型餐厅和酒店连锁公司与小型自营店一样，在诸多不确定的情况下摸索着谈判。据报道，在官员们就大规模救助计划辩论时，有将近 1600 个团体在游说国会。

商议持续了半个多月，努钦一直居中斡旋。众议院的控制权已落入民主党手中，但大家都知道，努钦与众议院议长南希·佩洛西有良好的工作关系。在这个充斥党派争斗和意识形态空想家的地方，努钦特有的优势是来自华尔街，在他的世界里，立场是可以变化的，一切都可以谈判。他给人的印象可能像个机器人，但人们都说他彬彬有礼、能干、专业，而政府部门普遍缺乏这种素质。据报道，在相互尊重的气氛中，2019年努钦和佩洛西就预算协议进行了谈判。这是一件很不容易的事，因为努钦的老板称这位议长是有"精神问题"的"病态女人"。《时代》周刊报道说，在谈判期间，努钦和佩洛西一天通话多达18次，同参议院民主党领袖恰克·舒默又打了几十通电话，此外还有与代表众多被疫情摧垮行业的贸易团体和游说者的无数次对话。

　　帮助小企业渡过疫情难关的办法有很多。有些民主党人希望美国国税局给企业退税，其他左翼人士则看向欧洲，那里的一些国家支付企业工资总额的大部分，用这种"冻结经济措施"避免大规模裁员。马尔科·卢比奥是来自佛罗里达的共和党参议员，任参议院小企业和创业委员会主席，他认为小企业管理局就是一种运输工具，要负责把资金送到餐馆、零售店和其他被疫情所困的小企业手中。但在与小企业管理局的人沟通之后，他又改变了主意。国会刚刚拨付了特朗普请求的500亿美元"经济损害救灾贷款"，大量涌来的申请让工作人员不堪重负。小企业管理局已经完全无力他顾。

　　参议院成立了一个两党小企业特别工作组，工作组里的两名共和党人是佛罗里达州的卢比奥和缅因州的苏珊·柯林斯，那年秋天后者面临着一场艰难的连任竞选。马里兰州的本·卡丁是小企业委员会的资深民主党人，新罕布什尔州的珍妮·沙欣是民主党人。在参议院里，关键谈判代表是尼迪亚·委拉斯开兹，来自纽约的民主党人，也是参议院小企业委员会主席，以及来自俄亥俄州的共和党人史蒂夫·沙博。他们提出了一项"薪酬保障计划"，让雇员少于500人的小企业能获得政府支持的可免除贷款。在共和党人的坚持下，由私营部门而不是小企业管理局来管理这个项目。一家银行（或任何经批准的贷款人）将代表需要现金援助的企业提交一份完整的申请，然后由政府偿付该机构借出的资金。

在通过整个法案的最后时刻出现了一些障碍。特朗普极其迫切地需要大量紧急救助资金，民主党人坚持每周为失业的美国人额外提供600美元补助。这一最终计划的延迟导致股市再次下跌，相比2月的高点下跌了三分之一。双方最后在每周600美元问题上达成一致，增加了四个月有效期。参议院一致通过了《新冠肺炎疫情援助、救济和经济安全法案》（简称CARES，"关爱法案"），众议院也迅速跟进。3月27日特朗普总统签署这项法案，使之成为法律。该计划安排了2.2万亿美元财政资金，成为美国历史上最大的经济救助行动。

法案的最大受益者是大公司。国会留出资金总额的四分之一即4540亿美元，作为针对大中型企业的救助基金（这项为大中型企业创建的计划被奇怪地命名为"老街贷款计划"）。它还为特定行业安排了额外的资金：航空公司、医院以及酒店和游轮运营商。另一笔资金1350亿美元，安排给那些富有的房地产开发商提供税收优惠。全国每个成年人每人1200美元，外加每个受抚养人500美元，估计总费用为3000亿美元。失业人员从国家财政获得的额外资金，加上他们的其他国家福利，预计还要花费数千亿美元。州和地方政府收到3400亿美元，还不包括帮助学校重新开学的400亿美元。

小企业的份额是3490亿美元，而且有附加条件。任何员工少于500人的企业都可以申请相当于其平均月工资总额2.5倍的贷款，最高可达1000万美元。只要将至少四分之三的收入用于支付员工工资，这家企业就可以申请"薪酬保障计划"的贷款配额。那些在租金、水电费和该计划批准的所有其他支出上花费超出规定的企业需要偿还贷款，再加上1%的利息。国会还要求企业在收到资金后的八周内用完这笔钱。

"薪酬保障计划"还包括了通过前增加的另一项规定。按照最初的设想，该计划严格适用于不超过500名员工这一门槛的企业。但在确定500名员工的限制后，又插入了三个词："每个单一实体（不超过 500 人）。"全国餐饮和酒店协会负责人赞扬苏珊·科林斯（为她的竞选贡献了 2.6 万美元）把这几个词加入了法案，科林斯也承认她在其中发挥了作用。马尔克·卢比奥同样如此，他还部分地对此道了歉。他的意图是想帮助那些特许店所有者，他们大多数都是小企业主，即使他们经营的是麦当劳或赛百味。他在推特上承认，从措辞上而言，这三个词造成了该计划向那些有数千名员工的餐饮和酒店上市公司开放，而他们在一个地区的实体店都不超过 500 人。

第六章　既往病史

在唐克汉诺克小镇上，格伦达·舒梅克远离她的贺曼商店，考虑是否应该去做一个头部检查。她说，因疫情关闭的最初几天里，感觉大脑基本一片空白，一种迷茫的情绪笼罩了大部分人，也包围着她的身心。她已经好几年都没有离开过自己的商店了，近几年的假期都是连夜开车向北两个小时，去纽约州的锡拉丘兹市，或是去费城郊外的普鲁士王小镇，参加那里的礼品博览会或旅行服装展寻找新产品。"我太累了。"格伦达说。她几乎把这场疫情当成一次被动的假期，甚至有点欢迎它。

有一天她醒来后觉得要回店，银行里的钱几乎不够支付桌子上的那些账单了。她最不需要的就是购置新产品的账单，在重新开业前，这些账单都会放在纸箱里。

"这简直太荒谬了！"格伦达这样形容她第一天回到贺曼商店时看到的景象。"我坐在电脑前，对着我的订单，点击'暂停''暂停''暂停'，又点击'取消''取消''取消'。"格伦达说。如果点击方框已经来不及，她就打电话取消订单。"有些人我跟他们共事了一辈子，"格伦达说，"我不是在乞求。"当然，很多人也是小企业主，他们自己也陷入了困境，与格伦达的情况类似。

格伦达也说不清是什么让她每天都去商店，她已经叫停了供应商为她运送产品。每天都要去店里的不仅仅只有她，在黑泽尔顿，有一个"女声三重唱"：塞莱斯特和她的女儿玛丽·塞莱斯特以及安德烈·卡斯科，她们的菲林珠宝店距离薇尔玛·赫尔南德斯的美发厅只有几个街区。她们的商店也被认为是"非生活必需类"，被迫关上了那扇独特的红色大门。但这三位女士每天都来商店，穿着得体的衬衫、裙子和漂亮的鞋子，就像在接待顾客一样。为了安全起见，每天商店关门时她们会把珠宝存放在保险库。跟平时一样，她们来了先打开保险库，摆放好物品。"自从1922年以来，每天都有人转动这个不倒翁，"玛丽·塞莱斯特说，"经历过两次世界大战、'9·11'、休战纪念日，一天都没停过，这是我们每天开门的第一件事。所以，疫情也好，没有疫情也好，我们都要转动这个不倒翁。"跟她们一样，詹妮弗·唐纳德-巴纳什维契在她布罗德街上的花店里，虽然不接待顾客，但也一直没有关门。"我就是不想待在家里。"巴纳什维契说。在她的花店和温室里，似乎跟平时没什么两样。"我每天打扫、装饰、整理，还可以接受预订。"她说。电话铃很少响起，不过一有声响她就高兴地赶紧去接。

在唐克汉诺克镇上，格伦达离家的时间跟平时差不多，她也没什么心情像平时上班时那样认真收拾。通常她都戴着手镯、戒指、胸针、耳环和多层项链，但现在店里就她一个人，戴这些有什么意义呢？每天早晨，她把一头金发梳到脑后，穿上牛仔裤和运动衫就出门了。"我有时会好几天都穿同样的衣服。"她说。

贺曼商店设在汤尼大楼的购物中心三十二年了，距离格伦达的家只有几个街区。从外面看，这家店没什么特别的。汤尼大楼是一栋一层楼的建筑，红砖砌成的店面已经破旧不堪，屋顶上的碧绿色金属遮阳棚因多年暴晒而褪色。遮阳棚下用来悬挂商店标识的厚木板以前应该是白色的，现在已被水渍污损。在"金冠贺曼商店"的标识下面，木板陈旧剥落。

不过，店里俨然是一片绿洲。这是一家精心装饰的商店，木制的展示架，玻璃橱柜，地板上铺着地毯。店里大约一半的商品是贺卡，另一半是小装饰品、收藏品、服装和首饰。商店出售各种尺寸、颜色和形状的篮子，粉红色和淡蓝色的毛绒拖鞋，枕头上绣有励志名言，还有装裱起来的海报，上面有鼓舞人心的话和漂亮的书法，配有雄伟壮观的日出和彩虹图案。这里还出售一些作礼物用的食品，包括小包装果冻、烧烤酱和口味像香槟、花生或玛格丽塔鸡尾酒的爆米花。

格伦达把车停在宽敞的停车场里，现在她不用考虑怎么让顾客方便地找到停车位了。她打开门，做每天例行的事情。在她推荐的商品中，有一个迪士尼公主梦想旋转木马，是形状像旋转木马的八音盒，零售价119美元，可以让顾客选择四个公主之一的经典曲目。"我不是公主。"格伦达说，但她日复一日地从门口直接走到公主旋转木马，总是挑选迪士尼经典电影《美女与野兽》的插曲《美女》，还有公主们在旋转木马上骑着马、海马和老虎时播放的汽笛风琴版本的歌曲。

"我每天都去店里，我快要崩溃了，听着那首歌更难过。"格伦达说。这种情况让她很抓狂，但她也控制不住自己。"我的天哪！每一天都是这样，几个星期，又几个星期。"

她在商店后面的储藏室里有一张小桌子，这里堆满了季节性促销用品和备用库存。她知道应该开个网店，她在脸书上有个主页，过去经常做一些促销广告。但直到2020年3月，顾客仍然无法在她的网店购物。有一些像 Shopify[①] 这样的电商帮助贺曼这类小零售商做线上销售，尽管她非常了解安德里斯山脉一带的顾客口味，但对技术和电子商务平台知之甚少。她已经习惯在网上下单订购，并通过进货公司的门户网站了解购买的产品情况。除此之外，她很少使用桌上的这台电脑来做什么。虽然还没有增加新的任务事项，她已经感到不堪重负了。

---

① 电商服务平台，加拿大上市公司。——译者

电话铃响个不停。对格伦达来说,这些电话就是安慰。疫情防控限制带来的那种孤独是最难熬的。老客户打电话来询问近况,员工打电话来咨询问题,偶尔也会有镇上处于同样困境中的老板的电话。当地商会的吉娜·苏黛姆打来电话时,格伦达总是很高兴。"吉娜是我的救星。"格伦达说。疫情过了几个星期后,商会开始为当地有困难的企业召开线上会议,那时候至少让她觉得不那么孤单。

每天都有那么几次,格伦达会溜达到前门,出神地盯着外面的街道。泰奥加是穿过城镇的主干道,平时车水马龙,但在疫情开始后的几个星期,格伦达站在这里几分钟都见不到一辆车经过。她觉得自己就像电影《新丧尸出笼》里的一个小角色,或是被困在其他哪部恐怖电影里。过了一会儿,她没有开灯就随手锁了门,更为那些特殊的日子增添了超现实的气氛。

"坐在黑暗的商店里,只有我一个人,感觉很诡异,"格伦达说,"我是个坚强的人,但也觉得很孤单。"

最初的贺曼商店是 1988 年开业的,只有一个狭窄的店面,除了贺卡和一些小饰品外,没有多少空间,但差不多从一开始就很赚钱。"那时候,贺卡商店是很不错的生意。"格伦达说。后来隔壁的门店闲置下来,他们就趁势扩大了店面。这使得商店面积增加了一倍,她的妈妈珍妮特·舒梅克拓展了原来的产品线,包括蜡烛、肥皂和其他礼物类的小商品。贺曼有自己的信条和规则,但当时公司没有像今天这么多的产品。"我们那时没那么大的雄心。"格伦达说。

自从妈妈的商店开张以来,格伦达就一直在那里帮忙。她工作多年的麦当劳离这里就一个街区,所以经常穿着快餐店的制服就在这里干活。直到 2004 年,珍妮特·舒梅克快七十岁了,格伦达才在贺曼商店全职工作。某种程度上可以说,早年的合伙人雷切尔退休去了佛罗里达之后,这家店就是珍妮特和格伦达合作的新的有限责任公司了。此时，隔壁的杂货店停业了，为贺曼的扩张提供了又一个机会，母女俩花了数千美元装修改造，把商店的规模扩大了近一倍，又在货架、橱柜和其他展示上花了数千美元。有了将近400平米面积，商店有足够的空间放六长排贺曼贺卡，以及服装、首饰和其他要销售的商品。"那几年是我们度过的最美好的时光。"格伦达说。贺曼已经成为当地的"目的地商店"，宾夕法尼亚州和纽约州交界处的城镇距离这里有一个多小时车程，那里的人们也会远道而来。

"我们是真正有所作为的女性，"格伦达说，"事业发展正是非常顺利的时候，经济形势开始变坏。"2008年经济大衰退来了，销售骤降。"我们再也没能恢复元气。"格伦达说。除了现在每月房租涨了近2倍，其他的什么都没有变化。

当年格伦达的母亲搬到这里的时候，美国药店和保险巨头西维斯在镇上的连锁店也在汤尼大楼，后来西维斯的离开是对贺曼商店的又一个沉重打击。2014年，他们在市中心建了一栋新大楼，地处离泰奥加半个街区的大桥街上，这家巨头以前占用的1200多平米的连锁店从此一直空置着。隔壁小超市的停业给了贺曼扩张的机会，但也意味着人们从市中心开车来这里的理由少了一个。长期以来一直是大厦租户的珠宝店也关闭了。除了贺曼商店，还有一家廉价的中式自助餐，一家孕妇诊所，一家威瑞森电信商店和联邦快递的一家小站点，其他就没剩什么了。

"这条街上再也没有车水马龙的景象。"格伦达说。城镇的中心已经转移到河对岸的伊顿镇，沃尔玛、韦斯和其他连锁公司都在那里开了店。珍妮特·舒梅克也不常来店里，虽然她们俩是合伙人，但日常运营都是格伦达的事。

格伦达承认，有时候她也会想起麦当劳。在那里当一名店长，她要面对的问题显然更简单：有的员工性情古怪，不按时上班，还有偶尔大量菜品更换的情况。但在麦当劳，她从来不需要考虑下周的工资

Saving Main Street　085

单,或者能否及时向供应商付款。相比之下,她在贺曼商店就要与所有自己无法掌控的力量较劲。店里将近一半的商品是贺卡,但科技的发展和一代人的转变,意味着年轻人不再像父辈那样喜欢纸质贺卡。互联网似乎每年都在夺走她越来越大的市场份额,而且她每天都要与那些在零售业占据主导地位的市场巨头们抗争。

城外的沃尔玛一直是个恼人的地方。几年来,扬基蜡烛公司(Yankee Candle)生产的香薰蜡烛是店里最畅销的产品之一。"有好几天我们销售的扬基蜡烛比贺卡还多。"格伦达说。但在2015年,扬基蜡烛公司被纽威品牌公司(Newell Brands)收购,这是一家上市公司巨头,拥有乐柏美、咖啡先生、太阳光和艾默思等品牌。格伦达说:"突然间,扬基蜡烛在沃尔玛出现了。"她的感受就像朱迪·米德看到沃尔玛货架上的标价时一样震惊,沃尔玛店的销售价跟她的进货价一样。格伦达的扬基蜡烛进货批发价是14.99美元,跟沃尔玛的销售价一样,而贺曼的售价是29.99美元,但格伦达没有像米德那样感觉欺骗了顾客。

"大家跟我说:'我花14.99美元就能买到扬基蜡烛,你简直就是在打劫哦!'"格伦达说,但她不能不考虑月租、保险、设备和人力成本,还要争取有一点盈利。她考虑过定价只比进货价高一点,但是,"我没法跟沃尔玛比,超出支付能力1美元我也付不起。"格伦达说。

贺曼公司是另一个令人恼火的原因。格伦达说,戴着这个金色皇冠,就意味着一些不同的事情。"我们以前是镇上唯一能买到他们贺卡的地方,没有人做得比我们好。"但现在似乎谁想销售这种贺卡都是天经地义的。西维斯、沃尔玛、美元树和韦斯等大型连锁店都在镇上有销售,甚至当地邮局的旋转商品柱上都存放着贺曼贺卡。谁都可以在电脑上买贺曼商品,在贺曼公司网站或是沃尔玛、亚马逊的网站上也都可以。按照合同规定,格伦达必须购买贺曼公司认证的架子,用来展示贺卡,但有的公司就可以说不。"猜猜谁不用付这笔钱?"格伦达问自己,她立刻就明白了,就是沃尔玛。(贺曼公司对此不予置评,只是通过公司发言人称"无法透露与商业合作伙伴的协议细节"。)

"多年来,贺曼一直是最好的合作公司之一,但现在世界变了。"格伦达说。1990年代中期,美国有5000家金冠贺曼商店,进入2000年后下降到不足1400家。就在疫情暴发前,贺曼公司解雇了几百名员工,其中包括格伦达在公司里的最后一个联系人。"以前会有销售代表来店里检查商品,"她说,"现在连跟我们打电话的人也没有了。"贺曼公司在网站上列出了她的商店,但是把名称写错了。

"妈妈总是说我:'格伦达,我已经工作很努力了,可也没你这么投入。'"她说。她妈妈一年中大部分时间每周工作五天,圣诞节前几周增加到六天。只要好好干活,珍妮特·舒梅克从来不会为支付账单发愁。格伦达说:"而我呢,每周工作七天,有时候我每天从早到晚都在忙碌,挣的钱还远不如她。"对珍妮特来说,开一家小店需要冒风险,但回报很可观。然而对格伦达来说,做一个创业的小企业主是多么扎心,只有自己知道。像许多家族小企业一样,她还承受着额外的负担,如果被迫关门,不仅会让自己失望,也会让员工、客户们失望,母亲留给她的遗产也会付诸东流。

早在疫情暴发前,格伦达就想过放弃不干了。之所以还继续经营,是因为做这个决定太难了。她设想自己找工作的话只有一年1.5万美元的最低工资。"如果关门停业,我就只能去找一个很普通的工作,很多事情身体承受不了,也没什么人能够帮我。"她说。医疗保险也是她继续经营下去的重要原因。"我待在这里,可以确保有一份高水平的保险,"格伦达说,"即使自己的工资减半,也比关门不干要好。"

新冠疫情在全世界暴发前,格伦达就一直在说要卖掉自己的住房。这是一座建于 19 世纪的漂亮的两层楼,地处街角,被格伦达称为"镇上最美的街道之一"。但房子需要修缮,而她母亲的房子非常精美,只隔着一个街区。最终,她继承母亲的房子,卖掉了自己的房子,这也意味着她减少了一笔支出。所以,当不在商店,也不用去照顾母亲时,她就在家里粉刷整理,准备出售房子。

"这就是疫情来袭时的情况,你必须用个人积蓄来支付各种账单。"格伦达说。

停工两个星期变成三个星期,又变成了四个星期。新闻报道中新冠感染死亡人数还在不断上升,但这一切好像离唐克汉诺克很远。当陷入困境中时,格伦达还在粉刷油漆。"我在梯子上干活的时候突然意识到,这个人不会退回去开放禁令。"她说。

她担心的就是汤姆·沃尔夫,这位满脸皱纹的专业政客几乎完全掌控了她的生活,他可能不会让她尽快开业来挽救她的贺曼商店。

格伦达并不是镇上唯一对此感到焦虑的人,州长关闭全州商店的禁令让很多人不安。格林伍德家具店就在迪特里希剧院对面的街上,店主马克·蒙西也深受困扰。在镇上,马克是一个脾气急躁、直言不讳的人,从不隐瞒自己的观点。疫情暴发一个月时,他给《怀俄明县新闻审查员》周报的编辑写信。"我准备放弃经营了五十九年的家族生意,"他写道,"是政府让我们倒闭的。"他给斯克兰顿电视台打电话,他们派了一个摄制组来采访他。他对记者说,州长必须解除封锁,否则唐克汉诺克就会面临镇中心的大批店铺倒闭。马克和他八十八岁的母亲共同拥有这家店,他们也许可以再坚持几个星期,但接下来他们将面临一个无法抉择的难题。他和母亲在银行有一些存款,但为了支付生活费用,他正在耗尽自己的积蓄,他对前来采访的记者说:"这意味着我要破产了,同时还有失业。"

马克毫不掩饰对沃尔夫的不满。从第一次看到他在全州做宣传广告时就不喜欢他，开着吉普车，穿羊毛背心，自称是一个"极端保守的共和党人"。正是这个政府现在威胁着他们的生意。"我知道这种病毒在大城市里疯狂乱窜。"马克说。但怀俄明县 4 月初才发现一例阳性感染者，直到这个月中旬才有十几个病例。一位流行病学家指出，传播病毒的往往是年轻人和流动人口。所以，马克认为应该重点关注那些高风险和高危人群。"你要保护好那些住在养老院的人和病人，"马克说，"而不是把全州都封闭了。"

然而，沃尔夫除了他的部门主管和其他官员组成的小团队之外，不听任何人的话。"和他在一起就是这样的，'我们就是要这样做，不要听其他任何人的'。"马克说。沃尔夫让他想起电视节目里的"万事通"，或是政府机构里那些自以为是的官员，他们总觉得比当事人更了解自己的生活。但现在他已经不是恼火，而是担心自己的生计，担心他的母亲和其他在店里工作的家人（他的妻子、叔叔和内弟）。格林伍德家具店占据了 1300 平米的空间，按家居类别划分为不同区域。如果有人看卧室家具，那么距离正在看餐桌、电器或地毯的人至少将近 5 米。

"我可以和顾客预约时间，"马克说，"'你下午 2 点来，你下午 3 点来。'我也可以限制店里的客流人数。"格伦达在她的贺曼商店同样也可以这么做，在那里更容易与顾客保持适当距离。然而，就像格伦达已经关门一样，马克也解雇了员工，现在店里只有他的家人和两名送货员。

马克是个健谈的人。通常他都会在家具店隔壁的"元气"酒吧，"喋喋不休地评论着那些我们不喜欢的事"，现在只能在电话里说了。他让那些想来店里的人想象一下他的商店空间，"你去过我的店"，他跟人家说，如果有四五个人同时来看，那就是很忙碌的一天。"顾客一走我们就要消毒，顾客接触过的地方我们都要擦洗。"他说。如果有必要，他也可以戴口罩。

临近 4 月底的一天，马克去沃尔玛买几样东西。看到周日早上商场里熙熙攘攘的人群，他拿出手机拍了几张照片。"里面差不多有 500 人，"马克说，"但州长说在这里购物没问题，在我的店里就不可以。"他把他在沃尔玛停车场拍的照片打印出来，贴在一张海报板上，草草地写了几句话，指责州长做得太过分了。他挂在商店橱窗里的海报很粗糙，但意思很清楚：可以允许几百人混杂在一个商场里，其中很多人还没有戴口罩，但他店里有一两个人就不行。

马克并不是没有关系。他是唐克汉诺克中心城区商业协会负责人，一直参与当地的政务活动。"我认识县政府的那些官员们，我们是好朋友，都是这里土生土长的。"他说。他们把马克的意见反映给州里的官员和他们在州府哈里斯堡认识的其他人。州长知道这些情况，但没有回应。

"如果沃尔夫随便讲些套话敷衍一下，说'小企业主们，我知道你们情况很危险，这个决定让你们受到了伤害，但现在我们需要团结一致，做出些牺牲'，我也会好受一点，"马克说，"但是，他是这样说的，'这就是我们做事的方式，我们不需要听其他人说什么'。"就像经典名著《绿野仙踪》里的大魔法师奥兹一样，站在高处发出他的宣告，整个宾夕法尼亚都要遵守他的指令。"这个州长根本就不在意我们小企业。"马克说。

即便汤姆·沃尔夫的盟友批评他像困在地堡里似的处理新冠疫情，但他们也知道他很大程度上只能独自行动。目前没有协调一致的全国计划，特朗普和他的团队似乎也没有兴趣制订这样的计划。3 月中旬，白宫应对新冠病毒特别工作组要求人们居家上班，建议停止旅行，把社交聚会人数限制在 10 人以下。特朗普政府投入数十亿美元用于疫苗研发，但联邦政府应对疫情所采取的措施也仅限于此。宾夕法尼亚州和全国各地的医院以及各救助机构都急需外科口罩、手套和其他防护设备,但特朗普不同意联邦政府出手相助。"我们不是送货员。"他说。当被问及全国的检测率落后于世界大部分地方时,他说:"我不承担任何责任。"

政府没有下令关闭酒吧和娱乐场所,也没有承诺提供帮助,弥补他们的商业损失。特朗普没有在某个时刻决定执行全国居家令,也没有明确要求人们在室内要戴口罩。("你可以戴着。你也可以不戴。")从呼吸机到鼻咽拭子,缺乏一个全国有效的系统来分发急需物资。面对这一批评,特朗普让他的女婿,一个政府管理方面的新手去负责危机应对。可以说,很大程度上华盛顿发出的信息成了一种干扰。特朗普一会儿说消毒剂可能是攻克新冠病毒的有效方法,一会儿又说这是一种抗疟疾药物,是他在福克斯电视新闻上看到的。下午5点,就是每晚的"特朗普秀",主角是一位语无伦次、漫无边际的总统,公开地跟他的医疗顾问争吵,还吹嘘说这个疫情吹风会将让他在脸书上排名第一。国家正处于疫情和经济危机中,就是他的支持者也抱怨特朗普的每日疫情吹风会造成了混乱。

显然,防控疫情的主要责任落在了沃尔夫和其他州长肩上。疫情暴发初期,大部分州长们不分党派和地区,都实行了防控禁令,也不分红色选区还是蓝色选区[①]都发出了居家令。"非生活必需类企业"一律关门,包括零售店、餐馆、酒吧、理发店等。差异主要表现在最初关闭的持续时间不同,以及解除禁令后的防护要求不同。

沃尔夫肩上的责任是巨大的。全州的医院人满为患,宾夕法尼亚州800多处辅助生活设施全面告急。检测病毒传播趋势、跟进最新科研进展是他们全天候的职责。沃尔夫延长了防控禁令,所有线下授课的中小学都延长到本学期结束。作为州长,他领导着本州负责管理居

[①] 红色与蓝色表示的是共和党和民主党在各州的选举得票分布倾向,红色代表共和党,蓝色代表民主党。——译者

民失业的机构。2000多万全国新增失业人口中，将近150万生活在宾州。新申请的失业救济大量涌来，几乎冲垮了州失业救济运作系统，对那些依靠救济金支付房租和购买食物的人造成严重延误。小企业已经从联邦政府的"薪酬保障计划"中得到救助，但申请者需要排队。

沃尔夫像特朗普和他的州长同僚们一样，也通过例行的新冠疫情吹风会与公众沟通，但沃尔夫的吹风会与特朗普的舞台效果以及相邻的纽约州州长安德鲁·科莫的单人秀没法比，他从来没有戴棒球帽、穿防风夹克，不是在印有州徽的地方，也不会拿自己的女儿开玩笑。他经常坐在家中靠近书柜的桌子前讲话。雷切尔·莱文作为卫生局长可以说就是宾州的安东尼·福奇，沃尔夫经常让他的这位首席传染病专家在吹风会上主讲。不管谁讲，都有一个为聋哑人翻译的手语员跟他共享一个屏幕。

有多少个州，就有多少种规则。佛罗里达州是一个极端。罗恩·德桑蒂斯以前是一个名不见经传的国会议员，后来他在福克斯新闻台竭力为颇富争议的总统辩解，给特朗普留下深刻印象。2018年，四十一岁的德桑蒂斯当选州长。佛罗里达居民中有四分之一超过了六十岁，但德桑蒂斯的防控却很宽松，只同意发布居家令，还是在特朗普公开的压力下才实行的。即使这样，居家令也只有不到三十天的有效期。佐治亚州州长布莱恩·肯普在十多个司法管辖区宣布口罩禁令无效，亚特兰大市、萨凡纳市和奥古斯塔市等地同样如此。

沃尔夫与一些州长都倾向于听从公共卫生专家的意见，即使这意味着有时要采取严厉措施来减缓病毒的传播。别的不说，在戴口罩这件事情上，沃尔夫就从未动摇过。主流观点也是符合常识的做法，就是要求人们佩戴口罩，这可以大大减少传播疾病和空气传播的可能性。在4月初的同一天，美国疾病控制与预防中心建议所有美国人都戴口罩，沃尔夫则正在州应急指挥中心的讲台上要求所有宾夕法尼亚人在公共场所都要戴口罩。到 4 月中旬,这一要求变成了命令,商家接到指示,任何不戴口罩的顾客都不得进入。

各州临时关闭企业的依据是国土安全部在 3 月中旬发布的一份长达 17 页的基本企业详细清单,宾州是少数有自己标准的州之一。宾夕法尼亚州社区和经济发展部与州长办公室的官员花了三天时间,整理出一份"生活必需类企业"清单。如果有企业认为分类不当,也可以申请豁免程序。

"从一开始奉行的准则就是,'我们的决定要建立在科学的基础上',"全国独立企业联合会宾夕法尼亚州会长戈登·丹林格说,"但不知为什么,各州对如何做才是科学的认识却各不相同。"丹林格举了房地产的例子,全国各地的房地产开放日都暂停了,但经纪人却可以安排其他州的买家来参观,只要保持适当的距离就可以当面交流。

"宾夕法尼亚是唯一关闭房地产市场的州,"丹林格是一名前立法委员,他说,"这有什么科学依据吗?州长和房地产经纪人谈过了吗?他考虑这个问题的时候征求过他们的意见吗?没有,完全没有。"与其他州不同,宾夕法尼亚州还关闭了汽车经销商、酒类商店、高尔夫球场、私人营地和建筑工程。

全州 4.2 万名企业主申请豁免停业令,只有不到七分之一得到批准。位于黑泽尔顿的史密斯花店店主詹妮弗·唐纳德-巴纳什维契就是这群失望的企业主之一,花店从 1896 年开张一直经营到现在,她十六岁上高中时就开始在花店为史密斯家族工作,直到 2014 年她四十岁时从创始人的孙子手中买下了这家店。按照国土安全部发布的指南,她可以照常营业("维护家庭花园植物和相关产品的生长和分销的员工"),但在宾州就不行。在她提出申请几周后,一封电子邮件通知她申请没有通过。她经营着一家花园式花店,关闭一两天后,她看到新闻报道说向西开车一小时有家花店开门营业,正在给顾客送花。"真是莫名其妙!"宾夕法尼亚州中部商会负责人告诉"宾州聚

Saving Main Street

焦"的两名记者,"宾州聚焦编辑室"是一个由全州新闻机构资助的调查小组,专门制作关于宾州政府的调查性新闻。宾州审计长的一项调查称这些规定是"一种建立在不断变化基础上的主观臆想,对企业主造成了极大的困扰"。

4月中旬,沃尔夫参加了纽约、新泽西、康涅狄格、马萨诸塞、罗得岛和特拉华的州长视频会议。他们共同宣布成立一个多州顾问委员会,就逐步取消各自实施的限制措施交换意见、协调行动。沃尔夫说他"采取了慎重稳妥的办法为未来做准备,同时确保我们的努力不会白费"。过了九天,他公布了一份新近制订的彩色编码计划,为分阶段重新开业做出安排。"从关闭到放开,我们不能仅仅按下开关就行。"沃尔夫说。他提醒人们,新冠是一种极易传染的混合病毒,科学家们还不能完全解释清楚。"什么时候能结束由病毒说了算,而不是我们。"

宾夕法尼亚州的67个县开始处于红色管制阶段,全州1200万人必须执行居家令。按照红色管制要求,所有非生活必需类企业都要关门,餐馆和酒吧的外卖和送货服务仍然受到限制。实行黄色管制后,意味着取消居家令,所有零售店都可以营业,但只有当一个县都被确定为绿色区域后,"个人护理服务"(美发厅、理发店、按摩室)才能重新开放,而且只允许50%的客容量,也只能预约。"健身和运动设施"(体育馆和水疗馆)以及电影院、娱乐场和购物中心在绿色区域时才能开放,但必须遵守50%客容量的要求,餐馆恢复室内用餐也要限流50%。州长和他的官员们介绍说,从红色到黄色再到绿色,是由一系列因素决定的,包括新增病例的十四天平均数、住院率、检测能力,以及公众可以通过州政府创建的在线仪表盘来监控的其他指标。各个县的人们都在等着州长的一句话,各县什么时候可以进入新的颜色区域由州长说了算。

沃尔夫告诉大家:"最终,我们会对整个复工制定一个判断标准。"

在唐克汉诺克,格伦达看了很多电视报道,特别是几个有影响的主流电视台,像福克斯新闻频道、美国有线电视新闻网、美国广播公司。"这种情况真是太荒唐了!我不停地伤心流泪,我也一直在考虑申请政府的工资补偿项目,看看还有什么别的办法。"她说。

有时候,格伦达在店里很想跟人打电话,想得到指导和帮助,或至少有一点同情和依靠。但又能跟谁说呢?"他们现在的情况也都差不多。"她感慨道。

格伦达的母亲深谙经营之道,但新冠疫情暴发时她已经八十五岁了,格伦达尽力避免给她增加额外的压力。即使是生活在怀俄明这个不到3万人口的农业县,也会感觉到病毒就潜藏在门外。《怀俄明县新闻审查员》周报每周四送到,带来了更多的坏消息:病例数不断增加,后果更加严重。全县裁减了三分之一的职员,学校、图书馆和法庭全部关闭。每周都有活动停办或取消:基瓦尼斯一年一度的复活节彩蛋搜寻活动,耶稣受难日的炸鱼聚餐以及本地消防站的宾果游戏都停办了。格伦达和妈妈经常谈论疫情,但只要说到她们的商店,她一直都会说挺好的。

"我不想让妈妈看到我正在经历的这些烦心事,"格伦达说,"我不能让她感到绝望。"

但私下里,格伦达确信她过不了这一关。在网上随意浏览时,她偶然发现了一份关于小企业主对未来看法的调查,一半以上的认为他们活不过疫情。果真如此的话,她实在希望自己是幸存者之一。但公共卫生官员警告说,那些患有特定基础病(有既往病史)的人如果感染了病毒,风险更大。她的商店正在经受结构性障碍的折磨,相当于人的心脏和免疫系统受到了损坏。格伦达知道,商店的存活机会微乎其微。

第七章　老福格人

　　库苏马诺暂时做起了食品小超市生意，一举成功。仅仅靠加工面粉、洋葱和其他一些基本食物，就让他刷出了存在感。他发现这也帮助了镇上的人生活，这让他感觉很好。知道库苏马诺餐厅又在经营食品销售，也给了人们一个意外的小惊喜。问题是他们这个露天市场不赚钱，两个星期大约有几千美元的收入，基本上都付给了餐馆的供货商。

　　在浏览行业博客和其他网站时，库苏马诺了解到全国各地的餐馆都在向消费者出售食品，洛杉矶、纽约、亚特兰大等都是这样。看到这些信息，他脸上露出了笑容。"我想说：'嗨！也许我们这个小镇可以在某些方面领先全国呢！'"库苏马诺说。要说有什么不同，就是隔壁的里纳尔迪餐馆比他们行动更快。"州长发布疫情禁令的第二天早上，我们就准备了卫生纸、消毒洗手液和其他人们可能会需要的东西，放在桌子上。"拉塞尔·里纳尔迪说着，带着浓重的老福格本地口音，听起来就像是南费城、贝永①或卡纳西②长大，在地盘争夺战中幸存的街头顽童。里纳尔迪剃着光头，身材健壮，像个武打片中的硬派角色，他说新冠疫情就像是"冷不防的一击"。他和他的兄弟姐妹共同拥有这家餐馆，这时几乎全都按成本定价，还赠送卫生纸和其他基本用品。每周一，他们都会打包装盒，为失业者分发免费晚餐，让他们可以吃上一顿热乎的晚饭。

疫情暴发几周后，库苏马诺餐馆的外卖开始增多。但人们在取餐时跟其他人有接触，还是会感到紧张不安，甚至对触碰食物袋和餐盒都有顾虑。库苏马诺餐馆卖出的披萨跟平时差不多，如果有几个晚上能接到十几份晚餐订单，那就很幸运了。（在斯克兰顿市，有一家叫安迪·加文的酒吧烧烤店，老板唐·塞瑞斯在4月某一天只卖出了一份椒盐饼。）外卖订单与人们围坐餐桌前吃饭不同，销售额无法相比。人们不会在外卖时点餐馆的特色饮料或12美元一杯的波旁威士忌，更不用说续杯了。外卖也不像餐厅用餐，人们先在酒吧喝酒聊天，等到肚子饿了，再将前菜和主菜陆续端上来慢慢享用。某种程度上，他已经掌握了"吸金大法"，朋友们戏称为"毒资"，就是那种大型企业组织的10多人或20人的聚餐，或是圆桌论坛之类的活动，可以心安理得地花公司的钱吃喝。在疫情之前，这类活动一个月可以让他多赚几千美元。

他在银行的抵押贷款，每月还款4000美元。这笔钱在3月就该交了，此时银行打来电话告诉他们可以暂缓六个月，并在十五年的贷款期限结束前还清未支付的款项。库苏马诺决定暂缓支付4月的还款。那时候，餐馆每周的收入只有1000美元。人工费用减少了，但并不是没有，而且总有其他的账单陆续到来：保险公司的、公用事业公司的、酒类管理委员会的，等等。库苏马诺需要挣更多的钱才行。

一天晚上，库苏马诺和尼娜忽然想到了套餐包。现在大家基本都在家做饭，"蓝色围裙"③和"你好新鲜"④公司的兴起，说明这是一个有需求的市场，可以让人在家里做饭变得轻松简单。为什么我们不去试试呢？每天在脸书上发布一份限量菜单，人们可以各取所需，晚

---

① 新泽西州东北部海港。——译者
② 纽约布鲁克林的一个社区。——译者
③ 美国大型半成品食材和菜谱配送服务公司。——译者
④ Hello Freshes，德国食材订购和配送平台。——译者

上就可以在家轻松做出一顿美味。尼娜想到顾客在店里买了食物回去加工,完事还得把锅碗瓢盆清洗干净。与大型外卖公司不同的是,库苏马诺餐馆没有送货上门的服务。但谁知道哪片云彩会下雨呢?至少这让库苏马诺觉得餐馆在没有订单时,他也能有所作为。

每逢周二,墨西哥玉米卷就特别畅销。餐馆开业后,库苏马诺雇用的第一位厨师是一名来自墨西哥的非法劳工。"他是我见过的最好的厨师。"库苏马诺说,但他后来去了附近皮茨顿的一家餐厅,成了那里的主厨,薪水也更高。那时候,库苏马诺教他做意大利经典菜肴,他教库苏马诺做墨西哥传统美食。过去,他们在周二休息,但在疫情暴发后的几周内,每周二库苏马诺都早早到店里,从头学做萨尔萨辣酱、炖肉,做他喜欢的墨西哥米饭。他在脸书上发布了周二新菜单,希望依靠口口相传能够打开市场。一杯预先调制的玛格丽塔鸡尾酒12美元,用龙舌兰酒调制的四杯玛格丽塔鸡尾酒25美元。

就在新冠疫情前,库苏马诺已经清理好餐馆后面一处杂草丛生的地方,计划在春天种植西红柿、辣椒和香草之类的。叔叔拉里建议他利用这块地方做烧烤,但库苏马诺一直不喜欢烧烤的味道。对他来说,排骨要用香醋或红酱小火慢炖,鸡肉如果不是加工成肉排,就是在烤箱里烤的整鸡,这才是意大利风味。但叔叔的建议让他在视频网站上搜索了一些教学视频,寻找可能受到启发的食谱。他取消了原来的泥土订单,买了一个二手的烧烤架。

"我想说:'我们本来就没钱,你却把钱花在这上面?你想干吗?'"尼娜说,"我都跟他急了。"在离小镇不远的地方,库苏马诺发现了一家锯木厂,他们很乐意把切割下来的樱桃木、山胡桃木和其他木材的边角料卖给他烧烤用。"我们的想法是做成宾州北部的传统南方烧烤。"他说,不知道是否有人愿意从一家意大利餐馆买烤牛腩或烤排骨。

库苏马诺研究了帐篷市场,发现供应很充足。"由于演唱会、节日庆典和婚礼等活动都取消了,帐篷出租场所出现大量空余。"他说。唯一不清楚的是,天气转暖时,州长是否会允许户外用餐,还会有什么新的限制规定。宾州的"红黄绿计划"中没有提到户外用餐,有人试图联系州长办公室确认,都无功而返。库苏马诺付了帐篷的定金,心里满怀希望。

"这就是现实,那时候没人知道还会发生什么,"他说,"你自己尽力而为就是了。"这里曾经是煤矿工人的小镇,他们最懂得在艰难时刻要努力工作。库苏马诺每天早上起来,先加热烤箱,再看看他和厨师们准备的"预制清单",就是那块挂在厨房后面的白板,然后开始干活,一边切菜、烧烤、煎炒,一边思考挽救餐馆的其他办法。"老福格人就是这样。"镇上的人总是这么说。

原来的铸造炉已经老化,需要建一个新的。老铸造炉是美国独立战争后不久一名军医建的,他也是最早发现拉克万纳山谷丰富的煤炭和铁矿价值的人之一。那些用牛车运来的煤炭可以提供热量,把熔炉里的铁矿石熔化。在大陆军战胜英国人后的六年里,威廉·史密斯博士和他的两个女婿在拉克万纳河的转弯处建了一个铸造炉。在那里,一座摇摇欲坠的木制建筑中,他们把矿石变成铁,成为引发美国工业革命的星星之火。史密斯博士的铸造炉后来停用了,因为在河上游通往斯克兰顿的地方建了一个新的更耐用的铸造炉,这里就成了老福格之名的起源[①]。

严格来说,像唐克汉诺克一样,老福格也是一个城镇。(宾夕法尼亚是一个自治政区而不是州,但这不用介意。)老福格可能被视为斯克兰顿的郊区,这是不对的。生活在老福格镇上的人开车十到十五分钟去斯克兰顿工作,但只有7.5万人的斯克兰顿市并没有大都市的

---

① Old Forge,英文中就有锻铁炉、铸造炉的意思。——译者

吸引力。而且，老福格似乎不受外界的影响。几年前，作为一项降低成本的措施，泰勒、穆西克、皮茨顿等周围城镇开始合并学区，老福格拒绝加入。相反，他们决定保留自己的单独学区，即使要支付更多的财产税也不在乎。"从你呱呱坠地开始上幼儿园，可以一直沿着这个路径到高中毕业。"老福格前镇长鲍勃·默尔克林解释说。他的孩子在这里上学，他和他妻子、岳父母也都是这样过来的。煤矿关闭了，纺织厂也关闭了，但人还留在这里。

"不大也不小，"库苏马诺说，"就像《金凤花姑娘和三只熊》[①]一样，一切恰到好处。"

老福格有一种很浓郁的小镇感。在进城的主干道上，路边灯柱上悬挂着一排排横幅，上面都是在军队服役或曾经服役的"家乡英雄"。2020年，在这个曾经是民主党大本营的地方，沿着这条路有很多特朗普的海报，但也有更多的标识牌支持当地警察（几乎看不到"黑人的命也是命"的招牌）[②]。国旗在美国军团哨所前排列。这是一个联系紧密的社区，一个少年棒球联盟队的教练曾是大多数人的队友，后者正在看台上看他们的孩子比赛，说不定里面就有他们未来的老板。默尔克林过去就是库苏马诺的教练，后来成了库苏马诺餐馆的酒吧调酒师，他们成了好朋友。

老福格有一种争强好斗的传统。"从小到大，如果你在周五晚上外出，经常会看到有人打架，"库苏马诺说，"差不多每十分钟就会有一次争吵。"泰勒、穆西克或西斯克兰顿的孩子会到这里来找麻烦，老福格的孩子也会找他们约架，战斗随时开始。乔·莱赫在老福格长

[①] 英国作家、诗人罗伯特·骚塞发表于1837年的作品，是英语国家最受欢迎的童话之一。——译者

[②] "黑人的命也是命"即Black Lives Matter，缩写为BLM。黑人民权运动。2011年，一名白人警察杀害了一名非裔美国人，法庭判处警察无罪，引发抗议活动，示威者高举"黑人的命也是命"的标语牌。——译者

大，是一个看起来温文尔雅的药剂师，在安德里斯山脉的一家药店里做生意。他记得一个周五的晚上，一辆汽车装满了另一个镇上的孩子，行驶在老福格老街上，因为学校的橄榄球队击败了老福格队，那些孩子们在车上大声喧闹着。乔·莱赫提到一个留着红色长发的矮胖男孩，他趁着路口红灯时打破车窗，把司机从车里拽了出来，扔进商店的玻璃橱窗里。"警察来了以后，把那些外面来这里寻衅滋事的人训了一顿。"乔·莱赫说。

"我们这里就是一个小地方，但我们的学校跟斯克兰顿、克拉克斯萨米特这样的大城镇相比也不逊色，"安东尼·帕里西是库苏马诺的儿时朋友，他说，"我们从不服输。"

现在，人们前往老福格的理由不再是煤炭和铁矿，而是美食，尤其是它独特的披萨。多年前，老福格就宣布这里是"世界披萨之都"。如果你觉得这么说有点自吹自擂，那就看看 2017 年《今日美国》上发表的一篇关于老福格的文章，大标题是《你所不知道的美国披萨之都》。想象一下这种披萨，形状上是传统的西西里风格，要用浅浅的矩形平底锅烹饪，但有着比西西里风格更轻薄的酥皮。每个地方出售的老福格披萨都有自己的特色，特别是这种披萨的酱汁比传统的更甜，也更美味。库苏马诺在披萨上混合了美国奶酪和意大利的马苏里拉奶酪，有的人只用美国奶酪，隔壁的里纳尔迪餐馆用英国切达干酪。点披萨时要说来"一刀"或是一盘半盘，而不是"一片"。阿卡罗-盖内尔一家是从 1962 年起就有的老福格的披萨餐馆，餐馆里流传着一个笑话，当有人点披萨时说来一"片"，服务生就会问："是苹果派，还是蓝莓派？"

有关老福格披萨的起源不是特别清晰，里纳尔迪餐馆的老板认为来自三个女人，包括他们的曾祖母路易莎。20 世纪初，她在老街上开了一家地下酒吧，名叫卢匹兹，顾客主要是那些经常挨饿的矿工。库苏马诺风味的披萨是他的奶奶安妮传给他的，安妮教了几代披萨厨师。紧邻库苏马诺餐馆的雷维洛披萨店里，摇滚歌星奥齐·奥斯本和前国务卿希拉里·克林顿曾经在这里用餐。阿卡罗-杰奈尔披萨餐馆就在库苏马诺餐馆的对面，《今日美国》发布的全美最佳十家披萨店之一，它的忠实客户甚至愿意花 50 美元运费远途下单。还有安东尼披萨店、玛丽·卢披萨店、萨勒诺披萨店、"小宝贝"披萨店、奥古斯汀俱乐部 17 号披萨店等等。

老福格像美国所有大大小小的城镇一样，已经被连锁店渗透。在老街的里纳尔迪餐馆对面就是麦当劳，里纳尔迪餐馆早先是在离这里两个街区的一家小商场里，叫多米诺披萨店。有一家汉堡王和邓肯甜甜圈快餐店。老一辈的人还在抱怨，那些老街上的书店、电子商店和其他设施，在几十年前就被推倒，给大型连锁巨头西维斯腾出了空间。只剩下老福格独特的披萨和家庭经营的餐馆，他们成了镇上的主要商业，也把人们过去和现在的生活交织在一起。老福格人的社交生活就浸润在"地窖"酒吧的一杯酒，阿卡罗-盖内尔餐馆的"一刀披萨"，或是在雷维洛餐馆等待盘子里美味的那一刻。

库苏马诺离开小镇去上大学，算是一个例外。老福格高中辅导员肖恩·尼介绍，在这个社区，人均收入的中位数刚刚突破 3.3 万美元，大约 80% 继续接受高中教育的人选择离家近的地方，通勤去上学。那些去外地读完大学的人还是愿意回老福格，库苏马诺、安东尼·帕里西和卢·马里亚诺都是走这样的路。马里亚诺说，这个地方已经深深地刻在他们的心上。

"老福格秋天最迷人的就是周五的夜晚，你把窗户摇下来，能闻到好几个街区诱人的披萨香味。"马里亚诺说。在他的脑海里，这是一个周五的晚上，年长的理科老师正在通过广播讲解着实验步骤，他的声音很大，一直在老街上回荡。

"'世界披萨之都'已经成为我们的显著标志，让我们受益匪浅，"安东尼·帕里西说，他了解老福格这个紧密型社区，人们之间都彼此熟悉,"披萨和餐厅才是我们的独特之处。"

库苏马诺家族可以上溯到他曾祖父母的一代。1916 年,库苏马诺的曾祖父和两个弟弟开了一家小餐馆,提供他们在地下室自制的红酒和意大利特产,包括一种叫作索弗里托的本地特色菜肴(小牛心和猪肘子用白葡萄酒慢炖)。他的曾祖父还在城里建了一座墓地,这样当地的意大利人就有了自己的墓地。库苏马诺说,他有一项基本权利,就是在墓碑上留有一个位置,上面写着"永垂不朽之类的话"。库苏马诺的外公汤姆·约瑟夫与库苏马诺同名(库苏马诺的全名是汤姆·约瑟夫·库苏马诺),是一个啤酒经销商,在老街外的一个店面里,离他外孙现在的餐厅有三个街区。

他说,很多人觉得他买一家餐馆愚蠢之极,"至少我一半的家人都反对"。年龄是一个因素,库苏马诺只有二十七岁,尼娜二十六岁。别的不说,他父母的经历就是前车之鉴,说明经营小企业有多么艰难。库苏马诺的父亲说:"我劝他别干,但他主意已定。"但库苏马诺最好的朋友却一点也不意外,卢·马里亚诺说:"他也说起过做别的事情,但我们认为他天生就是一个做餐饮的人,一个厨师,一直都是这样。"

原来的布鲁尼科是一家红酱意大利餐馆,在老街上经营了几十年。多米尼加·布鲁尼科是当地的传奇人物,主掌这家高档餐厅几十年。在那里,衣着讲究的服务员为顾客提供意大利经典菜肴。多米尼加会谢绝那些穿着随便的顾客,认为有些人不配在她的店里用餐,比如镇上的蓝领工人,他们会偶尔来挥霍一下,不是她的常客,她喜欢的是律师、医生和其他有钱有地位的人。那些偶然来布鲁尼科的陌生人会被安排在楼下以前称为披萨屋的地方,当然,除非那天她想要招待这些平时她看不上眼的客人。黑手党布法利诺家族成员是布鲁尼科的常客,包括家族教父拉塞尔·布法利诺,就是意大利裔导演马丁·

斯科塞斯执导的电影《爱尔兰人》中的人物，由著名意大利裔演员乔·佩西饰演。当地传说拉塞尔·布法利诺就是在布鲁尼科餐馆打电话刺杀美国工会会长吉米·霍法的。但拉塞尔·里纳尔迪表示，他听一些知情人说，杀害工会会长的指令来自波克诺山区的一家餐馆。里纳尔迪的父亲是地下赌场庄家和放高利贷的（出于对布法利诺的崇敬，给儿子取名拉塞尔·里纳尔迪），他的说法比较可信。

库苏马诺还在上大学的时候，布鲁尼科餐馆的一个常客从多米尼加手中买下了这家餐馆，他在当地有好几家太阳石油公司的加油站。此人不是厨师，但他觉得有大名鼎鼎的布鲁尼科招牌，有多米尼加的独特食谱，加上精心烹制的意大利经典菜肴，餐厅肯定很火，然而他错了。只有亲身经历过惨痛教训的人，才知道要在餐饮业取得成功有多么困难。在经营了大约六年的时候，他遇到了库苏马诺。他会有兴趣买下这家餐馆吗？库苏马诺不需要专门查看，他对这里太熟悉了。"我在这里打过工，洗过碗，做过披萨。"他说。他在楼上的主餐厅做过酒保，甚至还当过替班的服务员。"我在那里工作过，我奶奶在那里工作过，我姐姐也在那里工作过，这简直就是命中注定。"库苏马诺说。

尼娜也想通了。她就像是老福格钢铁打造的，坚韧务实，善于迎接挑战。库苏马诺跟她商量这一想法时，她正在里纳尔迪餐馆做服务员。"最坏的情况是什么呢？"她问自己，"不就是餐馆不成功，我还继续当服务员吗？"

资金问题成了最后的障碍。他们俩都没有专门学习过饭店管理，也没有经营餐厅的经验，获得贷款的有利条件就因为他们是白人。美联储的一项研究表明，黑人和拉丁裔人的公司获得商业贷款的可能性不到白人的一半。这项研究调查了全国1.4万家小企业，信用评级较高的黑人和拉丁裔申请人获得贷款的比例与信用评级较低的白人申请人大致相同。库苏马诺去了富达银行在当地的分行，这家银行自

1902年以来就一直在宾夕法尼亚州东北部提供贷款。他们找到这里的商业贷款主管，此人也是库苏马诺家人的朋友。库苏马诺和尼娜有点积蓄，加上双方父母的资助，他们可以支付贷款总额10%的首付，这也是小企业管理局为企业提供贷款项目的要求。他们确定了这笔十五年的贷款，到2028年还清，一共需要支付近75万美元。但是库苏马诺毫不犹豫。

"我一直都梦想开一家餐馆，所以我一点也不担心。"他说。

人们普遍认为，开餐馆比经营其他企业风险更大。来自美国小企业管理局的数据显示并非如此，餐饮业的失败率并不比其他行业更高，但也强调了每个人在创办新企业时都要承担的风险。库苏马诺餐馆在五年内倒闭的概率高于50%。可以说，他们买下了一家现成的餐馆，拥有一批原来的忠实顾客，但库苏马诺和尼娜都想尽力发挥自己的优势，与之前的布鲁尼科餐厅区别开来。

库苏马诺放弃沿用布鲁尼科餐馆的名字，那个把餐馆卖给他们的人认为这是很愚蠢的做法，"他会说：'那都是你买下来的啊，你疯了？'"库苏马诺说。也许他是对的，但布鲁尼科不是库苏马诺的姓氏，他脑海中的这家餐馆必须是别具一格的。他喜欢这家"80年代的意大利餐厅，精心烹制的红酱小牛肉帕尔姆"，但他的顾客来自意大利南部，意大利的国土形状在地图上就像一只靴子，西西里在这只靴子的脚趾上，费利托是脚踝附近的一个小镇，那不勒斯以南240公里的地方。某种程度上，他的烹饪风格属于意大利南部，虽然他在餐馆网站上宣称"新时代意大利烹饪"。"我们的菜单和一般的意大利餐厅不同。"他解释说，他们是"经典意大利菜的全新版本"，"即使是最挑剔的美食家"也赞不绝口。

他们在餐厅做的第一个改变就是既要美观，也要实用。尽管这里的菜肴很高档，但外面看起来却又暗又脏。这是一座独立的两层建筑，采用艺术装饰风格，差不多就在镇上老街的中心。设计师似乎想追求某种优雅，但外立面看起来更像殡仪馆，而不是餐厅。他们把外墙刷成白色和灰色，用一个时尚的新牌子取代了原来又黑又旧的招牌，上面用银色字母拼出"库—苏—马—诺"。

他们还对主餐厅进行改造，拆掉了吊顶，露出原来的天花板，安装新的照明设备，包括一个华丽的中心灯光装置，它像一棵灯光树，伸展出金属的树枝，散发着明亮的灯光。他们把墙壁刷成柔和的灰色，铺上深色图案的地毯，然后挂起色彩鲜艳的海报，让整个空间充满活力。为了减少开支，他们保留了原来的三边花岗岩酒吧，库苏马诺戏称那颜色就像"婴儿屁屁和玻璃碎渣"。

楼上的厨房是最大的工程。地板必须更新，这时候他们才知道餐厅有害虫的原因在此，这又增加了计划外的支出。安装了新地板之后，他在网上找的3个二手炉灶也配备好了。他把它们放在一起，这样他一共有22个炉子。餐馆在2013年12月13日开业，那一天是星期五，也是库苏马诺的生日。他说："大家都劝我不要在13日星期五那天开业，但我妈妈喜欢，她说，'那天是你爷爷的生日，是个好日子'。"

有些餐馆自有一套成熟的运营模式，库苏马诺餐馆则属于正在探索中的那种。布伦达·罗西奥里说："从一开始就有些问题。"罗西奥里和尼娜是在里纳尔迪餐馆工作时的朋友，库苏马诺餐馆开业后她就来这里干了。问题就是库苏马诺自己。他就像皮默，那个影星托尼·夏尔赫布在电影《狂宴》里饰演的人物，追求与众不同的菜品风格，比如烤章鱼配白豆泥加开心果蒜酱，那才是经典的西西里风味。

杰西卡·巴勒塔以前每周五、六、日三天在布鲁尼科餐馆做服务员，现在来库苏马诺餐馆也是一样。巴勒塔只有二十多岁（与黑泽尔顿市长同姓，但没有关系），喜欢这对年轻夫妇给餐馆带来的活力，但那些老客户们却不会这么看。"这儿的菜真是太棒了，堪称一绝！"巴勒塔说，"顾客会说：是挺好的，但怎么没有意大利通心粉呢？"

顾客对价格也有抱怨。"他用的是最好的食材，但顾客并不在意。"巴勒塔说，那些老客户看到的是价格比以前贵了。更糟糕的是，主菜不再配送意大利面或蔬菜。

巴勒塔、罗西奥里和其他人都认为库苏马诺是个从善如流的人，他把价格降低了一两美元，主菜配送招牌沙拉。顾客还是不满意，他又改变了菜单，每道主菜至少有一道免费配菜。他会按照顾客喜欢的方式加工鸡肉或小牛肉：嫩煎、帕尔玛干酪、玛莎白葡萄酒、米兰式、花茎甘蓝等不同风味。他也增加了面食供应，这样有人可以品尝他配制的野猪肉酱，或是别的自己喜欢的配料，像奶酪、肉馄饨、意式面酱等。他还增加了披萨供应，这让辛迪·黑因很高兴，她是布鲁尼科餐厅的老主顾，现在也终于成为库苏马诺餐厅的常客。她很喜欢父亲以前在老罗西餐馆做的披萨，现在这里也能吃到，让她很欣慰。"这些年他们做得越来越好了。"黑因说。

最初的几年就像人们提醒库苏马诺和尼娜的那样相当艰难。他记得父母当年时常抱怨他们的老会计，但只有自己遇到同样问题的时候才明白是怎么回事。他们挺过了第一年，但后来得知自己欠了数万美元的税款，这差点把他们给毁了。库苏马诺说："我们的顾客那么多，生意很红火，但就是没挣钱。"

尼娜不是很活泼的那种人，也不像典型的老板或老板娘那样殷勤周到。库苏马诺倒总是殷勤周到，但是也有限度。他讲述自己的客户服务理念时会提到他在餐馆打工的经历。作为一名餐馆服务员，他必须问顾客是否需要水，如果需要的话，喜欢普通水还是带汽的。他接着说："一个孩子的爸爸把我拉到一边跟我说，到下一张桌子去问问他们，'你们他妈的要水吗'？"他并没有真正理解这位父亲的意思，但这个教训一直萦绕在他的脑海里。

"这就是我培训员工与顾客互动的方式，"库苏马诺说，"不要跟顾客说那么多，不要说那些没必要的话，人家是来吃饭的，不是来跟女服务员或勤杂工聊天的。把水倒上就行了。"

起初，他们每周开张六天，周一休息。但星期一对库苏马诺来说并不轻松，根本没法休息：他要在餐厅里工作六到八个小时，比平时的十二到十四小时短点而已。"我不想瞒你，我们的家庭关系都出问题了，"库苏马诺倾诉着心声，"我们俩都有一段艰难时期。"他们这才决定周二也关门休息，这样至少可以给库苏马诺一个整天的假。他说："我们需要更多的时间交流，我们在一起除了餐厅的事什么都没有了。"

餐馆开到第四年的时候，库苏马诺开始认真考虑要改造布鲁尼科披萨屋，就是当年黑帮头目拉塞尔·布法利诺和他的手下常去的地方。他想把它改成酒吧，立即就遭到了反对。尼娜说："我反对这么干。"他们刚有了一丁点积蓄，丈夫就要在楼下再建一间酒吧和盥洗室？

"我们都不赞成这个想法，"杰西卡·巴勒塔说，她是尼娜的闺蜜，"他坐在楼上琢磨那些图表，然后跑下楼来，我们就知道，'他又想折腾什么事了！'"对库苏马诺来说，把这里改造成"地窖"酒吧，是最后的关键一步，以往的布鲁尼科就不复存在了，那时的老板认为有些人不配在这里用餐，他要改变这种做法。"楼上还有一种奢华的感觉，这就意味着一部分顾客不会来，除非他们也把自己弄得衣冠楚楚。"库苏马诺说。他们俩都意识到了这一点，他们太了解这里的人了。"我们的朋友都不来这里，这种餐厅对他们太高档了，这让我很不安。"他说。开了酒吧，就会有一个后门，人们带着孩子外出回来或者下班后都可以直接进餐厅，不管他们的穿着如何。

库苏马诺找朋友和家人帮忙，尽量减少开支。他的岳父是一位建筑工，帮忙修了一个燃木壁炉。他的表哥"矮胖"是水电工，也来帮忙。他们增加了一个胡桃木吧台，铺上了新地毯，保留了节疤松木的墙壁。他们在房间里布置了一些黑白老照片，其中一张是他的曾祖父，留着浓密的胡子，还有一张是他的祖父与尼娜的合影。一面墙上挂着一个装饰好的鹿头和一条鱼，一个杰纳西奶油啤酒的霓虹灯标志，以及一个磨损的皇家皇冠可乐金属温度计。在这里的感觉就像在朋友家的客厅里聚会。"我想要的风格就是那种餐馆底下隐秘的小酒吧，只有圈内人才知道。"库苏马诺说。

2017年底，酒吧开张，尼娜和她的朋友们很快就发觉自己错了。"每个周末都高朋满座，"辛迪·黑因说，"酒吧里座无虚席。周五晚上必须有人早点去占位，否则我们的团队聚会就没位子了。"酒吧让餐馆的酒类销售额翻了一番，也提高了菜品的收入。来酒吧的人喝着喝着饿了，就会要菜单点餐。酒吧也增加了餐厅前菜的销量，前菜在这里是比较贵的（例如：炸鱿鱼配阿拉伯辣酱，每份16美元），还有十几种不同口味的老福格披萨的销量也随之增加。库苏马诺又扩展菜品，增加了法式蘸酱菲力牛排三明治（焦糖洋葱和瑞士格鲁耶尔干酪加在硬皮面包上），每份18美元，以及多种口味的意式博利馅饼（类似于烤乳酪馅饼，把两层卷起来而不是折叠的），每份13美元。

"他总是对的，"尼娜说，"这也是烦人的地方。"这并不是说库苏马诺可以免除酒吧经营中的风险。开业那天晚上，他猛灌了很多"长径双倍"牌印度爱尔啤酒，最后都吐在昂贵的胡桃木吧台上，他以这种方式为自己的新酒吧开张做了纪念。为了实现这一心愿，他付出了很多，或许有望在六个月内给他一个满意的回报。

库苏马诺说："我们每天晚上都兴奋不已，不仅因为我们多赚了点钱，而且是看到顾客真的非常喜欢这里。"

他的下一个创意是开办户外露台餐厅，他想象的是一个有固定顶棚、两侧开放的空间。这感觉就像再做一家库苏马诺餐厅，尼娜担忧的是费用，员工则取笑他对这个创意的痴迷，但库苏马诺依然勇往直前。这一次，反对者还包括了他的邻居。"我们周围的很多餐馆都说，他为什么要这么做？不值得花那么多钱，风险太大了，"库苏马诺说，

"但我有一种直觉，这么干是正确的，必须背水一战。"这回他又请岳父帮忙建了一个更大的壁炉，天气冷的时候既可以驱寒保暖，又能给这个容纳 60 人的空间增添些温馨的家庭气氛。露台餐厅于 2019 年仲夏时节开业，看起来似乎一炮而红。在库苏马诺餐厅，他们都期待着 2020 年，期待他们第一个带着户外餐厅的旺季到来。

小镇上的餐馆老板都是好朋友。萨勒诺餐馆的搅拌机坏了，阿卡罗-盖内尔餐馆的安吉洛·盖内尔就会帮他们做面团，直到机器修好。披萨盒、奶酪、一瓶酒之类的，如果谁一时缺货，其他餐馆都会提供。"餐馆之间的借贷已经持续了五十年。"雷维洛披萨店的帕特·雷维洛说。他们一起旅行、打猎，或者去佛罗里达，或者去看超级杯男篮职业联赛，那年亚特兰大老鹰队夺得了首个联赛总冠军。"我隔不了一两天就得找他们聊天。"雷维洛说着他那些在老福格镇上开餐馆的伙伴们。

在老福格餐馆的档次层级中，库苏马诺餐厅由于其菜肴的品质已经处于或接近最高端。然而，这也意味着他们在餐馆中的订单排名越靠前，关闭室内用餐的影响就越大。"做披萨外卖比做菲力牛排容易多了。"帕特·雷维洛说。即使在疫情前，外卖就占了雷维洛披萨店的一半。

里纳尔迪餐馆的档次处于高档（价格也更贵）餐厅和遍布老街的披萨餐馆之间，人们在这里用餐主要是因为厚重的意大利主菜，像帕尔玛干酪小牛肉、蛤蜊酱扁面和土豆团子。（它的理念是："我们保证你会满意而归——别忘了带走剩菜。"）拉塞尔·里纳尔迪说，为了在疫情中生存，他们把餐厅变成了一个外卖机，他让电话公司安装了几条新的电话线，并订购了两台用于输入订单的电脑设备。服务员（包括他的嫂子和她的妹妹）负责备好制作沙拉的材料并制作调味品，勤杂工（他的侄女和侄子）和餐馆的女主人（里纳尔迪的岳母）也都来帮忙做披萨盒、接订单、刷信用卡。很多订单都是点他们的卢匹兹披萨，也有意式细面和肉丸子、阿尔弗雷多酱宽面，还有其他意面。顾客喜欢这种熟悉的味道，很多人都尽力支持里纳尔迪餐馆。酒类管理委员会暂时放宽了餐馆的酒类管制，他们就在这里买瓶装葡萄酒，并尽力多买一些甜点。

里纳尔迪用他浓重的老福格口音说道："刚开始的两三个星期，好像什么都停滞了，但后来变得非常繁忙。"于是他们设立了第二个取货区，更便于人们保持社交距离。

直到疫情暴发前，老福格小镇上有两家高档餐馆：库苏马诺餐馆和安东尼餐馆，不过库苏马诺会把安东尼餐馆排在第一。"她的菜品简直太不可思议了。"说到安东尼餐馆的老板兼大厨菲利斯·米歇尔，库苏马诺不胜赞叹。米歇尔一开始在店里做服务员，家里有五个孩子，她的妹妹因癌症去世后，又增加了一个孩子。1999年，她接手这家餐馆，保留了餐馆的名称，但丢弃了原来的菜单，按照她从妈妈和外婆那里学到的烹饪方法来加工制作。六十岁出头时，她还在炉子边上忙个不停。"菲利斯就是我的偶像，"库苏马诺说，他坚信安东尼餐馆可以生存下去，"因为有菲利斯，她很坚强。"她继续做她最畅销的10盎司菲力牛排（每份45.95美元），还有20盎司的纽约客牛排（每份44.95美元），而且找到了一种更高质量的外卖盒，可以让食物保温时间更长。跟其他餐馆一样，头几周生意清淡，但外卖订单很快就火爆起来。"我很惊讶有那么多人来订整套的牛排晚餐。"安东尼餐馆的一位女主人罗丝·哈丁说。

比尔·杰诺韦塞觉得自己就没那么幸运了。杰诺韦塞是一位受人尊敬的当地厨师，在疫情暴发前九个月的时候，他在老街的安东尼餐馆正对面租了一间店面，开办了自己的餐馆，杰诺韦塞称之为"美式美食"。服务员不是把一篮子面包放在桌上，而是提供一种"面包服务"，面包是餐厅特制的，配以高端橄榄油、油醋汁、烤大蒜和烤辣

Saving Main Street　111

椒。在用餐结束时提供"咖啡服务",配以粗糖和鲜奶油。

杰诺韦塞说:"库苏马诺和他们的人卖披萨,卖意面,卖玛莎拉小牛肉和米兰小牛肉,每份 18 或 19 美元。"(实际上是 21 美元,供应库苏马诺餐馆的小牛肉涨价了,他们来自离餐馆一个小时车程外的农场。)杰诺韦塞说:"在我这里消费一碗意面,或者生鲜吧手工调制的鸡尾酒或甜点,每份只有 12 或 14 美元。"

"在我这里用餐是一种体验,"杰诺韦塞说,很难想象他的美食装在外卖盒里跑了大老远还能好吃,"没人点我做的血橙鸭,没人点我的意大利炖牛肉,没人买我的上等牛排。"他解雇了全部员工,一直关闭到 4 月。以后怎么办,还需要看情况再定。

安琪·加尔松是库苏马诺餐馆的炒菜厨师,她在家里无所事事地待着,比她在炉灶前忙碌一晚上挣得还多。大多数下岗的餐饮行业工作者可以得到每周 600 美元的失业补贴,这样人们就可以暂时居家,不必冒着新冠感染的风险去上班维持生计。"钱也不算超级多,或许一个月会多上 200 美元,但这样我可以保持原来的生活水平,还能有一点盈余。"加尔松说。她经常去钓鱼(她在脸书页面上晒出了一张照片,画面上她开心地举着一条刚钓到的鳟鱼),热衷于在社交媒体上互动。她发布的话题范围很广,从特朗普的可憎到支持"彩虹族群"① 的权利。著名说唱歌手利尔·纳斯·X 在疫情暴发不久后就公开了自己的同性恋身份,她分享了他的一段话:"就是因为你们宣扬的那些混账话,让我在整个青少年时期都讨厌自己。"她分享了一些笑话(想知道叠床单的最佳方式吗?把它卷起来扔到壁橱后面。)和自我表白的帖子,就像某人说自己"可能是史上最友好的不友好人

---

① LGBTQ,网络流行语,一般指女同行恋者、男同性恋者、双性向者、跨性别者与酷儿。——译者

士"。她还在网上盯着"世界最佳厨师"丹尼尔·布鲁德定制的价值27万美元的厨灶。

加尔松也是个幸运儿。全国各地的人们都在申请失业救济，等到自己那一份救济金来的时候，通常要几个星期甚至一个月，而她在疫情暴发十天后就拿到了。莎-爱莎·约翰逊和加尔松是同时失业的，等了一个多月才拿到。她也不像加尔松，可以关在家里沉迷于社交媒体，乐此不疲地刷视频。她是一个黑人女性，美国黑人新冠病毒检测呈阳性的人数是白人的近三倍（拉丁裔人是三倍多），死亡率同样相差悬殊。莎-爱莎的两个叔叔死于那个春季，都只有四十多岁。"那是我们家最悲伤的时刻。"她说。

莎-爱莎还在上学，跟妈妈和弟弟住在一间公寓里。她妈妈是当地一家美元树零售店的经理，所以也被视为生活必需类企业员工，可以正常上班。这对他们家来说喜忧参半，一方面增加了家人对她感染新冠的担心，一方面也保持了稳定的收入。莎-爱莎还在参加远程授课的学习，在笔记本电脑上观看烹饪演示与坐在教室里不一样。因为拍摄角度问题，有一半时间都不能完整地看到老师的演示。如果没有现场实地指导，单靠线上授课学习烹饪，你进了厨房操作时还是不知所措。"这一切都太让人沮丧了。"她说。但从好的方面看，莎-爱莎收到失业救济金时觉得自己有钱了。有了这600美元的补贴，她在银行的存款几乎是她在餐馆赚的两倍，比她这辈子攒的钱都多。

第八章 "独裁者"州长

疫情开始一个月后,州长沃尔夫宣布了他的分步开放计划,并确定5月8日星期五那天,宾夕法尼亚州部分开放,这是宾州所属的县第一次从红色转到黄色阶段。州长和他的官员们强调,州卫生局将使用匹兹堡卡内基梅隆大学研发的一系列指标和数据分析工具做出决策。但全州的人只关注一个数据:在十四天内,人均感染率低于每10万人50例。在唐克汉诺克,格伦达·舒梅克、马克·蒙西和其他小企业主都在日历上圈出了5月8日这一天。

他们这里是一个农业县,新冠病毒感染病例很少。可以肯定,唐克汉诺克和怀俄明县的其他地方会在全州第一批开放的名单中。

对宾夕法尼亚州和美国其他地方来说,4月是一个严峻的月份。4月1日,全国新冠病毒感染死亡人数超过1000。不到一个星期,这个数字翻了一番,达到2000。截至4月底,全国登记的新冠肺炎死亡人数为6万,超过了越南战争期间死亡的美国士兵人数。当时,全球每4个与新冠病毒相关的死亡病例中就有1个在美国,而美国人口仅占全球人口的4%左右。美国劳工统计局的报告表明,这是自1948年开始统计失业率以来最大的逐月增长率。疫情刚开始时,失业率低于5%,此时增加了两倍,近15%。

5月的死亡率轻微下降。这个月初就像4月底一样,每天的新冠肺炎死亡人数有时会超过2000，但在临近5月底的几天里，死亡人数降到了1000以下。一些地方已经取消了限制，有的企业重新招募了员工。超过200万美国人在5月重返工作岗位，失业率下降到13.3%。在福克斯早间有线电视新闻节目里，特朗普的女婿、白宫高级顾问贾里德·库什纳代表总统庆贺取得了胜利。他说："联邦政府勇敢地迎接挑战，获得了巨大的成功。"

餐饮业受到的打击尤其严重。据全国餐饮协会的数据，大约三分之二的餐馆员工被解雇或暂时休假。有人预测说，四分之一的餐馆会在疫情中倒闭。如果只看全国独立自营的餐馆，这个数字就更惨淡了。一个名为"独立自营餐馆联盟"的新组织成立了，它代表那些不属于连锁经营的自营餐馆。他们警告说，如果华盛顿的决策者没有像为航空公司和医院那样制定专门的救助措施，全国多达85%的自营餐馆将会永久性倒闭。库苏马诺餐馆靠自己微薄的积蓄，像全国大部分独立自营的餐馆一样，他们基本上靠自己。

新闻报道说，4月的消费者支出在一个月内下降了8.3%，这是自有记录以来的最大降幅。到5月，消费者支出下降了16.4%。美国大型连锁百货商店杰西潘尼，知名服饰连锁店杰克鲁和连锁高端百货商店尼曼在这个春季接连进入申请破产的名单。大型家居连锁超市一号码头破产（随后这一品牌被一家投资公司收购，改为线上经营），贺卡和手工艺品连锁商店帕派瑞斯宣布将关闭所有254家门店。新闻报道把梅西百货和高档连锁百货店诺德斯特龙列入受人尊敬、濒临倒闭的企业名单中。"看着这些新闻，"格伦达说，"我在想，哪里还有我什么机会呢？"

在疫情开始的头两个月，家具和家居商店的销售额下降了三分之二，服装店销售额骤降89%。而在这个时候，格伦达的商店已经关门了，老福格的库苏马诺餐馆和黑泽尔顿的薇尔玛美发厅的情况也差不多。商务部发布的数据显示，餐馆和酒吧的收入在疫情开始后的两个月里下降了54%。库苏马诺希望自己的收入能达到疫情前的一半，现在已经跌了近80%，如果考虑到疫情前餐馆举办的药企聚餐会、婚礼宴会和祈祷午餐会等活动的取消，收入则下降更多。一家名为安图的数据分析公司使用匿名手机数据报告称，理发店和美容院的人流量下降了60%。这时薇尔玛美发厅已经关门了，她在想为什么别的地方还有客流，还能继续营业呢？"我也不想关门。"薇尔玛说。

商业世界的叛逆者往往是些不起眼的小角色，而那些大型连锁酒店的物业经理都听公司的安排。美国最大的体育用品网络零售商福洛克、大型服装公司盖璞和烹饪用品连锁店威廉索诺玛以及遍布全国的餐厅连锁店，都有法律部门和公关人员，他们总是告诉员工要遵守当地政府为遏制病毒传播而采取的措施。

对于小企业——一家真正的小企业来说，业主要对他们的家人或合作伙伴负责，当他们认为某些限制侵犯了自己的权利时，即使不会明确反对，也总会实行变通。

在全州各地，企业纷纷向法院起诉沃尔夫的封闭禁令。宾夕法尼亚州西部的一家公共高尔夫球场的总经理在联邦法院提起诉讼，声称州长禁令停止了大部分经济领域的正常运行，是越权行为。一名洗衣店老板、一位房地产经纪人和一家小型伐木公司的老板也加入了诉讼。靠近费城的一家钟表制造商指控州长的禁令违反了第五修正案的正当程序权。一家枪支商店表示，这违反了第二修正案的持枪权利。在首府哈里斯堡，一个律师团队为不同类型的小企业辩护。他们说，沃尔夫关闭全州的律师事务所，是对司法部门的干涉。

宾夕法尼亚州周围的小企业就更不以为然了，他们根本就不理睬州长的法令，照常开门营业。就在威尔克斯-巴里城外、距离库苏马诺餐馆不远的地方，丹科全美健身房的老板劳伦斯·丹科已经忍无可忍，不想再等州长的许可了。他的健身房是一个谷仓般的钢结构建筑，他买了一堆瓶装洗手液，放在入口处和健身房的各个地方。也不管这里仍处于红色管制区域，五十四岁的丹科与那些蔑视当地禁令的顾客一起，每天照常开门营业，每天都有县里的人开车过来通知他违反了州疾病预防和控制法案，还给他发了传票。

有人在社交媒体网站脸书上建了一个新页面"让汤姆·沃尔夫见鬼去吧"，并指出他是以"违宪的、奥威尔式的"① 方式来应对疫情，引起了人们的围观。另一个页面专门用来记录"州长忽视的悲剧"。那些在上面活跃互动和发言的都是小企业主，他们认为自己就是被州长的防控政策"附带损害"的人。在另一家社交媒体推特上，有一个恶搞沃尔夫的账户，几乎每次州长一开口说话就会遭到辱骂。他们嘲笑他的贵族家庭背景和躲在象牙塔里的做派，一个虚假沃尔夫在线上游戏比赛中击败了"宾州书呆子王"，他们授予这个虚假沃尔夫"宾州沙皇"的头衔。一名国会议员、三名州立法委员和四个宾州西部农业县起诉沃尔夫和州卫生局长雷切尔·莱文，指控他们越权关闭小企业。还有一家美发厅和汽车电影院也加入到起诉人中来。

4月，哈里斯堡举行了一场集会，示威者抗议州长的"政令"或"法令"，认为它们就像封建时代的国王发布的那样。当时宾州已有3.3万例确诊病例，1200人死亡。几百名抗议者站在一起，包括几名共和党议员在内的几个演讲人正在那里慷慨陈词。"我来这里是想告诉大家，毫无疑问，州长侵犯了个人自由，后者是宾夕法尼亚州宪法所保障的。"一位来自宾夕法尼亚州中部的保守派议员鲁斯·戴蒙德说。4月中旬，众议院和参议院的共和党多数派通过了一项法案，给州长七天时间，对企业安全重启做出详细说明。州长此前已经确定了一个慎重、稳妥的计划，即全州分阶段重新开放。然而按照该法案要

---

① 英国作家乔治·奥威尔，代表作《1984》是20世纪影响最大的英语小说之一，通常指受到严格控制而失去人性的社会。——译者

求，任何遵守规定的企业都可以立即重新开业，这将使"更多人处于高风险中"，州卫生局长雷切尔·莱文这样说。不出所料，州长否决了这一法案。

当然，特朗普是公开站在抗议者一边的，也不知道是不是在怂恿他们。他把控制病毒传播的责任交给各州州长，然后又在推特上发帖破坏他们做出的努力，"放开密歇根！""解放明尼苏达！"总统把连任的赌注押在经济的强劲增长上，"我们已经迎来了胜利的时刻"，特朗普5月初就这样宣布了。一周后，威斯康星州最高法院裁定支持一名共和党人提出的诉讼，拒绝执行州长（民主党人）下达的居家令。5月13日，威斯康星州所有关闭的企业，包括餐馆、酒吧、美发厅等都可以在没有任何限制的情况下重新开业。

民意调查显示，多数人持谨慎态度。5月初，美国独立民调机构皮尤研究中心发布数据说，美国人更担心自己所在的州过早地取消相关限制，而不是太晚，两者比例超过2：1。《华盛顿邮报》和益普索市场研究机构的一项民意调查发现，74%的人认为政府应当控制新冠病毒的传播，即使让企业关闭一段时间也是应该的。宾夕法尼亚州的情况与此相同，福克斯新闻台的一项民意调查说，该州64%的居民赞成宾夕法尼亚州暂缓放开疫情管控措施，暂时忍耐一段时间的经济困难。只有25%的人同意取消限制，不担心加剧公共卫生危机。这一民调还显示，69%的宾夕法尼亚州居民认可沃尔夫对疫情的处理方式，而认可特朗普的只有44%。

那时，大家都不清楚重新开业是否可行。将近4月底的时候，佐治亚州取消了对餐馆、健身房、美发厅和其他企业的限制。然而，根据信用卡交易、工资支付和其他数据发现，重新开放后对全州经济的影响远低于那些官员的预期。在取消限制措施几周后，大约30%的企业仍在停业中，顾客也对那些重新开张的企业敬而远之。"开放餐桌"（OpenTable）是美国知名的网上订餐平台，他们发现在解除限制一个月后，其成员餐厅的销售额仍比疫情前下降了85％。从电影院到文身店的经营情况也都非常惨淡。丹科的健身房看起来顾客不少，但主要是外地人来表达对他的支持，而不是当地那些定期来锻炼的常客。

美国联邦政府的《新冠肺炎疫情援助、救济和经济安全法案》刚一通过，库苏马诺就跟银行通了电话。他迫切需要搞清楚怎么操作，尽快申请到法案中确定的小企业薪酬保障计划的资助。直到4月初项目开始实施的前一天，财政部才发布了申请指南，就算这样这些规定仍含混不清。薇尔玛看完这些指南还是搞不清楚该怎么申请。在唐克汉诺克小镇上，格伦达联系了一个在商店兼职的人，他也在一家会计公司工作。"我们来来回回看了好多遍，这些规定确实太不明确了。"格伦达说，她决定再等等看。

库苏马诺很快就发现了薪资保障计划中的一个重大缺陷：它要求小企业将至少75％的资金用于支付工资，否则就必须连本带息偿还。"关爱法案"用联邦财政资金照顾失业者，每周给予每位失业人员600美元补贴。然而顾名思义，薪酬保障计划的目的是工资保护。薇尔玛就不需要别人帮她支付员工的工资，因为美发厅已经停业，员工在外面除了增加病毒传播机会外，什么也做不了。她担心的是每月要还的抵押贷款和必须支付的其他费用。与此相同，唐克汉诺克小镇上的贺曼商店需要的也不是工资保障。格伦达的员工现在不想来上班，她也不需要他们来。然而按照该计划要求，他们需要用至少75％的资金来支付员工工资，还必须在八个星期的窗口期内付清，否则就会欠下这笔钱的本息。薪酬保障计划被宣传成一个有助于小企业生存发展的项目，但实际上这样做是为了让员工保住工作，并以为这会对小企业主有利。

"我不知道他们为什么不直接把钱给小企业主，然后确保资金用在合法的业务支出上，"库苏马诺说，"只要它注入了美国的经济运行，这样不是更好吗？"

政府推出这一项目的速度引人注目。"关爱法案"通过不到两周，小企业管理局就创建了一个门户网站，银行可以用来代表客户提交申请。特朗普政府大力宣传其所谓的美国历史上最大规模的小企业救助计划，但仅仅过了十三天，小企业管理局就宣布项目资金告罄。在那些寻求帮助的小企业中，只有一小部分得到了资助。

让银行负责发放这些资金似乎是必由之路，小企业管理局无法在几周内办理这笔巨额资金。据他们自己说，这相当于小企业管理局十四年的贷款总额。然而，委托私营部门执行这个项目也造成了自身的混乱。民主党人和一部分共和党人坚持要将较小的贷款机构和非传统金融机构包括在内，以确保小企业更广泛地获得国会为他们安排的资金，但还没有完成对那些机构的认证程序，项目就开放了。直到项目实施前一天晚上，财政部才公布了申请指南，这让银行对计划的适用范围和申请的基本规则感到很困惑。有的银行在推进，继续代表客户提交申请；有的则等待观望，想弄清楚了以后再做。美国银行要求客户不仅要有商业支票账户，还要在银行有未偿贷款。其他银行则宣布，他们只会受理那些同时也是他们信用卡客户的小企业。摩根大通集团和富国银行也同样宣布，他们只受理现有客户的申请。

这笔巨额资金消耗得如此之快，人们会很自然地认为这是因为需求太大，但随后从上市公司提交的监管文件中却看到了问题的另一面。根据法律规定，上市公司有责任披露可能对其股价产生影响的信息。汉堡品牌连锁店昔客堡在全国有 6000 多名员工和近 200 家门店，他们从薪酬保障计划中拿到了 1000 万美元。茹丝葵牛排连锁店有 150 家门店，5700 名员工（2020 年初有 8600 万美元现金），却得到了 2000 万美元资助。他们通过两家子公司申请，拿到了超出 1000 万规定限额一倍的资助。波特比利（Potbelly）是一家三明治餐厅连锁店，有 470 家门店和员工 6000 人，也获得了两笔 1000 万美元的贷款。蒙蒂·班尼特和他的儿子阿尔奇拥有的酒店在这个项目中获得了 5900 万美元资助，他们从 2016 年以来为特朗普的竞选活动捐赠了近 50 万美元。这一计划本来是专门为员工少于 500 人的小企业设计的，但由于加入了"每个单一实体（不超过 500 人）"这一表述，那些大型连锁公司也都有资格加入进来。茹丝葵牛排餐厅每个店大约 30 到 40 名员工。那些大型连锁酒店可能雇用了几万名员工，但它的任何一家单独实体酒店都不会超过 100 到 200 名员工。

在这个前景未卜的竞争环境中，大企业具有先天优势。其中有些是实际问题，大公司有专业的律师和会计师。拥有连锁餐厅汉堡王和派派思（Popeyes）的餐饮品牌国际公司（Restaurant Brands International），建立了一支"流动服务团队"，帮助加盟商填写申请贷款所需的文件，而大多数真正的小企业只能靠自己解决。乔希·戈鲍姆是一位前财政部官员，曾在五届政府中工作过，他说那是一个"荒谬的复杂系统"。格伦达说自己基本上是一个电脑盲，在面对那些需要用电脑解决的问题时常常不知所措。她的一些交易记录没有完全数字化，这给她申请贷款造成了麻烦。每个小企业主都面临着技术上的难题，他们匆忙建立自己的网站，而这些网站在登录银行网站申请时经常崩溃。

实施薪酬保障计划有一个不言而喻的前提，那就是银行会公平公正地对待每一个申请人。但是，很多银行利用这个机会，把企业申请薪酬保障计划变成一种为它们的特殊客户提供的专有服务。计划宣传时声称对申请人实行先到先得，但银行在具体操作时留有很大的回旋空间。《纽约时报》曾批评摩根大通、花旗银行和美国银行优先考虑最富有客户的申请。大通分行的员工接到指令，即使是长期的普通商业客户也无需提供帮助。他们告诉这些客户去登录大通的门户网站，填写表格，排队等候。同时，那些财力雄厚的企业客户可能有资格申请这个项目，如果不用为他们填写表格，也有专门的银行工作人员来帮助他们。银行优先考虑大客户还有一个财务动机。按照该计划的收费规定，一家银行通过薪资保障计划帮助客户获得了1000万美元的资金，可以收取10万美元手续费（如果贷款没有被减免，再加上1%的利息）。相比之下，帮助一个发廊老板获得2.5万美元贷款，银行只有1250美元。

《纽约时报》发现，摩根大通帮助申请的8500个商业和私人客户，几乎全部收到了他们要求的资金。而在通过大通申请这一项目贷款的大约30万家小企业中，获得贷款的只有十五分之一。最终，超过400家上市公司披露它们获得了薪酬保障计划的资金，还有无数员工远远超过500人的私营企业。这就使得大多数小企业在还没有搞清楚这是不是它们想要的东西时，资金就已经用光了。库苏马诺很早就提交了申请，唐克汉诺克家具店的马克·蒙西也一样，他们都从银行得到消息：政府没钱了。

"整个计划的设立就是为了让那些人脉广泛、资金雄厚的企业受益。"当时是老街商业联盟执行董事的阿曼达·巴兰坦说。2020年春天，巴兰坦和其他小企业倡导者担心的是疫情之后，整个市场格局将会更多地由连锁店和企业巨头主导，政府推出的这个项目越发加速了这一进程。

薪酬保障计划资金耗尽的消息一经传出，立即引发了强烈反响。昔客堡公司在股票市场价值40亿美元，拥有茹丝葵连锁店的鲁斯集团市值7亿美元。昔客堡、茹丝葵和波特比利后来退还了全部资金，但那是因为它们不巧一开始就被媒体盯上了。最终，特朗普的朋友蒙蒂·班尼特也退还了资金。4月底，民主党参议员伊丽莎白·沃伦发了一条推特，指责银行"厚此薄彼"，"优先为富人和有关系的人服务，而把家庭经营的小企业抛在后面"。两党议员都威胁说要举行国会听证会。

美国小企业管理局的经济损害救灾贷款项目再次令人失望。这个项目已经运作了几十年，旨在帮助小企业度过危机，这次很快就被潮水一样涌来的申请淹没了。5月初，小企业管理局收到数以百万计的申请，却只办理了不到5万件。政府发布的信息说，为员工500人以下的因疫情引发困难的小企业提供紧急贷款，最高200万美元。代理机构宣布的贷款上限为15万美元，如果考虑到资金有限，这样做情有可原，那么后来又突然降到1.5万美元就难以理解了。据《华盛顿邮报》报道，一些重要的共和党参议员要求把农民也纳入这个计划。小企业管理局的网站上发布了一条消息，声称"由于资金用途所限，而且申请数量空前"，只对农业领域接受灾难贷款申请。众议院和参议院的民主党人都写信给小企业管理局长约维塔·卡兰扎，要求立即取消1.5万美元的贷款上限，并且对非农业领域重新开放。

参议院多数党领袖米奇·麦康奈尔是第一个提出为小企业设置一条生命线的。在得知这一项目资金被迅速耗尽后，他很快就提出法案，将另外的2500亿美元投入项目中。然而，民主党人反对这么做，他们认为再为这一项目补充资金，只会有利于大型企业的运作，对小企业没有什么意义。民主党人要求制定新的规则，以确保更多的资金到达小型企业，包括那些由有色人种、妇女和其他历来被排除在贷款市场外的人所拥有的企业，这是政府正在通过这一项目支持的目的，也是大多数美国人认可的。麦康奈尔推动共和党人形成了"一页纸简洁法案"，但民主党人却利用这一时机寻求更多的资金用于新冠病毒测试以及救助陷入困境的地方政府。麦康奈尔指责民主党人拿美国的小企业当政治筹码，拒绝进行谈判。斡旋谈判的重担又落在了财政部长努钦肩上。

当两党仍在华盛顿寻求妥协之际，人们针对薪酬保障计划的愤怒情绪还在上升。按照最初的设想，企业不必用很多理由证明自己需要这一项目资金，只要说明"当前经济的不确定性"就可以了。这就为有些人打开了大门，他们并不需要帮助，但看到政府可以支付他们几个月的工资，何乐而不为呢？这些人通常有能力办理复杂的申请程序，因为他们根本就没有什么困难。"我们错就错在太贪图便利了。"马尔科·鲁比奥承认。为弥补这一缺陷，他们在财政部的"常见问题"专页上增加了一些内容。现在的规定是，大企业必须保证申请的资金是企业运营必需的，并证明他们没有其他融资选择。

努钦也忍不住愤怒了。据媒体报道，其特许经营权价值50亿美元的洛杉矶湖人队，竟然从这个项目中得到了460万美元。他在美国全国广播公司财经频道上说，在设计这个计划的细节时，他万万没想到一支价值数十亿美元的篮球队会认为自己有资格获得针对小企业的救助。这位愤愤不平的财政部长对记者说，任何接受200万美元以上项目资金的公司都必须接受审计，如果确定他们存在弄虚作假行为将会被追究"刑事责任"。他要求上市公司在5月7日前归还这笔资金，后来因为应者寥寥，他又将最后期限延长至5月14日和5月18日。很多公司还了，但还有很多大企业没有归还。

两党最终就4840亿美元的《薪酬保障和改善医疗健康服务法案》达成一致。250亿美元用于新冠病毒检测（授权特朗普政府制订一个全国新冠病毒检测计划），750亿美元用于帮助处于困境中的医院，但没有给地方政府一分钱。其余部分被指定给小企业管理局服务范围内的企业。拨出600亿美元用于补充经济损害救灾贷款，另外还有3100亿美元的薪酬保障计划资金：麦康奈尔法案中的2500亿美元，加上另外600亿美元，专门用于那些通过小型社区贷款机构申请的企业。

薪酬保障计划再次对企业开放。不同党派的官员们都为自己的出色工作弹冠相庆，扩大贷款机构的范围有助于让更多的企业主得到资助，新增加的资金将使众多企业受益。但是，薪酬保障计划在考虑疫情造成的影响时，是以周为单位，而不是月，更不是年。如果资金耗尽，顾客仍然没有回来，八周以后怎么办？那时，受到威胁的就不仅是生存艰难的企业，还有那些本来可以发展得很好的企业，他们因为无限期的停业禁令损失了80%的收入，甚至是100%，他们该何去何从？

5月8日，贺曼商店和格林伍德家具店已经关闭了七个星期。格伦达、马克和城里的其他小企业主们觉得自己做好了准备，可以开张了。"滨河花园"是一家很漂亮的花店，是凯文和雪莉·库库奇卡在二十年前开办的，紧邻沃尔玛，他们一直按照要求停业，而大街上这个零售巨头的花卉市场过道里却是熙熙攘攘。

"沃尔玛门口真的排起了长队，"怀俄明县商会会长吉娜·苏黛姆说，"凯文的店只能关门。"

怀俄明县的新冠肺炎感染人数一直很少，疫情开始后的一个月里共有27例阳性病例。此前两周有10例，远低于沃尔夫州长宣布的十四天内人均感染率低于每10万人50例的标准，当地医院的病患已经清空。

然而，宾州没有对全州67个县的数据都进行筛查，以预估下周是否开放。州政府宣布重点关注该州中部、北部和西北部地区。怀俄明县被归入西北部，包括拉克万纳县和卢泽恩县，那里的感染率仍然很高。有24个县的企业可以在5月8日开放，但不包括怀俄明县。

一场集会在县政府举行。这是一座精美的建筑，有拱形的窗户、悬垂的屋檐和华丽的钟楼。《怀俄明县新闻审查员》周报报道说现场大约有150人，三位县政府官员都谈到了重新开放本地企业的重要性。格林伍德家具店的马克·蒙西和一家发廊的老板都在场，这家发廊在唐克汉诺克以北十分钟车程的地方，发廊老板举着一个牌子，上面写着：小企业有能力做到清洁、可控、安全防范。她对周报的记者说，病毒确实存在，但她有信心保证人们的安全。

马克·蒙西开始考虑"违法开业"。位于费城与哈里斯堡中间的兰卡斯特县，有一批人公开组织这么干。"我们已经控制住了疫情，"一位全天营业的餐馆老板对记者说，"我觉得现在该让大家回去上班了。"在场的150人大部分是企业主，他们无视州长关于大型室内聚会的禁令，召开了一次会议。对那些不遵守关闭禁令的企业，当地警方表示他们不会采取什么动作。当地官员还给沃尔夫州长写了一封信，对本县从红色管控区域转到黄色区域做了安排。信中说，我们"非常乐意遵守你的禁令，但现在我们要实施这个计划让兰卡斯特县恢复正常"。

马克联系了唐克汉诺克镇上的其他企业主。不管别人怎么说，他都强调全县的感染病例一直很少，医院里也冷冷清清，（"他们都对现在这种做法很不满意。"马克说）应该放开。他还说到兰卡斯特县和其他县的小企业主与当地官员正在酝酿不再遵守州长的禁令。他对沃尔夫不屑一顾："我们交多少税他也不会关心我们。"

然而，怀俄明县毕竟不是兰卡斯特县，兰卡斯特县是宾夕法尼亚州"茶党"[①]兴起的地方。"我担心的事已经够多了，我可不想让律师和执法人员来找我。"格伦达说。没有人愿意和马克一起"违法开业"。他给报社打电话发泄不满，怒气冲冲地给他们寄了一封信。说到唐克汉诺克小镇，他说："这里会成为一座鬼城。"

沃尔夫觉得有必要回应兰卡斯特县的小企业主，以及他们要"哗变"的呼声。他警告说，违反政府禁令将会面临严重后果。州政府将吊销违法开业餐馆的酒类销售许可证，违法开业的商店或餐馆将会被没收合法经营证明，违反禁令的企业还会遇到保险方面的麻烦。"那

[①] 一种草根运动，反对政府增加开支和税收，已经成为保守派民粹主义者发声的平台。——译者

些违反禁令的企业不能享受保险服务。"他说。沃尔夫严厉警告州政府的官员们："那些不敢严格执行疫情防控法令的官员，必将受到严肃追究。"他称那些人"行为自私"，并威胁任何违反禁令的县都不能得到"关爱法案"的救济资金。

唐纳德·特朗普于5月中旬来到宾夕法尼亚，那时正是沃尔夫发出警告后没几天。在黑泽尔顿以南一小时车程的地方，从机场到阿伦敦城外的医疗用品仓库，几百名支持者站在道路两旁，等待着特朗普的到来。他对大约100名工人发表的演讲，再次卷入当地疫情防控的争议中。"你们宾夕法尼亚州几乎没有什么疫情，还采取这种封控措施，不能这么做，"特朗普说，"你们州长必须放开点。"这说的不仅仅是沃尔夫的问题。"民主党在全国各地都行动缓慢，是为了他们的政治目的。他们想等到11月3日才放开。"特朗普说，他指的是选举日。

特朗普离开后，大约1000人聚集在哈里斯堡的州政府大楼外，抗议防控禁令，一位州议员发表演讲，指责禁令是"七十天的独裁统治"。他们希望有一个像佐治亚州、得克萨斯州或佛罗里达州那样的州长，能够很快转变疫情防控措施，尽快重新开放经济运行，而不是每天盯着疫情感染数据。然而，很多人的愤怒都指向了雷切尔·莱文，她是全国为数不多的公开变性身份的公职人员。人群中不断呼喊着"把她关起来"的口号，另一些人则直接指向州长："弹劾沃尔夫。"

商业贸易组织没有参与这些抗议活动，全国独立企业联合会是全国最传统的主流小企业组织。戈登·丹林格是联合会宾夕法尼亚州分会会长，毕业于包伯·琼斯大学，是南卡罗来纳州的一个福音派基督教机构。他担任了六届州议员，是一个可靠的保守派选民。但是，"宾夕法尼亚州反对过度防疫"集会的背后，是一个俄亥俄州的枪支权利组织发起的团体，还有媒体报道称他们与极右翼团体"骄傲男孩"（Proud Boys）和其他白人至上主义组织有联系。

"在重新开放经济运行的主张背后，还有很多暗流涌动，"丹林格说，"我们决定采取一种谨慎的做法。"

保守派代表鲁斯·戴蒙德曾经组织了"把她（莱文）关起来"活动。疫情开始两周时，他提出立法剥夺沃尔夫管理疫情防控的部分权力。戴蒙德以前是一个小企业主，后来成为州议员。他经营一家小型音乐录音室，后来变成制作音乐光盘的小公司，以低廉的价格为那些在网上订制的顾客提供服务。"他（沃尔夫）几乎没有任何通知就关闭了所有的餐馆，我不能相信这样的人。"戴蒙德说。开始几乎没有其他议员支持他，但在特朗普访问后，"我突然成了热门人物，"戴蒙德说，"越来越多的人认为，这个州长做得太过分了，我们必须管管他。我当时想，好吧，我就用这个议案治治他。"宾州参众两院通过了戴蒙德六周前提出的议案，毫无疑问，议案被沃尔夫否决了。接下来宾州最高法院必须就这一问题做出决定，既然州长对同级机构批准的法规可以轻易地予以否决，那么宾夕法尼亚州宪法在紧急情况下也应该赋予立法机构某种权力（如果有的话），可以对州长这种权力做出回应。

5月，宾夕法尼亚州餐饮和酒店协会会长约翰·朗斯特里特终于与州长进行了三十分钟会谈，和他一起参加这次电话会谈的还有他董事会里的几位餐馆老板。"州长，今天我们有两件事要谈。"寒暄和介绍过后，朗斯特里特就开始了。

第一件事是放开户外用餐，此前的宾州重新开放计划中没有这一安排。"让我们感到震惊的是，他们之前完全没有想到这一点。"朗斯特里特说。

另一件事是餐厅堂食，当时有一个县已经进入绿色防控区域。朗斯特里特和他的协会认为州长的要求不妥，不应该按照座位容量来实施限制，而应该按照疾病预防控制中心关于社交距离指南的要求。规定一家餐厅只能以50%或25%的容量运营是缺乏科学依据的，应该要求确保餐桌之间至少有 6 英尺[①]的距离。全州超过一半的地方应该适用社交距离要求，而不是餐馆客流容量要求。

州长指派一名副手制订户外用餐的规定。但在另一个问题上，朗斯特里特和餐馆老板们都未能如愿，宾夕法尼亚州坚持限制餐厅堂食的客流量。也有一件好事，就是州长同意签署一项法令，暂时允许餐馆销售鸡尾酒。

州长办公室不断传来让唐克汉诺克小镇失望的消息。5 月 15 日，沃尔夫宣布另外 13 个县转入黄色防控区域，怀俄明县仍然不在其中。从唐克汉诺克出发，一小时内就可以到达斯克兰顿市中心。这么近的距离，显然是怀俄明县不能放宽防控的原因。拉克万纳县和卢泽恩县的感染率都远高于州长设定的放松管控最低门槛：十四天内，人均感染率低于每 10 万人 50 例。不管当地官员对防控禁令有什么不满的杂音，州长都坚持不变，并再次警告任何违反禁令的县都不能得到救济资金。"我们完全无能为力。"县委员会主席说。一周以后的 5 月 22 日，怀俄明县转入 12 个黄色防控县范围内。

进入黄色防控区域，意味着格伦达的贺曼商店可以开业了。她联系了员工，大多数人都很期待重返工作岗位，这让格伦达很欣慰。格林伍德家具店也在 22 日这天开张了，"我的员工都回来了，"马克说，"现在的问题是我们还能不能招揽到顾客。"

但是，怀俄明县的美发师们还需要等到进入绿色防控区域时才能上班。在唐克汉诺克小镇上的寒石美容美发厅里，克莉丝汀·罗宾逊感到很沮丧，她对报社记者说，只要允许开业，她可以确保做好安全防护，与顾客错开预约时间，及时消毒清洗。

5 月 29 日，在怀俄明县调整一个星期后，黑泽尔顿和卢泽恩县

[①] 6 英尺约等于 1.8 米。——译者

的其他地方也转入黄色防控区域。但拉克万纳县仍处于红色区域,这就意味着库苏马诺餐馆还不能提供户外用餐。

但库苏马诺也没觉得自己有什么特别的。与别的小企业主不同,库苏马诺对沃尔夫州长和其他官员没有什么不满。"我想说,餐馆真的是生活必需品吗?"库苏马诺问道,"难道不应该就是药店和食品超市吗?"

库苏马诺估计他的外卖订单可能只占他们正常业务的一小部分,甚至不到10%。他曾经想尝试做一个"蓝色围裙"或"你好新鲜"那样的网上订餐业务,现在看来也不太可行。他们制作了酱汁,配好了原料,并附上加工意面和烤肉的简要说明。但就像尼娜预计的那样,很少有人愿意开车到这里,花在餐馆用餐的钱,购买食材带回家自己加工,用餐后还要自己清理收拾,太麻烦了。"这一招不管用。"库苏马诺说。

不过,他们改变原来的套餐后还是受到了顾客的好评。星期二的墨西哥卷饼一直很受欢迎,库苏马诺为母亲节准备的特制美食——烤扇贝配柠檬香草烩饭(每份25美元)、蟹肉饼(每份32美元)或者烤龙虾尾(每份35美元),包括双烤土豆和蔬菜都很畅销。在阵亡将士纪念日[①]的周末,库苏马诺于宾夕法尼亚州北部首次推出他称之为"魔鬼之坑"的南方烧烤。他提供了一份外卖菜单,有10美元的牛腩三明治或半只烤鸡,21美元的整排排骨。三天时间,他们销售了100多份排骨和100多只烤鸡,还有几百美元的烤豆、玉米面包和其他配菜。"这是我们开张后头一个像样的周末。"库苏马诺说。5月的最后一个周末,他们又办了一次烧烤,再次销售一空。

"不管能够干什么,我都要尽力做好,"库苏马诺说,"而且一定会成功!"

---

① 美国国家节日,每年5月30日或5月的最后一个星期一。——译者

第九章　身陷低谷

又是漫长而郁闷的一天，三兄弟在位于纽约布朗克斯区的公寓里，商量着当下应该怎么办。5 年前，他们倾尽全力创办了巧克力公司索可可。但在 5 月的这个夜晚，疫情已经蔓延了两个月，依然让人不知所措。他们在房间里踱来踱去，看不到一点出路。

"没有订单。"多米尼克·马洛尼说。他是三人中的老大，一张圆脸，剃着光头，说话中透着浓重的纽约口音，疫情开始时他三十岁。

"没有人付款，"丹尼尔·马洛尼说，"大家都不清楚自己的企业还能不能做下去。"丹尼尔是他们中最年轻的，二十七岁，留着一头卷发。他也是三人中最健谈的，负责公司的营销沟通工作。

供货商的账单需要支付，租金也要交。"房东没有给我们减免。"尼古拉斯·马洛尼说。他是三兄弟中的老二，与他的兄弟一样，也有一张开朗、和善的面孔和灿烂的笑容。他说话时有时会靠在椅背上，闭上眼，或者双手合十，好像在祈祷时感恩。"一个圣徒。"他的兄弟们取笑他。

马洛尼三兄弟在纽约的布朗克斯区合租了一套公寓，这里是新冠疫情的重灾区，大街上救护车的呼啸声不绝于耳。"我们眼睁睁地看着自己的积蓄在减少。"丹尼尔说。他们甚至指望不上"关爱法案"的救助资金来暂渡难关。从烘焙可可豆到手工包装巧克力，再到打包运输，一切都是三兄弟自己动手。"关爱法案"考虑的是帮助小企业主保障雇员的就业，而索可可公司没有雇员。

他们考虑过关门不干。现金流断了，豆子库存也用光了。即使明天就能运到一批可可豆，他们也不可能在两个月里接到订单。还有几个星期，6月的房租就该交了。三个黑人小伙生长在一个移民家庭，他们没有什么资源可以依靠，美国也缺乏对他们这样有色人种移民的同情。

"我们必须面对现实，"丹尼尔说，"而现实的经营情况很不乐观。"高品质的巧克力市场正在扩大，就像以前的咖啡和葡萄酒一样，自2015年以来，他们就一直在努力开拓市场。然而，现在让人担忧的不是竞争，全球企业巨头比如雀巢公司或好时公司都在做这个市场；也不是缺乏资源，一家白人公司可以拥有他们不具备的关系和便利。他们担忧的是这种微小的病毒，就是某位作家在《大西洋月刊》上称之为"比尘埃小一千倍"的病毒。

在马洛尼兄弟们看来，巧克力就是他们的血脉。他们的曾祖父出生在爱尔兰，1940年代的时候，被特立尼达和多巴哥高品质的可可豆吸引，来到这个拉丁美洲的岛国。他娶了一位当地姑娘，他们一起在他的岛国经营一个可可农场，在加勒比海东南边缘的委内瑞拉海岸附近。特立尼达的可可豆是世界上最贵的，他们的曾祖父母、祖父母都把可可豆卖给别人做巧克力原料，生活很优裕。

多米尼克、尼古拉斯和丹尼尔三兄弟都出生于特立尼达，在农场里长大，父母在这里栽种了芒果树、腰果树和木槿，但没有可可树。日子基本上是在户外度过的，至少不上学的时候是这样。他们在乡村里闲逛，可以一连几个小时盯着巨大的蚂蚁丘，或是在土里挖蚯蚓。"就像三个火枪手。"姑妈说这三个形影不离的小伙子。1996年，就像是又一次冒险，他们加入了加勒比海人移民到纽约的大迁徙中，来到布鲁克林和皇后区。"让我们在美国上学一直是曾祖母的梦想。"多米尼克说。

三兄弟住在贝德福·史蒂文森社区,地处标志性的布鲁克林区,1989 年上映的著名黑人导演斯派克·李的电影《为所应为》(*Do the Right Thing*)就是在这里拍摄的。他们的父亲在曼哈顿的一家大医院里当清洁工,丹尼尔说母亲"像大多数加勒比移民一样当保姆",帮别人照看孩子。三兄弟出生时年龄相差三岁,尼古拉斯的出生日期正好在多米尼克和丹尼尔之间。最小的丹尼尔在当地的公立学校开始上幼儿园,两个哥哥在二年级和三年级进入纽约市的学校上学。

贝德福·史蒂文森社区原本是一个中产阶级聚集的地方。疫情暴发后,与三兄弟以前住这里相比,社区变得更不稳定,混合了多种族人群和不同收入群体。"除了天气更冷一点,现在的贝德福·史蒂文森社区跟加勒比岛也差不多。"丹尼尔说。居民主要是黑人和蓝领工人,有街区聚会、集市和节庆,还有每年一度的绿色街区竞赛,看哪条街种的树最多。多米尼克说这里就像"一小块破补丁",尼古拉斯又重复强调了一遍。"我们小时候都打过架。"尼古拉斯说。他们乘坐短途火车和公共汽车往返学校,在那里学会了与不同文化和家庭背景的同学打交道。说起他们在社区的成长过程,他说:"总而言之,那是一段美好的经历。"

他们十几岁的时候,父母在康涅狄格州的布里奇波特市买了一栋房,这个城市大约有 15 万人。父母想找一个比贝德福·史蒂文森社区更安静、稳定的地方,也能比现在的房子大一点。"父亲发现我们住在靠近真正市中心的地方,从这里上高速公路去纽约很方便,搬到这里就太对了。"尼古拉斯说。

房子的后院似乎唤醒了流淌在家族血脉中的农业基因,他们种了各种各样的西红柿,还有豆角、辣椒和任何能找到的适合北方生长的东西。"那时,父亲开始给我们讲曾祖父母和祖父母的故事,还有特立尼达是怎么成为世界上最好的巧克力产地的。"丹尼尔说。长大后,他们都喜欢喝可可茶，加上桂皮香料、肉豆蔻和父母为他们种的月桂树树叶。有一次听到父亲讲自己在可可农场长大的故事，他们才明白自己与巧克力的不解之缘。巧克力就是他们家族的宝贵遗产，索可可公司似乎也是命中注定。

到了美国后，三兄弟就一直爱看美国公共广播公司的自然节目。"爸爸在很早以前就开始重视有机食品，那时候还没有引起大家关注，"丹尼尔说，"但正是种植可可豆的故事，让我们的内心豁然开朗。"就在那时，他们知道曾祖母说过，他们应该在美国上学并取得一些成就后回国。"她老人家的这个心愿，我们一定要完成，"多米尼克说，"她想有一片马洛尼家族的土地。"从十几岁时，这就成了他们的奋斗目标：努力赚钱，在特立尼达买一块地，然后让马洛尼家族的可可产业再度兴旺。随着时间推移，他们的梦想又增添了新的内容：先生产优质天然的可可豆，然后再生产巧克力进入美国市场。

多米尼克还在上高中的时候，他们就开始在地图上精心研究，下载了200页电子文件，钻研在特立尼达种植可可豆所需要的各种知识。那时他才知道，岛上最大的财富不是制作巧克力的原材料，而是天然气、石油和氨气。进一步研究后，多米尼克了解到可可树需要生长五年后才能结果。这就是说，除非他们花几万甚至几十万美元购买一个正在运营中的成熟农场，否则有好几年是赚不到钱的。

"那段时间我们非常焦虑，"尼古拉斯说，"每个人都有自己的目标，但我们都喜欢三个人在一起做事。"老大多米尼克去曼哈顿社区学院学习了生物技术，但他感到很失望。"这里大部分时候讲的都是从玉米中榨油来制造酒精之类的东西，"他说，"我对那些事情不感兴趣。"老二尼古拉斯在南康涅狄格州立大学，他想要成为一名注册护士，并转到曼哈顿西奈山和贝斯以色列医院附属护理学院。老三丹尼尔在康涅狄格州费尔菲尔德大学学习机械工程，离家里只有十五分钟车程。到丹尼尔上大学的时候，他的兄长们已经改变了最初的想法，想要从生产巧克力开始，到财力允许时再买下特立尼达的那个农场。

丹尼尔在大学三年级的时候，凭借他们创办巧克力公司的创意，在商业计划书竞赛中获胜。他用 500 美元奖金购买了第一件设备——一个加工可可豆的小型咖啡烘焙机。第二年，他拿到了电气工程学位，并加入一个团队，对纽约市的 911 应急管理系统进行升级改造。多米尼克在曼哈顿的一家美国保健品连锁公司维他命商店当经理。尼古拉斯还在攻读注册护士学位，并且在医院做兼职技术员，他的父亲也在这家医院打工做保洁工作。三兄弟都把自己当前的工作看作是一个临时的中转站。

"2013 年到 2015 年的时候，"丹尼尔说，"我利用全部时间努力工作赚钱，为我们三兄弟共同的事业做准备。"

"我们也一样。"多米尼克和尼古拉斯异口同声地说。

马洛尼三兄弟白手起家，全身心投入巧克力公司的创业中。他们三个都是二十多岁的单身汉，也都想找点乐趣。但除了工作和睡觉，他们的全部生活都围着巧克力转。

他们自学滚筒烘烤发酵可可豆的技术，然后粉碎并筛选可可豆（把碎可可豆和外壳分离开），再开始研磨。最难掌握的技术是火候，这是一个需要精确校准的加热和冷却过程，它能使巧克力富有光泽，在食用时有一种很舒服的酥脆感。如果这个环节处理不好，巧克力就会出现斑驳杂色，拿在手上容易弄碎和融化。"我们经过了很多尝试才掌握这一技术。"多米尼克说。参加纽约市的巧克力节对他们产生了重要影响，在那里他们认识了巧克力生产的大牌厂商，也了解到其他生产商的黑巧克力产品。

"我们花了两三年，把能找到的巧克力都吃了个遍。"丹尼尔说。三兄弟都是在美国长大的孩子，他们的零花钱也大都花在好时巧克力、朱古力豆和其他甜牛奶巧克力上。尽管出生在盛产优质可可豆的特立尼达，每个人仍需要训练自己的口感，才能调配出黑巧克力更丰富、更多样的味道。

由大公司切割制作的巧克力含有棕榈油、乳化剂、卵磷脂，有时甚至是蜡。马洛尼三兄弟决定只用两种原料：可可豆（以及它们生产的可可脂）和蔗糖。大型生产商使用的是贸易中通常所说的"散装"可可豆，这种可可豆价格便宜、质量较低，主要产自西非的工业化农场。索可可专门生产"原生"巧克力，采用的可可豆都来自独有产地。三兄弟就像葡萄酒生产商一样，追求正宗产地的醇正口感。

马洛尼三兄弟最初推出的产品叫马达加斯加巧克力，这种可可豆是草莓和樱桃果味的，他们都认为这种马达加斯加可可豆可以制作出一款完美的黑巧克力产品，适应美国人不太浓郁的黑巧克力口味。接着推出了厄瓜多尔巧克力（淳朴乡土坚果味）和秘鲁巧克力，开始有点香槟酒的味道，但之后又有草莓和桃子的味道袭来。丹尼尔说："秘鲁风味一向以大起大落闻名，给人的口感像坐过山车一样变幻莫测。"（为了向家族传统致敬，他们试验做了一种特立尼达巧克力，可可豆价格确实极贵。他们在马达加斯加、厄瓜多尔或者秘鲁农场采购的可可豆，每吨价格在 4000 美元到 5000 美元之间，而特立尼达的将近 1 万美元。）

最初，制作巧克力是三兄弟传承家族遗产的一种方式。沉浸在这一制作工艺中，他们逐渐更加热衷于高品质黑巧克力的治愈特性。他们认为，巧克力作为日常生活的一部分，即使算不上一种生活方式，至少也给人们带来了健康和快乐。制作巧克力成了对他们内心的召唤，甚至三人都决定要成为素食者，也是根源于对土地的热爱。"主要食用青菜这类天然食材，我们觉得自己的味觉都回归到天地万物生长的自然状态了，"尼古拉斯说，"这真是太有意思了！"他们认同社会企业家精神，认为企业应该创造积极的变化，而不仅仅是从地球上榨取资源。"我们做的事情不会对自然和社会产生不利影响，"丹尼尔说,"我们将为这一目标做出贡献,而不是伤害它。"

索可可公司的名字也是一个美好的意外。兄弟中有人大声说了一声,这个词就脱颖而出了。多米尼克刚听到这个名字的时候不太喜欢,觉得"索"(Sol)这个词的发音类似西班牙语里的"太阳"(Sun)。但他最终还是选中它,是因为这个词总是让他联想到"灵魂"(Soul),联想到某些本质的东西。尼古拉斯说:"我们越想越觉得这个名字太完美了。"阳光雨露赋予了可可树生命,三兄弟的汗水又让这些来自世界各地的可可豆呈现出独特的品质。

考虑产品包装时,他们想到过"奢华"这一标签,但这意味着一部分人独享,大多数人无法企及。"'奢华'这个词在现代生活中给人留下了不好的印象。"多米尼克说。

"还有一点虚荣的意思。"丹尼尔接着说。他们是在布鲁克林区长大的,他们搬走后的那些年里,在同样的地方开一间小作坊或小型生产设施的小企业主们,都与他们一样有着对工艺技能的专注态度和敬业精神。丹尼尔说:"我们觉得奢华更多的是指工艺精湛,意味着一个人会关注他产品的每一个细节。"他们考察了其他特色食品的营销方式,以及几个小批量波旁威士忌酒的品牌营销,甚至研究了一家销售个性定制手工皮革手袋的公司。

"我们发现他们在市场营销中都很注重讲好故事。"多米尼克说。每个故事都会讲述他们所用原料的品质和制作者对工艺的执著追求,而三兄弟的曾祖父母和祖父母都在这个以优质可可豆闻名的国家里种植可可,这成为他们讲好故事的独有优势。

"对我们来说,这就是一段生命之旅。"多米尼克说。

"用我们热爱的方式进行。"尼古拉斯说。

"没有捷径可走。"丹尼尔以这句话注释了他们共同的追求,这也是他们故事的一部分。在这个世界上,大多数可可豆都是以工业方式种植的,而三兄弟推崇的是在有机和生物多样性的环境中生长。他们将成为更广泛的"从农场到餐桌"运动的一部分,其中食物的可追溯性以及对食物种植者的尊重是核心。他们对工艺一直心存敬畏。

他们选择暗色和厚重质地的纸张做外包装,一位艺术家朋友为每个不同产地画了一幅精美的彩图,这样每块巧克力看起来都像是一件单独包装的艺术品。画家画了三棵马达加斯加巨大的猴面包树,三只秘鲁特有的栖息在树枝上的动冠伞鸟,三只厄瓜多尔蓝面金翅雀,象征着他们三兄弟的事业。

最大的挑战是标价:每块巧克力7美元。这个定价处于高端巧克力的中间位置,但几乎是英国巧克力品牌格林-布莱克同类产品的两倍。格林-布莱克公司是一家小批量巧克力制造商,后来被大型零食跨国公司亿滋国际收购。亿滋是价值260亿美元的食品业巨头,旗下拥有奥利奥饼干、吉百利巧克力、三角巧克力、趣多多巧克力饼干等众多品牌。索可可的巧克力也属于高端巧克力,包装同样精美。

2016年,在曼哈顿哈莱姆区北边的舒格希尔社区的临时市场上,索可可公司首次推出了他们的巧克力产品。这里就是《纽约每日新闻报》所说的"手工跳蚤市场",活动时间很短,但在三兄弟参与进来的那一年,他们建立了一小批忠诚客户。他们的事业开始起步。

三兄弟搬入哈莱姆区的一套公寓。丹尼尔是一家建筑公司的项目经理,这里比他以前的工作时间更灵活。尼古拉斯获得了护理学学士学位,在哈莱姆医院上班。这家著名的医院从1887年以来就一直在这个社区服务,在这里工作也是尼古拉斯的心愿。"我就是想在我的履历上有'哈莱姆医院'这一笔。"尼古拉斯说。多米尼克离开了维他命商店,他是三人中唯一没有全职工作的人,只是做一点网络安全方面的活,挣一点生活费。

要想在商场里争夺货架位置,可比生产高品质的巧克力难度大多了。在公司早期,他们专注于较小的专卖店,后来全食超市(Whole

Foods）预计于 2017 年在哈姆莱区开店，找到了索可可公司的产品，可以在其店铺里销售。这就为他们进入遍布纽约市的其他全食超市打开了大门。

三兄弟开始时很幸运，布鲁克林的一家教堂允许他们免费使用厨房。但到了搬家的时候，他们才知道在纽约租房子是多么昂贵。在布朗克斯区东南端的莫里斯港工业区，他们找到一处价格适中的大约 55 平米的工作室，有裸露的管道和硬木地板。

丹尼尔说："搬到布朗克斯区以后，才可以说我们的事业真正开始了。"

马洛尼三兄弟都知道他们的事业不会一帆风顺。从十几岁到二十多岁，他们都看过一档电视节目《我是怎样赚到百万美元的》。一个共同的主题是：挫折不可避免，关键是如何走出逆境。"从 2017 年以来，每年都会有一些意想不到的事情。"丹尼尔说。巧克力行业的黄金季是 12 月到来年 5 月初，他们在布朗克斯区的头一年，正处于巧克力销售旺季，得知转租场地给他们的商家竟然是非法经营。房东为他们在同一小区又找到了一处房子，但这番折腾让他们损失了数千美元。"这都是我二十多岁时一分一厘攒下来的，全都泡汤了。"丹尼尔说。他们搬入新的工作室还不到几个月，在下一个旺季高峰期，屋内的管道破裂了。

市场开拓没有退路，只能前行。进入第一家商店只是这个漫长而艰难过程中的第一步。他们高兴的是能有机会进入全食超市，顾客就可能接触并购买他们的产品，但郁闷的是他们的巧克力被放在超市后面的小特产区，一个紧挨着奶酪的很不起眼的位置。三人轮流在几家有他们产品的全食超市做推广，宣传产品的独特性，分享家人的故事，打开了局面，在奶酪店和其他销售他们产品的地方也展开了营销推广。"我们开始有自己的回头客。"丹尼尔说。他们也在集市和农贸市场里做展示，在一些特殊活动中安排产品推广专柜（所以我们家在

2018年也买了他们的巧克力）。

"我们的传统做法就是现场推广和店内销售，我们的大部分收入都来自这里，"多米尼克说，"只要有合适的场合，我们都会向顾客当面讲述自己的故事。"这一做法一直是索可可公司的信条：与顾客面对面，与潜在客户建立联系。

新冠疫情对任何人都不是好事，但对这个规模不大的巧克力生产商来说更是雪上加霜。复活节和母亲节是这个行业的主要销售旺季，但疫情防控措施彻底毁了他们的计划。"一旦过了母亲节，很快就是夏天，是巧克力的淡季，"丹尼尔解释说，"5月来了，谁都会说：'哦，巧克力不好，会让我发胖。'"还有一个更实际的问题是，巧克力在高温下会融化，不小心就会弄得一团糟。

丹尼尔继续解释着："对我们来说，你还不如直接关门三个月，反正这个季节本来也没人买巧克力。"

新冠疫情暴发后的最初几周，马洛尼三兄弟对全球应对灾难的关注，远远超过了对自己公司的关注。自索可可公司创立以来，三兄弟对生活之外的其他事情都不太在意，现在感觉却正好相反。在疫情初期，有那么多令人心痛和悲伤的时刻，现实让他们无法专注于自己的公司。"很难做到像平时那样。"尼古拉斯说。通常他都在精神科上班，但哈莱姆医院在疫情中已经濒临崩溃，因为缺少床位，楼道里挤满了呼吸困难的病人，一度还变成全国新闻。尼古拉斯成了一名机动人员，哪里需要去哪里。"这更增加了我们的担忧。"丹尼尔说。

根据美国小企业管理局的数据，到2020年，美国有超过35万家制造类企业没有雇用员工，索可可就是其中之一。另有18.8万家小型制造商被归为其他企业，雇用了1到20名员工，比如使用可可豆等原材料生产产品，或对已有零部件进行组装的企业。制造业占据了全国小微企业的很大一部分，大多数在疫情期间保持运营。

索可可公司在疫情期间可以继续经营,他们被归为食品生产类企业,属于生活必需类。慢慢地,他们又回到自己的工作室,着手回归正常生产。然而店内推广和现场活动已经无限期停止了,供应链断裂更是釜底抽薪。通常他们大约两周进一批可可豆原料,经过烘烤后制作巧克力。但到5月初,他们还在等待一个多月前订购的100多公斤可可豆。"没办法,我们真的是在做最后一块巧克力。"丹尼尔说。

纽约的疫情防控禁令让丹尼尔可以在家里做工程管理工作,空闲时间一下子多了。"我在社交媒体上发的东西比以前的都多,"他说,"我跟大家联系,跟朋友打电话,但现在有了宽带,大家都在网上交流了。"然而,他没有收到任何人的回复,这让他更加沮丧。他设定了每天销售额100美元的目标,但很多天过去,这个并不宏大的目标也没有实现。

丹尼尔说:"我比以前更加重视做宣传推广,那天也就卖出了三块巧克力。"考虑到这时候人们手头拮据,他们暂时把一块巧克力的价格降到5.99美元。本来订单就不多,这样就更难赚到钱了。

5月的这个深夜,他们在距离公司十分钟路程的公寓里长谈,最终还是想到了这个无法回避的选择:放弃。他们精疲力尽,还是看不到出路,三兄弟在屋子里踱来踱去。这时,尼古拉斯提出了一个灵魂拷问:"假如我们现在正开着一辆车,我们是已经完全没有燃料了,还是油箱里有足够的油去加速行驶?"他问道:"这是我们能做到的极限吗,还是我们要再努力一把?"

"我们的回答是——"丹尼尔接着问。

"我们还能再努力一把!"尼古拉斯给出了答案。他们认为创立索可可公司不仅是为自己,而且是为他们生活的社区,甚至是为黑人创业而在探索。"我们不想成为一个统计数字,又一家黑人企业倒闭了。"丹尼尔说。他们在社交媒体照片墙的账号上发布了一条信息,重申他们对索可可公司的承诺:我们还在坚守!它向人们宣告:三个投身于巧克力制作的黑人青年,在新冠肺炎疫情期间仍在坚持经营,并渴望与世界分享他们的产品。

"咬紧牙关熬过这个夏天。"三兄弟互相鼓励着。天气转凉后,订单就会回来。在5月的最后几天,这似乎是一个不可能实现的目标。

5月25日,非裔男子乔治·弗洛伊德在明尼阿波利斯市因涉嫌使用一张20美元的假钞而被捕。明尼阿波利斯市的两名警察按住四十六岁的弗洛伊德的背部和双腿,另一名警察用膝盖压在弗洛伊德的脖子上,持续了八分四十八秒。弗洛伊德不断呼救:"我不能呼吸了。"这样求救了至少16次,最终窒息死亡。弗洛伊德的惨死引发了全国各地的抗议,同时也推动了种族认知与种族正义,这在客观上为马洛尼三兄弟创造了一个比较有利的环境。在这个白人主导的行业里,一家黑人经营的小企业也应该有自己生存的权利。

也许是丹尼尔说的"乔治·弗洛伊德效应"拯救了索可可公司。他们在社交媒体上发布了一条信息,再次强调他们在疫情中坚持经营下去的决心。丹尼尔说:"大约一两个星期后,我们就再也没有停工过。"

第十章　进入绿色区域

设立薪酬保障计划的目的就是帮助小企业在疫情期间保持运营，但实施的结果是一批不应该由政府帮助的机构也名列其中。为此，《华盛顿邮报》《纽约时报》和一家独立的非营利新闻工作室（ProPublica）等几家媒体提起了诉讼，迫使小企业管理局公布名单，披露在薪酬保障计划中获得至少15万美元资助的申请人（后来在一个数据库中公布了所有接受该项目资助的名单）。这引发了更大的公愤，超过了此前被曝光的大型上市公司，这些公司都是由私人股本雄厚资金支持的企业。

知名中餐连锁品牌华馆（P. F. Chang's）在美国有200多家门店，接受了数百万美元的薪酬保障计划资金。大型连锁餐厅星期五（TGI Fridays）餐厅在60多个国家有900多个门店，五兄弟快餐（Five Guys）有超过1500家餐厅，堡简阁快餐（Bojangles）有750多家店，他们都获得了资助。根据美国金融改革组织（Americans for Financial Reform）、反腐败数据集合（the Anti-Corruption Data Collective）和消费者权益倡导组织公民组织（Public Citizen）2021年发布的研究报告，由私人股本支持的企业总共从"关爱法案"和薪酬保障计划中获得了至少12亿美元。

里维埃拉高尔夫乡村俱乐部（the Riviera Club）的会员中有财政部长史蒂文·努钦，他们获得了数百万美元。游说公司在受助名单上,山达基教①以及坎耶·韦斯特(Kanye West)价值数十亿美元的服装和运动鞋公司也赫然其中。颇有声望的阿斯彭研究所尽管有1.15亿美元的捐赠基金,但也从薪酬保障计划中拿走了800万美元。橄榄球明星汤姆·布拉迪的净资产达数亿美元,他的营养品公司(TB12,Inc)拿到了96.1万美元。一家有750名员工的矿业公司也得到了薪酬保障计划资助,小企业管理局发言人解释说:"按照小企业管理局的企业规模标准,从事采矿业务的企业可以超过500名员工。"

著名的安·兰德研究所历来强烈反对政府干预和救助,但这并不影响他们从薪酬保障计划中拿走数十万美元。(用于"部分补偿政府造成的损失",该机构在申请中这样写道。)美国税收改革基金会(The Americans for Tax Reform Foundation)、格罗弗·诺奎斯特反税收组织(Grover Norquist's antitax group)的同名研究机构也都从这一计划中获得了资金。通常情况下,不允许国会议员通过小企业管理局接受资金,但他们放弃了应有的道德准则。至少有7名国会议员或他们的配偶获得了小企业管理局的贷款,包括俄克拉何马州共和党人凯文·赫恩,他在当地拥有众多麦当劳特许经营商(最多时达到18家),被人们戏称为"麦当劳国会议员"。也正是他促成了国会通过的法案中把接受救助的小企业定义为"每个单一实体(不超过500人)",这样他的特许经营商就有资格申请,并接受了至少100万美元的资助。

从数据上可以看到,老福格小镇的库苏马诺餐馆有限公司获得了4.48万美元薪酬保障计划贷款。4月底政府补充了项目资金后,这笔钱很快就到位了。但要求他必须把75%的资金花在员工工资上,这

---

① the Church of Scientology,又名科学教,1950年代在美国创立,被舆论认为是社会危害极大的一个教派,在中国、英国、加拿大、法国等地都被认定为"非法"或"邪教"。——译者

让库苏马诺很恼火。"我刚开始很讨厌这个薪酬保障计划。"他引用了这条他必须严格执行的条款。但这毕竟让他坚持到6月5日,这时拉克万纳县进入了黄色防控区域,库苏马诺餐馆可以在他的后院提供户外用餐了。"薪酬保障计划真的帮了大忙。"库苏马诺说。

在唐克汉诺克镇,马克·蒙西也很开心。在国会批准联邦政府的额外拨款后不久,他收到了1.85万美元,按照要求这是支付5名员工的费用。他也不喜欢把大部分资金花在员工身上这一要求。他开玩笑说,这么做的话他就像政府一样了。"他们帮了你,还要让你承受不必要的麻烦。"他说。

薇尔玛·赫尔南德斯的耐心得到了回报。6月初,参众两院通过立法,放宽了薪酬保障计划资金的使用限制。两天后,特朗普签署了法案,这一法律生效了。这样一来,企业可以将最高40%的资金用于非工资支出,而不是原来的25%,同时还能获得贷款减免。企业可以在二十四周内使用这笔资金,直到年底,比最初要求的八周内宽延了很多。当月晚些时候,薇尔玛收到2.28万美元,可以支付8名员工的工资了。这给了她一个喘息的空间,她不需要所有人都马上回来,他们可以错时上班,这样就能坚持到年底了。

限制放宽后,格伦达也决定申请薪酬保障计划,申请过程对她来说简直是一种折磨。"我不是那种反应很快的人。"她承认。6月中旬,她收到了27745美元,立刻就后悔了。拿着这些钱,她越想越别扭。"这没有意义,"格伦达谈论这个计划,"按照最初项目的要求,我会把应该申请的资金都拿回来,但现在他们又改变规则了。"她希望华盛顿的官员们再改变一次想法。"我可不想背上什么贷款。"她说。她把钱还了回去,尽管政府会承担她的大部分工资支出,并提供租金和水电费。(格伦达不是唯一这么做的人,有数千家企业退回了未使用的申请资金。)

马洛尼三兄弟没有从薪酬保障计划里得到资金。有色人种和妇女开办的小企业获得资助的机会本来就比较低,这是一件令人不齿的事情。但这一次是因为他们没有雇员,就像有色人种拥有的很多企业一样。

最终,有520万家企业在第一轮薪酬保障计划中获得了资助。然而,超过三分之一的拨款是100万美元以上的,一半以上的拨款超过了35万美元。那些只有一两名雇员的小微企业与银行没有商业合作,所以没有现成的申请渠道。许多夫妻店都在勉强维持生存,他们没有能力来应付复杂的在线申请。"如此大规模的促进经济发展措施,不可能每一个细节都很完美。"史蒂文·努钦说。他们本来可以用几周时间来改进项目申请的问题,但这样资金就不会那么快到位。

"我们预计小企业的情况会更糟。"克里斯多夫·斯坦顿说。这位哈佛大学教授是一个研究小组的成员,他们在疫情暴发几周后对5800家小企业进行了调查。薪酬保障计划"为很多企业提供了一种支持",斯坦顿说,尽管资金交付的效率较低,但还是在企业需要的时候为他们注入了现金,"正是因为有了薪酬保障计划这一类救助,预计中最坏的情况才可能不会出现"。

"从今天凌晨0点1分开始,"汤姆·沃尔夫在6月5日周五举行的新闻发布会上宣布,"本州所辖各县全部转出红色防控区域。"老福格和拉克万纳县的其他地方被归入费城和阿勒格尼(匹兹堡)各县。最终,他们都转入了黄色防控区域。那天晚上,库苏马诺餐馆开放了户外用餐,这是近三个月来他们第一次招待客人。

餐厅后面搭起了一个帐篷,不过比两边邻居的帐篷要小得多。雷维洛餐馆有两顶帐篷,其中一个能容纳约100人。碰巧的是,里纳尔迪餐馆后面也有空地,他的帐篷比雷维洛的还要大。库苏马诺先要拆掉原来用于储存的煤仓,才能把他的帐篷搭起来。即使他的帐篷小一点,他们也占据了镇上近一半的停车场位置。顾客把车停在他们的店外面，就会很自然地走进里纳尔迪餐馆，而不是库苏马诺这里。库苏马诺餐馆的帐篷里只能容纳 20 人，还要遵守社交距离。也因为这一要求，露台上本来可以容纳 60 人的座位变成了最多 40 人。这样两者加在一起，还不到他正常容纳能力 130 到 140 人的一半。

重新开放户外用餐就需要招回一些员工。尼娜和布伦达·罗西奥里继续当服务员，还有餐馆开业时就在这里工作的杰西卡·巴勒塔。2017 年，巴勒塔在斯克兰顿市开了一家自己的舞蹈工作室，叫五星舞蹈学院。工作室一直关闭，必须到全县都转入绿色防控区域时才能开放，巴勒塔焦急地盼望着。其他在前台工作的人，有的还没准备好上班，有的就像库苏马诺的表弟对他说的那样，"我想让他知道，别担心我，"安东尼说，"如果需要我，我随时就来，但你还是先照顾好那些最需要上班的人。"

厨房的员工待在家里，缺乏回去上班的动力。经济学常识告诉我们，当政府还在给失业者每周发放 600 美元的时候，库苏马诺如果没有提高工资，就不可能吸引他们回来上班。但库苏马诺打了一圈电话，没有一个人说"不"。库苏马诺跟厨师安琪·加尔松打电话，让她回来上班，加尔松很兴奋地说："太棒啦！"尽管餐馆停业后每个月她可以多拿 200 美元救济金，但她觉得在家待着很无聊，想念厨房里的热闹气氛和朋友情谊。她说："我们在这儿就像一家人，我很想大伙儿。"她觉得坐在家里领失业救济金毫无意义，怀念在厨房干活时的那种感觉。"这是我唯一真正擅长的。"她说。

莎-爱莎·约翰逊的救济金几乎是她在餐馆里挣的两倍，但当库苏马诺问她时，她也毫不犹豫地答应上班。"我受够了这种困在家里的日子，"约翰逊说，"库苏马诺告诉我，'你最好下周就来，再过一周就发工资'，当时我就说：'一定，感谢上帝！终于等来这一天了。'"

重新开放户外用餐的前一天是最忙碌的。库苏马诺到得很早,所有的厨师也都到得很早。他首先烹制了一大锅招牌的周日酱汁,用的是一个价值 2 万美元的可倾式汤锅,他称之为"魔法锅"。疫情暴发前,他的餐厅在周日晚上销售将近 15 加仑[①]的招牌红酱,有时一周销售超过 50 加仑。他又做了好几个托盘的意大利面包佛卡夏。每张桌子上都放着免费的楔子形土豆条,还有一小碟橄榄油,里面放着磨碎的橄榄。("一种美味的香草咸味小吃,很适合下酒。"库苏马诺说。)还要制作其他一些酱料(波隆那小牛肉酱,以及库苏马诺招牌野猪肉酱),做几加仑的意大利调味饭,在楼上的厨房里加水完成后等待顾客下单。

"这真是疯了,"库苏马诺说,"完全疯了。"他理解人们需要释放被压抑的需求,但没想到人们这么强烈地需要聚会交流。库苏马诺餐馆是解禁后第一个周末就开业的,是镇上不多的几家餐馆之一。他们把最后的客人安排好座位时已经是晚上 10 点,通常这时候厨房的员工都开始打扫卫生了。

"我早上 5 点 30 分或 6 点开始在厨房准备,然后一直忙乎到夜里 11 点,"库苏马诺说,"过去四天我差不多每天工作十六小时。"

库苏马诺还低估了停工期间对员工身体状态的影响,大家就像生锈了,干活跟不上节奏。刚复工的第一个周末,餐厅整个流程的重心跟过去不同,压力陡增。厨师在楼上主餐厅的厨房里工作,但主餐厅还不能开放。露台和帐篷在楼下,服务员或厨师需要沿着狭窄的楼梯把每道菜送下去,然后再走二十多步穿过酒吧到达露台,不像以前那样走几步就能到主餐厅,如果是帐篷里的订单就要走更多步。

经常会出小差错。等着取外卖的人就聚集在人们吃饭的地方附近。"这恰恰是我们要避免的。"库苏马诺说。他张贴了几个指示牌帮

[①] 1 美制加仑约等于 3.8 升。——译者

助引导大家，但这还不够，又跟印刷商订购了一些。"我就像一个告示牌厂商。"他开玩笑说。过了一个星期，他又做了新的指示牌，把来这里用餐和取餐的人分别引导到不同的入口。还有一个指示牌是专门告知一些特殊顾客的停车位置，他们或是生病了，或是感到免疫力下降，或是就想待在车里等着送餐。他们还张贴了餐馆的电话号码，顾客可以随时打电话告诉餐厅他们的位置。

库苏马诺经常急赤白脸地要求大家戴口罩，但他也不明白戴口罩为什么这么重要。顾客只需要在来回走动时或去洗手间时戴口罩，他和其他员工整晚都戴着口罩跑来跑去。有的餐馆还会要求员工戴手套，但库苏马诺餐馆没有。他还坚决反对其他餐馆使用的一次性盘子和塑料餐具。"在这一点上，我们一直毫不将就。"库苏马诺说。他坚持用陶瓷盘子上菜，要么就不上菜。他在餐厅格调方面的一个让步就是不再使用以前的叠层菜单，而是把菜单印在纸质餐垫上，在餐后清理桌子时扔掉。

6月26日，星期五，拉克万纳县转入绿色防控区域。这里的居民和最后一批转入绿色区域的县，包括费城及其郊区，都重新开放了。转入绿色防控后，餐馆可以开放50%容量的堂食，但库苏马诺和尼娜还想再等一等。他们先让少量的客人在楼下酒吧吃饭，其他人还主要是户外用餐。库苏马诺琢磨着，餐馆的收入已经足以支付工资和其他费用，为什么还要勉强呢？"我们尽到了自己的最大努力，每天晚上都很开心，大家都感到很欣慰。"他说。顾客也很高兴能在这里享用美食和服务，经常给很高的小费来表达心意。

"顾客都觉得我们不容易，"布伦达·罗西奥里说，"这种感觉真是太棒了！"

在唐克汉诺克，马克·蒙西和从前一样忙碌。在格林伍德家具店的历史上，2011年萨斯奎哈那河流域的洪水灾害是最严重的，造成了近 10 亿美元的损失。店里的沙发和餐厅家具损毁严重，需要保险公司的赔偿救助。"那一段时间他们差点活不下去。"马克说。

在 5 月底重新开张后，格林伍德的销售一直不错。

马克在《怀俄明县新闻审查员》周报买了半个版的广告，在格林伍德家具店重新开张的前两天刊发。"你躺了两个月，躺椅还好吗？"广告问，"你的沙发还能经得住孩子们跳来跳去吗？一天打盹四次，床垫是不是有点塌了？"广告要求人们带上口罩。他们在镇上张贴的一张宣传单上说，希望人们预约购物，错开时间进入商店。

马克和镇上的人一样抱怨政府的疫情防控政策。但是，同样的救助计划给了他的企业近 2 万美元，也给了客户刺激消费的资金。"6 月生意火爆，"马克说，"我们整个月都忙得不可开交。"

在这条街的另一头，格伦达觉得她的商店如果能在 6 月比平时好一点，就很高兴了。怀俄明县进入黄色防控区域时，她很高兴又能见到朋友了，但她的大部分客户都不在。当全县在 6 月 12 日转入绿色区域时，情况明显见好，人们的消费比过去更多了。"我对一些老顾客很熟悉，"格伦达说，"可能是因为经济救助计划让有些人手头宽裕了，也可能是人们在用这种方式支持小企业。"也有一些常客在重新开业几周后还没有来过。在核对 6 月的账目时，她发现 2020 年与 2019 年的同月收入完全相同。

"这真值得庆贺，"她说着这个夏天，又补充道，"不过去年的情况很差。"

卢泽恩县于 6 月 19 日进入绿色区域。这时候，薇尔玛·赫尔南德斯和她的丈夫莱昂纳多·雷耶斯已经为美发厅准备重新开张忙乎了好几周。薇尔玛听说有一项帮助企业重新开张的活动，是由当地商会、黑泽尔顿市区进步联盟和其他组织发起的。这个名为恢复和复原的工作小组从当地企业和其他热心帮助当地企业人士那里筹集了 5.5

万美元，薇尔玛美发厅是这个项目中 85 家获得补助的企业之一，薇尔玛用补助的 500 美元购买了一些日用品。莱昂纳多在天花板上挂了一块有机玻璃隔断，就在前门对面桌上一块金色垫子的上方。剩下的钱买了一些很紧缺的必需品，像手套、口罩和消毒剂之类的，这些东西的价格都翻了一番。

还有其他费用。为了改善通风，他们修好了几个旧吊扇。按照宾州的社交距离规定，还要花点钱重新摆放调整美发厅的设施。她和莱昂纳多自己动手干了不少，但还是需要帮手。店里有 6 张椅子，每张椅子都有一个相应的台子。他们重新布置了主房间，使每个美发师之间保持至少 1.8 米。后面的一个房间里有 4 个银色的圆锥形吹风机，也需要搬走，另一个房间里是洗头池。店里的每个地方，地板上都贴着保持社交距离的黄色贴纸。从恢复和复原工作小组得到的 500 美元资助是肯定不够的，薇尔玛办了一张信用卡，等到薪酬保障计划的资金到账时，她就可以还款了。

6 月初，宾夕法尼亚州通过联邦政府的"关爱法案"获得 40 亿美元的资助，其中一部分用来帮助受疫情影响严重的小企业，共计 2.25 亿美元。这时，宾州宣布开始接受计划申请。雇员少于 25 人、年收入低于 100 万美元的小企业，有资格获得 5000 至 5 万美元的资助。宾州有成千上万的小企业符合这一条件，但这个项目的资金只能帮助到其中的一小部分。州长办公室称，至少一半的拨款将照顾到历来处于弱势地位的企业，这些企业缺少从贷款机构融资的平等机会。尽管希望渺茫，但薇尔玛还是申请了。

薇尔玛的两名员工跟她说，他们很害怕回店里上班。薇尔玛安慰他们可以在家里再待一阵，等感觉好了再回来。目前只能按照正常营业的 50% 客流量接待，员工也不需要全时工作。这样对薇尔玛和员工都有利。

重新开张让薇尔玛感到喜气洋洋，从政府下令关闭到现在整整三

Saving Main Street 151

个月了。她和莱昂纳多为了这次盛大开业，把美发厅打扫得一尘不染。像以前一样，接待前台的后面摆放着圣母马利亚的画像，还有耶稣和马利亚的塑像。地上铺着漂亮的浅褐色陶土瓷砖，洁净如新。六种绿色植物给明亮的店里增添了温馨的气氛。西班牙语电台播放的音乐再次响起。她用西班牙语说道："感谢上帝！"

然而，喜中有忧的是美发厅只能算是半开门，这一点她在开张之前就知道。绿色防控区域对美发厅仍然有 50% 接待量的限制（也包括按摩室、健身房、瑜伽馆和其他归为"个人护理服务"类的机构）。按照宾州的规定，美发厅只能接受预约，并且需要在每个顾客离开后对设备消毒，擦洗干净。她的很多洗发水、护发素和护理用品都来自意大利。这些优质产品一直都是美发厅不错的收入来源，但都因为疫情而无法及时进货。

"我们每天都在变化中，"薇尔玛说，"你必须去适应。"

随着限制的放松，病例数不可避免地上升，尤其在费城和匹兹堡及其周边地区。7月初，宾州餐饮协会的约翰·朗斯特里特听州长办公室的人说，汤姆·沃尔夫和他的卫生局长担心病毒可能在餐馆内传播。朗斯特里特告诉他们餐馆的防控措施，以减轻他们的担忧，包括只接受预订、提前打烊、明确要求在餐厅内除了用餐时以外必须戴口罩等。

7月中旬的一天，州长的工作人员联系朗斯特里特时，他并没有在意。几个星期以来，朗斯特里特一直在与州政府的人沟通。他乐观地认为，州政府会采纳他们一直在考虑的一些想法。但是，一位从来没有接触过的副局长告诉他："我们想把餐馆接待容量调减到 25%，取消所有酒吧座位，并且要求购买酒水时必须点餐。"

朗斯特里特吃惊地问她："你是在征求我们的意见吗？"

她说不是。"今天下午就会正式宣布。"她就是这么跟他说的。全州的餐馆正在 50％限流下艰难生存，可是第二天他们就必需接受 25％客流的限制。

"从那时候起，"朗斯特里特说，"我们的对策就是与州长抗争，赢得舆论的支持。"

在老福格镇上，库苏马诺对这个消息的反应很淡漠。"我们一直都在户外用餐，所以这个规定对我们没什么影响。"他说。唯一可能的影响就是会吓跑一些户外用餐的顾客。"我能猜到人们的心理是，'嗨，这回情况可能真的有点严重！'这大概就是这个限令想要的效果。"他说。

第十一章　街角的药剂师

新冠肺炎疫情重创了美国各地小企业的销售，但莱赫药店是个例外。这是一家服务当地的小药店，位于宾夕法尼亚州东北部人口稀少地区。其他小企业面临的问题是要执行政府的强制禁令，顾客去吃饭、理发、购物都会顾虑重重。但约瑟夫·莱赫是一名药剂师，大家都亲切地叫他乔，药剂师在疫情期间属于生活必需企业员工，不能关门。

乔六十一岁了，他希望药店可以关门，这样就可以更好地保护自己免受病毒侵害。他的职业生涯可以追溯到1980年代初，曾经担任宾夕法尼亚州药剂师协会主席和全国社区药剂师协会董事会成员。乔还代表全国的独立药剂师在国会作证。他忠实履行着职业行为准则第七条：如果你穿上了药剂师的白衣制服，就将竭诚服务于"社区和社会需求"。

每天早上，乔从唐克汉诺克小镇的家里出发开车三十分钟，穿过树木繁茂的山丘，来到莱西维尔镇，怀俄明县西北边缘一个400人的小镇。他的药店在小镇老街上，他打开前门，进去后再锁上门。从疫情一开始，美国药店和保险巨头西维斯在唐克汉诺克的门店就允许顾客进入店内，乔知道这是一种便利顾客的方式，可以让需要配药的顾客随意浏览，还可能带动其他消费。但直到6月12日怀俄明县进入了绿色防控区域，也就是疫情暴发近三个月后，他才允许顾客进入店里。

重新开业以后也带来了一些麻烦。他的继子是一个木工，乔让他在收银台和柜台旁分别安装了一个透明玻璃防护罩，花了500美元左右。他买了几盒一次性手套发给员工，在前门的入口处放了一瓶普瑞来净手消毒液，在收银台和其他地方摆放了洗手液。他知道，镇上别的地方没有按照公共卫生官员建议的做法落实防控措施。但乔一直很认真，他希望看到大家都安全度过疫情，不让一个人因为来过他的店而感染。

"我们全部按照防控要求做到位，清洁、擦洗、保持距离、戴口罩，遵守规定，一样不少。"他说。不过，在2020年的夏季，在莱西维尔镇和全国的大部分地方，你认为对的事对另一些人来说就是错的，那些人认为室内戴口罩的规定侵犯了他们作为美国人的人权。

"你会认为这是我的店，我说了算，"乔说，"但我是真的觉得不能这样下去了。"

乔是土生土长的老福格人。他比库苏马诺大二十五岁，但谈到这个顽强的小镇时，他依然充满了斗志。乔的父亲在一家批发公司工作，向老福格的餐馆出售肉类。乔十几岁的时候也在这里干活，负责送外卖。小时候，他和安吉洛·盖内尔一起打篮球，盖内尔经营着阿卡洛-盖内尔餐馆，就在库苏马诺餐馆的对面。乔很久以前就搬走了，这家餐馆就是后来的布鲁尼科餐馆。

有一次，乔做了一次职业评估测试，结果让他产生了想当一名药剂师的念头。"测试说我在数学和理科方面有天赋，推荐的职业之一就是药剂师。"乔说。他在费城上了医药学院，后来搬到新泽西南部，在一家叫作兴旺药店（Thrift Drug）的连锁企业工作。他在这家店"工作时间不长，后来发现自己不想就此度过余生"，乔说。当他做"流动工"的时候，工作还不错，可以在有人休息和病假时替补药剂师,但后来被分配到一家药店,情况就不一样了。

"在这里当经理助理,各方面要求很严,每天忙得不可开交。"乔说。自己创业开一家店也并不轻松,但乔说那是完全不同的。"你忙的都是自己想做的事情,而不是别人让你做的事情。"他说。当然,这是两种不同的激励方式。他可以非常努力地为别人工作,而别人可以从他的劳动中获利。为自己打工,所有的收益都由自己享用。

医药学院的一个朋友在安德里斯山地区做医药代表,乔从他那里得知距离唐克汉诺克小镇不远的一个社区需要一家药店。1983年,那年乔二十三岁,从医药学院毕业只有一年半,他辞掉兴旺药店的工作,开办了一家自己的药店。他之所以敢大胆地迈出这一步,得益于他的妻子,他们是在医药学院认识的,她父亲在宾州中部的一个小镇上开了一家药店。"他是我的导师。"乔说。他的莱赫药店先是在米肖彭,一个靠近唐克汉诺克的小镇,后来又搬到莱西维尔镇,这里距离大型连锁药店更远一些。

1980年代初,当乔进入药店行业时,连锁药店已经开始缓慢而稳步地发展。1901年美国最大的连锁药店沃尔格林(Walgreens)在芝加哥创立,西维斯于1963年在马萨诸塞州的洛厄尔开办。街角的药店作为镇上曾经的聚会场所,很大程度上是过去时代的遗迹。大多数药店的老式苏打水机在很久以前就拆除了,伍德罗·威尔逊总统[①]后来签署了一项法律,禁止在非处方药中使用可卡因和鸦片,更加速了这一变化。在此之前,药店不仅供应冰淇淋苏打水,还提供注入可卡因的饮料,给顾客"打气"。那时候的连锁店并没有像2020年时那样占据主导地位。在1980年代,药店行业还是一门不错的生意。

"那个时候简单多了。"布莱恩·卡斯韦尔说。他是莱赫的朋友,2020年担任全国社区药剂师协会主席。"开一家自营药店,可以过上

---

① 美国第28任总统,1913年—1921年在任。——译者

殷实的生活。"卡斯韦尔说。那时的连锁店也不一样，他在堪萨斯州的一家小连锁店工作了八年。"我可以像独立医生一样操作，照顾我们的病人。"他说。

在 1980 年代，乔还很年轻，雄心勃勃。不满足于只有一家药店，在第一家开业四年后，于 1987 年开了第二家莱赫药店。这一家位于尼科尔森，一个 850 人的小镇，唐克汉诺克镇以北和以东二十分钟车程的地方。一名药剂师愿意经营这家药店，拥有一部分股权。

他还要和其他药剂师开更多的药店。乔的朋友马克·斯塔默在一家合伙企业工作，他们在这一地区经营了几家药店。斯塔默辞掉了原来的工作，来到莱赫药店。那段时间，乔把斯塔默介绍给他的妹妹，后来斯塔默成了他的妹夫。几年后，他们成了商业伙伴，乔和斯塔默以及另一位药剂师在邻县的另一个小镇杜肖买下一家店。2008 年，他们三人在距离唐克汉诺克近 100 公里的坎顿小镇买了第二家药店。那时，乔拥有跨越三个县的四家药店的股份，他原来的药店是他独有的。有几年，他觉得自己就像刚开始创业时想象的那样，有多家药店，生意兴隆。

连锁药店逐渐发展壮大，直到成为庞然大物，碾压了那些小规模的竞争者。到 2020 年西维斯成为全国第八大公司，他们如果不是全部吞并，就是从大型区域连锁企业收购门店，乔刚开始工作时的兴旺药店以及瑞克药店（Revco）和艾克德药店（Eckerd）都被收购了。1970 年代西维斯在美国东北部地区运营了几百家门店，到 2020 年，有近 1 万家西维斯店遍布美国各地。沃尔格林有 9000 家，来爱德有 2700 家。在乔开办第一家药店时，西维斯的年销售额不到 10 亿美元。到 2020 年，它的年收入迅猛增长到 2690 亿美元。

几十年来，像阿司匹林、肥皂、除味剂等非药物商品一直是药店的重要收入来源。比如，在 1960 年代末，各种日用杂品占药店销售额的56％。但是，大型连锁企业、仓储式商场的出现，以及后来互联网的冲击，今天的杂品销售只占药店的不到5％。哈希尔·帕特尔在黑泽尔顿和周边有8家药店，像他这样的都不愿意再进货牙膏、贺卡或薯片之类的。"这么麻烦不值得。"帕特尔说。

从1980年代起，大型连锁超市开始蚕食这个行业。克罗格超市（Kroger）是早期在商店前面柜台上配备药剂师的，艾伯森超市（Albertsons）和大众超市（Publix）也紧随其后。最后，沃尔玛和其他大型零售商发现，在商店内设立药房可以带来新的收入，显然也能吸引更多的顾客走进商场。到2020年，4900家沃尔玛设立了药房。克罗格超市有2000个药房，艾伯森超市有1700个药房，大众超市有1100个。

新冠疫情暴发时，美国大约有5.7万家药店。像莱赫药店那样独立自营的不到2万家，这种趋势似乎对人们的健康不利。做一名药剂师要求很高，用药有误或计量不当可能会致命。然而，就在疫情之前，《纽约时报》发表了调查记者埃伦·加布勒采写的一篇报道，她花了几个月的时间观察这些公司的药房，包括配药、注射流感疫苗、接电话、给病人提供咨询、联系医生和保险公司——"所有这些流程都是在追求满足企业的绩效指标，这些指标迫使药剂师们去做那些他们认为不合理、不安全的事情。"一位不愿透露姓名的药剂师给得克萨斯州药监局写信说："我在西维斯药店的工作对公众来说是不安全的。"（西维斯公司在给《纽约时报》的书面声明中表示，患者的安全是最重要的。"我们对药剂师任何合理的顾虑都会认真对待，全力解决。"）

另一个威胁是邮购药店的兴起，这些药店只负责送货，没有其他服务，保险公司为那些愿意以这种方式接受药品的顾客提供折扣。全国社区药剂师协会主席布莱恩·卡斯韦尔说："我记得在1990年代初的时候，我岳父跟我说：'我可以跟沃尔玛竞争，也可以跟沃尔格林竞争，但我不能抗衡的是大家都被裹挟着使用邮箱来购物了。'"仅仅8家大型药店，包括几家保险公司的邮购部门，就占据了全部处方药销售的74%。

然而，药剂师每年都要来到华盛顿特区，参加全国社区药剂师协会在国会山的年度游说日活动，并不是因为西维斯和沃尔玛，也不是因为那些邮购药房。让这些独立自营药店日子越来越难过的真正原因是"药品福利管理"（the Pharmacy Benefit Managers，简称PBMs）这样的机构，即为市场设定药品价格的中间商。他们曾经靠处理处方索赔收取统一费用，那个时代早已过去。如今他们又炮制了一套收费表和复杂的收费规则。2012年，乔前往华盛顿在国会作证，反对两个最大的"药品福利管理"企业美国快捷药方公司（Express Scripts）和美可保健公司（Medco）合并。乔对国会议员说，正如他们的游说者说的那样，"药品福利管理"企业或许真的在降低医疗成本。"但请给我解释一下，"乔继续说道，"每年保险费都在上涨，每年患者支出的部分都在增加，我们每年从处方配药中得到的报酬都在减少。钱都到哪里去了？"这些企业从来没有碰过一粒药，却不妨碍他们获取了大约30%的处方药费用。然而，没有一个权威人士站出来阻止这类合并或大型收购。"药品福利管理"企业继续主导着市场。

"药品福利管理"企业决定药剂师每次销售的报酬。难以置信的是，这笔钱还时常不够药剂师从制造商进货的费用。黑兹尔药店是一家家庭经营的药店，从1858年起就一直位于黑泽尔顿镇布罗德街和怀俄明街的交会处（有时位置也会有变化）。店主小比尔·斯皮尔估计自己销售的药品中有5%是赔钱的，因为赔钱的往往是价格更高的名牌药，这些药占其处方药收入的15%—20%。他花1.8美元买了一种普通他汀类药物，却只能得到1.62美元补偿，斯皮尔亏了18美分，这也就认了。"但如果这是一种品牌药，我可能会损失20或40美元，这时就必须考虑患者的情况了。"他说。患者是不是长期客户？他们还开了别的什么处方药？能否得到其他收入来补偿损失？等等。

药剂师本来是直接给患者提供医疗保健意见的人,斯皮尔说:"现在这个第三方扭曲了我们与顾客的关系。"

药剂师对"药品福利管理"还有别的不满。这些合同是不透明的,似乎是有意为之,包括特殊折扣、总量折扣和后端回扣,如果药店没有达到最低销售门槛,这些都会被收回。还有一个明显的利益冲突,那就是这些不同的利益群体之间会有很多谈判,但这些群体都是同一个雇主。三家"药品福利管理"企业主导了市场。信诺(Cigna)集团是医疗保险行业巨头,2018年收购了三家中最大的快捷药方公司。美国最大的医疗保险公司联合健康集团拥有三巨头中的另一家(Optum Rx)。西维斯得到了安泰保险(Aetna),并且收购了三巨头中的老三凯马克公司(Caremark)。这就意味着凯马克代表安泰保险与西维斯以及其他大大小小的竞争对手进行价格谈判。

"这就好比让麦当劳告诉它的竞争对手温迪汉堡一个汉堡包多少钱,然后又利用这些信息来挤压竞争对手,操纵价格,为自己牟利。"布莱恩·卡斯韦尔说。还有一种是卡斯韦尔和其他人所说的"操控",就是拥有"药品福利管理"资质的折扣连锁店和保险公司,提出某种优惠交易把客户吸引到它们的子公司。"这些公司诱导客户进入它们自己的店里,独立自营的药店根本与此无缘。"卡斯韦尔说。根据全国社区药剂师协会的数据,2019年独立自营药店的平均税前利润为7.48万美元。卡斯韦尔说,利润相对微薄的原因,就是所谓的药品福利管理。

在黑泽尔顿镇上的黑兹尔药店里,五十八岁的店主小比尔·斯皮尔正出神地看着,像镇上沿街的药店一样,海曼药店、阳光药店、格列柯药店、怀俄明药店都关门了。相对于其他的独立自营药店,小比尔·斯皮尔药店的优势是配药设施和功能比较齐全,有特殊剂量需求或需要特殊药品的患者也都可以在这里办到。这家药店可以追溯到

1868年，自称是美国历史最悠久的连续经营的复合药房。大型连锁药店西维斯和来爱德进入小镇之后，沃尔玛和本地连锁日用品店也都设立了药品专柜，这个老字号招牌或许有助于其减少顾客流失。"顾客认为那些药店便宜，"斯皮尔说，"还有的人喜欢去一次超市把想买的东西都置办妥。"

斯皮尔和他的父亲、儿子都在琢磨店里的销售。他们考虑过搬到购物中心去，但最终还是决定留在城中心发展。斯皮尔的爷爷六十七年前在黑兹尔药店当初级药剂师，他的父亲经过培训后成为一名药剂师，斯皮尔也是这样。在美国南北战争前，他们都在木制房子里工作。"有些建筑历史悠久，"斯皮尔说，"但我们的房子太旧了。"21世纪初，他们买下了街对面一座废弃的酒店，拆掉后盖起了一座大约1400平米的砖砌建筑，是一栋很大的两层楼，外立面涂着青色和白色的装饰。

"听起来好像是说套话，"斯皮尔说，"但我们确实是凭着对社区的荣誉感和责任感，竭尽所能帮助别人。"

新的黑兹尔药店的一层后面是一个很大的药房柜台，除此之外，新店几乎不像一家药房，大约三分之一的地方感觉更像是一家书店。地上铺着地毯，码放着木制书架，其中一些专门探讨妇女健康问题，包括自然绝经指南和激素替代疗法的推荐书籍。他们给自己的定位是"天然健康专家"，销售自家的"黑兹尔健康"品牌的维生素、营养保健品（对健康有益的食品和添加剂）、清洁剂以及顺势疗法和芳香疗法产品。给那些想减肥的人提供一种"渴望控制"补充剂，还有增强骨密度之类的产品。在疫情暴发前几年，斯皮尔与一位在科罗拉多州从事大麻生意的朋友合作，他们一起开发了自己的大麻二酚[①]产品系

[①] 即CBD，cannabidiol，从大麻植物中提取的纯天然成分，是一种止痛抗炎药物。——译者

列。"真的,它可以救命!"斯皮尔说。

楼上的房间用来办讲习班或上课,都是关于营养、更年期和其他健康主题的课程,有一个房间是他们用做营养评估的。楼上其他地方是最先进的复合设备,他们在这里生产维生素、营养保健品和蛋白粉,在主楼出售,还有医生和越来越多的兽医开具的处方。就像人有时需要定制特别的剂量和非常规的复合药物一样,动物也需要,不过他们不需要"药品福利管理"规定的条款。"我们每天都在给狗和猫做药,天天如此。"斯皮尔说。鸟类也是黑兹尔药店的常客,偶尔还会有豚猪、兔子和袋鼠。

新店还设了一个免下车窗口,在疫情期间方便顾客取药。考虑到小镇移民增加,又安排了双语员工。黑兹尔药店早在很多社区药店之前就开始注射流感疫苗和其他疫苗,为那些服用多种药物的人提供一种被称为"记忆包"的东西,按服用时间和日期绑在一起,而不是简单地装在琥珀色的小瓶子里。"连锁店是不会为你做这些的。"斯皮尔说。疫情暴发时,他们约有 25 名员工。

"我们喜欢黑兹尔药店,因为如果妈妈或孩子生病,斯皮尔会在晚上 11 点来到药店开门给你拿药。"玛丽·马龙说。她是当地商会的会长,也是黑兹尔药店几十年的老客户。在那些去过社区药店的人中,94% 的人给他们的药剂师打了高分。相比之下,那些去连锁药店的人都不知道药剂师的名字叫什么。

乔·莱赫的服务水平也不相上下,几乎每个人进到店里都对乔亲切地直呼其名。但乔的客户里没有宠物,他没有学过兽医药。即使他愿意去接受培训,具备相关资质,他的药店也容不下,只有 110 多平米。他几乎没有地方放下一张三角形的小电脑桌,更不用说建一个化合物实验室需要的密封室和通风罩了。这里肯定也有人渴望了解激素替代疗法或科学的养生之道,但莱赫药店处在一个只有 400 人的小镇，顾客太少，而距离黑兹尔药店十五分钟车程范围内居住着数万人。莱赫药店销售"药品福利管理"企业的产品，以及美国最大木制玩具商玛丽莎-安德公司的玩具，还靠代发传真和影印挣点小钱，但其几乎所有的销售额都来自处方药。

多年来，乔一直试图努力提高收入。他在药店里增设了咨询室，但"从来也没人用过"，他的妹夫和合伙人马克·斯塔默说。还有一年添置了一台骨密度检测仪，"好像一次也没有用过"，斯塔默说。他们就是小镇药剂师，上班时间上午8点到下午6点，周一到周五是全天营业，周六只有半天。人们来这里就是配药，偶尔会买一瓶阿司匹林。

他下的最大的赌注是在1995年，当时他三十五岁左右。他在唐克汉诺克开了一家莱赫药店，与迪特里希剧院相邻。那时西维斯已经在这里设店，来爱德也在这里有店。但这家莱赫药店是一家专卖店，销售和出租助步器、病床、氧气和其他医疗设备。

这家店从来没有像乔和他的合伙人希望的那样营利。沃尔玛升级为超级购物中心，增加了一家药房。一家区域连锁店在沃尔玛旁边开了一家超市，也有药房。他搬到6号公路上一家小医院旁边，他和斯塔默就是在这里成为合伙人的，他们开了一家药店，还做了一些家庭健康保健服务的副产品。

2013年，唐克汉诺克镇以东10多公里的温诺拉湖有一家药房的店主退休，那里的员工请求乔帮助他们已经陷入困境的药店。他们继杜肖和坎顿两家店之后又买下了温诺拉湖药店，但很快就后悔了。他们更新了药店，尽了最大努力，还是持续亏损。"已经到了影响我们其他业务的程度。"乔说。

2016年对于乔和他的合伙人来说更加艰难。在一天之间里，他们宣布温诺拉湖和唐克汉诺克两家药店关闭。此前，乔一直在与西维斯就"档案买断"进行谈判，因为他们出售的不仅是药店本身，还有客户名单以及所有正在使用的处方和保险信息。"档案买断"的关键在于，如果药店关闭的消息过早泄露，客户就可能会转到其他药店，档案对购买者的价值就会降低。在谈判完成之前，乔不能透露这一消息，但这让员工和客户都感到不满。

6名员工因药店关闭而失业。一家当地电视台报道了这两家药店的"突然"关闭，并引用了温诺拉湖药店一位年长顾客的话，说他们感觉被抛弃了。"我对员工和客户已经尽了最大努力，一直认为情况会好转，"乔说，"所以才努力坚持到现在，实在是难以为继了。"

"乔是个很老派的人。"马克·斯塔默说。大家似乎就喜欢他这一点。乔不是特别精通技术，他可能会纳闷为什么有人没有回复他的邮件，后来才知道他把邮件发给自己了，而没有发给预定的收件人。他的莱西维尔药店的网站拼错了他的名字，他的记账系统就是在柜台上贴便条纸。有一次马克·斯塔默算了一下账单：乔还欠2000多美元。

"乔是一个了不起的人，在我们社区里有口皆碑。"怀俄明县商会主席吉娜·苏黛姆说。乔曾是当地医院董事会成员，并担任当地商会主席。他是吉瓦尼斯服务俱乐部[①]的成员，只要有正当理由需要他的帮助，乔总是乐意答应。莱赫药店每年都赞助少年棒球联盟队。"他是很有智慧的人，是我们小镇的骄傲。"格伦达·舒梅克说。乔的妻子是格伦达原先的嫂子，也是她母亲在贺曼商店的第一批员工。"他教会了我很多东西。"格伦达说。

疫情暴发后，他就把店门关上了，顾客可以打电话或按前门上的门铃，或者敲敲玻璃窗，他或他的员工就会把处方药发给顾客。通常客户需要在处方上签名，但保险公司在疫情期间取消了这一规定。乔在日志上草草写下"新冠肺炎疫情"几个字，在这一笔单子上签上他

---

① Kiwanis，美国工商业人士俱乐部。——译者

名字的首字母。

黑兹尔药店在疫情开始后的两个月里也是关门的。小比尔·斯皮尔跟乔一样，要确保员工和顾客不要因为来过他们药店而感染新冠病毒。黑兹尔药店的有利条件是有免下车窗口和两辆送货车，加上他的妻子，还有在医药学院上学的两个儿子，疫情期间都在药店帮忙。晚上商店打烊后，每人都拿着几个袋子，去给附近的客户送药。斯皮尔已经快六十岁了，体重超重，属于高风险人群，但他还是给那些已经感染了病毒的人送药。"如果我们感染了病毒，出了什么事，我也不愿去想后果是什么。"斯皮尔说。他让员工注意那些过了时间还没来取常规用药的客户，让双语员工给那些只说西班牙语的客户打电话。如果顾客感到不舒服不能来药店，他们就会把药送到家。

莱赫药店和黑兹尔药店的员工都没有检测出新冠病毒阳性。不过，斯皮尔的五名员工属于密切接触者。他要求这五个人自我隔离两周，给不断减少的员工带来了新的压力。一名在这里工作了二十年的员工提前退休了。还有两名员工辞职，一个是为了照顾生病的母亲，另一个是怀孕后不想再冒着感染的风险上班了。

黑兹尔药店因疫情造成的财务损失比莱赫药店大得多。药店无限期取消了所有研讨会和课程，药店的销售额也因为顾客不能进店而大幅下降。斯皮尔说，在顾客不能进店的六十三天里，销售额下降了至少20%。幸好到了4月底，薪酬保障计划资助的10.73万美元到账，抵消了他的一部分财务损失。相比之下，莱赫药店的销售额还略有增长。乔觉得这是因为靠近沃尔玛，客流量大的缘故（像格伦达一样，他从来不去沃尔玛）。这一次，他的药店规模不大也是一种有利条件，他可以把处方药送到顾客的车上。到了4月，乔的莱西维尔药店收到了薪酬保障计划的4万美元资助。对乔来说，这可算是一个意外之喜。

从唐克汉诺克镇向西，6号公路旁的一个街区就是莱西维尔镇的老街。2020年夏天，你要去莱赫药店，就顺着公路开，看到一栋房子上挂着六块特朗普-彭斯的宣传海报和一幅巨型的手写标语时就左转弯，那幅标语上写着："谁他妈在乎你们怎么想！"①

莱西维尔镇几十年来的主业是五金制品和地板产品，现在一如既往。莱赫药店对面街上的社区银行也照常营业。然而，镇上唯一一家日用品商店在几年前就关门了，它在老街上经营了四十多年。一家废弃的理发店已经破败不堪。沿着老街往前走是一家"拳击手烤肉店"，这对夫妻老板已经挺过了疫情防控的红色和黄色阶段，进入绿色防控阶段后，他们需要把客流量控制在50%以内。因为肉价上涨，在经营了六年后，他们决定到5月份就停业了。

莱赫药店门口挂着一面很大的美国国旗。前门的告示牌上写着，顾客进入药店须佩戴口罩。另一个牌子上说他们销售口罩，包括蓝色的外科手术用口罩，每个1美元。"我会免费送人的。"乔说。这是为了避免因为戴口罩引起争议，也是为了让顾客进入店内时配合好。

乔穿了一件带蓝色条纹的粉色衬衫，蓝色休闲裤。他是一个温文尔雅的人，留着偏长的灰白色的头发。中等身材，蓝眼睛，胖胖的面孔，戴着一副时尚的眼镜，口罩是他妻子缝制的（上个月他在店里卖出了300多个她自制的口罩）。他友善而坦率，但他的朋友和同事布莱恩·卡斯韦尔说，乔还是会流露出药剂师特有的性格。"药店老板通常是社区领袖，但往往偏于羞涩。"卡斯韦尔说。在一种衡量性格从羞涩到外向的10分制测评中，他给乔打了5分，就像他认识的很多药剂师一样。

不过，在戴口罩这件事情上，乔毫不含糊。"戴个口罩有什么难

---

① 出自歌曲 *Love It When We Made It*：Fuck your feelings! Truth is only hearsay. "谁他妈在乎你们怎么想！所有的真相都不过是道听途说"。——译者

的?"他问,尤其是只需要顾客戴几分钟就行的时候。他很看不惯这种现象,要求店里执行宾州的规定,在店里必须戴口罩,但有的人还是不当回事。

"总有些人拒绝戴口罩,"乔说到 8 月的时候还是这样。那些人说他们不知道这个规定,尽管门口写着告示,辩论声传遍了全州,他们也视而不见。"他们进来时什么都不戴,我就想,你真的这么做,我也一点不会让步。"他说。乔没有跟他们争吵,而是请他们到外面等候。他或他的员工把药送到外面去。他有五名员工,包括几个兼职的。

乔准备迎接新一轮争论。几天前,白宫新冠疫情应对工作组协调人黛博拉·伯克斯在美国有线电视新闻网(CNN)警告说,全国正在进入疫情"新阶段",农村地区也不会幸免。她呼吁无论是住在哪里的美国人,都要戴口罩。然而,特朗普却在推特上回应说伯克斯"很可悲",并暗示她已经成为众议院议长南希·佩洛西和媒体的一枚棋子。"这些持续不断的假消息让美国(和我)都显得很糟糕。"特朗普在推特上说。那些反对戴口罩的人开始把口罩叫做"脸上的尿布",乔也不知道是不是有人会认为,他坚持要求戴口罩就是在支持南希·佩洛西和媒体或其他什么人。好在还没有因此发生什么打架斗殴,乔就觉得谢天谢地了。

Saving Main Street

第十二章　绝命威胁

8月里一个阳光灿烂的星期三，上午11点，唐克汉诺克镇城市广场前巨大的停车场上空空如也。几辆车停在联邦快递门前，另一辆停在威瑞森电信店前。还有几辆车停着，显然也不是来贺曼商店购物的。商店里除了格伦达和一名员工，别无他人。

门前的告示牌上写着：请大家各自保持6英尺距离。收银台旁的一块大橡胶垫上，贴着标明这一距离的贴花，格伦达还在收银台旁安装了一个透明的有机玻璃护栏。格伦达留着老式的英国摇滚歌手那样的发型，穿着宽松、洒脱的衣服，脚蹬一双时尚的黑色皮凉鞋。她戴着豹纹花色的眼镜，脖子上挂几条粗粗的串珠项链，两只手上戴着好几个戒指，手腕上好几个银手镯，还戴着一对下垂的石耳环。

那个夏天，全国的零售业开始出现反弹。商店在关闭的几个星期中，需求被压抑。由于旅行和娱乐受到限制，人们消费的方式和领域更少了，数千亿美元的刺激资金在经济活动中不知所终。但是，销售的反弹并不大。调查显示，大部分消费者对走进商店购物心有余悸。购物更多地转到网上，这也引发了人们的思考，认为疫情可能会永久改变我们的购物方式。在新冠疫情前，美国的实体店数量就一直在减少。很长时间以来，人们就认为像格伦达这样的服装店、礼品和贺卡商店将会不复存在。令人担忧的是，新冠疫情加速了这一趋势。

在格伦达重新开店后还不满一个月就到了夏季，而一般到了夏季，贺曼商店的销售就会放缓。7月跟6月差不多，都是平常月份，也就是说处在通常的夏季销售淡季，还算不上致命的威胁。她付清了各种账单，还能略有盈余，至少不必动用自己的积蓄。"如果银行看到我们从自己的口袋里拿出钱来维持运营，"格伦达说，"他们一定会说：'你们这是在做什么生意??赶紧一边呆着去，现在就走！'"在疫情前，贺曼商店的营业时间一直是上午9点到晚上8点。重新开业后，她保持了同样的营业时间，但好像已经没什么意义了。后来商店每天上午9点开门，经常下午5点就打烊了。"我们争取做到朝九晚六。"格伦达希望到8月份可以。

那年夏天，宾州考虑提高最低工资水平，这也是增加格伦达压力的一个因素。有人问州长，政府每周给失业人员发放600美元救济金，企业招不来员工怎么办。沃尔夫回答说："要想员工回来上班，你就得加薪。"

"这真让我恼火，"格伦达说，她认识的小企业主都在勉力维持，"但就在这个时候，不管疫情正在扩散，也不管很多业主正在担心停业，州长却说问题的根源在我们，我们就应该给员工增加工资，真是岂有此理！"

对格伦达来说，提高最低工资是一件让她很纠结的事。格伦达知道，如果商店停业，她就成了一个低收入工人。如果继续营业，她坚决反对把最低工资提高到每小时10到12美元，更不用说州长和其他人提出的每小时15美元了。她只能勉强支付10名兼职人员的工资，其中有些人的时薪还不到10美元。如果涨到12美元，每年她就要多支付几千美元，这是她负担不起的。"我这里不接收需要养家的人。"她解释得合情合理。她的员工也可以选择去沃尔玛工作，那里的收入更高。但在这里工作，时间比较灵活，也更轻松愉快。"有人带孩子来上班，或者孩子生病时打个电话说来不了，都没关系，"格伦达说，"我们按照时间表上班，没有沃尔玛那种严格的奖惩。"

格伦达也知道提高最低工资的后果是显而易见的。如果不得不加薪,她就得涨价。因为顾客可以在网上买到更便宜的产品,她已经流失了不少客户。涨价势必造成生存更加艰难,所以她反对把每小时最低工资提高到 7.25 美元以上。

格伦达还担心商店再次被迫关闭。一些官员和企业主都曾要求法院裁决,取消沃尔夫因疫情而关闭企业的权力。但是到了 7 月,宾夕法尼亚州最高法院裁定,沃尔夫采取的特别措施是符合宪法的,包括暂时关闭企业的法令。"诚然,授予州长的权力是广泛的,但仍然是具体可行的。"多数意见这样说。原告对州最高法院的裁决不服,转向联邦法院寻求支持。但谁知道会到猴年马月才有个说法呢?

"我担心的是,他这种做法严重伤害了美国的小城镇。"格伦达这样看沃尔夫的政策。在她生日的前一天,格伦达坦白说她感到很惶恐。"我已经五十八岁了,又不能很快就退休,我付不起那些费用。"她说。

格林伍德家具店的马克·蒙西到 2020 年夏天时已经六十五岁了。在 8 月炎热的一天,他穿着棉布衬衫,长及膝盖的棕色短裤,脚蹬一双运动鞋。他懒洋洋地站在那里,身高将近 1 米 9,蓝眼睛,秃顶脑袋上还有几缕散乱的白发。浓密的灰白色胡子漫过嘴角,就像美国摔跤界著名的英雄人物胡克·霍根一样,有时候微笑的样子像是在发怒。

家具店设在一座漂亮的三层红砖建筑的底层,有明亮的绿色外立面。1961 年,商店创始人雷·格林伍德在这一行干了四十多年后去世了,二十九岁的汤姆·蒙西从他的家人那里买下了这家店。从那时起,家具店似乎没有什么太大变化,老式招牌延伸到商店外立面的一层,摆放在商店中间的文件柜和书桌看起来像是老格林伍德时代的。几十年来,除了产品系列有些变化,店里的设施和陈列几乎没有更新过：隔音瓷砖天花板，荧光灯灯具和钉板墙都一如既往。

马克上一二年级的时候，他们家搬到了格林伍德家具店楼上的一套公寓里。"爸爸把全家人的照片都挂在店里，因为这是我们的家。"他说。马克在附近的宾夕法尼亚州曼斯菲尔德大学获得了学位，本想在高中教书，但那个时候，教师的工作很难找到。他在佛罗里达州待了几年，大约二十五岁的时候回到唐克汉诺克镇，在镇上买了一家餐馆。之后的日子他称之为"艰难的九年"（"我有了妻子，又因为从事餐饮业而分手了"），在三十出头的时候加入了家族企业。2005年，七十三岁的汤姆·蒙西去世，马克接手了商店。那一年，他五十一岁。

像大部分小企业一样，格林伍德家具店也面临着大型连锁店的竞争压力。不过，每次在电视上看到著名的家具零售连锁店雷摩-弗拉尼根或爱室丽的广告，他就会发笑。"我们这里的乡下人才不管那么多，他们有需要的时候就会说：'我不知道今天会不会进城，让我跟马克打个电话，看看他有没有双人躺椅沙发，'"马克说，"我就会告诉他们：来吧，这儿有！"他的定价比电视广告上的价位低一些，还为小镇上的顾客节省了去斯克兰顿或威尔克斯-巴里购物的麻烦。格林伍德家具店的抵押贷款在几十年前就还清了。"这样我就能保持低价，与那些大卖场竞争。"他说。格林伍德家具店的理念是："精致选择，贴心服务。"

与镇上的其他店主不同，马克对沃尔玛并没有什么不满，他嘲笑一些人把这家零售巨头视为小镇文明的末日。马克说："如果一家大型家具店来到这条街上，我当然压力很大，但我也不会搞什么请愿来反对它。"在不到2公里之外的沃尔玛有一个家具部，要说对马克有什么影响，那就是他们的产品质量更衬托出格林伍德家具店的品质。"他们的质量太差了，这简直就是给我做最好的广告，"他说，"你在他们那里买的家具很快就会出毛病，那时你才知道我们好在哪里。"

马克说，如果说沃尔玛处在低端，乐至家具（La-Z-boy）和伊桑·艾伦（Ethan Allen）则占据了高端市场。"我坚持中等价位，我的客户可以承受，他们不会接受更高的价格。"他的躺椅定价大约 500 美元，皮沙发大约 800 美元。"大约使用五年后就会回来更新。"马克介绍说。

他真正的竞争对手是一个相邻小镇上的肯玛家居，位于米肖彭的一个家庭经营的家具店，宝洁公司大型工厂的所在地。肯玛家居也定位于中档市场，从父母那里继承商店的两兄弟年事已高，住在外地的孩子们也不愿意回来继续经营这家老店。在持续五十七年之后，这家家具店在 2017 年关闭了。

疫情前，马克唯一担忧的就是互联网。他回忆起四五年前的一次经历，让他想起来就后背发凉。一位年轻女士来店里想买一张双人座椅。"我们来回讨价还价，我降了报价，她砍到 365 美元。"他说。这时，这位女士拿出手机给马克看。那是马克第一次听说威费尔这个名字，这是一家大型家居电商公司，同样的双人座椅标价 350 美元。

"她说：'要么你也给我 350 美元一个，要么我就点击这个按键下单。'"马克说。他装作若无其事的样子让她走了，但内心里完全被惊呆了。威费尔的售价是马克进货的批发价，他们还提供免费送货服务。"我怎么能跟这样的公司竞争呢？"马克无奈地问。就连他的外甥女也在威费尔上订了一张沙发，她的爸爸就和马克一起在店里工作。不过，这件事也给了马克一点希望。她订购的沙发并不舒服，与家里的环境也不太协调。如果她是在格林伍德买的，（"我本想免费送她一个，但我们的风格不够现代，不符合她的口味。"马克说）马克就会派司机取回来，无条件退货。她把沙发退回威费尔花了大约 180 美元。后来，马克还注意到这类网站上的产品价格在不断上涨，他怀疑那些低价标签不过是电商拓展市场的一种手段。但是，突如其来的疫情印证了最初的预感，线上商店在疫情期间显示出巨大的优势。

进入 7 月，还是和上个月一样生意兴旺，他的两名送货员都忙不过来了。到 2020 年 8 月上半月，存货已经在前两个月卖掉了大半，他开始有点担心展厅的产品不像以前那么充足了。过去他展示的躺椅有 25 到 30 张，现在只有大约 12 张，库存已经售罄。卧室和餐厅家具也是一样。

"我想重新进货，但以前需要两三周的时间，现在突然变成了两个月，"马克说，"我每天都要婉拒一些顾客的订单。"

在新冠疫情暴发后的几个月里，唐克汉诺克镇上的两家小企业最终关闭了大门。疫情加速了他们的永久关闭，但并不是关闭的主要原因。位于 6 号公路上的珀奇红苹果餐馆，店主夫妇已经在 2020 年初宣布将在年底退休。因疫情防控关闭两个月后，他们决定提前终止。"我们希望有人来收购，让红苹果餐厅的传统延续下去，"5 月的时候，莎莉·珀奇对《怀俄明县新闻审查员》周报的记者说，"但现在这种情况下不会有人感兴趣。"格林伍德家具店不远处的一家熟食店，女主人也一直在考虑出售，疫情过后她也懒得再重新开张。"她只是说：'我不想干了，我要退休。'"怀俄明县商会主席吉娜·苏黛姆说。

在唐克汉诺克镇，新冠病毒感染病例数一直处于低位。疫情暴发四个多月后，全县只有 58 个确诊病例，8 人因感染病毒致死，但人们对在公共场合聚集仍然很谨慎。格伦达和镇上其他店主一样，缩短了营业时间，顾客搞不清楚商店什么时候营业，店主们也同样感到困惑。"他们告诉我说，大家的购物习惯也变得很奇怪。"苏黛姆说。餐馆不知道那些居家办公的人是怎么想的，什么时候会开车进城来吃午饭。来餐馆用午餐的人很少，餐馆觉得不值得花钱费事。但另一面，有人又抱怨中午找不到地方吃饭。

迪特里希剧院正在艰难度日。宾州的防控禁令仍然限制服务场所的客流量和人员密度,并不是售票员不想卖出那么多票。在疫情前的晚上,迪特里希剧院可以吸引几百人到城里来。而在这个夏天,他们平均每天只卖出不到50张票。剧院正对面的泰奥加小酒馆越发生意惨淡,不过如果人来得多它也承受不了。餐厅里只有15张桌子,按照宾州25%接待量的规定,他们只能用3张桌子。"我们就像经营一个汽车餐厅。"莫林·戴蒙德说,她和她的哥哥十四年前开了这家小酒馆。他们在前面摆了几张可以堂食的桌子,其他都是外卖订单。他们从薪酬保障计划中得到3.16万美元的资助,对维持经营起到了关键作用。

小树枝餐馆位于迪特里希剧院西边的街区,在电影上映前后,苏黛姆称之为"约会之夜"情侣用餐的地方。在人们对室内用餐心怀戒惧的时候,这种高档餐厅就更加困难。大厨兼店主杰瑞·伯格丁以前是宝洁公司的纸张技术员,在这个夏天一直心情烦躁。"我离开宝洁的时候,一年挣10万多美元。"伯格丁说。想到过去,他说:"我进入餐饮业真是疯了。"他遵守宾州25%接待量的要求,但也承认自打实施这一规定,"就得让一些顾客等待九十分钟才能用餐,因为客流量已经满了"。他把顾客稀少的原因完全归咎于州长沃尔夫,伯格丁认为在没有证据表明餐馆可以造成疾病传播的情况下,州长的"限流"措施增加了人们的恐慌情绪。"他的25%规定让大家很紧张,'天哪,原来就是餐馆、酒吧惹的祸,我最好离它们远点吧!'"他说。

小树枝餐馆收到了11.3万美元的薪酬保障计划资助。然而,伯格丁带着对政府的根深蒂固的不信任,认为无论政府怎么做出保证,以后他都得偿还这笔钱,他也做了相应的准备。(最终这笔贷款还是被免除了。)从疫情一开始,他和妻子就卖掉了湖边的房子和一辆车,还与银行安排了推迟按揭付款。"我们只能勉强维持着。"伯格丁在那个8月这么说。

伯格丁对州长的口罩令也很恼火。他们要求服务员规劝那些不戴口罩的人，必须戴口罩才能进店。但对于那些拒绝戴口罩的人，服务员能怎么办呢？

伯格丁说："我们也不是口罩警察，但不知怎么搞的，我们却成了执行口罩令的人。"

对执行口罩令不满的人也不止伯格丁一个。似乎每天都有新闻报道，说有些员工因执行口罩令而受到攻击。美国大型报业集团麦克拉奇新闻网（McClatchy news service）发表的一篇文章说，全国各地的餐馆老板决定再次关闭室内用餐，以避免因执行口罩令而与顾客发生纠纷。当地商会的吉娜每周五都会参加全州商会主席的活动，在这里她了解到一件让人深感不安的事情，就发生在她家附近的一家大型连锁超市，一名年轻员工在商店门口负责监管那些不戴口罩就要进入商店的顾客。"这个年轻人对一位顾客说，'对不起，你需要戴好口罩才能进入'，"吉娜·苏黛姆讲着，"这个人竟然撩起衬衫，亮出腰间别着的手枪。"手枪还在枪套里，她只是同情那些十六七岁的年轻人，他们拿着最低工资，还要提防会不会在工作时被枪击。沃普莱公司是一家营销软件制造商，他们在那年夏天的调查显示，85%的当地企业主会要求顾客在商店内戴口罩。

苏黛姆说，口罩令让那些企业主陷入了难堪的境地。在经营如此艰难的时候，没有人愿意赶走顾客。但如果允许顾客不戴口罩进入商店，后果也很严重。有一件事在镇上广为流传，苏黛姆听很多人说过，由于一个小食品店对戴口罩的要求不严格，这些人就声称他们只去城外的大型超市或沃尔玛购物，因为那里严格执行口罩令。

苏黛姆说，问题的另一面，"是那些反对戴口罩的人，他们相信新冠疫情是一场阴谋，戴口罩只是控制人们的一种方式。他们在外面骚扰我们的餐馆和商店。"有时候，企业主自己也加入反对口罩令的人群中。金柏莉·韦根是匹兹堡"破壳餐馆"的老板，她在社交媒体上宣布，虽然政府有规定，但她不会要求员工在工作时戴口罩，也不会要求顾客戴口罩。韦根为自己的做法创建了一个标签（给鸡蛋自由）、一个口号（反抗暴政从 2020 年 8 月起）和一个宣言："我们绝不为了谋生而侵犯任何人的权利。"她的这些极端举动几乎就是迫使法院关闭她的餐馆，法院确实这么做了，或许只是暂时的。

苏黛姆指着脸书上的一个页面，页面的主人是一名在暗溪餐厅工作的酒保，餐厅地处城镇边缘的高尔夫球场和度假村。暗溪餐厅有一个很大的露台，人们可以在打完 18 洞高尔夫球后，在这里惬意地喝杯啤酒，彼此之间相距很远。不过按照州长的规定，顾客只能在用餐时才可以点啤酒。这当然不是酒保的规定，也不是餐厅的规定，酒保却不得不天天向顾客解释这个毫无意义的规定，深受困扰。

酒保在他的脸书页面上写道："我每天都在挨骂。"

第十三章　商户点评之争

　　库苏马诺穿一件白色 T 恤，灰色短裤，脚蹬一双跑鞋，头上朝后戴一顶黑色棒球帽。看上去需要刮胡子了，但后来才知道，就算刚刮过也会像长了好几天一样。上午 9 点，他打开门，露出狡黠的微笑让我进去。大约 10 点半或 11 点时，尼娜进来了。她怀孕五个月了，腹部微微凸起。她比库苏马诺矮一点，上班时就把半长的乌黑头发梳到脑后，现在看起来有些疲倦。库苏马诺的妈妈在午饭前过来打了个招呼，他的爸爸那天下午也来了。几个小时后，餐馆开始准备晚餐时他们就会一起回来。

　　"他们好像每隔二十分钟就会来一次。"库苏马诺说。

　　库苏马诺带我参观了楼上主餐厅和其他地方，这里已经将近五个月没有用过餐了。他打开灯，整个房间看起来就像在等着清算人把所有的东西拖到拍卖行去。那些没有搬到楼下的桌子都用泡沫垫着，以免在地毯上留下锈迹。房间里堆满了层层叠叠的梯背木椅，用来做推广的一块黑板上写着餐厅在 3 月推出的特色饮料（黑莓马提尼，桃子浆果桑格里厄汽酒）。

　　房间里朝向老街的窗户都拉上了窗帘，给餐厅平添了一种暗淡萧条的气氛。外卖餐盒高高地堆放在三立面大理石吧台上，这本来是平时为餐厅增添光亮和活力的地方。"这确实是一家美轮美奂的餐厅，"库苏马诺说，好像在为他的杰作致悼词，"这里曾经是餐厅运营和服务的中心。"现在他们主楼层唯一在使用的地方是厨房。

莎-爱莎·约翰逊是上午来的第一位厨师。她是一个身材瘦小的黑人妇女，时常带着羞涩的微笑。那天她至少要工作到晚上9点，在冷菜区做沙拉，往楼下送菜。因为有一个大订单需要在中午前送到，一家制药商花了几百美元为斯克兰顿的一个医疗团体准备午餐，库苏马诺让她早一点来，帮忙准备沙拉、意面和帕尔玛干酪鸡肉。

"她已经出师了，我完全可以放心，"库苏马诺说，"是我们店里的新星。"他一直在面食方面培养她，她很投入，但还不确定近期的计划。严格来说，她还是个学生，但库苏马诺毫不谦虚地告诉她，她最好的老师就在这里。"要想在这个行业获得成功，就要反应灵活，懂得因时而变，"他对莎-爱莎说，"功夫不负有心人。只要我们渡过疫情这个难关，未来肯定大有可为。"

中午刚过，安琪·加尔松走进厨房，她头顶绿色迷彩帽，戴着美国黑人领袖马尔克姆·艾克斯那种复古风的眼镜。如果说他们是一个家庭，安琪就是那个害羞、孤僻的小妹妹，经常让人担心她是不是生气了。她说话时句子短促，时常带点锋芒。餐馆重新开张后的头几天，她干活时有点找不到感觉，后来就调整好了状态，很享受这段职业生涯中的美好时光。她在平时繁忙的时候，可以同时负责16到20个平底煎锅（炉盘烤架上烤着4到5块肉），现在因为餐馆限制客流量，她通常负责8到10个煎锅（在烤架上烤1到2块肉）。这样她可以有更多的时间精心调制每道菜，感觉更有一个大厨的风范。安琪果然得到了晋升。几个星期前，她还在炒菜台工作，库苏马诺宣布她为厨师长，由她监管楼上的厨房。"我就像个厨房经理。"安琪骄傲地说。

其他人也来上班了。三十一岁的乔伊·格拉齐亚诺是一名薄披萨制作师，穿了一条宽大的黑色篮球短裤，一件灰色T恤，拿了一袋邓肯甜甜圈和几瓶佳得乐饮料。"补充营养。"他笑着说,开始收拾他的工作台,把各种用具都擦干净,在配料瓶里装满盐、胡椒粉、大蒜粉、牛至和辣椒碎。接下来,他削好了 6 个大个洋葱,打开几罐将近 3 公斤重的番茄酱,把它们都放入一个巨大的搅拌器里。(洋葱必须是新鲜的,而不是炒过的,这是大多数老福格披萨酱汁的美味秘诀。)他在这种混合酱汁中加入多种香草调味,然后把它倒入一个很沉的钢锅。在接下来小火慢炖的几个小时里,他磨出了小山一样的奶酪,也备好了其他配料:西蓝花、焦糖洋葱、鲜罗勒叶等。十九岁的布莱恩·马里奥蒂是餐厅的面点师,那天他没有什么需要提前准备的,是晚上最后一个来的厨师。

  有些餐馆对厨师的要求很严格,库苏马诺不是这样。他年轻时就在这个厨房里短暂工作过,那时这里还是布鲁尼科餐馆。"那时的老板多米尼克不喜欢厨师在厨房里说话,"库苏马诺说,"我在这儿只干了三天。"在他的影响下,这里现在每天插科打诨笑声不断。(库苏马诺的童年伙伴安东尼·帕里西解释说:"在老福格镇,打是亲,骂是爱。表达爱意的最佳方式就是把你胖揍一顿。")库苏马诺经常拿别人开玩笑,但他也是很多人取笑的对象。"出问题的时候我会非常生气,愤怒至极,简直像个魔鬼。"库苏马诺说。大伙儿也拿他发脾气的时候逗乐。他知道有的厨师经常在垃圾桶旁边抽烟,但只要他们按时上班,把活干好,他也不在意。

  刚开始重新开张时,库苏马诺要求他们工作时必须戴口罩。但到了夏天,在本就闷热的厨房里戴着口罩实在难以忍受,特别是楼上电风扇又坏了。太热时他们就扯掉口罩,库苏马诺也睁只眼闭只眼,不会说什么。没有人不顾自己的死活,也没有人无视他人的安危。"大家都不出门,每个人都很小心。"布莱恩·马里奥蒂说。8 月我来这里的时候,至少在厨房里已经没有人戴口罩了。

  六个月之前,餐馆在周四晚上会有四五个服务员,还至少有两名酒保。今晚只有尼娜和布伦达·罗西奥里两名服务员，布莉·费尔科夫斯基是今晚唯一的酒保。费尔科夫斯基是一位身材高挑的女士，头发有几缕漂染的浅色，戴一副蓝色的阿玛尼品牌眼镜，她为当地的一对律师夫妇做法律助理。疫情期间，她白天的工作很忙碌，但还是库苏马诺餐馆的一名兼职员工，和大家一样，在家里困了两个多月后，都渴望回到工作岗位。"我喜欢喝科罗娜啤酒，还有美乐淡啤，"费尔科夫斯基说，"我能喝很多啤酒。"和两位女服务员一样，她也穿了一件黑色T恤，胸前印着"地窖"的标志，后背上是一句引用商户点评网①的一星评语："'一流美食，三流服务。'萨曼莎。"

下午5点钟开门，就像听到了发令枪响一样准时，电话开始响起，乔伊·格拉齐亚诺把披萨放进烤箱。他不用定时器和闹钟，而是凭直觉。"你得听懂披萨跟你说话，"乔伊说，"它会告诉你最佳火候。"几分钟后，第一批客人到了。尼娜戴着豹纹花色的口罩，罗西奥里戴着纯黑色口罩。费尔科夫斯基随身带一个红色圆点口罩，在帮助同事拿饮料或盘子时才戴上。快到下午6点时，电话响了，电话里有人大声说："我是沃特。"周围的人不用问都知道他要什么。跟平时一样，沃特点了一份酿青椒，他妻子点了一份罗勒橙汁烤鲑鱼。"我们都很喜欢沃特。"库苏马诺说。

客人越来越多，厨房更加忙碌。露台上已经坐满了，不久帐篷里也坐满了。大约晚上7点的时候，每张桌子都坐满了客人，就连他们叫做"停车场"的那张桌子也没空着，尽管它基本露在帐篷外面。莎-爱莎和其他人一样，从楼上的厨房给楼下送菜。罗西奥里这个晚上有点倒霉，她服务的那张桌子有六个人，其中一位女士"非常奇怪"，"不断地扯着嗓子骂人，让整个露台上的客人都往这里张望"。

---

① Yelp，美国著名商户点评网站，用户可以在网站上给商户打分、提交评论、交流购物体验等。——译者

她还不时被一桌过分轻佻的男人纠缠。疫情暴发初期,在这里用餐的顾客都心存感激,给服务员小费很慷慨,但好景不长。"大家又回到了原来的样子。难,真难啊!"罗西奥里感叹着。

老福格镇的前镇长鲍勃·默克林从 2017 年开始在餐厅兼职做酒保,他知道库苏马诺是"一个很随和的人"。后来他看到库苏马诺跟一位羞辱他厨艺的顾客交流,改变了这种印象。服务员告诉库苏马诺说,有一位顾客说他们的意式馄饨是她这辈子吃过最难吃的东西,她不能为这么差的东西买单。

默克林在吧台后面看着,库苏马诺径直朝那张桌子走去。做意式馄饨是库苏马诺的拿手好戏,默克林和别人都认为这是他们最喜欢的美味。默克林说:"他问那位顾客,'让我看看,你这辈子吃过的所有馄饨中,最难吃的那个现在是不是就在你的盘子里'?"那位女士睁大了眼睛,看着库苏马诺说话,一言不发。"我下午就在楼下做馄饨,让我看看到底哪里出了这么大的错。"让默克林没有想到的是,库苏马诺对教育那些不明事理的顾客似乎很得意。

在很多企业中,客户可能是永远正确的,但在这里却并非如此,库苏马诺认为多数情况下顾客都是不对的。如果厨房做砸了一道菜,他就会从账单中删除这一项。但他觉得自己对工作这么认真,不能总是顺着顾客的性子,也不能老是纵容那些抱怨的人。

"也许是他们前菜吃得太多,有些后悔了。"库苏马诺说。不管他们的动机是什么,他很少按照顾客的要求将这道菜免单,尽管这样做会不可避免地让一些顾客在商户点评网上给他们打一星差评。就在疫情前不久,有一桌人抱怨说他们吃的法国鸡肉"很恶心"。库苏马诺拒绝像他们要求的那样免单,结果他们在商户点评网上发评论诋毁餐馆。库苏马诺解释说,那天上午是他把鸡肉捶打好的,不是他烹饪的(是安琪加工的),但他在厨房里尝了一下,味道跟平时一样。这种事已经不是第一次了，他认为商户点评网就像一种瘟疫，是那些无知的书呆子们把它置入了消费生态系统中。

"这真是个馊主意，谁都可以在这里匿名批评别人的服务。"库苏马诺说。他知道很多餐馆也都"备受困扰"，他们应当站出来大声呼吁。"我们这么多人整天竭尽全力，又要价格公平合理，又要菜品优质可口，但有时候明明是一份三分熟的牛排，他们自己认为是五分熟的，就在网站上给你一星差评。"他说。在地窖酒吧的门上贴着一张标签纸，上面写着："商户点评网的人不喜欢我们。"

"刚开业的时候，我们对顾客总是委曲求全，忍气吞声，"库苏马诺说，现在不能这样了，"我尽心尽力，员工们兢兢业业，我们不能接受这种无端指责。"

疫情加剧了与顾客之间的紧张关系。实行餐馆客流量限制还包括限制顾客的用餐时间，顾客一就座就被告知用餐时间不能超过九十分钟。露台上的座位本来就不多，所以对于库苏马诺餐馆来说，一个晚上营业收入的高低取决于是否能做到至少有一次翻台。

库苏马诺每个晚上都会与那些流连忘返的顾客发生争执。"我跟他们说：'诸位，非常感谢你们，很高兴你们来这里，现在我们需要这张桌子接待下一批客人了。'"库苏马诺说。大约有一半的人表示理解，另一半往往不依不饶。"好像大家都不明白似的，我们是家庭经营的餐馆，每天从早到晚地忙乎就是为了过日子。"他说。我在餐馆的那天晚上，有一张桌子的人不想走，"我们还没喝完呢！"客人抱怨着。库苏马诺问他们能不能快点结束，他需要安排下一拨客人。看他们还在磨蹭，他让服务员（他的外甥女）去清理桌子，终于让那些人走了。

"也许我应该直截了当地说出来：'我在这里养家糊口已经很难了，求你们赶紧腾位置吧！'"他说。

库苏马诺一晚上都忙个不停，不是给新来的客人安排座位，就是给客人上饮料和菜肴，或是给外面车里等着的客人送外卖，一会儿他又到隔壁的里纳尔迪小餐馆借了一瓶占边威士忌。他尽量不去楼上的厨房，但这也挡不住他一个完美主义者不时地挑剔。当天晚上的蔬菜是烤芦笋，他的要求是用橄榄油、盐和胡椒粉把它们裹起来，然后放在烤架上多烤一些时间，不断加温烤出一点焦味。但有些拿下来后看起来是烧糊了，大概是厨师离开厨房时间太长了。当晚的特色主菜之一是纽约牛排配柠檬香草黄油，当他看到盘子里缺少半个焦香味的柠檬时，忽然显得怒不可遏。这是安琪的错，但安琪也没有认错，反而说是他要卖烤柠檬牛排的。"所以是你说谎了，不是我。"她说。在接下来的几个小时，好几次听到库苏马诺喃喃自语着"我说谎了"，好像在背台词。

库苏马诺餐馆基本上遵守宾州的疫情防控规定，但也有些例外。州长要求宾州所有的酒吧和餐馆要把正常使用的酒吧椅子都搬走。但地窖酒吧的胡桃木吧台旁边就有一把椅子，我经常在餐厅的各个地方闲逛，看看他们在干什么，然后就在这里坐着。州长还明确规定，只有在酒吧或餐馆用餐时才能喝酒，但几个常客坐在L形酒吧的另一端，喝着啤酒，也没有点任何食物。库苏马诺的妈妈过来和我们在酒吧里待了一会儿，尼娜的父母和其他几个人整个晚上都在酒吧。他们享用着啤酒，也没有点什么吃的。我开始戴着口罩，后来费尔科夫斯基上来一杯红酒，我摘了口罩后就再也没戴上。

这晚的生意算是不错，但这也说明餐馆老板在2020年的期望值不高。库苏马诺说，以前周四晚上天气好的时候是高峰，他们餐馆的预订量还不到一年前那时的一半，让人高兴的是利润和以前差不多。这是一本简单的经济账，因为他花在员工身上的开支减少了，这一点让他感到不安，因为他从事餐饮业并不仅仅是为了赚钱。

"我有一半的员工不在这里，还有人在外面很困难。想到这些，我就不会为餐馆眼前的成绩感到骄傲。"库苏马诺说。

晚上9点多,尼娜坐在椅子上,今天餐厅开张以来她第一次露出开心的微笑。"我还没有好好地喂养这个孩子。"她说,点了一个牛扒三明治配瑞士格鲁耶尔干奶酪和焦糖洋葱。库苏马诺享受着下班后的精酿啤酒时光,几名员工下班后也去地窖酒吧喝一杯,表弟安东尼也来了。他喝着啤酒,("这个喝着没感觉啊!"他对费尔科夫斯基说,又点了一个,"这啤酒没什么劲儿!")给大家即兴表演了一个喜剧节目。小伙子身材不高,肌肉发达,留着棕色的长发。他一人承包了大家的全部笑点,从老福格镇上的各色人等到他娶妻生子,让人笑个不停。他就像现代版的罗德尼·丹杰菲尔德,说把老婆搞到手很容易。"我把她灌得烂醉,直到她怀孕七个月,这时后悔也来不及了。"他说。

库苏马诺已经连续工作超过十二个小时了,但他那不知疲倦的大脑似乎永远也不会止步不前。我们来到酒吧后面的一张桌子旁,他告诉我正在洽谈的几笔生意。第一个是他想租下一家被木板封存的餐馆,在温诺拉湖畔,一个距离老福格镇30多公里的度假小镇。这里的人吃不到老福格披萨,但都知道它的大名,远近适中。房子比他设想的大,餐馆后面有一个小披萨房,里面有和面机和烤箱。据《纽约时报》报道,2020年的前九个月,达美乐和棒约翰两家大型披萨连锁餐厅增加的总收入,大约相当于新卖出3000万个大奶酪披萨,市场前景看好。他把这家未来的湖边餐馆命名为库苏马诺。"我觉得我们可以在那里大发一笔。"库苏马诺说。他一直梦想着开几家餐厅,这次可能是个机会。

第二个似乎更多是出于情感,而不是商业上的考虑。他出价收购一家酒吧,酒吧最初于1916年开业,叫库苏马诺咖啡馆,他的父亲汤姆在二十多岁时就与人合伙经营这家酒吧。那个年代,白天萌生一个创意,似乎晚上就可以实现。这时,表弟安东尼也加入进来。"我们的酒吧做得很地道。"他说。这家酒吧早在疫情前就陷入经营困境，到疫情开始时，银行已经收回了他们的物业抵押。

现在还很难想象酒吧的美好前景，他确实需要考虑自己的未来了。他就要当爸爸了。他和尼娜熬过这个夏天，应该会有一个收获的秋季。但如果天气转凉，人们不愿意坐在没遮没挡的露台上，那时候怎么办呢？如果买下这家酒吧，在可预见的未来，在没有任何收入的情况下，其他人可能看到的是每月还贷的压力，而库苏马诺看到了买入机会。

特朗普的竞选团队想戏弄他们的政治对手，在乔·拜登接受总统竞选提名的那一天，特朗普在斯克兰顿发表一场演讲。要在拜登的家乡找到一家愿意并能够接待特朗普的企业并非易事，总统的先遣小组最终选定了老福格镇上的一个家族厨房用品企业。企业创始人的后代迈克和博比·马里奥蒂认识特朗普的儿子，"可能因为这个，他们先选中了我们。"博比说。在我第一次去库苏马诺餐馆的两个星期后，也就是乔·拜登那一天承诺在他的总统任期内，这个国家"将走出眼前的黑暗季节"。这时候，特朗普出现在距离库苏马诺餐馆不到2公里处的马里奥蒂产品大厦。

库苏马诺从小就认识迈克和博比，他们兄弟俩是库苏马诺餐馆的常客，博比的儿子布莱恩是餐馆的意面厨师，也是疫情时期的忠诚员工。库苏马诺的立场是毫无疑问的，他不像他的父母那样直言不讳地反对特朗普，他们把特朗普视为政治毒瘤。他是这个曾经稳固的民主党小镇上的一个企业主，但现在小镇上大致分成了支持和反对特朗普两类人。我们在一起时，他称特朗普是个"恶心的骗子"和"危险的怪物"。但库苏马诺也喜欢那些从总统身上看到积极因素的人，他也从一个终身老福格人的角度来看待特朗普的访问。库苏马诺说，美国总统来到这个只有8000人口的小镇，"还真他妈是一件不能轻视的大

Saving Main Street

事"。他的脑子里又开始不停地转动。他给马里奥蒂发短信商量，想争取特朗普演讲前后来库苏马诺餐厅用餐。后来从特朗普的先遣团队中得知没有这一安排，他有点失望，但也不意外。

库苏马诺知道，对特朗普的来访最明智的做法就是保持沉默。但库苏马诺是这样的人，你可以说他什么都没有，但他有对老福格强烈的爱，还有对小镇的倾情投入。他在餐馆的脸书页面上发文说，为了迎接总统的来访，餐厅这天提前开张，还说"这是我们小镇的高光时刻！热烈欢迎特朗普总统莅临世界披萨之都！"。大多数在评论区发帖的人对他表示赞同，但也有人质疑，认为他的态度是对这样一个有争议的危险人物的支持。有几个发帖人甚至呼吁抵制库苏马诺餐馆，包括这一带的两家素食餐馆的主厨兼老板，也在镇上居住。库苏马诺不认识这位同行，但他非常生气，竟然在疫情期间想要破坏同行的生意，他就给他打电话。这位男士给库苏马诺回复了短信，说他忙得没时间通话，但是希望"我们这个地区的人更理智一些，不要去支持一个这么糟糕的人"。库苏马诺回复说："我就是想看看你有没有胆量在电话里跟我说那些话，你要是不敢，那就是个大家公认的胆小鬼。谢谢你回答我的问题。"

马里奥蒂公司位于老福格镇通往州际公路的穆西克路上。博比·马里奥蒂介绍说，他们企业创下了新的销售纪录。4月，依据90名员工的工资总额，他们收到了115万美元的薪酬保障计划资助。为了欢迎总统到来，两辆闪闪发光的金属蓝色卡车停在讲台前，上面印着马里奥蒂公司的标志。受场地条件所限，受邀参加这次活动的人数不多（库苏马诺没有申请参加），但据媒体报道，有数千人排在通往这里的道路两旁，挥舞着美国国旗和特朗普2020年宣传横幅。大约下午3点，特朗普走上讲台。

演讲是典型的特朗普风格。他指责拜登受到"激进左派"的控制，意在支持"社会主义代替美国经济"。然而拜登没有呼吁停止在宾夕法尼亚使用水力压裂法，只是提议暂停新的勘探活动，因此激怒了许多左翼人士。[1] 但特朗普说，拜登关于关闭宾夕法尼亚州压裂工程的提议，将造成 67 万个工作岗位流失。（根据宾夕法尼亚州劳动和工业局的数据，包括配套支持职位在内，宾州水力压裂工程的工作岗位不到 5 万个。）特朗普演讲几乎涉及了所有热点问题，包括"中国病毒"、移民，"黑人的命也是命"以及他说的虚假的政治迫害等。"如果你支持暴徒和罪犯，就给民主党投票吧！"他说。拜登的高祖父是一名工程师，曾经参与设计了斯克兰顿市的城市布局。拜登出生在斯克兰顿，十岁时，他的父亲在特拉华州一家供热和制冷公司找到一份清洁锅炉的工作，他们就离开了这里。他的家人每年夏天和假期都会在斯克兰顿度过。但特朗普在马里奥蒂产品大厦的演讲中，指责拜登是个伪君子，说他已经"抛弃了"家乡。

"他总是喋喋不休地说：'我生在斯克兰顿，长在斯克兰顿'，"特朗普说，"是的，待了那么几年，但后来就去了别的州。"

下午 4 点 30，库苏马诺餐馆的露台上挤满了特朗普的粉丝，他们身着支持特朗普标志的服装。布伦达·罗西奥里在外面休息了一会儿，这时她看到骑着摩托车的警察聚集在旁边的小山顶上，还有更多的警察聚集在一个街区外的市政厅。她找到库苏马诺，看到特工和防爆警犬向他们走过来。二十分钟后，总统车队沿着老街驶来，几乎所有的顾客和餐馆员工都在外面观看，总统的豪华轿车停在老街上的一家餐馆前。

"不管你怎么看这个人，"罗西奥里说，"看到特朗普走出来跟大

---

[1] 水力压裂是一种从页岩中提取石油和天然气的技术。水力压裂技术的高效率促进了美国全国范围内钻井的大规模扩张，提供了大量就业岗位，并使能源价格处于历史低位，但也加剧了气候变化和环境污染。主张宽松管制政策的特朗普和呼吁实施有限禁令的拜登在这一点上有较大分歧。（引自美国专栏作家蒂莫西·普科《水力压裂：美国总统大选中的分歧点》，海国图智研究院及晓佳、贺钰燕译校。）——译者

家招手,还是一次特别的经历。"

特朗普走进了阿卡罗-盖内尔餐厅,这是镇上的一家传统披萨餐厅。库苏马诺并没有对此感到意外,这家餐馆的老板是坚定的共和党人,公开支持特朗普。总统拿了几盘老福格披萨,配有意大利辣肠、香肠和一瓶白葡萄酒(没有番茄酱,有很多奶酪),登上空军一号返回了华盛顿。

根据美国健康医疗新闻网站(Stat)发布的一项研究,在特朗普离开后的第十三天,老福格镇的新冠感染人数猛增了6倍。斯坦福大学的一个研究小组对老福格镇和其他一些特朗普集会地点进行了调查,结论与此类似,感染病例和死亡人数都大幅增加。

这一天给库苏马诺的感受有点复杂。特朗普来到这里,散布了一通偏激言论,只会鼓动起老福格镇的对立情绪。但至少在这一天,新冠疫情好像奇迹般地消失了。疫情结束后的周六可能会更加火爆,但特朗普来到老福格的当天晚上是生意最兴旺的一个周四,他已经不记得有多长时间没见过这种景象了。

第十四章　不期而遇的夏天

在美国，似乎一切都在与小企业作对，但帮助小企业的团体也很多，小企业发展中心①就是其中之一。可以把小企业发展中心看作一个小型咨询公司，它的宗旨就是帮助小企业在不平等的竞争环境中平衡各方。比较起来，大企业有专门的营销团队、财务部门和其他优势，而小企业就明显缺乏这些能力。有些小企业发展中心可以追溯到1970年代，它们的运营资金来自联邦政府小企业管理局，也有州和各级地方政府、大学以及经济发展非营利组织。小企业可以在这里免费咨询，一些通常拥有几十年从业经验的专业人士可以帮助想创业的人制定商业计划，也可以为那些处于危机中的小企业提供支持，帮助它们渡过难关。

"我们从开始成立就一直忙个不停。"2020年夏天，斯克兰顿大学小企业发展中心（大多数小企业发展中心设在大学里，但不是全部）主任丽莎·霍尔·杰林斯基告诉我。她有一个由5名咨询顾问组成的团队，为分散在8个县的小企业提供服务，其中包括拉克万纳县和怀俄明县。他们是宾夕法尼亚州16个小企业发展中心之一，全国有近千个这样的中心。威尔克斯大学地处卢泽恩县的县治所在地威尔克斯-巴里，他们的小企业发展中心为黑泽尔顿和卢泽恩县的部分地

---

① Small Business Development Centers，简称 SBDCs。——译者

方提供服务。威尔克斯大学和宾夕法尼亚州立大学斯克兰顿分校还设有家族企业联盟,这一地区家庭经营的小企业还可以在这里寻求支持。

在华盛顿特区和全国各州首府,有许多团体都在为促进小企业利益而奔走。全国独立企业联合会成立于1943年,是历史最长、规模最大的小企业组织,拥有几十万会员。它们通常持传统的亲商立场,反对税收和监管。跟它同类的一个比较松散的组织是"老街商业联盟",成立于2008年,拥有约3万名会员。它们基于这样一种信念:一个健康、繁荣的社区会给小企业发展创造更有利的环境,它们因此致力于为人们争取更合理的薪酬、更好的儿童保育和可负担的医疗保健。"小企业大众组织"是以加州为中心的全国性组织,致力于推动小企业增长的公共政策解决方案。在疫情期间,每个小企业贸易和倡导组织都定期举办网络研讨会,制定代理机构和政府项目指南,帮助小企业通过这些错综复杂的程序,获得财政支持和其他资源。

一些贸易团体也发挥了类似的作用。在疫情之前,库苏马诺很少关注宾夕法尼亚州的餐饮和酒店协会。这个协会了解到企业资金紧张后,暂停收取会费,开放协会网站,任何寻求帮助的餐馆、酒吧或酒店都可以登录,不论会员身份如何。库苏马诺很快就成了这里的常客,他说这个协会综合整理了来自不同政府部门的杂乱信息,在很难找到口罩、手套、消毒液等个人防护用品的时候提供了重要帮助。"他们给予的指导非常有用。"他说。同样,宾州工商会也创建了一个"重振宾州"网站,对公众开放。他们还举办网络研讨会,交流如何从薪酬保障计划中获得失业救济金,以及疫情期间有效运营的最新经验等各种议题。

当地的商会也尽其所能帮助那些面临困难的家庭经营小企业。除了举办网络研讨会,怀俄明县商会还赞助了一项"外卖2020"的活动,为当地餐馆发放数千美元的优惠券。黑泽尔顿的商会也举办线上研讨会，帮助当地企业站稳脚跟，并发放数千美元的礼券支持当地小企业。大黑泽尔顿商会也是新成立的恢复和复原工作组的主要推动者，这个工作小组为薇尔玛·赫尔南德斯提供了一笔小额紧急拨款。该组织还从社区成员那里筹集了 6.4 万美元，聘请 2 名双语商业发展顾问，帮助当地 50 名小企业主制订和实施复苏计划。

"我们将共渡难关，这就是新冠疫情中的希望所在。"黑泽尔顿商会主席玛丽·马龙说。新冠病毒对黑泽尔顿的打击特别严重，这使得整个社区都团结在一起。企业中唯一的例外是亚马逊。作为当地商会负责人，马龙的工作基本上是为在这里经营的企业说好话。如果做不了什么，她也会避免说负面的话。亚马逊的一家大型仓库是这个地区的大雇主，但马龙对这家公司在疫情早期的做法深感失望，到后来她也不在乎了。

马龙说："亚马逊处处妨碍我们做事，我对他们真是没什么好说的。"

对亚马逊有类似看法的黑泽尔顿名流不止马龙一个。凯文·奥康奈尔的整个职业生涯都在做"我们能行"这一项目，为当地招商大企业，然后在当地广为宣传。奥康奈尔在参与"我们能行"项目的四十七年里，基本上奉行"好好先生"的管理风格，担任这一组织的总裁兼首席执行官长达二十六年（他在 2020 年底退休），连他都对亚马逊看不下去了。各个工业园区偶尔会召开协作会议，其他企业的负责人或至少是一位管理人员，都可以抽出几个小时来参加，唯独亚马逊很少露面。奥康奈尔说："这很让人失望。"他说："有时候遇到事情需要与园区里的其他企业交流一下，他们都不来参加。"

与亚马逊配送中心一样，嘉吉公司的大型肉类加工设施也在黑泽尔顿城外，都是早期新冠病毒传播的主要场所。"但这两家大公司的处理方式却截然不同。"马龙说。当地领导人定期与嘉吉公司的经理谈话。"有人会说嘉吉公司应该早一点采取措施,但他们实际上很快就同意关闭工厂两周,并支付员工工资,"马龙说,"我们一直密切合作,他们也与当地的医疗系统密切合作,重新调整他们的工作安排,尽力让我们了解厂区的实际情况。"

相反,亚马逊好像觉得自己是一个全球巨人,不屑于跟这些乡巴佬打交道。马龙介绍说,亚马逊物流中心有超过2000名当地员工在这里工作,但恢复和复原工作组从来没有接到过一个亚马逊的反馈电话。"他们公司没有人关心黑泽尔顿镇上的情况,也不考虑他们在疫情中应该发挥什么作用。"马克说。亚马逊拒绝像嘉吉公司和全国各地的工厂所做的那样,暂时关闭工作场所并对大楼进行消毒。

亚马逊的员工比当地的官员更加失望。公司连最基本的疫情信息都不告诉自己的员工,包括现场感染的人数或仓储中心的风险位置等。当问到为什么这样做时,公司的发言人对全国广播公司的记者说:"我们认为这些数字没什么价值。"在全国其他地方的物流中心,有的员工提出工作场所的安全问题,直接就被解雇了。

吉姆·迪诺是当地报纸《标准发言人报》的记者,他在疫情刚暴发的几周里采访了在亚马逊工厂工作的6名员工。有的公开批评他们的雇主,缺乏口罩和清洁用品;有的指出公司没有保持社交距离和其他基本的防护措施。迪诺(在这家报社工作了三十八年后,于2021年退休)在报道发表前联系了亚马逊,几个不同的亚马逊发言人回答了他的问题,他们就像是在读同样台词的机器人:

在亚马逊,我们最关心的是确保员工的健康和安全。

从疫情开始以来,我们一直与地方当局密切合作,帮助抗击这一危害严重的疾病。

"他们在疫情防控措施方面是最大的违规者,但却一而再、再而三地否认我们了解到的实际情况。"迪诺说。

最终,在当地州参议员干预下,地方调查员以是否违反市政法规为名义,检查了亚马逊工厂。迪诺说,了解情况的人告诉他,这是迫使工厂采取措施的关键一步。"到了这时候,管理人员才给员工发口罩,报告体温变化,在地板上贴胶带保持社交距离,等等。"

5月,在美国哥伦比亚广播公司播出的《60分钟》节目中,突出报道了黑泽尔顿物流中心,对亚马逊在疫情初期几个月里如何对待员工给予了高度关注。在黑泽尔顿物流中心的工人统计了至少70人的阳性病例,但公司仍坚持说"那些数字没什么用"。后来迫于压力,公司宣布拨出40亿美元用于"与疫情防控有关的措施,及时将产品送到顾客手中并保证员工安全"。

亚马逊完全负担得起更多的开支。由于人们不敢去实体店购物,亚马逊在2020年第二季度的收入飙升了41%,三个月的利润翻了一番,达到58亿美元以上。

"他们只顾赚钱,根本不在乎员工的死活,"吉姆·迪诺说,"他们的态度是这样的:如果员工出了什么事,我们就换新人。"

与此同时,薇尔玛美发厅随着夏天的结束,正步履蹒跚地走进秋季。店里没有随时进来的客人,各种服务项目都要预约。薇尔玛的收入仍然只有疫情前的一半,她也仍然没有收到店里急需的补货。偶尔她会查看一下期待已久的意大利发货情况,永远显示"在运输途中",就算没有迷失在大海上,这个说法也只能是安慰一下自己罢了。

黑泽尔顿的其他小企业也在艰难求生。"健康贵宾"是一家果汁三明治店,靠近城中心,是怀俄明大街上一家舒适的午餐和小吃店,距离布罗德街一个街区。开这家店并不是出于梦想,而是两位三十多岁的拉丁裔妇女的务实决定,她们在工业园区的工作看不到什么前途,每小时只挣12到14美元。疫情开始的头两个月,她们一直停业，重新开张后也是勉力维持。小吃店隔壁相邻的建筑就是标准发言人报社的办公室，位于布罗德街和怀俄明大街交会处的 11 层海登大厦，现在已经无限期关闭，大厦街对面的 7 层大楼里的大多数办公室也都空空如也。"健康贵宾"小吃店通过薪酬保障计划得到了 5895 美元的资助。吉米快餐店自 1937 年以来就一直在布罗德街，现在还在经营，但没有了昔日的红火景象，销售额还不及疫情前的一半。六十七岁的店主吉米·格罗赫尔一直忧心忡忡，从薪酬保障计划得到了 5 万美元资助后，才稍有缓解。

"姐妹商店"在吉米快餐店附近不远处，是两名护士 2010 年开办的一家古董店，后来她们弃医从商，全身心投入商店的经营中。其中一位叫卡尔米内·帕拉托雷，是著名棒球明星乔·梅登的妹妹。帕拉托雷的合作伙伴是她的表妹弗朗辛·翁布里亚，她们俩靠商店挣不了大钱，但帕拉托雷说"够我们用，还能略有盈余，我们都乐在其中"。当 5 月卢泽恩县进入到黄色防控区域时，她们本可以重新开张，但还是一直等到 6 月转入绿色区域时才开门。紧接着烦心事就来了，"我们店里用不了三个人，那太多了"，她说。她们店里没有雇用员工，所以就没有资质申请薪酬保障计划的资助。该付的钱一样不能缺，进账的钱却越来越少。

在布罗德街和怀俄明大街交会的拐角处，"姐妹商店"和黑兹尔药店之间，有一家波比·普莱斯咖啡餐馆。老板塔玛拉·赫什伯格五十三岁，在经营这家咖啡三明治餐馆之前，干过不少别的：在一个家庭经营企业里当过经理，做过人事管理，精益生产顾问，还干过家具修复工作。塔玛拉十八岁时生了第一个孩子，在接下来的八年里，她和丈夫又生了七个孩子。塔玛拉一直是蜻蜓咖啡馆的常客，后来这家店要出售，她花了大约 6.5 万美元买下，改名为波比·普莱斯，以此纪念她的父亲。那时，父亲的去世让她下决心买下这家店，想让自己安定下来。2019 年 10 月，她的餐馆开业了。

"我们真的把这事办成了。"塔玛拉说。然后,疫情突如其来。她觉得就像是有人弯腰拔掉了插座上的插头,顿时一切陷入停滞。

塔玛拉身材健壮,蓝眼睛,圆脸,金色的头发梳在脑后。在城里的一派萧条中,她觉得做外卖也没多大意义,就努力做好准备等待转入绿色防控区域时开张。她花 3000 美元买了室外座椅,在户外安排了 12 个座位。重新布置了室内的桌椅,让顾客间保持适当距离。她也收到了薪酬保障计划 17723 美元的资助,但只召回了一名员工。"我的客流量都来自标准发言人报社,海登大厦和其他大楼,不在这里。"塔玛拉说。她一直停业到 7 月 4 日都没有重新开张。店里还有价值数百美元的不易存放的食物,她都捐赠给接济当地穷人、发放食物的食品银行。

塔玛拉购买房产的这家房主很是善解人意,告诉她能付多少就付多少,不用着急。但还有一堆无法推脱的账单:燃气费、电费、无线网络费,每月一次的杀虫剂费用以及劳动用工保险费。餐馆虽然暂时停业,但她一直在四处寻找开业后的订单:新娘派对、生日聚会、纪念活动,等等。"这个星期我怎么对付一下都行。"塔玛拉说。

马洛尼三兄弟创办索可可巧克力公司以来,夏季一直都是生意惨淡的时候。由于不能进行店内演示推广活动,2020 年看来注定会是最艰难的一年。但情况有所不同的是,乔治·弗洛伊德被杀害事件的广泛报道,以及随后暴发的大规模抗议活动,成为争取种族正义和承认某些结构性不平等的转折点。位于布朗克斯区的这家三兄弟巧克力制造商一时间备受关注,并且转化成了一笔笔订单。

"乔治·弗洛伊德事件后,人们以这种方式支持当地的黑人企业,"丹尼尔·马洛尼说,"我们感到第一次受到关注,还有人伸出援手支持我们,这是以前从来不敢想象的。"

有博客作者和其他关注巧克力话题的人联系了马洛尼三兄弟。可可豆生长在热带地区，地球上的可可豆通常都是有色人种在种植和收割，但业主绝大多数是白人。芝加哥著名杂志《吃货》（*Eater*）刊登了马洛尼三兄弟的封面文章《去殖民化的巧克力制造商》。一家在线杂志《纽约制造商》重点介绍了三兄弟在诺里斯港开店时采用的定制巧克力生产方法。当地一家新闻网站介绍了布朗克斯区第一家巧克力工厂背后的生产者，以及他们的"从可可豆到巧克力"理念。

"我们的故事已经讲了五年了。"多米尼克说。

"现在终于有人听了。"尼古拉斯补充着。

令马洛尼三兄弟意外的是，乔治·弗洛伊德之死带来的恐惧让大家感同身受。（2020年6月的一项调查显示，71%的美国白人认为种族歧视是一个"严重问题"。）由此产生的反思，使这个国家或至少是很多地方（特朗普差不多整个夏天都在谴责"暴徒"，说他们占领了全国几个最大的城市）开始深入审视体制性的种族主义，以及白人不自觉地以牺牲有色人种为代价而享有的广泛特权。很多人来买马洛尼的巧克力，表达支持他们的一份绵薄之力。三兄弟过去联系过的商店，也纷纷跟他们联系进货。还有不少人给公司打匿名电话表示支持，这在公司成立六年里从来没有过。

这个夏天，索可可公司销售巧克力的方式发生了变化。消费者一直都可以选择上索可可网站购买，但线上销售从未超过销售额的10%，大部分都批发给商店了。然而，今年夏天的线上订单达到了收入的一半，甚至更高。在乔治·弗洛伊德遇害不久，纽约市的母亲们开始向别人推荐非裔美国人经营的企业，她们在一份电子表格上看到了索可可公司，大家在线上了解他们并且购买他们的巧克力产品，不仅自己吃还送给别人。当全世界都在为这一悲剧揪心时，巧克力一如既往地成为人们表达爱心的方式。

"你完全可以看到人类的高尚精神在这里发挥的作用，"丹尼尔说，"我们收到了很多留言，有的说，'我想把巧克力送给一直帮助我的同事'，有的说：'发给那些在困难时期支持我的人，向他们致谢'。"

这个夏天还开辟了另一个市场：企业客户。有几家公司联系他们，要 50 到 100 块巧克力，他们可以直接寄给客户，或者装在礼品篮里。一家大公司聘请三兄弟为其可持续发展部门做虚拟测试，这样又引来了更多的机会。"大家希望走出自己的封闭空间，寻找不同的东西来做团队建设。"丹尼尔说。

今年 5 至 9 月的营收是一年前的 3 倍多。"这个夏天救了我们。"丹尼尔说。他们把疫情暴发头几个月的损失都赚回来了。"这让我们看到了希望，到秋季就可以恢复正常了。"

第十五章　10％客流量

自7月中旬起，宾夕法尼亚州对餐馆实行25％客流量限制，餐饮协会会长约翰·朗斯特里特并非游说州政府取消这一规定，而简直是"乞求"政府重新考虑。按照这个规定，服务员、酒吧调酒师和厨师都包括在内。朗斯特里特让那些人想象一个能坐100人的餐厅（就像库苏马诺餐馆一样），"如果算上25％的员工，只有四五张桌子可以用。这么来看，你放开这一步有什么意义呢？"

也有类似的说法，要求酒吧不能设置坐席。朗斯特里特和他的同事认为，这一限制同样武断。顾客在吧台用餐还是在餐桌用餐，有什么区别呢？酒吧里的顾客至少要间隔约1.8米，服务员会戴口罩。如果还想增加额外的预防措施，可以加装有机玻璃屏障，全国其他地方的餐馆和酒吧就是这么做的。但这样还是不行，如果你想在这里喝一杯就必须点餐，朗斯特里特和他的协会成员们对这种规定都很恼火。不过他承认，"我们在争取时还不够强硬"。

酒吧坐席禁令和喝饮料必须点餐的规定还在延续中。到2020年9月，州政府宣布放宽客流量限制，从9月21日星期一开始，餐馆堂食容量可以提高到50％。但为了提高客流量，餐馆需要证明自己遵守了宾州的各项疫情防控规定。

朗斯特里特为此很愤怒。零售店不需要自证清白，制造业不需要，建筑公司甚至按摩馆、美发厅都不需要，"唯独强加给餐饮业这种额外的要求",他说。更可气的是,宾州的这个自我认证门户网站迟迟不能运行,直到两个星期后才基本就绪。一家餐馆本可以在 21 日开业,但要到 10 月 5 日才能知道他们是否可以通过。

参加自我认证的餐馆数量远低于预期,州长的工作人员联系了朗斯特里特。对此,朗斯特里特一点也不感到意外。在州政府的官方文件上承诺自己严格遵守了相关规定,这是要承担法律责任的。很多协会会员都不愿意签署这样的文件,以免以后会在法律上带来麻烦。"就像我以前说过的那样,'是州政府的那些做法让我们对它没有信任'。"朗斯特里特说。

库苏马诺在网站上点击着那些小方框,通过以后他就能以 50% 的客流量运行了。然而,重新开放室内餐饮并不是说开就开,他首先要听听员工怎么想。"我不想把自己和员工放在一个不安全的环境中,我们现在还要为里面的顾客服务好。"他说。厨房的员工已经明确表示,他们都赞成开放堂食,虽然知道开放堂食就意味着加班,但还是倾向于堂食。然后再看看餐厅前面的员工是怎么想的。

9 月中旬的一天,餐厅服务员、酒吧调酒师和几个勤杂工大约十五个人聚在酒吧,谈论着重新开张的事。库苏马诺让披萨厨师乔伊·格拉齐亚诺做了几盘披萨,张罗大家在吧台里用餐。"有人问,'我们在这儿干什么'?我回答说,'我不知道,就是一起乐呵乐呵'!"库苏马诺回忆着。"因为我还真的没想好。"库苏马诺坐在吧台前,面前放着一个笔记本电脑。一会儿,他给大伙儿抛出了问题:你们觉得开放堂食怎么样?

不会有大的争论,大部分餐厅服务员和酒吧调酒师都盼望回来上班。库苏马诺餐馆到目前为止还没有发现一个新冠病例,他们相信每个人都会保持足够的谨慎,并采取必要的预防措施来保持这种状态。库苏马诺跟大家分享了他的想法,利用靠墙位置的空隙摆放几张桌子，这样可以减少屋内中间的餐桌密度。按照 50％客流量的要求，他们可以在主餐厅安排三十人的座位，在地窖酒吧安排二十人。楼上还有一间后屋，晚上客人太多时用来举办私人聚会，他们在这里也布置了几张桌子。库苏马诺和尼娜估计还需要增加一倍的员工才能满足室内和室外的餐饮服务。在餐厅工作的每个员工在与顾客交流时都要戴上口罩。

在酒吧里，库苏马诺正在电脑上安排员工和他们相应的岗位。杰西卡·巴勒塔肯定没问题，她的舞蹈工作室仍然只有疫情前登记会员的三分之二。"我父母身体还没有恢复正常。"巴勒塔说，她也不能去责怪他们。斯克兰顿的学校还没有恢复线下上课，我怎么能让会员去上舞蹈课呢？她担心再来一次停业禁令，即使没有州长的禁令，她的会员到访量也会在冬季到来时继续下降，因为寒冷的天气里不能开窗保持通风。所以她很高兴能来餐馆上班。

老福格镇的高中辅导员肖恩·尼报名可以轮班上岗。他有两个孩子在上大学，第三个孩子还要过几年才上大学。堂弟安东尼可以照常上星期四的晚班，周日晚上也可以。老福格的前镇长鲍勃·默克林说他不想工作了，他在斯克兰顿有一份全职的办公室工作，不太需要这笔薪酬。"那天晚上算是宣布了我的半退休。"默尔克林说。

餐馆后面的"魔鬼之坑"烧烤场地扩展，是这年秋天的另一个重大变化，烧烤已经由副业演变成库苏马诺餐馆的新业务：露台餐厅和酒吧服务。库苏马诺又请来他的叔叔拉里、堂弟安东尼和镇上的其他朋友，好吃好喝招待着，建了一个石头烧烤炉，烤肉时可以随意升降，还有一个大型熏炉。又做了一个长条状的石木吧台，边沿用钢梁镶嵌，摆放了几张桌子和盆栽绿植。到 10 月初，库苏马诺餐馆开始在脸书页面上推广他们的"魔鬼之坑"烧烤，餐馆这时已经有一万多名粉丝。库苏马诺在上面说："我们下午 1 点开张，什么时候吃完了、喝光了、累趴了就打烊！"他又增加了烧烤新品，包括烟熏火鸡、鲑鱼和波兰熏肠。

下一步是安排娱乐表演。隔壁的帕特·雷维洛餐馆在周末或周三晚上有户外音乐表演，吸引了不少顾客。这些额外的服务并没有给他带来多少收入，但却能够留住顾客，有利于餐馆在这个夏天和即将进入秋天的时候保持人气兴旺。库苏马诺看上了富齐园组合，那是一对他很喜欢的夫妻搭档二重唱表演。几个星期后，这个组合就成了餐馆的"家庭乐队"。

堂弟安东尼周日晚上都在"魔鬼之坑"酒吧做调酒师，他不知道该怎么评价库苏马诺最近的一连串灵感，但户外烧烤和音乐、美食确实是一个成功的组合。在被隔绝了几个月之后，大家都迫切需要一点欢乐气氛。"他真的很厉害。"安东尼说。库苏马诺希望"魔鬼之坑"烧烤可以一直开下去，成为一个季节性的固定服务项目，每当天气好的时候就可以吸引更多的人来用餐。人们已经开始为白天的庆祝活动预订场地了：生日聚会、周年纪念、家庭团聚等等。"新冠疫情给我们带来的并不都是坏事。"库苏马诺说。

入秋后的那几个星期对库苏马诺来说是难得的悠闲时光，也是值得庆祝的时刻。10月初，尼娜怀孕七个月的时候，朋友和家人为他们举办了一个迎婴派对。为庆祝尼娜的新生儿，又在这里举办了一场盛宴，有近一百人参加。另一个活动有七十五人参加，就是在"魔鬼之坑"举办的"尿布派对"。（顾名思义，就是来宾带的好奇牌、帮宝适牌和乐芙适牌等各种纸尿裤堆积如山的聚会。）库苏马诺穿着牛仔裤，一件破旧的T恤，头上朝后戴着棒球帽。跟平时一样，他看起来需要刮胡子了。有人拿他逗乐，看他在自己的派对上拿着一把火钳，在烤架上烤香肠时滋滋作响，"我简直控制不住自己。"他说。聚会进行到一半，他拿起藏在楼梯下一个小办公室里的一把吉他，与他的两个老朋友卢·马里亚诺和安东尼·帕里西唱了几首歌，其中有一首老牌乐队（the Band）的原创歌曲《重量》，就像三人又回到了高中时代的同学聚会一样。厨房的全部员工都在这里，几周前刚来餐馆上班的莎-爱莎的一位朋友也在。大部分餐厅服务员、酒吧调酒师都在，还有隔壁餐馆的帕特·雷维洛和拉塞尔·里纳尔迪。

厨房员工让库苏马诺很满意。莎-爱莎一向表现出色，安琪既是炒菜厨师又是厨房经理，都能愉快胜任。说起面点间的布莱恩·马里奥蒂和楼下的披萨厨师乔伊·马尔恰诺，库苏马诺也是赞不绝口。利瓦伊·卡尼亚差不多是从第一天开业就和库苏马诺在一起的员工，有时候会让他有一点点紧张。两人争吵起来就像一对老夫老妻，早已不再掩饰自己的真实感情，但他也知道利瓦伊可以解决好厨房里的任何问题。"我现在拥有一支全明星队。"他说。

他还特别说到另一位厨师萨姆·伊根，很欣赏他的厨艺，这是萨姆第二次在库苏马诺餐馆工作了。萨姆曾在康涅狄格州中部学习，想当一名中学教师。他开始给学生上课时，离毕业还差 15 个学分。"那时我发现自己不喜欢孩子。"他说。他第一次来这里工作时，已经当了二十多年厨师。后来他离开库苏马诺，去了一个朋友在斯克兰顿开的酒吧，萨姆就是在那里长大的。不过，一年后他就辞职了。"人生能有几回搏？"他问。萨姆在 8 月回到库苏马诺餐馆。"他是一个真正的厨师，是世界上最好的人。"库苏马诺说。

他让萨姆上午 9 点来安排白天的准备工作。其他在厨房工作的员工（包括库苏马诺在内）都是身穿 T 恤、运动裤和跑鞋，唯独萨姆每天穿着格子厨师裤，有黑白图案修饰的白色罩衫和黑色厚底厨师鞋。他说，制服赋予了一种权威，"穿上这套衣服，人们对你立马就不一样了"。萨姆用沙哑的斯克兰顿西部口音说，听起来有点像过去时代的黑帮。他制作的佛卡夏面包和披萨饼坯，是库苏马诺最满意的。他还能做酱汁，可以制作加工楼上厨房熬夜时需要的任何菜品。"他是我的全能厨师。"库苏马诺说。

然而，开放室内用餐并不等于万事大吉，堂食进展很艰难。在三四个星期里，可能有两个晚上生意不错。尽管可以抱怨州长的规定不合情理，但现实是他们只有一次要求一个大型聚会延期，因为他们只能按照50%的客流量接待顾客。露台餐厅和"魔鬼之坑"烧烤成了餐馆的主业。帐篷还在，但那里的餐桌少有人问津。这样下去，天气转凉之后怎么办？

镇上出现了第一家餐馆倒闭，使得本来就萧条的气氛更加阴郁。位于两个街区外老街上的比尔餐馆关门了。老板兼大厨比尔·杰诺韦塞在被疫情封控了两个月后，重新开放了外卖。但他的面包和咖啡卖不出去，餐馆的运转难以为继。他把那些昂贵的白兰地和雪茄存放在保湿箱里，投资人花了3000美元买走了。在宾州宣布将餐馆接待客流量提高到50%之前，比利餐馆就永久关闭了。"这里曾经那么繁华，但一夜之间就烟消云散了。"杰诺韦塞说。这家倒闭的餐馆地处穆西克通往城区的主干道上，老街的尽头，库苏马诺每次开车进出高速公路时都会经过这里。

在库苏马诺餐馆的厨房里，似乎没有什么禁忌的话题，谁的女朋友怎么样，谁有什么弱点，谁经历的难堪事情，等等，无所不谈，但政治话题是必须回避的。他的员工里至少有几个特朗普的支持者，但也有二十二岁的黑人女孩（"你认为我对唐纳德·特朗普的任何想法可能都是对的。"莎-爱莎说）和一名公开同性恋身份的女性在脸书上发布表情包，认为总统精神错乱，十分危险。

尽管如此，特朗普与拜登竞选的话题还是无法完全回避。这两个竞选团队，包括他们的超级政治行动委员会①的资金，在宾夕法尼亚州的电视上花费了2亿多美元。这就是说，每小时有多条广告为特朗

---

① Political Action Committee，简称PAC，美国政治组织，旨在筹募及分配竞选经费给角逐公职的候选人，对美国总统选举发挥着重要作用。——译者

普和拜登在这个战场上的表现造势。全球知名的博客达人、有"神预言"之称的美国统计学家内特·希尔沃的538网站宣称，宾夕法尼亚州是"到目前为止最有可能为特朗普总统或乔·拜登投出选举人团决定性一票的州"。在宾州的东北角，竞选活动更加激烈。特朗普曾经是二十八年来第一个赢得宾夕法尼亚州的共和党人，拉克万纳和卢泽恩两个县在其中发挥了重要作用。拉克万纳县是稳固的支持民主党的蓝色阵营，巴拉克·奥巴马曾在2012年以近30个百分点的优势，在这里击败了米特·罗姆尼。四年后，希拉里·克林顿在这里以50.2%的选票险胜。但这里的2.3万张选票现在快速转向支持共和党，超过了特朗普2016年获胜所需票数的一半。特朗普在2016年以近20个百分点的优势赢得了卢泽恩县，而2012年奥巴马在这里只有5个百分点的优势。这表明有超过3万张选票在民主党和共和党之间摇摆，大约是特朗普获胜需要的三分之二。

"有的可以说，有的不用说。"布莱恩·马里奥蒂说。他们不是明确表达政治倾向，而是尽可能以中立的态度分享一些事实：特朗普因为新冠阳性住院了，特朗普的次子埃里克·特朗普在威尔克斯-巴里的一家商场发表了演讲，著名摇滚歌星乔恩·邦·乔维在距离老福格二十分钟车程的一个拜登集会上唱歌。他们更喜欢谈论邦·乔维的音乐，而不是他对民主党的支持。"好像大家都各得其所。"莎-爱莎说。因为库苏马诺明令禁止，他们现在也很少谈论新冠疫情的事。一名员工曾经反对疫情防控，他的那些奇谈怪论经常让大家争论不休。

"这种事情有时候让人讨厌。"库苏马诺说，这可比教厨师怎么做三分熟的牛排难多了。

那天晚上餐馆里很不景气。大约下午5点半，库苏马诺和尼娜迎来一对阔气的夫妇来餐馆用餐，这是这对夫妇新冠疫情以来的第一次。尼娜为他们安排好餐桌，拿着他们点的菜单往餐厅里面走，做了一个想呕吐的表情。这位男士没问一句就揉了揉尼娜的肚子，好像理所应当似的说："我很喜欢我老婆怀孕时摸她肚子的感觉。"一对夫妇在酒吧的角落里坐着，几个酒吧的老主顾在另一边。库苏马诺和尼娜的父母也在那边。尽管聚集在酒吧里的人有一半不是付费的，但至少楼下还是有人气的。

楼上的气氛就冷清多了。到 6 点时只有四个人在餐厅用餐，平时这里会有八十人。以往那些昏黄的灯光和灰暗的色调给餐厅营造了一种优雅的气氛，现在却给人一种沉闷的感觉。半个小时后，两名西服革履的男士来用餐，此后楼上楼下几乎没什么客人。"室内餐厅没开放的时候，只有户外露台和帐篷餐厅，那时候生意更好一些。"库苏马诺说。楼上有两名服务员，一个坐在梯背椅上，在这里可以看到餐厅全景，以便响应顾客的招呼。另一个服务员站在厨房的窗口处，一直在跟厨师们聊天，都无事可做。

"有一批以前常来的顾客，从这次开张后就没有见过，"库苏马诺说，"现在这时候，他们也不会去别的新餐馆用餐。"他说，一家餐馆按照 100% 还是 50% 的客流量接待顾客，体现到厨房就是一两个厨师的差别。有一半的客流量是有可能营利的，但在这个晚上，最多的时候也不到 10%。

"我也不知道是怎么回事。"库苏马诺在晚上打烊时承认自己有点困惑。包括外卖，那天晚上他们只卖了不到 50 份。"我不明白这究竟是一个下滑的趋势，我们才刚刚开始，还是这不过是道路上的一道坎，迈过去就好了。"在过去的两个星期里，他基本上没有发过工资。"我们早晚得停止接受支票支付，这只是个时间问题。"他说。

冬天来临。下个星期帐篷就要拆掉了，"魔鬼之坑"烧烤也要进入冬眠，直到春天到来。露台餐厅里有一座石头壁炉，库苏马诺又买了几个取暖灯，放置在露台的不同地方。然而，谁知道一两个月后还会不会有人愿意在户外用餐，从头到脚都要裹着厚厚的外套。宾州和全国的新冠感染率都在上升，他不敢设想如果病例再次大幅增加会是

Saving Main Street　　205

什么情况。"那简直就是噩梦。"他说。

尽管不情愿,一些餐馆还是开始通过大型订餐平台诸如格拉哈波和多尔达什做起了外卖。多尔达什公司在2020年第三季度收入是8.79亿美元,几乎与2019年全年的总收入持平。外卖公司通常会抽取订单的25%—30%的费用,但餐馆的利润率徘徊在3%—5%之间。波仕是斯克兰顿市的一家餐馆,他们认为花这笔费用值得。在疫情前,他们几乎没有做过外卖。波仕餐馆通过多尔达什和格拉哈波两个平台销售外卖基本没有利润,但可以支付员工工资,也避免了食品损坏变质。"不管我拿到10单还是50单,反正付了员工工资,"餐馆合伙人约书亚·马斯特说,"我也不想每单损失30%,但看到员工有事做还是很高兴。"

然而,库苏马诺没法接受订餐平台对餐馆收取高额费用。他没有使用外卖应用软件,而是安排餐馆的洗碗工当上了外卖小哥。库苏马诺付给他每天的薪水加小费,"他会想,'太棒啦!我早就不想洗碗了'。"库苏马诺说。这家餐馆有史以来第一次有了自己的送货司机。

库苏马诺做的另一个改变,就是在冬天来临之前做好准备。顾客使用信用卡而不是现金付账,餐馆需要支付额外费用。如果顾客知道这一点,可能就不会那么愿意用信用卡。每一笔信用卡交易,信用卡公司都会向企业主收取费用。这原本就是做生意的成本,库苏马诺是可以承担的。"但现在生意太难做了。"库苏马诺说,他对所有信用卡付费的菜品都加收3.5%的手续费。有一位顾客对此提出质疑,认为这是疫情中的价格欺诈行为。

"我跟他说:'我们现在生存很艰难,我真的没有能力支付你的积分、里程或者其他信用卡奖励的东西。'"库苏马诺解释说,是餐馆这些商家为人们享用的各种现金返还和奖励计划买单,而不是信用卡公司。"我告诉他,如果你不喜欢,也可以付现金,或者用借记卡

（借记卡支付不收取商家费用），"库苏马诺说，"我还告诉他也可以不在这里消费。"

10月又传来几个让人失望的消息。在温诺拉湖畔开一家库苏马诺餐馆、主营老福格披萨的计划落空了。卫生部门在检查中发现湖水里含有砷等有害物质，还有其他问题。他退出收购交易，打消了继续扩张的念头。另一个计划是买下一家包括他父亲在内的几代人经营的酒吧，也遇到了障碍，他倒不是那么在意。银行在收回酒吧的抵押品时，把酒类经营执照的所有权搞错了，使得收购无法进行。他也松了口气，不再纠结。"好像冥冥之中有一种神秘力量跟我说：'别干那个，傻孩子！'"库苏马诺说。

库苏马诺和尼娜拥有的那所蓝色牧场小房子就在餐馆的拐角处，月度按揭款不到350美元，他们还可以勉强撑过这个冬天。但他们俩在疫情前都买了新车，库苏马诺的是一辆全功能的黑色雪佛兰西维拉多Z71加长皮卡，带着闪闪发光的合金轮毂，尼娜的是一辆黑色的切诺基吉普。在餐馆正常经营时，这两台大排量车的分期付款还是可以承受的，但在疫情期间就不堪重负了。

疫情暴发七个月了，库苏马诺感到精疲力尽。他坦白说，上个月他每天的工作时间没有一天少于八个小时。有些日子，他的工作时间几乎两倍于此。"这还不算周一和周二，因为名义上那是我的休息日。"他说。经营餐馆总会有一些不可避免的麻烦和牵扯，但重新开放堂食、修建户外酒吧以及其他头疼的事都增添了格外的烦恼。酒类管制委员会希望他支付2020年酒类经营执照的全年费用，就像疫情前一样，他不得已联系了州代表。"当然，我从来也没有收到她的回复。"他说。由于莎-爱莎在这里表现得很出色，他又从拉克万纳学院招收了一名学生，可是这个高大笨拙的白人孩子在厨房的表现很差。出于善意，他让这个学生做洗碗工，并没有解雇他。"谁知道实习一结束，他转身就走，还申请了失业救济金。"他说。

库苏马诺已经竭尽全力,但这还不是全部。"每天早晨我醒来就会想,'哦,又是非同寻常的一天',"他说,"疫情,还是疫情。就像电影《偷天情缘》那样,每天醒来都是荒唐的'土拨鼠日',每天都从这日复一日的烦恼开始。"

第十六章　秋季风潮

"人们早就厌倦了福奇和这些白痴们说的话。"唐纳德·特朗普在选举日前两周与竞选工作人员通电话时说。几周前,在美国参议院作证时,美国疾病控制与预防中心主任罗伯特·雷德菲尔德表示,在疫苗广泛普及前,戴口罩对抗击新冠病毒至关重要。特朗普反驳了他任命的这位官员的观点。

"他犯了一个错误,"特朗普这样说雷德菲尔德的证词,"这是错误的信息。"

到10月下旬,每日病例数创了新高,因新冠肺炎住院的人数也在持续上升。然而,福奇和他的"白痴"同事们却被白宫的新冠病毒顾问斯科特·阿特拉斯所排挤。阿特拉斯是一名放射科医师,不是公共卫生或传染病方面的专家,但他是福克斯新闻节目的常客,坚称新冠病毒被夸大了。他还声称,全国的新冠病毒测试没有必要,疫情防控禁令得不偿失,归因于新冠病毒的死亡数字被严重夸大,等等,句句都是特朗普最爱听的话。那年夏天,阿特拉斯被任命为总统的特别顾问,立即引发了一场关于采取群体免疫策略的辩论。这种观点让流行病学家们为之震惊,但已成为特朗普事实上的政策选择,就是让病毒不受控制地传播,直到足够多的人感染这种疾病,并且产生抗体,病毒就会自然消亡。

"我们不会去控制疫情流行。"白宫办公厅主任马克·梅多斯被问及10月下旬病例激增时，对CNN记者这样说。他说，新冠病毒是"传染性病毒"，因此在疫苗出现前，政府的任务就是帮助那些感染这种疾病的人得到治疗。副总统的四名工作人员被检测出新冠病毒感染阳性，但副总统彭斯坚持自己的竞选日程，不做自我隔离。拜登的竞选活动有社交距离要求，吸引了温和派人士参加。特朗普举行的户外集会动辄两万人甚至更多，被流行病学家称为"超级传播者"。

马克·蒙西的父亲总是告诫他，不要在格林伍德家具店的墙上张挂任何东西，这会引起争议。哪怕是贴一张你喜欢的纳斯卡①赛车驾驶员的图片也不行，"因为如果有人不喜欢小戴尔·恩哈特，你可能就失去了这个客户。"马克说。多年来他一直遵循着父亲的教诲，但这回为特朗普是一个例外。在书桌旁边的文件柜上，放了一顶特朗普的帽子，他相信不会影响生意。作为一个测试，他建议去隔壁的"元气"酒吧，"我敢打赌，每个跟你聊天的人都喜欢特朗普，"马克说，"他就像我们中间的一员，那种本地人、蓝领工人，或者乡下人，喝着啤酒、有时带着枪，地道的美国人，至少他让我们觉得是这样。"

在选举前的几个星期里，马克对店里的经营也不满意。他还在婉拒顾客的订单，因为补货一直进不来。但他不会把供应链中断归咎于特朗普，"我很喜欢他做的事。"马克说。当然，总统在处理新冠疫情问题上有失误，但学校里有几十年都没有提到1918年的大流感了。任何人都会怀疑专家们那些采取封闭措施对抗病毒的建议，"如果有人在2020年1月来找你说，'马上要来瘟疫了'，你觉得你会说，好吧，要对付瘟疫，我们先停业几个月，其他不要管。会这样吗？"他嘲讽地说。

---

① National Association of Stock Car Auto Racing，简称NASCAR，全美汽车比赛协会。——译者

马克感到很高兴，当新冠疫情暴发时，是一个商人成了白宫椭圆形办公室的主人。正像马克看到的那样，在疫情初期，特朗普听取了卫生专家的意见，但经济和其他问题很快就占据了更重要的位置。他想象着特朗普认真地听福奇和白宫新冠疫情应对工作组成员们说的话，然后客气地否决了他们。马克说，特朗普"着眼的是大局"，所以他才是重启经济的最佳首席执行官。"我不知道还有谁能比他做得更好。"他说。

在贺曼商店，格伦达也相信总统应对疫情措施是有道理的。"我认为唐纳德·特朗普已经尽了最大努力。"她说。问题是现在的事态发展让她有点为他难过。每天早上她都看美国广播公司的《早安美国》节目，让她感到不平的是，为什么有关特朗普的 10 篇报道中，有 9 篇都是对他不利的？有时候她调到美国有线电视新闻网，干脆百分百都是批评特朗普的。"媒体对他有这么大的偏见，这很没意思。"她说。这种情况让她根本就不想看新闻，"我没法忍受这些"。一个勉力维持的商店已经够她闹心的，她不想再增加什么政治因素。

格伦达投票支持特朗普并不容易，她出生在一个老派民主党家庭。她的外祖父是当地民主党的一个重要人物，她的母亲总是直接投票给民主党人。格伦达在 2016 年投给了特朗普，而不是希拉里，她母亲为此很不高兴。"她气得差点心脏病发作。"格伦达说。

格伦达也不想为自己的决定多解释什么，她觉得母亲他们需要看看这个世界的变化。珍妮特·舒梅克很讨厌特朗普，但她看到股市大涨，自己的储蓄也在增加，还是很高兴。"她总是吹嘘自己赚了多少钱，而我却没有钱，因为商店快要倒闭了。"格伦达说。她告诉母亲："如果拜登当选，一切都完了。"以前的拜登比较温和，格伦达还会支持他。但后来他提出要把最低工资提高到 15 美元，这是格伦达坚决反对的。"我看到后就想，'天哪，这会让很多人失业的'。"她说。她想起了在城里麦当劳工作的那些年。

"一个还在上学的孩子在麦当劳打工,就会坐在柜台后面待着,每天上十次厕所去玩手机,"格伦达说,"如果有人认为给他们15美元的最低工资就可以解决问题,那真是疯了。"

"我跟妈妈说:'现在的民主党已经不是你们那个时代的民主党了。我不相信他们,也不相信任何政客。'"

格伦达在店里的时候一直戴着口罩,她的员工也是。有几次她看见有顾客没戴口罩进到店里,她觉得那也是一时疏忽,而不是有意为之。"有人会提醒一下,他们会说,'哦,糟了',然后就赶紧跑回车里拿口罩。"她说。马克在格林伍德家具店里对戴口罩有不同的应对方法。他已经查过了:州长颁布的疫情防控指导意见中有"戴口罩医疗豁免",就是说如果有身体不适,可以不戴口罩,并明确表示企业"不需要提供这种医疗状况的证明"。如果有人不戴口罩走进商店,他就认为是出于身体原因,什么也不用说。"我没觉得这东西有什么用,但我还是会戴上这个破玩意儿,说不定老大哥①在盯着呢。"马克说。有戴着口罩的顾客走进商店时,他就把戴在脖子上的黑色防护罩拉上来。跟不戴口罩的人交谈时,他就把罩子放下来。

这比城里其他一些店主做得要好。格伦达知道有几家店比马克随意得多,她从来也不进去。有个员工告诉她,城里一位女士新冠病毒检测阳性,在外面活动也不戴口罩。格伦达说:"听到这些,我就觉得这种人——"她停顿了一下,好像是为了避免过于直率,然后接着说:"小镇上也是无奇不有。"

格伦达觉得10月份还算过得去,销售额与前一年基本持平,她担心这种状态也好景不长。听说县法院又关门了,当地报纸报道养老院也暴发了疫情。"我不知道人们会不会去购物囤货,以防12月所有商店再次关闭。"她说。

---

① "老大哥"一词出自乔治·奥威尔的小说《1984》。——译者

格伦达振作精神，准备迎接今后几周里的重要节点。每年从感恩节到圣诞节这段时间，占了她一年 40% 的销售份额，但谁知道今年怎么样呢？她的业务的一个独特之处就是必须要确定提前多长时间进货。她从年初就开始陆续进货，到 7 月就准备好了大部分假期订单，那时没有人知道 12 月会是什么样子。进货量太小，就会错失销售机会。顾客觉得品种太少，不能满足他们的需要，"他们就不会在意我这里，会转到网上购物"。但花费过多在库存上，结果可能是灾难性的。如果她只销售了一小部分，存货积压太多，就没有现金来支付费用，"然后一切都开始崩溃"。

格伦达在假期前做了一个让步，就是加入了贺曼公司的"从商店发货"计划。几年前，贺曼公司就邀请旗下的金冠商店参与这个项目，让当地的商店为那些在贺曼公司网站上购物的人发货。公司给这些参与的商店发来了箱子和包装材料，还有一台专业的打包机，甚至还有一张处理货物的大桌子。公司承担运输成本，但也从每笔销售中抽取 25% 的分成。

"我一直拒绝这种合作，不喜欢里面那些条款，"格伦达说，"但现在大势已去。当船开始下沉时，无论你多么坚定地站在肥皂箱上，都没有什么意义了。"她报名参加了"从商店发货"计划，并下决心在 2021 年建立起网络销售系统。这样她就可以在网上销售商品，而不会让贺曼公司抽走她销售额的整整四分之一。

"我们这里都是聪明女孩。"她说。他们首先处理好贺曼公司网站的销售，然后再参与加拿大电商服务平台 Shopify 或其他电商平台。"这样我就可以考虑退休了。"五十八岁的格伦达说。

不过，眼下她首先需要熬过接下来的几个月。她担心的是媒体的报道，"如果不是新闻把大家吓得不敢出门，只能待在家里，在电脑上网购，我觉得我可以撑过去。"她说。她决定坚持营业下去，不管州长还会不会发布停业禁令，只要沃尔玛开业，她就开业。"我一直在跟大家说：'我不会像上次那样躺平。'"格伦达说。如果做不了别的，她也可以在路边送货，甚至可以让人进来预约购物。"我就要看看，作为一个人，到底极限在什么时候，你就不能再这么干了？"她问道。那年秋天，她诊断出自己患有创伤后应激障碍症。

在黑泽尔顿，薇尔玛对联邦政府处理新冠疫情的方式，真是感到无话可说。她谨慎地避开指责特朗普，只是表达对华盛顿官员的不满，认为他们没有采取有效行动避免疫情大规模传播。"他们不应该等到这么多人受到影响才采取行动。"她谈到美国政府时说。

生活在宾夕法尼亚州，让薇尔玛感到比较放心。她认为沃尔夫州长行动谨慎，尊重科学，努力在疫情防控和人们的日常生活之间寻求平衡。与很多小企业主不同，薇尔玛对州长没有什么不满。"我觉得小企业一直都是受到支持的，"她说，"我不想死。"面对感染人数激增，她做好了最坏的打算。

"希望这一切不会发生，"薇尔玛说，"我相信不会的。但如果州长为了我们的安全，作为一种预防措施，再次关闭一些企业，我也可以理解。"

在她的美发厅里，戴口罩从来都不是问题。美发厅前门有醒目的红色告示牌，提醒人们进入美发厅须佩戴口罩。大部分顾客都戴着自己的口罩，也可以随意取用店里提供的口罩。无论是美发师还是打扫卫生的员工，每天都必须做好同样的防护措施，洗手、戴好蓝色外科口罩、喷洒消毒液、清理工作台，这是他们全天的例行措施。每一位顾客的服务结束之后，都要经过消毒和清洗，再接待下一位。

最终，有两名不想上班的员工还是回来了。政府在7月底终止了他们的失业补助，为了生计，他们也只能回来。这样的话，薇尔玛需要缩短一些工作时间。在情况好的时候，她一周的收入也只是疫情前的一半。随着新冠病毒感染病例的增加，业务量已经开始下降。每个人都不容易，但她也知道不幸的人各有各的不幸。

"在美发厅，每个人的收入是不一样的，"薇尔玛说，"有人挣得多，有人挣得少。"美发师通常都会高一点，她担心的是那些负责洗头和打扫卫生的员工。

"我们按照新的规则运行，也形成了新的规范，我们会调整适应好，努力往前走。"薇尔玛说，这在很大程度上是因为除了继续工作，她别无选择。

正像专家们预测的那样，宾夕法尼亚州20张选举人票的争夺战似乎势均力敌。特朗普竞选团队宣称，这是一场"刀锋上的竞争"。在竞选的最后几周，两位候选人在这里花费的时间比任何一个州都多，在宾州东北部出现的次数比其他地方也高出很多。特朗普的儿子小唐纳德和埃里克在选举的最后两周出现在这里，特朗普夫人梅拉尼娅也来了。拜登的妻子吉尔·拜登在与老福格镇相邻的穆西克的一次汽车集会上露面。到选举日的时候，特朗普和拜登已访问宾州十多次，两人都结束了在宾州东北部的竞选活动。特朗普在距离老福格镇不到7公里的威尔克斯-巴里/斯克兰顿国际机场出席了他最后一场"让美国再次伟大"的主题集会。"宾夕法尼亚，一切都看你了！"他对听众呼吁。在选举日的当天上午，拜登来到斯克兰顿市他童年的家里，在客厅的墙壁上写下："从这里走向白宫，感谢上帝的恩典！"

第十七章　创业谷

纽约布朗克斯区的莫里斯港一带有一种浓郁的工业气息，房地产开发商和其他一些人竭力发掘这里的商业潜力，把以前的工厂和巨大的仓库改造成商业楼面，分割成不同的区域提供给那些较小的企业使用，索可可公司就在这里。但这里大多数仍然是木材厂、管道供应公司、废金属厂等，他们的存货每天都被锁在波纹钢围栏内，上面还有铁丝网。纽约市环境卫生部门在距离索可可公司几个街区的地方有一个巨大的卫生设施。"城市全循环"组织在通往东河的另一个街区有一个院子，东河是这个社区的东部边界。轰隆作响的布鲁克纳高速公路标志着这个社区的西部边界。它的南部边界是布朗克斯小河，这条狭长的水域把布朗克斯与曼哈顿分成了两部分。

马洛尼三兄弟早在生产出自己的巧克力之前，就渴望在这里开一家工厂。这是一个由工业区改建的社区，很多艺术家和制作人在这里聚集。但位于布鲁克林的两处房产敦博和威廉斯堡，房价远远超出了他们的承受范围。哈莱姆黑人住宅区也不便宜，他们在这里找到了一处地方，因为想到索可可公司是"以哈莱姆为基地的企业"，这句话好像具有神奇的魔力，让这三个在纽约创业的黑人小伙看到了希望。但即使是只有不到50平米的一小块地方，每月租金也要6000美元。

相比之下，布朗克斯为初创企业提供了更优惠的价格。布朗克斯酿酒厂就在这里开业了，波多黎各的一家生产商也在这里开业，生产一种名为皮托罗的月光酒风格的朗姆酒。另一位企业家拉尔夫·罗尔，曾经为演艺界明星斯廷、奎因·莱提法、比基·斯莫兹、艾瑞莎·弗兰克林等伴奏打鼓，创办了一家名为"灵魂零食饼干"的公司。2018年，马洛尼三兄弟来到莫里斯港，只考察了一次就选定了这里。"这里每个人都在做自己的事情，而且每个人的事业好像都很兴旺。"丹尼尔说。

索可可公司在莫里斯港底部一栋两层黑色建筑楼上的一个大房间里，那里靠近东河与布朗克斯河道的交汇处。美国铁路公司的高架桥沿河向东穿过一个街区。正东方向，在河的中央坐落着声名狼藉的赖克斯岛①。"这里比纽约其他地方更像纽约。"尼古拉斯说。这也让多米尼克想起了他们小时候的威廉斯堡，那时有大片空置的工业区，很多创意人员为了寻找便宜的工作空间聚集到那里。他们的工作室差不多有一个中等户型的公寓那么大，房间里有一排摆放巧克力的"速食架"，用作餐厅和宴会厅时可以放托盘，还有一个大个头的工业冰箱，用来存放货架上的巧克力。房间后的运货板上放着一袋袋发酵过的可可豆。一张大木桌占据了房间中央，他们就在这里"折叠"巧克力，用金箔纸包裹好，然后放入白色厚纸外包装中。

"这件事需要我们一起做才能完成。"丹尼尔说。这时候他们会一起说笑，有时也会很严肃地讨论业务。"这也是我们的最佳交流时机。"制作巧克力的设备在房间的前部：烘焙机，用来烘烤可可豆；粉碎器，把可可豆打碎后将豆壳分离，然后把豆打成巧克力酱；还有加入蔗糖后用来加热和冷却巧克力的调温机。

靠近门口的地方，三兄弟放了几把椅子和一张灰色长沙发，墙上是一张装裱好的海报，上面写着：梦想永不止步！老大多米尼克长着一副圆圆的面孔，在11月初一个寒冷的下午，他穿着栗色的针织衬

---

① 纽约市最大的监狱就设在该岛上。——译者

衫和黑灰相间的格纹裤子。尼古拉斯排行老二，身穿牛仔裤和蓝白条纹的酸洗衬衫。丹尼尔是家里的老幺，穿一件牛仔裤和深蓝色的毛衣。他比较健谈，总是充当三兄弟故事的主讲人，他的两个兄长则不时加以点评。

在他们的工作室，让人意外的是所有东西看起来都很小。几年前，他们接到加州的一笔大订单后，买了这台颇为奢侈的粉碎器。在此之前，他们是轮流用手转动曲柄来粉碎脱壳的。一说到这个手动曲柄，三人就用假装紧张的声音异口同声地说："轮到你了！"但这台新机器只比烤箱大一点。烘焙机更笨重一些，重约 23 公斤，但它的体积很小，所以放在桌子上。

"巧克力行业没有中间路线可走。"丹尼尔解释道。要么做产业巨头，要么是个人的业余爱好，没有小企业的生存空间。那些需要巧克力制造设备的客户或者是在发烧友网站上购买，或者就是选择著名的吉尔德利和好时巧克力这样的大公司。那些产业化规模的设备可以实现批量生产，一天生产的巧克力比三兄弟一年的销量还要多。三兄弟与咖啡制作进行了对比，咖啡制作行业更加成熟，市场上有各种各样的研磨机和烘焙机，由众多公司生产。而巧克力行业只有一个主要的制造商，它的大部分设备都需要客户订制。多米尼克说："我们在很多方面仍处于这个行业的初级阶段。"

多米尼克是索可可公司的全职员工，也是公司的首席巧克力制作师。他摸索出每一种可可豆的最佳温度和烘烤时间，还不断把巧克力舀进模具观察。"他总是在做实验。"尼古拉斯在谈到他哥哥时说，他总是强调提高温度，但要缩短巧克力的烘烤时间，或者不断调整糖与豆的比例。两个兄弟都很敬佩哥哥的专业水平。他花了很多时间研究巧克力的生产制作，只要闻一下空气中的味道就知道他们用了什么豆子，或者在制作过程中走到了哪个环节。他的兄弟们负责烘烤、粉碎、折叠和其他工作，尼古拉斯还要负责包装和批量送货，丹尼尔负责维护客户关系、市场营销以及"任何多米尼克让我做的事"。

在乔治·弗洛伊德遇害引发的抗议活动渐渐平息之后，许多黑人企业也逐渐回归常态。这种对种族正义的强烈关注早在几十年前就已经出现，他们也知道人们的注意力是有半衰期的，会随着时间的推移而淡忘。到了秋季，民意调查显示，白人选民支持"黑人的命也是命"运动的比例回到了弗洛伊德死前的水平。这一切似乎不可避免，总是会有新的问题转移人们的关注点。

不过，整个秋季销售依然强劲。网上个人购买保持了前所未有的高速增长。索可可公司最早的合作伙伴"切尔西市场篮子"，是纽约切尔西市场里一家专业礼品商店，他们开始把索可可的巧克力产品摆放在显眼的位置。公司团购业务也在持续增长。"有的公司要求向他们所有的 250 名员工或客户发送巧克力。"丹尼尔说。在疫情前，一个月销售 3000 块巧克力就很可观了。那年秋季，他们一个月生产近 5000 块才能满足需求。到 11 月初，可可豆再次面临断货，不过这一次是因为需求量大造成的。那个星期二，有将近 600 公斤可可豆到货，这是迄今为止他们采购最多的一笔。有一批未交付的产品需要尽快发货（把可可豆变成准备发货的巧克力成品大约需要五天时间），还要为不断涌入的小规模新订单做好准备。美国著名生活杂志《玛莎·斯图尔特生活》在 11 月号的专题 "20 种最适合送礼的巧克力"中，索可可公司赫然其列。三兄弟开始考虑雇用几名员工，至少需要几个兼职的。像那些成长型企业一样，他们甚至做了市场调查，准备购买一台大型工业生产设备。

第十八章 "锤子与舞蹈"

11月初,费城的四季全景园艺公司也许是这个地球上最著名的小企业了。7日上午11点22分,选举日过后四天,拜登在宾夕法尼亚州领先3万张选票,美联社宣布拜登获胜,包括福克斯在内的电视网络也迅速跟进。(最后的统计结果是拜登在宾夕法尼亚州以8.1万张选票的优势获胜,几乎是特朗普2016年获胜时的两倍。)碰巧的是,特朗普的私人律师鲁迪·朱利亚尼安排了一场新闻发布会,计划在同一天上午11点30分开始。特朗普的竞选团队本想预订高档的四季酒店,距离宾夕法尼亚州会议中心五个街区,费城的选票正在那里统计中。但是他们却阴差阳错地搞了个大乌龙,订到这家四季全景园艺公司,就在特拉华山谷火化中心对面,离奇幻岛成人书店几步之遥。朱利亚尼在这家简陋的路边店门口,代表总统愤愤不平地宣称:"特朗普不会认输。"到了周一,特朗普的竞选团队通过哈里斯堡的美国地方法院,要求联邦法院下令阻止该州对2020年选举的认证。

在唐克汉诺克小镇,格伦达·舒梅克并不怀疑选举计票的有效性,尽管她确信拜登的当选会让她的生意更加难做。如果他没有把全国的最低工资提高一倍,肯定也会和南希·佩洛西炮制出其他蹩脚的政策,格伦达对南希也没什么好感。她在谈到拜登的当选时说:"没什么比这个更糟糕的了。"

马克·蒙西对此无话可说。在"元气"酒吧里,他的那些酒友们，或是他们中间那些最敢说的人，认为民主党人编造了大量的邮寄选票，以作弊手段让拜登在宾州获胜。他自己在网上做了调查，"有没有欺骗、说谎、偷窃或其他类似的事情发生？我不知道。"马克说。但他也相信不可能出现足以改变选举结果的大范围的作弊行为。"我已经接受了拜登可能获胜的事实。"他说。就像格伦达一样，他认为拜登当选不利于小企业的发展，他也毫不掩饰地抨击"黑人的命也是命"的抗议活动，他说："我不会到处抢劫、盗窃，或者烧毁别人的商店。"

特朗普在怀俄明县获胜，但并不像他的竞选团队希望的那样具有压倒性优势，他在宾州其他农村地区也是一样。拜登在怀俄明县比当年克林顿在这里还多出了几个百分点，也包括沙利文县和布拉德福德县，就是乔·莱赫开办药店的地方。在卢泽恩和拉克万纳两个县，拜登也比当年克林顿高出 3 到 4 个百分点。特朗普的竞选团队一直希望把大选结果提交给美国联邦最高法院大法官艾米·科尼·巴雷特确认，这是特朗普的最后一张王牌。然而，最高法院驳回了宾夕法尼亚州针对特朗普竞选活动裁决的上诉，包括一项废止全州 260 万张邮寄选票的法案。州议员和州议会核心小组试图支持特朗普的努力也功亏一篑。

疫情仍然肆虐。身为总统，每天就是看电视、发推特，或者冲接近他的人发怒，却对疫情防控无所作为。就在选举日后的第二天，美国每日新冠感染病例达到 10 万例的历史新高。那个周五，全国日增病例超过 15 万例。特朗普每天发布几十条推文，但没有一条提到感染病例的急剧增加，也没有提到他的政府成员（他的办公厅主任，住房和城市发展部长，还有他那位试图推翻选举结果的律师）新冠病毒检测结果呈阳性。在选举结束后不久，他确实对一则消息做出了回应，即辉瑞生物技术公司宣布已经开发出一种疗效率接近 95% 的疫苗。他指责辉瑞公司、美国食品和药物管理局以及民主党人,说他们密谋在大选投票后才宣布这个消息。

到 11 月中旬,感觉就像春天那时候又回来了,全国日平均死亡人数与 5 月一样。11 月 16 日,因感染新冠病毒住院的人数达到疫情以来的最高水平。当天晚上 11 点 55 分,特朗普发推文说:"我赢得了大选!"而此时正处于疫情防控的非常时期,沃尔夫和其他州长们只能靠自己了。

有的州长跟特朗普一样,对疫情放任自由,几乎没有采取任何措施来控制。有的州长就是像沃尔夫这样,实行一个博客博主所说的"锤子加舞蹈"的政策。只要采取适当的预防措施,就可以自由活动,尽情"舞蹈"。但当病例数攀升过高,政府就会举起"锤子"猛击一下,遏制疫情蔓延。

宾夕法尼亚州立法机构还在继续寻求限制沃尔夫的权力,如果不能取消已有的疫情防控措施,至少也要防止新的措施出台。2020 年秋季,州参众两院都通过了立法,放开酒吧坐席,取消必须在用餐时才能饮酒的禁令。这一法案还允许餐馆根据社交距离要求来限制入座人数(就像宾州餐饮协会一直建议的那样),而不是按照座位数的比例来限制。沃尔夫否决了这一法案,说它是"又一次毫无意义的尝试,试图改变目前抗击疫情的必要措施"。有数十名民主党人投票支持这一法案,本可以推翻州长的否决,但后来大多数人改变了立场,该法案也失败了。

一些反对州长停工令的人提起了诉讼,联邦法院对此做出了不同的判决。费城一名联邦法官驳回了一个企业主团体的诉求,后者认为沃尔夫要求企业停业的做法超出了职权范围。"政府为应对百年不遇的全球健康危机而采取的紧急措施不应受到质疑,我们对试图改变这些措施的主张不予认可。"这位法官是比尔·克林顿任命的。几周后,由特朗普任命的匹兹堡的一名联邦法官,宣布关闭企业的规定违宪。

他还裁定，宾夕法尼亚州的居家令违反了宪法第十四修正案（"任何一州未经正当法律程序不得剥夺任何人的生命、自由或财产"），州长对大型集会的限制违反了第一修正案的集会自由条款。

然而，美国最高法院拒绝审理质疑沃尔夫权力的诉讼，这些诉讼认为州长无权关闭非生活必需类企业。法庭观察员对此并不感到意外。法官们在5月就拒绝审理此案，随后的裁决表明，最高法院不愿干预地方决策。在制定"充满了医疗和科学方面不确定性"的政策时，应给予执政官员一定的回旋余地，首席大法官约翰·罗伯茨在加州反对宗教集会限制的案件中写道。立法机构可以自由地修改法律（州长有权否决），或者提出投票倡议，让人民来决定。从那时起，宾夕法尼亚州州长在处理紧急情况方面有了更大的权力。

在11月到12月的这段时间里，宾夕法尼亚和全国其他地方一样，承受着疫情的巨大压力。11月，宾州共有近15万新增病例，超过了前五个月的总和。"宾州现在正处于危险境地，"沃尔夫在感恩节前几天的新闻发布会上说，"我们必须全力以赴挽救生命。"在全州范围内，小企业正面临新一轮的防控停业禁令。

"你知道，沃尔夫总是有办法把小企业再折腾一遍。"格伦达说。

自5月以来，公众对沃尔夫处理疫情的支持率有所下降，疫情初期时宾州有超过七成的人认可他所做的工作。沃尔夫已经成为观察疫情的晴雨表，疫情一旦加重，他的支持率下降就不可避免。州长和他的工作人员犯了一个严重的错误。由于医院床位在疫情初期非常昂贵，他们要求宾州的养老院"必须"重新接纳出院者居住，即使是新冠病毒检测结果仍然阳性的。沃尔夫的工作人员说，他们只是严格执行国家疾病控制与预防中心的工作指南，但其实全州的那些空置酒店才是安置新冠感染者的最佳去处。6月，沃尔夫参加了"黑人的命也是命"守夜活动，这为他赢得了赞誉，也招来了指责。有人认为他的行为就是伪君子，违反了他自己制定的大规模集会的禁令。在选举日前一周，黑泽尔顿向南一小时车程的艾伦镇，特朗普在一个集会上点到沃尔夫的名字，引发现场听众一阵阵呼喊："把沃尔夫关起来！"当年希拉里在这里竞选时失去了广大农村和蓝领选民，败走麦城，如今沃尔夫似乎正在重蹈覆辙。到 11 月，他的疫情防控措施支持率下降到 50% 以下。

就在感恩节前夕，"铁锤"的第一次敲打开始了。那个星期一，沃尔夫和他的卫生局长莱文回到应急管理中心召开新闻发布会。此前一周，宾夕法尼亚州死于新冠肺炎的人数翻了两番。平均每天病例数比两个月前高出七倍，全州各地医院都不堪重负。费城已经宣布，关闭室内餐厅、健身房、赌场和博物馆，一直到年底。

在哈里斯堡，沃尔夫宣布酒吧和餐馆禁酒一晚。"感恩节前的星期三正是饮酒欢聚的日子，"沃尔夫说，"我和大家一样不想这么做，但势在必行。"为了遏制感染人数激增势头，宾州下令从下午 5 点开始禁止店内饮酒。全州的餐厅和酒馆老板都很气愤，不过不管以往这一天生意多么红火，说到底也就是损失一个晚上。

一周后，哈里斯堡将举行重大新闻发布会的消息传开了，全州的小企业主都为之惴惴不安。库苏马诺在网上看到有人说这事，他是一定会收看的。在唐克汉诺克，格伦达也一改自己平时看新闻的习惯，在手机上看起了发布会。"跟其他很多小企业一样，再停业一两个月我肯定活不下去。"她说。她必须想方设法抓住感恩节和圣诞节之间的旺季，销售几万美元的产品，商店才能活下去。她打起精神，期待下一个春天的到来。

然而，在州长办公室，锤子迟迟没有落下。库苏马诺、格伦达和全州收看节目的人并没有听到什么新的重大新闻，雷切尔·莱文只是告诉大家感染率持续上升，提醒大家勤洗手，保持警惕。"我希望周末过后，他们能够恢复理性。"宾夕法尼亚州餐饮协会的约翰·朗斯特里特这样说。

朗斯特里特给州长的办公厅主任发了一封电子邮件,这位官员表示"目前还没有任何新的决定"。朗斯特里特小心翼翼地回复他,"我说:'如果你们有什么新的想法,请务必考虑我的两个要求。'"第一是在圣诞节之前,州长不要有新动作出台。"12月正是餐馆老板们最忙碌的时候。"朗斯特里特说。他们不希望州政府在这个时候有什么防控措施影响大家过圣诞节。

第二就是在任何新政策出台前做好预警。他提醒这位办公厅主任,他们在夏季要求餐馆和酒吧实行25%客流量限制的时候,留给小业主们的准备时间还不到八个小时,给大家造成了很大的困扰。食品被丢弃,生活被打乱。费城市长在宣布堂食禁令一直持续到年底时,至少给了餐馆一周的时间做准备。朗斯特里特还举了华盛顿特区的例子,那里在实行餐馆客流量25%限制时,提前三周发出通知。

在宾夕法尼亚州,每天的感染病例又回到1万多例。"宾州住院患者飙升57%,新增病例持续攀升。"12月初的《费城问询报》头条新闻这样报道。在夏季和初秋时,全州每天有10—20人死于新冠肺炎,而现在这一数字超过了2000。从疫情暴发以来,宾州死于新冠感染的人数每天都创新高。

在莱文的独角戏发布会后三天,州长又来到应急管理中心的团队中。沃尔夫和他的工作人员从第一次停业禁令中学到了一些东西。因为关闭了其他商店,造成那些大型超市里人满为患,销售家具、贺卡或珠宝的商店相比要安全得多。所以这次州政府没有对零售商店和美发厅新增限制措施。黑泽尔顿小镇上的薇尔玛仍然按照50%客流量接待顾客。

但是,对餐馆和小酒馆就不一样了,州政府再次禁止室内用餐,还是几乎没有任何预警。沃尔夫周四宣布禁令,到次日晚上零时,全州所有餐馆必须关闭,直到明年1月4日。餐馆只有一天多一点的时间来重新安排停业事项。州长还宣布再次关闭健身房、电影院、音乐会演出场馆、赌场、博物馆和保龄球馆。

约翰·朗斯特里特深感失望和气愤。他惦记着全州的餐馆老板和他们的勤杂工、服务员、厨师以及其他相关人员,一下子都没了工资和小费收入。他理解州政府实施防控措施的必要性,但对停止堂食的作用有多大一直抱有怀疑。疫情暴发已经十个月了,人们不知道通过餐馆用餐感染的比例到底是多少,但传说是很低的。根据几个月来搜集感染者行踪获得的数据,纽约州公布的一项数据显示,只有1.4%的病例是在餐馆用餐感染的,而通过家庭渠道感染的占74%。在相距不远的地方,费城的两个郊区县也对感染者的接触轨迹进行了筛查,同样表明很少有感染者是通过餐馆或健身房传播的。

自疫情开始以来,宾州就一直有一些企业不服从疫情防控规定。餐饮协会的一项民意调查显示,进入疫情十个月后,违规行为更加普遍,全州大约1500家企业参与了这项调查,将近15%的表示他们不会服从州长最新的停业禁令。大部分都偷偷摸摸地进行,觉得酒类管制委员会或卫生部门的人根本无暇顾及这些小事。

也有人毫不掩饰地坚持开门营业。迈克尔·帕萨拉夸是安吉罗餐馆的老板,这是一家位于匹兹堡郊区的意大利餐馆。刚开始他也按照州长的禁令关了门,但一个星期后,他在YouTube网站上发布了一段七分钟的视频,说明他为什么改变了主意。他解释说,他花了2万美元买了帐篷,又花了1万美元用于一次性菜单、纸巾和其他卫生消毒用品,以减少餐馆里的感染风险。在停业令实施一周后,他决定重新开张,不为别的,就为了他员工。"我的员工们都活不下去了。"他说。根据餐饮协会的调查,大约2.6万名员工因为12月的停业令而被解雇,餐馆被迫扔掉价值约150万美元的食物。

帕萨拉夸说,他的员工都必须戴口罩,他也要求顾客除了吃饭外也必须戴口罩,从疫情开始以来就一直实行的公共卫生防护措施他都继续坚持。他曾在餐饮协会的董事会任职，他说这种做法完全不符合他的性格。帕萨拉夸说："别的餐馆都在表达不满，甚至冒着被吊销执照的风险，我不能再袖手旁观。"

第十九章　濒危时刻

11月是餐馆生意最惨淡的一个月，库苏马诺觉得他不得不考虑揽点建筑方面的活儿来维持生计。这已经成为疫情期间的一个普遍现象：原来成功的小企业主开始做别的工作维持生计，因为主业难以为继。就在几公里外的地方，老板约书亚·马斯特和保罗·布莱克利奇夫妇原本经营着斯克兰顿市中心的科洛纳德和老斯克兰顿复兴俱乐部这两处公共活动场地（也包括他们的波仕餐馆），几乎从疫情一开始，他们就在做兼职了。多年来，当地媒体称赞这对夫妇是振兴这座城市的开拓者，让两处市中心的建筑再现了昔日辉煌。马斯特是市中心公民组织"明日斯克兰顿"的总裁，布莱克利奇在当地商会里很活跃。自疫情初期，布莱克利奇就在市郊的大型劳氏百货公司做售货员，一周五天穿一件红色的工作服马甲。马斯特在当地一家超市当拣货员，为网上订单配货，他还有一份工作是在沃尔玛做产品演示。

2020年的秋天，对库苏马诺餐馆和老福格镇上的每一家餐馆来说，都很像那个过去不久的春季。"大家都不敢来餐馆吃饭了，"库苏马诺说，"都很害怕。"11月，露台餐厅还能有一些收入，而室内餐厅只能靠外卖勉强维持。"镇上的人都知道，到处都有感染新冠去世的。"库苏马诺说。每次电话铃一响，听到的都是这类消息，不是谁的父母或叔叔去世了，就是谁感染病毒住院了。他认为沃尔夫州长说什么做什么并没有那么重要，"要命的是现在镇上的餐馆只有平时客流的 10%。"他说。他几乎支付不起员工工资和其他费用，就再一次先给自己停薪了。

"我们的情况很不好，"他在 12 月初说，"快活不下去了。"

库苏马诺的一个朋友主要给连锁超市安装传送带和货架系统，最初他让库苏马诺帮一天忙。但库苏马诺喜欢干活，（"就像做一个巨大的立体拼装玩具。"他说，指的是他们做的那个老旧的手工架子。）他也需要挣点外快。所以当朋友说手上还有很多活儿需要人时，库苏马诺当场就答应了，周一和周二可以全天，周三和周四半天在这里干活，这样他就可以用下午和晚上兼顾餐馆。朋友每周给他大约 500 美元报酬。

库苏马诺也懒得在感恩节前的星期三再开张。州长说得对，那就是一个喝酒聚会的夜晚，菜品销售并不算多。甚至在开张前他就知道，感恩节晚上实行禁酒令，再费时费力地安排员工服务，肯定挣不到钱。晚上可以休息，他心里多少松了口气。2018 年来，他们就一直销售可以打包回家的火鸡晚餐。第一次开始时卖了 9 只烤鸡，第二年接到了 14 或 15 只烤鸡的订单。2020 年，库苏马诺预订了 177 只火鸡，还有大量的填料、肉酱和其他配菜。他和员工们忙得不可开交，"这就是我们这一周的救命稻草。"库苏马诺说。

感恩节刚过，莎-爱莎就离职了。这个学期即将结束，她需要回到学校，利用这段时间准备功课。尽管早就知道，这一刻还是让库苏马诺感到不安。作为一名员工，莎-爱莎的工作样样都好：技术熟练，哪里需要就能用在那里，是他可以放心依靠的人。她很快就成了大家的最爱。库苏马诺希望她明年 1 月能再回来，但还要看那时的防控措施能否奏效。他削减了厨房员工的工作时间，原来每周工作四十到四十四小时，现在减少到三十二小时。服务员和其他人的工作时间也缩短了。

对于那些正在兴起的抵制防控禁令的做法，库苏马诺从来也没想过参加。他是一个勇于抗争的人,但如果拿他和尼娜七年多建立起来的事业去冒风险,他就不会那么做了。他觉得这没什么用。随着感染病例不断增多,大家都不敢来餐馆用餐,在宾夕法尼亚州的老福格小镇尤其如此。在 2020 年的最后几个星期,如果有什么必须要做的,一定不是去餐馆用餐。

他不像很多餐馆老板那样对沃尔夫不满。那时,他已经明白一个道理,在疫情大流行时期经营一家餐馆不仅仅是自己的事,而是与哈里斯堡的决策密切相关。感恩节刚过,他就做好了第二次停业的准备,也相应订购了家里需要的食品。库苏马诺说:"我不知道收到了多少人的短信,'我妹妹就是哈里斯堡的说客','某某某说,今天就是时候了'这一类的话。"12 月 9 日,州长办公室宣布沃尔夫新冠病毒检测呈阳性。这时候,库苏马诺觉得州长肯定会放宽疫情防控措施,不会再频频抡起"锤子"敲打大家了。哪知道刚过二十四小时,沃尔夫(一个无症状感染者)宣布了全州范围的停业禁令。"在我看来,他应该在一个月前病例再次激增时就实行停业。"库苏马诺说。不过这次他没有扔掉食物,虽然州长没有正式说,他觉得也会有几天的过渡时间。

"真正冤枉的是,州长成了这么多人眼中的恶人。而从第一天起,这事就应该由总统和疾控中心来处理。"库苏马诺说,在这种管理的真空中,沃尔夫坚持站出来履行职责,在几乎不可能的情况下尽到了他最大的努力。

一年前,库苏马诺餐馆每周的收入在 1.8 万到 2.3 万美元之间。几个月前,每周能有 1.1 万美元的收入就很好了。"现在我们每周只有 6000 美元。"库苏马诺说。即使员工减少,他每周的发放工资总额不到 5000 美元。12 月初,他把那一周需要支付的费用加起来,发现自己还欠 5000 美元,只好又拿出一笔积蓄,"那是我成年以来一直都在积攒的储蓄,"库苏马诺说,"我需要动用这笔钱,因为生意很难维持下去了。"他曾发誓说永远不会动用自己的积蓄来贴补生意上的亏空，但现在他知道那也只是说说而已。他必须给员工支付工资，也必须给供应商付款，这样他才能继续经营下去，但他的积蓄已经难以为继了。"再过一两个星期，我就不知道该怎么办了。"库苏马诺说。他向县里申请了5000美元的补助金，以及小企业管理局经济损害救灾贷款项目的一笔资助。

最初的想法是让尼娜一直工作到分娩。"她很坚强，"库苏马诺是在10月告诉我的，那时她已经怀孕快七个月了，还在做她的分内事，"看起来身体很好。"但随着病例激增，她只能服从州长的禁令，在家里度过孕期。这也意味着每周又减少了几百美元的收入。

作为预防措施，库苏马诺改变了工作时间。他每天上午6点到10点在餐厅工作，那时候厨房里只有他一个人。他要求员工们处理好送来的外卖订单，照顾好那些在寒冷的天气里还愿意在露台上用餐的顾客。大家都走后，他又回来清点当晚的账目。"我可不想把病毒带回家。"库苏马诺说。

他想过以冬眠的方式熬过这个冬天。全国各地的餐馆都停业了，等着天气转暖时再开始经营户外用餐。银行把抵押贷款又延期了几个月。餐馆里关掉灯和燃气后，剩下的水电费也没多少。但是，这种想法在老福格镇从来都是不合时宜的。"在我们这里，人们崇尚的是坚韧不拔，永不服输，"库苏马诺说，"如果我真的蜷缩起来，等到春天再出来，那就是没出息的表现。"

他必须另辟蹊径，求生图存。早在疫情前，他就想过把他的周日酱汁和沙拉酱配在一起，制作一种独特的意大利团子，应该很有销路。现在正好可以利用疫情这个机会做起来，在超市销售自己的库苏马诺品牌产品。他雇了一个人，从州政府获得了进入这个行业的许可证，又和一个朋友谈了设计商标的事。

库苏马诺还是想尽量乐观地熬过12月。餐厅和楼下的酒吧里没有一桌一桌的狂欢者，也没有节日聚会。但是，不管什么方式和场合，大家总还是要欢聚和庆贺的，很多人的空闲时间也更多了。他在餐包业务上进行了第二次尝试，称之为"库苏马诺简易食品"，首先推出的是意大利团子和肉丸子。每份45美元，有1升酱料，5个肉丸子和制作四人份的意大利团子配料。他们在餐厅的脸书页面上发布了一段三分钟的视频，介绍整个加工制作过程。还在页面上发布了时令特色菜广告：苹果和鼠尾草酿猪排，鸡胸肉配辣香肠韭菜馅。库苏马诺还为平安夜、圣诞节和新年夜制作了特别套餐，希望这些新创意能吸引顾客与他们一起欢度新年。

库苏马诺对疫情防控并无不满，他只是觉得州政府缺乏相应的计划来帮助餐馆和其他小企业，这些小企业在第二轮停业中艰难挣扎，它们并非因为自己的过错而损失惨重。

自从3月2万亿"关爱法案"通过以来，华盛顿一直在讨论另一项庞大的救助计划。经济学家说，要避免经济崩溃，需要数万亿美元。《大西洋月刊》的一位作者在访问了一系列专家后，认为应该是10万亿。（作者说，不要以为10万亿美元多么不得了，这是"应对这场百年一遇的经济困境的适当额度"。）5月，众议院民主党人通过了3万亿美元的"英雄法案"，当时的参议院多数党领袖米奇·麦康奈尔宣布该法案"一到就死了"。麦康奈尔规定了1万亿美元的上限，并坚持任何新法案都要对在疫情期间运营的企业给予责任保护，以使它们免于与疫情相关的诉讼。另一项救助餐馆的单独法案也在国会中讨论。

餐馆法案源于新成立的一个团体，由一位曼哈顿的厨师在疫情早期发起，他对救助措施针对航空公司和其他行业而不包括餐饮业感到不满，而餐饮业的员工数量更多。特朗普与餐饮业代表的一次电话会议只包括大型全国连锁店，这也激发了全国独立餐馆联盟的行动。一些顶级明星大厨加入了这个团体，包括汤姆·克里奇奥、马库斯·塞缪尔森、尼娜·康普顿和何塞·安德烈斯。汤姆的要求是建立一个1200亿美元的餐饮业复苏基金，专门为小型和独立自营的餐馆设立。纽约州的恰克·舒默时任参议院少数党领袖，也是这一法案的支持者。

两党之间的谈判从夏天一直拖到了秋天。一个争执的焦点是每周600美元的失业补助，这一补助已于7月底到期。民主党人支持延期，而大多数共和党人坚决反对，认为这一计划鼓励了低薪员工留在家里而不是重返工作岗位。财政部长努钦声称双方正在谈判，但从未听到有进展的消息。

第二轮救援计划本应该是很重要的举措。餐馆、酒吧、酒店、婚礼场所，电影院和其他行业的众多小企业受到的冲击最大。然而，整体经济状况比预期的要好一些，反弹速度也比经济学家预测的要快。格伦达·舒梅克看到她母亲的退休金账户上此前的大部分损失都因为股市上涨而得到了弥补。一度关闭的工厂重新开工，建筑业的施工在做好防护后也可以照常进行。受影响最严重的不是那些白领和蓝领工人，而是服务业的从业人员，庞大的政治体系很少会考虑到他们。10月初，特朗普在推特上发文表示："我已经指示我的代表停止谈判，直到选举结束。在我获胜后，我们将立即通过一个重大的促进经济增长法案，重点关注辛勤工作的美国人和小企业。"

第二波疫情引发了众人的担忧，如果没有新的大规模经济救助计划，小企业面临的后果将是灾难性的。就业增长停滞，随着秋季感染病例的增加，人们担心会出现新一轮大规模裁员。经济体中最大的零售商和大型连锁餐厅处于优势地位，正像预测的那样，他们可以利用疫情这一特殊时机扩大市场份额。全国50家最大的上市公司在2020年前九个月的收入增长了2%。与此相反，根据沃普莱公司收集的数千家小企业的数据，小企业的同期收入下降了12%。有人预测，如果没有大规模刺激计划，会有数十万家小企业倒闭。

民主党人向共和党人做了让步，要求这一计划不超过 9000 亿美元，这样又重新启动了谈判。关于规模更大的 2 万亿—3 万亿美元的一揽子救助计划可能要等到拜登就任总统之后，那时民主党可能在参议院占多数（在佐治亚州参议院决胜选举之前）。最终达成了一项利好小企业的协议，大约三分之一的资金会进入小企业的银行账户。国会拨出 2.85 亿美元用于第二轮薪酬保障计划贷款。（这一次，规定只有员工人数 300 名以下的小企业才有资格申请，如果这一定义仍然过于宽泛，至少限定了连锁店不能像上次那样参与申请。）另外拨出 150 亿美元用于向低收入社区的小企业提供"经济损害救灾贷款"，每家小企业不超过 1 万美元。法案还要求，除了最富裕的美国人（包括儿童）之外，向所有人发放 600 美元，其中很大一部分可能最终会落在小企业主身上。在失业补助问题上达成了妥协，由每周 600 美元调整为 300 美元。尽管麦康奈尔要求将责任免除条款列入其中，但最终法案没有写入这一项。

圣诞节前几天，法案在参众两院获得通过。特朗普已经回到位于佛罗里达州的海湖庄园，法案空运到佛罗里达由他签署。但特朗普随后在 YouTube 网站发布了一段视频，愤怒地指称这一法案是一种"耻辱"。殊不知他的财政部长就是这份法案的主要设计者之一，他的这种反应让白宫的官员们都摸不着头脑。犹豫不定的总统搁置了这项法案五天，直到圣诞节后才最终签署成为法律。

结果表明，12 月的经营情况比库苏马诺预计的要好，库苏马诺为圣诞节和新年准备的节日套餐成了这个月的大救星。圣诞节两天订单销售了 1.2 万美元，新年订单的销售更好，大约卖出了 110 到 120 份套餐，收入达到 2 万美元。

"幸运的是，我们生活在这个虽小但很有爱心的小镇，"库苏马诺说,"要不是这样,我们就得关门了。"他要求厨房的员工年底都要满负荷工作,甚至给他们发了奖金,厨师每人100美元,厨师长安琪200美元。

1月也并不轻松。1月1日,他的女儿利维亚·罗丝·库苏马诺随着新年一起来到这个世界。这时候,家里唯一能依靠的经济来源就是库苏马诺在外面兼职安装传送带和货架的收入。他不敢奢望餐馆经营能在短时间内恢复正常,眼前只能靠这些外卖订单勉强维持。他也不愿意无所作为地"冬眠",又提出了把餐馆变成单人披萨店的想法。

"每天只有我一个人来餐馆,和面、做披萨、接电话,晚上8点半回家,"他又补充说,"我们离那样也不远了。"

第二十章　坚持活下去

冬天，薇尔玛·赫尔南德斯终于盼来了一个好消息：由宾夕法尼亚州"关爱法案"出资的小企业救助基金，资助她的美发厅2万美元。薇尔玛调整了员工的工作时间，又用一部分资金补充了口罩、消毒液和其他用品。这笔资金让薇尔玛一直悬着的心安定下来，她的美发厅正处于财务平衡的关键点，迈过这个坎就可能继续生存下去。这笔钱也给了她一个缓冲，帮助她度过这个困难时期。12月中旬，医护人员首次接种新冠病毒疫苗的报道也让她感到宽慰。薇尔玛五十多岁，身体很好，一直在等着接种疫苗。看到注射疫苗的针头扎进人们的胳膊，她好像看到了时钟在走动。薇尔玛和她的员工们接种疫苗也只是时间问题。

在怀俄明大街上距离布罗德街不远处，"健康贵宾"果汁三明治店的两位女主人也有喜事临门。她们都经历了一个惨淡的2020年，也都从宾州的小企业救助基金获得了5000美元资助，虽然数额不大，对她们这样低成本运营的小门店也是雪中送炭。再加上一笔薪酬保障计划之类的资助，基本上就可以平稳地度过这个冬天。

还有一位接受了小企业救助计划资助的是约瑟·弗朗西斯科。约瑟今年三十一岁，是一个精力充沛的小老板，他的"第二垒"夜总会就在布罗德街上。他生长于新泽西州的帕塞伊克市，那是一个位于纽瓦克市以北工薪阶层集聚的城市，二十一岁时搬到黑泽尔顿。八年后,他接手了这家夜总会。"我差不多从五岁起就梦想成为一家俱乐部老板。"约瑟说。"第二垒"夜总会白天提供多米尼加餐食,在疫情前每天晚上一直营业到凌晨2点。

宾州的疫情防控令要求酒吧和夜总会在午夜前关闭,约瑟最想看到的就是舞池里人头攒动的景象,但也必须遵守社交距离的要求。全县进入绿色防控区域时他本想重新开张,但原来的厨师找不到了,"我觉得他肯定是被疫情吓跑了,"约瑟说,"再也没有他的消息了。"到了8月终于开张后,因为防控令要求必须在用餐时才能饮酒,生意很不好做。"我不能要求顾客都在这里吃一顿饱饭再回家睡觉。"约瑟说。在疫情前,他有十二名员工,到2021年初可能就只有四五个了,而且没有一个是全职的。

那个秋天让他倍感绝望。好不容易找到一家银行代他提交了申请,但电脑上总是显示那几个字:"正在审核中。"这样持续了几个月后,他的申请还是被拒绝了,到底是什么原因他也不清楚。"说实话,如果没人帮我,那我就完了。"约瑟在10月的时候还这样说着。他有四个孩子,他不能为了救俱乐部而让自己破产,尽管这是他儿时的梦想。"我必须保护好我的家人,"他说,"我可以什么都不要。"直到2021年初,他从州政府获得了1万美元资助,心情才稍稍放松下来。

"这笔资金就是我的救命钱,"他说,"让我看看到底能不能活下去。"

10月,"二号寄售商店"[1] 宣布永久关闭,这是布罗德街上因新冠疫情倒闭的第一家小企业。两名合伙人都六十多岁,疫情中他们无法到人家里上门收货,而且这种情况短期内也不会好转。"我曾想再干十年。"合伙人卡尔米内·帕拉托雷说。在商店倒闭六个月后,他

---

[1] 寄售商店就是一种出售二手商品的商店。——译者

们仍未从脸书上撤下自己的网页。帕拉托雷说，这么做说明他们完全承认生意"完事"了。因为疫情，这一栋保存完好、铺着漂亮硬木地板的复古式建筑关门了，布罗德街上又多了一家空空的门店。

史密斯花店也开在布罗德街上，店主詹妮弗·唐纳德-巴纳塞维奇原以为自己的前景也同样暗淡。婚庆业务全都取消了，反常的是丧葬业务也很冷清。死亡率超过平时，但在疫情期间人们很少聚集，鲜花销量也减少了。2020年的大部分时间里，她都靠着花卉市场业务支撑，终于等到圣诞节的销售旺季。她认为这是全国各地小店主感受到的一种趋势：顾客越来越认识到本地商业的发展对社区的重要性。一些顾客坦率地说，他们就是想支持一下当地的小企业，一位女士购买了一批鲜花赠送给她的三十五名员工作为圣诞礼物。

"这绝对是一种美好的氛围，鼓舞着我们坚持下去。"唐纳德-巴纳塞维奇说。

"大家需要我们这样的小店。"这就是事情的另一面，人们开始意识到，如果都是亚马逊（他们在2020年的销售额超过3850亿美元）这样的公司在经济领域一家独大，其不利影响显而易见，这大概是疫情给小企业带来的一线希望。到了1月，会计告诉她，2020年的盈利超过了2019年，这让她喜出望外。不过仔细想一下，这也在情理之中。因为疫情减少了员工，降低了成本，她自己的工作时间也更长了。"我付出了超常的努力，也算是天道酬勤。"唐纳德-巴纳塞维奇说。她还得到了薪酬保障计划的3.5万美元资助。

波比·普莱斯咖啡餐馆的店主塔玛拉·赫什伯格还在艰难挣扎着，差不多整个秋季都没有开业。"我在镇中心的老街上走着，感受着这里的变化，"塔玛拉说，"好像什么都没有发生。"她的店很漂亮，外面是具有艺术气息的砖墙，里面铺着硬木地板，摆放着很有质感的木桌。超大的爱迪生吊灯悬挂在顶上，照着金黄色的吧台和桌椅，墙上挂着当地艺术家的作品。老街上的人喜欢早晨在她的店里喝着咖啡、吃着松饼消磨时间，中午会在这里来一顿简餐。但疫情下没什么人上班，她也就没有必要开业了。

塔玛拉也考虑过放弃不干，但一想到就这样永远关门，心里就隐隐作痛。镇中心的办公楼仍然空空如也，她转而关注团体餐饮业务。咖啡馆的其他地方目前都没什么用，但厨房还在运行。一个街区外的一家大型疗养中心聘请她为员工供应三明治和配菜，她还要把成箱的辣椒、通心粉、奶酪和布法罗鸡翅送到一家医院。一家医院办公室下了订单，当地一家工具公司聘请她做一系列的客户答谢活动。"这时候我觉得有了新的思路。"塔玛拉说。她用薪酬保障计划资助的1.8万美元的一部分买了一辆便携式餐车，用镶板和鲜花装饰，看起来很像一个移动咖啡馆，然后用她的雪佛兰小货车拖着。但这些订单还不够，每周两三个小规模团体餐饮还不足以支撑，她需要更多的业务才能维持经营。

她的孩子们激发了她的灵感。和八个长大成人的孩子在一起，"我没办法给每个孩子都买一份礼物"。所以她就给他们做了一个"美食拼版"，根据每个孩子的喜好，板子上堆着高高的司康饼、松饼、乳蛋饼、奶酪或者蛋糕。"他们说：'妈妈，我们喜欢这个礼物。'"塔玛拉说。她推出的第一批产品是45美元一份的元旦拼版。有几种不同主题的拼版（百吉饼、奶油干酪、熏鲑鱼，或者法式主题的布里干酪、乳蛋饼和法式吐司），顾客也可以按照自己的爱好，选择菜单上的其他品种混搭在一起。

"我一个周末要做15到20件，这样我就能撑过去了。"塔玛拉说。那一刻，她真的成功了。

"感觉到大家都在共渡难关，这一点很重要。不然的话，你就会把自己的困难太当回事。"

乔·莱赫有两家莱赫药店，一家在莱西维尔镇，由乔自己管理；

另一家在尼科尔森镇，乔的一位合伙人药剂师在这里当了二十七年经理。他的父母身体不好，他没有把他们送到养老院，而是想自己来照顾父母。所以他临时决定在 2021 年初退休。乔理解他的想法，但要乔来同时管理这两家店实在是力所不及。

"我们需要一个新人来接替这位在社区干了将近三十年的老经理。"他说。在此期间，乔花了更多的时间来照应尼科尔森的药店，他雇了一名临时工，同时在寻找一名新的药剂师，人家要愿意来农村地区工作，还得接受比大城市低的工资，这显然不容易。

两家莱赫药店的收入都下降了，他与合伙人共同持有的另外两家药店也几乎没有盈利。这与其说是疫情造成的，还不如说是大势所趋。11 月，亚马逊宣布进入处方药业务，亚马逊药房为所有高级会员提供两天免费送货服务。乔很快就感受到这家市场巨头的冲击。他说，从疫情一开始，每周至少有一次听到客户跟他说："真高兴你还在这里。"但这些顾客都是年龄比较大的。"年轻人都是在网络和手机时代长大的，没有去商店购物的习惯。"他说。对年轻人来说，拿到需要的药就行了，在莱赫药店还是亚马逊买都无所谓。

在这个"药品福利管理"主导的行业，一些让人烦恼的事情都属司空见惯。2021 年冬天，乔最不满意的是三个月的处方配药定价。按照保险公司的定价，他配的很多处方药都是赔钱的。"这并不是说我们都赚了这么多钱，然后要拼命保住这些利润不放，"乔说，"我们需要的是一个公平的规则，这样我们才能生存下去。"

黑泽尔顿小镇上的比尔·斯皮尔没有别的选择，只能接受"药品福利管理"和保险公司规定的条款。如果他不接受这个合同，附近有很多别的药店可以取代他。然而，作为方圆几公里内唯一的药剂师，乔有能力做出自己的选择，他鼓励其他农村地区的药剂师也这样做。他取消了与蓝十字医疗保险公司的合同，尽管它占了药店 20% 的业务量。"我们在农村地区，你离不开我们。"他说。不到一个月，保险公司就答应了他的条件。后来他又放弃了美国最大的雇主宝洁公司为其员工提供的一项医疗保险，结果同样如此。"一周内，保险公司不断打电话问：'发生什么事了？'"乔说。这样才开始促成了对药店比较有利的合同。

然而，达成这样的合约越来越难。"药品福利管理"不断提醒乔，大家现在都邮购药品，需要的话也可以电话咨询，很少自己去药店了。从"药品福利管理"的角度看，去唐克汉诺克来回不足 30 公里也不是什么大事，而且距离这里只有 10 多公里的邻县还有一家小药店。他在这次抗争中赢得了三个月配方药的优惠价格，但几十年来的价格争执也让他付出了不菲的代价。

"我已经六十岁了，"乔·莱赫说，"不知道我还能跟他们争多久。"

马克·蒙西又像往常一样发牢骚。这一年夏秋两季的六个月，是他们家里开店五十九年来最好的时候。"我卖掉了所有的存货，但新进的家具一样也没来。"他说。受新冠疫情影响，全球供应链陷入停顿，家具、地板和电器等行业受到严重冲击。生产商承诺在四到六周内交货，但这已经是几个月之前的事了。他把商店每天的营业时间从上午 9 点到晚上 7 点缩减到上午 9 点到下午 5 点。"我都没东西可卖了，开门那么长时间有什么用？"马克说。

"圣诞节过得也没什么意思。"他说。顾客手里倒是有钱，人家也到店里来选购，但他的沙发躺椅、餐厅套装家具或洗衣机烘干机等都无货可卖。

在泰奥加街上，格伦达·舒梅克没想到圣诞节期间的生意这么好。"销售额增加了，"格伦达说，"不是很多，但确实增加了。"这得益于她加入了贺曼公司的"从商店发货"计划。通过这个项目销售的产品比线下销售的利润率低一些，但顾客是从贺曼公司门户网站找到她的。一天之内,她和她的员工就挑选、包装、运送了140件商品。线下销售也很红火,"顾客直截了当地说:'我们现在在这里购物,就是希望一年以后你还在这里。'"格伦达说。马克·蒙西和妻子也顺路来买节日用品,乔·莱赫和妻子也来了。

乔说:"我觉得疫情让大家更加支持小企业了。"自疫情以来,他销售的非处方阿司匹林和牙膏比过去还多。同样,他认为格伦达商店的顾客也更多了。"人们不想去沃尔玛和那些不戴口罩的白痴打交道,"乔说,"所以大家都在这里购物。"

起码有相当多的人都这么做了,才使得格伦达的销售额有所上升。2020年,沃尔玛的利润增长了一倍多,美国第二大零售商塔吉特公司也收获了他们十多年来最好的一年。全美连锁超市麦克斯折扣店的销售额增长了几十亿美元。美国发展最快的零售商之一达乐公司在2020年净增20亿美元利润。由此看来,人们可能会在自己喜欢的小店里花点小钱,但他们把更多的可支配收入花在那几个零售巨头上。

格伦达终于感到自己的心情有一点放松了。她挺过了圣诞节,银行里也有了点积蓄。她有些后悔当初退回了薪酬保障计划的救助资金,现在她又有了第二次机会。"这笔钱可以弥补我所有的损失吗?不能,"格伦达说,"但可以帮我度过眼下的困难时期。"

第二十一章　超越极限

2021年1月4日,州长宣布解除禁令的那一天,老福格镇上的餐馆重新开业了。室内餐饮已经关闭了将近三个星期,城里各个餐馆都面临着旺盛的需求。重新开业后,镇上的餐馆老板们似乎都心照不宣地取消了50%客流量限制,这项限令已经变得无关紧要,至少在老福格镇是这样的。有的餐馆提高了这一标准,而有的餐馆完全不在意这个规定。"我们在周五和周六都是100%。"老街上的一家餐馆老板说。餐馆员工劝说那些不戴口罩的人,不让他们在入口附近聚集,也不让他们进入餐厅,但都未能奏效。

"就像是周末回家团聚,"这位老板兼大厨说,"大家互相拥抱庆贺。"

库苏马诺比其他餐馆晚一点。尼娜的分娩过程很不容易,筋疲力尽,现在在家休养。她和孩子直到全州餐馆重新开业那天才回到家。库苏马诺知道他应该在家照顾母女俩,如果不在家里,他就会去做兼职贴补家用。餐馆在重新开张的第一个周末只提供外卖,不用他多操心。直到1月13日,他才开始接待顾客堂食。

第一个周末就出现了报复式增长,镇上各家餐馆都爆满,接下来的一个周末同样如此。库苏马诺也不再顾忌50%客流量的限令,"我们要求员工哪有座位就把顾客安排在哪里,如果有顾客觉得离别人太近不想坐,就晚点再来"。

Saving Main Street

"从一开始我就说过,要么完全开放,要么彻底关门。"库苏马诺说。他们一直在不停地反复折腾,先是限流 50%,然后压缩到 25%,后来又恢复到 50%,然后彻底归零关闭,再回到 50%。"应该创造一个稳定的经营环境,"他说,"在接种疫苗前,餐馆只能做外卖。直到疫苗接种率达到一定比例,多数人有了免疫力,这时就应该打开闸门,餐馆完全开放堂食。

"最让我抓狂的就是这种做法,在两者之间来回摇摆、反复不定。"库苏马诺说。

冬天,一个期待已久的好消息终于到来。库苏马诺收到了美国小企业管理局经济损害救灾贷款项目的 5 万多美元资助。这笔贷款是需要归还的,但贷款期限长达三十年,每月还款额只有 400 美元。"我一个月的水费都不止这些。"他说。他觉得这就是"天上掉馅饼",让他获得了内心的平静和稳定。这也给了他一个有力的支撑,帮助他度过当前的困难。

申请第二轮薪酬保障计划资助的门户网站于 1 月 11 日开放。库苏马诺在小企业管理局网站上报名并设置了一个"提醒"功能,以确保他在第一批申请人中。国会颁布的新规则要求,只有 2020 年经营收入至少下降 25% 的企业才有资质申请。"不幸的是,我符合这一条件。"库苏马诺说。这一次,相关企业可以获得平均月工资总额 3.5 倍的资助,远高于上一轮的 2.5 倍。申请后不到两周,他收到了 6 万美元资助。与上一次不同,这次不再限定资金必须大部分用于员工工资,资金用途扩展很多,可以支付抵押贷款或租金,也可以给供应商付款或购买新设备。为了争取保守派的支持,去年 12 月还增加了一项条款,允许企业使用项目资金来补偿 2020 年因抢劫或其他破坏活动导致的财产损失。

2021 年,第 117 届国会宣誓就职,民主党对参众两院的控制力下降。3月，拜登就职不到两个月，国会通过了1.9万亿美元的"美国救助计划"。这一方案在没有一个共和党人投票的情况下获得通过，其中包括为薪酬保障计划提供500亿美元，使该计划的资金总额接近8000亿美元。"我了解的小企业主都在以超乎想象的状态努力工作，"民主党人、新泽西州参议员克里·布克在法案辩论时这样说，"从小餐馆的老板到互联网创业的都有。我们必须确保这一法案能够帮助小企业，而不是制定一些只有大公司才能受益的计划。"另外还有160亿美元的拨款，用于资助电影院、音乐俱乐部和一些被关闭场所的艺术项目。该法案还包括一项慷慨的普惠政策，凡是在2020年收入下降超过50%的企业，不论企业规模大小，都可以实行税收抵免。

为了实现这一目标，管理薪酬保障计划的规则再次发生了变化。在设立这一计划时，国会并未要求贷款机构收集受助人的相关信息数据。但有人还是做了统计，结果显示白人受益者比例大大高于有色人种。纽约联邦储备银行对黑人企业比例较高的地区进行了深入分析（布朗克斯区、皇后区和密歇根州韦恩县及其首府底特律），在这些地方，获得贷款的企业比例"明显地"低于平均水平，部分原因是有色人种企业在银行开设商业账户的可能性较小。旧金山联邦储备银行分析了白人占多数的居住区，也发现贷款数量高于平均水平。

小企业管理局宣布将优先考虑小型金融机构的申请，更注重低收入社区和无法获得融资的群体需求。这一次，有色人种企业获得了43%的薪酬保障计划贷款。还有一种变化与此相反，那就是一些骗子上下其手，从该项目中窃取了数十亿美元。其中最恶劣的违法者将面临刑事指控，他们用骗来的资金购买度假屋或兰博基尼豪华车。小企业管理局为此增加了自动化安全防范措施，加强对欺诈性申请的核查，严防此类非法行为得逞。

2月，在宣誓就职不到一个月后，拜登就小企业问题发表演讲，这是历届美国总统都会强调的"小企业是支柱"的最新版本。他称小企业是"我们社区的支柱",又补充说,在疫情中"太多小企业处于倒闭的边缘",并提出了帮助小企业的新举措。"薪酬保障计划开始实施时,很多家庭经营的小企业被那些抢在前面的大公司挤走了,没能得到救助。"总统说。有70%的自营小业主和个体承包商是女性或有色人种,他们大部分被排除在薪酬保障计划之外。拜登宣布,未来两周内,小企业管理局将只接受少于二十名员工的小企业的申请。拜登政府还专门拨出10亿美元,帮助中低收入社区里没有雇用员工的小企业。此前禁止已被定罪的重罪犯申请的规定也被解除,只有那些被判入狱或犯有金融欺诈罪的人才不得参与申请。

国会的1.9万亿美元救助计划包括设立餐饮业复苏基金,这是独立餐馆联盟从疫情一开始就积极推动的。有些餐馆老板感到失望,他们一直要求是1200亿美元,但分配给这一基金的不到300亿美元。如果流动餐车、酒吧、小酒馆、酿酒厂和旅馆至少有三分之一的收入来自食品和酒类销售,那么他们也有资格申请救助资金,餐馆还得同他们去竞争。不过,尽管餐馆老板有抱怨,还是比有些行业好得多,很多寻求特别救助的行业(健身房、娱乐场所、电影院等)都一无所获。餐饮业的优势来自强大的政治盟友,包括新的参议院多数党领袖恰克·舒默和众议院女议员尼迪亚·委拉斯开兹,她是纽约民主党人,担任众议院小企业委员会主席。(1992年,委拉斯开兹成为第一个当选国会议员的波多黎各人。)

拜登入主白宫后对薪酬保障计划进行了调整,政府也做了相应安排,优先考虑餐馆和符合条件的相关企业的申请,重点照顾那些妇女、退伍军人以及其他"在社会和经济上处于弱势"的小企业主。在二十一天内,提供相关信息资料,证明自己属于其中某一类别,就可以申请资助。相当一部分资金留给年收入少于5万美元的个人和少于50万美元的小企业。

在餐饮业复苏基金方案通过后不久，库苏马诺马上联系了银行。计算方法很简单：从 2019 年的总收入中减去 2020 年的总收入，再减去薪酬保障计划的资助金额，理论上就得到了可以申请的额度。按照这个算法，他有资格获得大约 10 万美元的资助。"这样我就可以活下来了。"库苏马诺在将近 1 月底的时候说。

年初，库苏马诺又在建筑工地工作了几个星期，后来餐馆渐渐忙碌起来，他就不再兼职。他宣称这个情人节周末的生意应该是"很像样的"，如果没有什么特别的，起码也不会动用薪酬保障计划和经济损害救灾贷款的两笔资助来支付开销。3 月，那些老客户都接种了疫苗，生意开始逐渐恢复正常。到了 4 月，天气转暖，人们又开始喜欢在户外露台用餐。不像去年，那时在露台用餐是迫于无奈。

库苏马诺做生意一向很节俭，这也是别的餐馆都停业的时候他还能继续营业的原因之一。这要感谢他的父母，他们倾尽全力控制和管理库存，让他理解了降低成本的重要性。结果，他像那些零库存管理的企业巨头一样精打细算。他每天都担忧餐馆的沉没成本——那些投入在库存上的资金。在餐馆刚开业的时候，他经营的葡萄酒定价在 200 美元以上。"看着一瓶酒躺在货架上，我知道它多少钱一瓶，但一直等着需要的顾客把它买走，对我来说简直是一种折磨。"他说。后来，他把酒单改为小容量的，每瓶 35 美元，每杯 10 美元。为了减少库存，他经常跑出去买晚餐所需的基本用品。

肉价暴涨。每份干熟上等纽约肉排 52 美元，他感到很纠结，肉的成本是 28 美元，从餐馆经营的角度来看，他应该定价高得多。牛肉也是同样的难题。他用的是宾夕法尼亚州南部一个农场按照配方喂养的小牛肉，那里的养殖方式更加科学和天然，肉质呈现鲜美的粉红色。现在小牛肉的价格上涨了三分之一，他要么相应地提高价格，要么从菜单上删除这个菜品。"进价都这么高了，让我该怎么卖呢？"库苏马诺问。他把小牛肉从菜单上撤下，后来又把它放入菜单，小牛肉每磅 19 美元，他的小牛排只收 29 美元，然后整个晚上都在为价格向顾客道歉。

库苏马诺还是会与一些偶尔来的顾客发生争执。那年春天，在他的生日那天，一位顾客抱怨说他要的 52 美元一份的干熟牛排熟过头了，要求厨房给他重做一份。牛排在那位顾客的盘子里切开的时候，库苏马诺知道它恰到好处，并没有熟过头。他用一支肉类温度计检验了他的目测结果：115 华氏度，这比做五分熟牛排的推荐温度还要低。他对那位顾客说可以再给他做一份牛排，但他需要为第一份买单。随之而来的是网上对他们餐馆的恶评以及库苏马诺冗长的回复。

一家药企巨头要在餐馆办一场二十人的晚宴，库苏马诺很兴奋，这是疫情开始以来的第一次。"就像在地上捡钱一样。"比尔·杰诺韦塞评价这种来钱容易的事。比尔在老福格镇老街上开了一家餐馆，没多久就因疫情关闭了，这种团体聚餐是他最欢迎的。但是安排晚餐的医药代表抱怨餐厅的服务不好，说十五岁的服务员清理盘子更换餐具不够及时，要求库苏马诺再给打折。"你们是一家大型跨国医药公司，每年收入几十亿美元，却为了几美元跟我们一个家庭经营的餐馆斤斤计较？"他说，他们发生了一场"激烈的争执"。

有了薪酬保障计划和经济损害救灾贷款两笔资助，库苏马诺餐馆在银行里也有了点钱，他们想把钱花在餐馆的升级改造上。库苏马诺一直在销售餐厅设备的网站上筛选，"可悲的是，疫情下有很多东西要出售。"他说。他看上了一台 16 火孔的炉子，在电子湾（eBay）网站花了将近 5000 美元买下。他还新买了一台意面机，可以同时做 6 份意面。（"我简直不能想象没有这台机器时我们是怎么过的。"他说。）其余资金大部分留在餐馆的银行账户上，以备应付未来的不时之需。

库苏马诺就像经历过一场灾难性的暴风雨洗礼。他担心自己会在这场海难中失去一切，但此刻他凝视着平静的大海和明媚的阳光。"我还找不到准确的位置。"2021年5月初的一天，库苏马诺说。几个月前，他还步履艰难，勉力维持。第二天，他把收据加起来，发现他在周六晚上净赚了8000美元。这还没有达到疫情前的水平，但远远超过了去年冬天最困难的时候。

他曾经想进入超市销售库苏马诺品牌罐装食品、"周日酱汁"和其他产品，也已经获得了批准，但现在又决定永久搁置。"时间、人手，所有事情，我实在无暇顾及，我已经达到极限了。"他说。尽管天主教教义规定新生儿在出生后几周要接受洗礼，但他们到现在还没有为女儿利维亚的洗礼确定一个日期。

厨房也传来消息，安琪·加尔松辞职了。上个周末，她事先几乎没有一点迹象就走了，这让大家都很意外。有员工把她的辞职归咎于前几个月的工作压力太大，"简直就是连轴转。"布莱恩·马里奥蒂说。库苏马诺本来很生气，他在去年秋天还称赞她是厨房全明星队的关键成员，现在他的炒菜厨师兼厨房经理却突然离开了。但这时他如释重负，他们之间频繁的争吵和她总是不由自主地反驳，也让他不愉快。

"安琪走了，我还有这么好的一个团队。"库苏马诺说。利瓦伊·卡尼亚十四岁时就开始在库苏马诺餐馆当洗碗工，今年二十一岁，开始主持楼上厨房的工作。

安琪说，意识到自己已经三十岁了，这个念头促使她辞职，她觉得现在是认真考虑退休储蓄的时候了。就在新冠疫情暴发前，她对餐馆将她纳入401K社会保障计划一无所知。由于很多雇主都缺人手，这一地区的大仓储公司付给她的工资和她在餐馆差不多，每小时17美元，外加福利，但她不想在那里工作，而是在斯克兰顿地区一家专营鸡翅和汉堡的酒吧烧烤店当厨师。这里没有别的福利，但她仍然是主厨。"我觉得是时候离开了。"她说。

莎-爱莎把头发的一边染成蓝色，另一边染成红色，还戴了一个小小的金鼻环。"我在学校的时候不能这样，老师说在酒店业这种打扮是很不专业的。"她说。她还没有拿到两年的烹饪学位。她原以为是拿全额奖学金上学的，但后来发现自己欠了学校的钱。她还需要再上两门课才能毕业，但必须在她的欠款付清后才允许注册，目前她还没有付这笔钱。"我告诉她，"库苏马诺说，"只要我还活着，只要你还愿意为我工作，你就可以永远在这里干。"莎-爱莎很感激这份信任，就继续着她的老本行。但除此之外，她还另有一番抱负。她想要一个四年制的学位，"我是一个积极进取的人。"她说。

今年3月，库苏马诺一有机会就接种了疫苗。他没有问员工到底打不打疫苗。在5月的时候，打不打疫苗还没有把这个国家分裂成两个敌对的阵营。他知道四十多岁的萨姆·伊根已经接种了疫苗，但其他的厨房员工都年轻力壮，他们觉得自己不会受到病毒侵害，也不会意识到对社区负有责任。有的人可能会被说服，但他最优秀的洗碗工肯定不会。"他对我说，他不会去打疫苗，因为政府就是用这种办法来给所有人身上植入芯片。"库苏马诺说。

5月的第二个周末，餐厅里非常忙碌，谁想要加班都可以享有加班费。除了通常周五晚上的忙碌外，厨房还要在"魔鬼之坑"准备一场五十人的彩排晚宴，为这个夜晚还特意租来一顶帐篷。那个周六，库苏马诺餐馆全天开门举办两场活动：在地窖酒吧举办一场初次圣餐午餐会，为一个两岁的孩子举行盛大的生日宴会。在两次活动之间，他们还要为近一百人提供用餐，然后餐厅才开门营业。周日又接了两场初次圣餐活动预订。包括彩排晚宴的酒吧收入和三场初次圣餐活动，这些附带活动的收入比前一个秋冬整整几周的收入还要多。从复活节开始，宾夕法尼亚人又可以在酒吧畅饮而不必点餐，但在费城例外，因为费城还有自己的规定。州长还把餐馆的客流量限制提高到了75%。库苏马诺从今年年初起就不在意这个客流限制数字了，不过取消饮酒的相关限制对酒吧来说是个好兆头。

那天晚上,是餐馆从疫情开始一年多来最忙碌的一晚,三四个厨师已经不够用了,他让萨姆周五周六晚上的工作再延长一点,在楼下的厨房里做前菜。"最近我除了睡觉就是上班。"萨姆说。

库苏马诺还聘用了一名"调度员",在周六晚上担任"空中交通管理员"。一个叫拉萨尔的黑人小伙子,是莎-爱莎在麦当劳工作时的同事。库苏马诺很喜欢他,因为他能以各种办法让厨房高效运行起来,这是一个优秀调度员的必备能力。"如果有外卖订单,他就把餐食送下去,然后把萨姆做好的前菜带上来。"库苏马诺说。

餐厅内部总会出点麻烦事。那天晚上洗碗机坏了,各种餐具都要在一楼的小洗碗池清洗,带来了很大的不便。库苏马诺偶尔也会上楼跟拉萨尔交流一下,但主要是坐在酒吧的凳子上,看到楼上的人下来拿东西就会问问情况。下午6点刚过,布莱恩下来拿了些意面。"楼上怎么样?"库苏马诺问。

"还不错。"

"现在还难说!"半个小时后,杰西卡·巴勒塔下楼来给客人拿半份披萨,她在库苏马诺接手这家餐馆前就一直在这里当服务员。"那里都好吗?"库苏马诺问。

"都很好。"她回答说。

"难说啊!"他重复着。

库苏马诺跳起来查看楼下的厨房,看到萨姆的鱿鱼不多了,他拿起一把刀开始清理和切割鱿鱼,给萨姆多准备一些。楼上楼下高朋满座,他不会让自己闲着。一看到厨房有些跟不上,他马上起身来到厨房正在操作的利瓦伊旁边。餐厅里那种嘈杂的快乐气氛,终于让他感到新冠疫情仿佛已经成为遥远的过去。餐厅济济一堂,酒吧人头攒动,每张餐桌都是满员,楼上楼下的客人品尝美食,享用美酒,整个餐厅洋溢着笑容……

第二天他起得很早，上午 9 点就要去餐饮用品批发店找供应商洽谈。商店还没开门，吃早餐时，他声音沙哑着说："我很累，但我无怨无悔。"

第二十二章　又是一年春暖时

2021年5月13日，在疫情暴发十四个月后，美国疾病控制与预防中心发布了新的口罩指南：除了有当地法令和规章要求外，完全接种疫苗的个人不需要戴口罩或保持社交距离。第二天，宾夕法尼亚州根据疾控中心新的指南，取消了商店、餐馆和工作场所戴口罩的要求。两周后，汤姆·沃尔夫宣布宾州十八岁及以上人口中有70％至少接种了第一剂新冠疫苗，加入了其他九个州的行列。薇尔玛·赫尔南德斯很清楚这一事件的里程碑意义，州政府取消了许多实施已久的疫情防控禁令，包括在疫情开始时就对美发厅和其他个人护理机构实施的紧急规定。薇尔玛终于可以按照疫情前的老规矩正常地经营她的美发厅了。

解除疫情防控禁令的头几个月，薇尔玛和她的员工都很开心。大家都戴着口罩，但店里的气氛已经恢复到疫情前那样轻松了。"好长时间了，顾客来理发都感觉不自在，但现在来店里都很高兴，"她说，"大家都想要走出家门，都会照顾好自己的。"那些似乎永远都在路上的进口护发产品也及时到达，终于赶上了美发厅恢复常态后的使用。

"大家对过上正常的生活期待已久。"薇尔玛说，人们去美发厅有双重意义，一是让自己感觉到日常生活的美好，二是为向他人呈现出最好的自己。她没有要求员工都要接种疫苗，也不必这样做。也许因为各自的生活方式不同，到自己觉得需要的时候也就会去接种了。

麻烦总是不断，当一家小企业老板就是这种命。有三名员工离职了，因为她给的工资跟工业园区的工作没法比。那些资深的美发师通常比较稳定，流动性大的主要是负责洗头和打扫卫生的初级工。一下子空缺三个岗位，店里的员工都感到有点忙不过来。

不过，大家都多干点活，小费也增加了。薇尔玛还出乎意料地发现了新客户，美发厅的收入也恢复到疫情前的水平。"我很感激我们能够回到从前正常的时候。"薇尔玛说。

5月，宾夕法尼亚州的两项宪法修正案要求选民限制州长的紧急状态权力。州长于2020年3月6日宣布进入灾难紧急状态，每三个月重申一次命令。共和党州议员鲁斯·戴蒙德，就是曾经带头高喊要把州卫生局长雷切尔·莱文关起来那位议员，和一些人"对州长毫无依据的'用两周时间来拉平曲线'的法令、规定和防控措施非常反感"，推动了法案，试图废止州长颁布的有关法令。沃尔夫否决了这些由共和党控制的立法机构通过的法案。最后，共和党人利用在参众两院的多数席位，将这一修正案付诸投票表决，让宾州的选民来决定。

两个修正案都以52%的民众投票通过。按照第一个法案，只要有立法机构的简单多数同意，就可以随时终止灾难紧急状态。第二个法案将任何灾难紧急状态的时间限制在二十一天，而不是原来的九十天，并确定只有立法机构才有权力延长这一期限。几个星期后，立法机构使用这项新授予的权力，结束了沃尔夫宣布的紧急状态。

在黑泽尔顿，波比·普莱斯咖啡餐馆的主人塔玛拉·赫什伯格在感恩节前重新开业了。仅仅两周后，州长宣布了餐馆堂食禁令，她的餐馆再次关门。1月4日，她再次开业，但缩短了营业时间。开门时间跟过去一样，下午2点就关门，只有周一到周五开张。这一次不怪州长，主要原因是没人愿意为这个"基本工资加小费"来干活。她在后台处理订单时，需要有人帮忙。但现在看来，找一两个合适的人还真不容易。

当然，不只是塔玛拉遇到这个难题。2021年春季，全国各地的企业都面临用工短缺。快餐连锁店用签约奖金来吸引雇员，一些富裕的公司为员工提供大学学费和育婴假，知名连锁餐厅"苹果蜂"为前来面试的人提供免费小吃。匹兹堡一家著名的游乐园一直给夏季员工每小时9美元的工资，现在提高到每小时13美元，并取消了员工自购制服的要求。

那年春天，黑泽尔顿镇上到处都是黄白相间的宣传单，承诺加入亚马逊的人都有1000美元的签约奖金和每小时16美元的工资。他们还提高了标准，承诺在工作的第一天就提供医疗保险。嘉吉公司的广告说，他们给切肉岗位的工资每小时高达25美元（那些愿意在黑泽尔顿厂区生产巧克力的工人每小时17美元）。其他在黑泽尔顿有业务的大企业如麦克斯折扣店、劳氏零售公司、帕尼罗面包连锁店和塔可钟快餐店等都提高了工资。

"我怎么能跟它们比呢？"塔玛拉说。有好几次都是她招的人来了，干不了几周就辞职去了工业园区。还有几个人更离谱，在接受工作之后连第一次上班都没露面。塔玛拉只能一个人勉强应付，顾不过来的时候，她就把食物放在柜台或者桌子上，让顾客自己取。

到了4月初，她实在难以为继。于是在脸书上宣布压缩菜单，只提供咖啡饮料和糕点，每天上午11点打烊。她还决定每周三不营业。"我实在是没什么东西可以提供了。"她说。

她在脸书上发帖，认为是联邦政府的政策造成了她的困境。她写道，政府承诺给失业者每周300美元补贴，让她"几乎不可能找到雇员"。她并不是唯一提出这个观点的人，这是当时共和党指责民主党的一个热门话题。毫无疑问，很多拿着最低工资的人乐意坐在家里看电视，在政府支付给他们的失业补贴之外，每周还能多领 300 美元（每周最低工资为 40 小时 290 美元）。但有二十五个州提前终止了 300 美元的失业救济金发放，用工短缺情况并没有好转。疫情暴发一年多后，人们对很多事情的看法发生了变化。有的人有足够的经济实力，可以有更多选择或改变原来的职业路径。有的人只求稳定的高收入岗位，即使做一个大公司里的小角色也心甘情愿。在父母重返职场的道路上，儿童保育仍是一个巨大的障碍，影响年轻的父母就业。当然，有人仍然觉得餐馆或仓库等室内工作有感染新冠的风险。

"如果有人手，这里的生意会特别好。"塔玛拉在 5 月的时候无奈地说。在疫情前，能给顾客做一顿完整的午餐，就能有不错的收入，但现在她不敢那么想了。她只是尽量保持餐馆开门，以免顾客有什么误解。"如果我停业时间太长，顾客会认为我不干了。"塔玛拉说。不过，这种不规律的开业时间也让顾客无所适从。

这年春天，塔玛拉的救星就是团体供餐服务。她的"礼物拼版"很受好评，在降低成本上也有了更好的办法。她不再批发购买切板，而是找一个当地人来帮她做。塔玛拉说到"礼物拼版"生意时说："我从来没想到这个产品这么受欢迎。"有位顾客问她是否做过"野餐篮"，这让塔玛拉又获得了新的灵感，她在自己的供餐单中增加了一款"野餐篮"。

拉在小卡车后面的"移动咖啡馆"还在持续带来收入，不到六个月，她就准备升级了。她说自己的波比·普莱斯咖啡餐馆只不过是一辆装扮成移动咖啡馆的拖车，她还需要在店面加工好才行。那年春天，她找到一辆小型清风房车[1]，把它改造成一个移动式厨房，里面配备了一个烤架，一个小烤箱和多孔燃气灶。她已经在一个小时车程外的波克诺地区承接了一场婚宴，她负责预演晚宴、婚礼当天的早餐

---

[1] Airstream，美国著名房车品牌，产品以拖挂式房车为主。——译者

和第二天的早午餐。

塔玛拉坦白说她正在考虑离开黑泽尔顿镇中心。"是团体供餐和礼物拼版两个业务才让我留下来。"她说。她也问自己为什么要为这个波比餐馆这么操心,"我到底是要咖啡店,为十几个常客服务,还是要做团餐供应,每次收入 700 美元呢?"她说,"不如干脆关了门店专做供餐。"

很多人不愿接种疫苗,因感染德尔塔变异毒株致死(到夏季结束时,死亡人数重回每天 2000 人以上,与疫情初期几个月的数字相当),妨碍她的生意正常进行。但她没有资格抱怨,她也不愿意接种疫苗。在家附近的一家农贸市场,她看到一个牌子,上面写着:"小心病毒丧尸。""真是让我吓了一跳。"她说。她也记得母亲说的话,"我妈妈就不愿打疫苗,"她说,"她已经七十多岁了,但她说'不打!'我们家人都笃行信仰。她想:'如果我要死了,上帝就会来接走我。'她说她一点也不担心被感染,她更担心外星人。"

塔玛拉解释说,她之所以犹豫不决,根本上还是害怕失去工作。"我看见很多人接种疫苗后生病了。"她说。

"我决不能再关门了,那样我会死的。如果哪一天我不得不在门口贴一张纸条,上面写着:'我倒闭了。'那我就可以死了。"

多米尼克、尼古拉斯和丹尼尔·马洛尼三兄弟还在纽约的布朗克斯区精心谋划着。经过几年的缓慢增长,索可可公司开始呈现良好的发展势头。

"这一切都说明了不能轻言放弃,除非我们真的一无所有,"丹尼尔·马洛尼说,"即使走投无路,不知道该怎么做才能活下去,也要保持开放的心态,因为你永远不知道什么时候机会来了,从此改变一切。"

圣诞节就像三兄弟希望的那样热销,巧克力产量是平时的 2 倍。

"12月是公司历史上最强的一个月,"丹尼尔说,"这种势头还在一直持续。"他们用假期挣来的钱买了一台梦寐以求的大型粉碎机。这台机器花了他们大约1万美元,是大型生产商工厂里的专业设备。等到2月到货时,"我们一天的产量就能增加3倍。"多米尼克说。

从冬天到后来的整个春天里,三兄弟一直好事不断。谷歌联系了他们,邀请索可可公司参加一个新的徽章计划,该计划旨在帮助消费者了解并支持某些类型的企业。他们认证索可可公司符合黑人拥有和家庭经营的小企业标准,还颁发了可持续发展徽章。"他们说算法会把我们公司推到搜索引擎的顶端(如果有人输入某个关键词)。"丹尼尔说。4月,索可可公司在本地企业的"烘焙大赛"中获胜,这一活动是由万事达卡、纽约市足球俱乐部和纽约职业足球大联盟球队共同主办的。他们的公司标志缝在每个队员的队服袖子上,三兄弟还应邀参加了开赛当天的现场仪式,"就是让我们点燃火炬。"丹尼尔说。但真正的实惠是万事达卡数字营销团队的服务。在他们看来,相当于得到了5万美元的合同,而且还没有任何成本。

三兄弟与商场的销售合作还在继续,但这不再是他们的主要关注点。如果全食超市同意推介他们的产品,在商场里给他们更好的位置,三兄弟也不会拒绝。但要登上商场货架的好位置,比刚开始的时候更难了。他们现在更喜欢丹尼尔所说的"变通方式",就是注重在网上发现客户(无论是个人还是公司客户)并与他们交流。

丹尼尔说:"人们坐在家里就能看到我们的产品,由衷地喜欢我们的产品,这种交流营销方式改变了整个经营理念。"

个人订单保持强劲增长,回头客增加尤其令人欣慰。消费者尝试了新产品后愿意再次订购,说明对产品质量满意。"这是我们第一次得到反馈,"多米尼克说,"我们一直都知道自己生产的巧克力是最好的,现在终于得到了消费者的认可。"然而,个人订单仅占当年春季销售额的20%左右,大客户订单仍占大头,其中很多是公司礼品,这还是索可可公司的销售亮点。"这是前一段时间大家支持黑人企业这一趋势的延续。"丹尼尔说。

到今年春天,索可可公司每月定期生产3000多块巧克力,已经到三兄弟生产能力的极限了,聘请一两名员工来做帮手的话题再次提上日程。

三兄弟仍然面临着巨大的挑战。大型巧克力生产商及其规模效应带来的低成本,是一直存在的压力。美国食品和药品管理局要求巧克力生产商加入可可豆的标准不高,只要不低于10%的可可含量,就可以称之为巧克力。"很多商业品牌的巧克力都非常接近这一最低10%的比例。"尼古拉斯说。更让人担忧的是几家行业巨头掌控的手工黑巧克力,他们的优质巧克力价格比索可可公司的更低。

索可可公司的目标是不断提升巧克力的品质,成为专业的鉴赏家,但一些消费者也提出了质疑。研究表明,适量食用巧克力对健康有益,"但这一适量对有的消费者是很难做到的,"多米尼加说,"有人声称:'我是巧克力成瘾者。'让我们感到生产高品质巧克力好像有一种负疚感。"市场研究表明,年龄较大的消费者更偏爱高品质的巧克力。"老年人认识到它对大脑和心脏都有好处。"尼古拉斯说。

春天时,三兄弟引进了一种新的哥伦比亚风味巧克力,这是他们的第四种产品。丹尼尔形容这种巧克力有一种泥土的味道,带有淡淡的香草气息,后味浓郁。"大家都说,'这才是我最喜欢的味道,'"丹尼尔说,"受到消费者广泛好评。"三兄弟重新启动了与特立尼达可可种植场的谈判。"我们还有很多想法需要逐个去实施。"丹尼尔说。尽管目前他们一直生产70%到72%可可含量的巧克力,但他们梦想着生产出85%或88%含量的产品。

"对大多数人来说,巧克力只是一种甜食,"多米尼加说,"但我们想尝试一种新的理念,让消费者知道这些食品是从哪里来的,并且参与到'从农场到餐桌'的运动中。消费者不仅发现了天然美味的巧克力产品,还知道农场是用诚信和可持续的方式种植的,他们的消费也支持了农场。"

对三兄弟来说,巧克力是生意,更是事业。

对乔·莱赫和他的合作伙伴来说,疫情已经不是必须面对的最大问题。作为一名独立自营的药剂师,尤其在农村偏远地区,谋生仍然很困难。他们在杜肖镇上的药店是沙利文县唯一的药店,莱赫的妹夫马克·斯塔默说:"我们一直在艰难挣扎。"他在这里默默经营了几十年。为了增加收入,斯塔默(乔和另一个合作伙伴没有做)通过了接种新冠疫苗必需的培训。他说:"州政府认为我们是医疗服务欠缺的地区。"所以让他们帮助社区接种疫苗,每注射一针有大约 40 美元的收入。

坎顿药店地处布拉德福德县,比杜肖镇上的药店更加艰难,是这个 1800 人的小镇上的两家药店之一。尼科尔森镇的莱赫药店已经难以为继。在乔的几家药店中,只有莱西维尔镇上的莱赫药店尚可维持,乔在这里几乎度过了他的一生。

乔和合作伙伴打算出售坎顿和杜肖的两家药店,新泽西的一家机构表示有兴趣收购,但要看年底的财务情况才能决定。如果这一方案行不通,他们三人就会考虑与坎顿镇上的竞争对手联系,讨论"档案买断"的问题,从此药店彻底关门。乔说,他最大的担心,也是他"最可怕的噩梦",就是无人收购杜肖药店,这家全县唯一的独立自营药店就此消失。

"我敢说,会有顾客不惜往返将近 100 公里来这里买药,"乔说,"如果杜肖没有这家药店,大家就等着看吧。"

在格林伍德家具店,马克·蒙西像往常一样衣着随意,牛仔裤、绿色运动衫和跑鞋。已经是 5 月了,但那顶特朗普的帽子仍然放在文件柜上,旁边是一张顾客填写销售订单时用的书桌。"如果这顶帽子不在了，那些喜欢特朗普的顾客会不高兴的。"马克说。轮到他的时候，他接种了疫苗，他觉得自己打得很及时。今年4月，怀俄明县的新冠病毒感染人数激增，他因为打了疫苗而躲过一劫。"来到店里的人有一半没戴口罩。"他说。有人打了疫苗就不戴口罩，但也有人没打疫苗也不戴。

马克形容他2021年前五个月都在"惨淡经营"。格林伍德家具店接受了第二轮薪酬保障计划1.85万美元资助。怀俄明县资助了他1.2万美元，就是他2019年的经营收入减去2020年的收入，再减去薪酬保障计划的资助数额。但他在近几个月里的收入减少了2万多美元，"有几个月是有盈余的，但不是每个月都有。"他说。

供应链问题仍然没有得到解决。他断定是制造商牺牲了他的利益，让那些大客户插了队。"我跟送货的司机聊过，是他们告诉我的。"他说。电话铃声响起时，不管谁接电话，听起来都像是在不停地唠叨一件事。"我们都在等着工厂发货。""我们实在说不清楚什么时候能到货。""一有消息马上通知您。"从去年夏天开始，他就一直在等着进货。

成本飙升更是让店里的经营雪上加霜。马克说，由于供应受限，需求旺盛，"进货的价格都高得离谱。"他购买弹簧床垫（如果能够买到的话）的价格上涨了25%左右，电器和餐厅设备的价格也类似。顾客的支出增加了，他自己也尽量消化了一部分。他认为价格上涨让他的利润减少了5%到10%。

"人们都太有钱了，这真是不可思议，"马克说，"我进来的家具全都能卖掉。本来我可以刷新好多个销售纪录，但现在实在无货可卖了。"

格伦达·舒梅克也有好事临门。今年1月，她收到了薪酬保障计划的2.75万美元资助，"我不知道是不是可以这么说，但我确实觉得比以前好了。"格伦达说。不过,这并没有让她对未来更加乐观。1月,她签了一年的商店租约,"时间再长的租约我还不敢签。"她说。

格伦达挺过了 2020 年,但她还在为最坏的情况做准备。"没有薪酬保障计划的资助,我早就不在这儿了。"她说。她知道未来不可能再出现第三轮救助计划,"我在考虑明年没有救助资金该怎么办。"今年 5 月,她已经开始为圣诞节发愁了。她担任的一个新角色也让她有点压力。今年 2 月,唐克汉诺克镇上的一名区议会成员辞职,格伦达被任命接替她的任期。"我觉得我不能拒绝。"她有点抱怨地说她"讨厌"政治,她一周工作七天,没时间忙别的。但在第一个任期结束后,她又成功地竞选了第二个任期。

格伦达对一些小企业主的表现很不满意。她有什么意见都在商会里跟吉娜直接倾诉,但镇上其他店主都是保持沉默,或者报喜不报忧。"我可能不应该这么说,这样会得罪人。但我觉得作为社区的一分子应该增强对社区的责任感,我经常觉得我是在孤军奋战。"她说。她跟其他企业主联系时,听到的是一切都很好。她原以为那种不愿意表达自己真实想法的做法在她母亲那一代就结束了,现在看来不见得。

这个春季,有人提出收购贺曼商店,这是格伦达必须慎重考虑的大事。那是她高中时认识的一个有钱人,他妹妹要搬回城里来,她还有一个女儿。格伦达会考虑卖掉商店给她们俩经营吗?

别人可能会抓住这个机会积极推进,大多数人至少会顺水推舟,而格伦达却对这位买家说不可行。他迟早都会看到那些账目的,我为什么要假装很好呢?"我看着他说:'第一,你妹妹和我一样大,她真的想一周七天都工作吗?'"格伦达的第二点是,指望经营贺曼商店来维持他妹妹和女儿两个人的生活,是完全不切实际的。"我告诉他,靠这家商店甚至一个人也养不活,"她说,"事实就是这样,这家店连我都养不活。"

她不想出售。如果不经营这家商店，她还能做什么？"当你拥有一家小企业时，你就能更好地掌握自己的生活，"她说，"你每天都在这儿，和顾客交流，他们把你看作社区的一部分。"这里还有她引为骄傲的存在感。如果她不是格伦达·舒梅克，不是这家贺曼商店的女主人，"那我是谁呢？"

第二十三章　草根梦想

在唐克汉诺克镇，格伦达把赌注押在2021年的假期旺季上，有发票为证。她购入的贺曼授权产品和其他自选产品都创下了最高纪录，"店里到处都堆满了货物，吓得我胆战心惊，"她在11月的时候说，"但我决定赌一把，我们要竭尽全力取得成功。"

就像很多企业一样，格伦达在2021年下半年也遇到了用工短缺问题。她的几名员工辞职去找薪水更高的工作，让她不得不四处寻找新员工。德尔塔变异毒株在夏天暴发，几个月后又是奥密克戎毒株，直接导致了用工荒。"这个人干了十天就走了，那个人干了二十天也离开了，"格伦达说，"所以我每周七天都在工作，没有一天休息，像个疯子一样到处跑。"她的商店还没有建自己的网站，但像这样长期人手不足的话，她怎么能建起来呢？

12月中旬，格伦达的新冠病毒检测呈阳性。"这是一年里最重要的一周，"她说，"这时候我却不能在店里。"头几天她特别惦记店里，一直通过电话与员工联系。"后来就失去了知觉，醒来后也无法正常呼吸。"格伦达说。她在医院住了八天，大部分时间都在重症监护室，戴着呼吸机。"从新闻报道中知道疫情的严重情况，但对自己感染新冠病毒并没有做好准备。"当问到她是否接种过疫苗时，她不愿意回答。"我差点就死了，又活了过来，这就是全部情况。"

尽管格伦达因住院错过了销售旺季，她的商店还是得到了一个

"收获颇丰的年末",她说。她特别感谢几位老员工,在她住院时保持了正常经营。"他们跟我说:'格伦达,我们就是按照你平时教我们的那样做的。'"她说。

她又熬过这难以预测的一年,迎来了依然无法确定的 2022 年。

虽然知道每年的 1 月都是销售淡季,但贺曼商店在新年伊始还是更加不利。怀俄明县 1 月新增 1000 多例阳性病例,是疫情以来单月最高峰,16 人死于新冠肺炎,当地医院面对大量涌入的病人已经无力应对。(格伦达在当地急诊室等了两天,才进入靠近斯克兰顿一家医院的重症监护室。)"人们都吓坏了,根本不敢出门。"格伦达说。

格伦达在家里休养了一个星期后回到商店。她没有像有些得了"长新冠"的人那样感到疲劳,但在发病一个多月后仍然有呼吸问题。

"从生病出院后,我就告诉自己,我已经不再是从前那个不知疲倦忘我工作的人了。"格伦达说。但她的几名新员工又辞职了("我认为他们还不懂得必须付出多大努力才能生存的道理"),这时她时常依靠便携式氧气瓶来帮助呼吸,工作时间还是少不了。

"如果没有别的人来帮你做事,那就依靠自己吧。"她说。格伦达已经不是第一次质疑自己的选择了。"我们为什么还在为经营这样的家族小企业拼命?这样做是不是很愚蠢?"她也经常会困惑。

"这就是人们说的美国梦吧,酸甜苦辣只有自己知道。"

到 2021 年年中,黑泽尔顿镇上的薇尔玛美发厅已经恢复了正常。薇尔玛和她的员工在工作时还都戴着口罩,也仍然面临着人手不足。她每个月要花几百美元买口罩、手套和洗手液之类的防护用品,但收入已经接近疫情前的水平。由于员工减少,工资成本降低了,尽管有一些额外的开支,美发厅这几个星期的银行存款比疫情前还多一些。

薇尔玛说,德尔塔病毒对美发厅的影响"很轻微",但奥密克戎病毒伤害很大。与全国其他地方一样,卢泽恩县的新冠病毒传播率是疫情开始以来最高的。奥密克戎暴发的时机尤其不利,节日期间的美发厅通常熙熙攘攘,现在顾客都不敢来了。薇尔玛算了一下,她的收入在 12 月和 1 月下降了 40%。

然而,薇尔玛一如既往地对未来充满乐观。"对我妈妈来说,一切都取决于信仰,"她的儿子伊凡说,"'上帝会给我们应得的一切。''上帝自会安排。''有上帝保佑,我们一定能渡过难关。'这都是妈妈的口头禅,她总是毫不气馁。"她的美发厅还在照常营业,这在 2020 年是不敢想象的。为此,薇尔玛永远心存感激。她用西班牙语说道:"感谢上帝!"

马洛尼三兄弟在 2021 年迎来了又一个强劲的夏季销售,接着就是繁忙的秋季,还有比 2020 年更加兴旺的冬季假日。出乎意料的是,德尔塔和奥密克戎毒株的传播还促进了他们的销售。很多企业因此推迟了让员工返回办公室的计划,继续实行居家办公,这对处于商业区的许多小企业造成了不利影响。然而,对索可可公司来说却有一个意外收获。"有些公司想给居家办公的员工们送点礼物,"丹尼尔说,"我们幸运地得到了很多这样的订单。"在疫情前,他们几乎没有公司团购,但到 2021 年下半年,企业采购占了索可可公司销售收入的一半。

索可可公司在 2021 年获得了三笔资助。第一笔是小企业影响力基金授予的贝谷奖,这一基金由全国有色人种协进会和美国女歌星碧昂丝发起,旨在帮助包括纽约在内的五个城市的黑人企业。几个月后,他们从亚马逊获得了一笔小额商业资助。作为专门提供大型巧克力生产商产品的网站,亚马逊从来都以好时公司和吉尔德利公司这样的大企业为主,价格比索可可公司的产品也低得多。两笔资助共 1 万美元,他们用这笔钱买了两台设备,一台是用于生产巧克力最后一道工序的调温机,另外又添置了第二台大型粉碎机(用来把坚硬的可可豆打成巧克力酱)。增加设备后,他们就能够及时扩大产能,适应假日高峰的需要。频谱有线电视公司为这个假日高峰提供了一笔营销补助金,索可可公司可以在相关频道免费做广告。

"我们的产品包装比以前更快了,"丹尼尔说。他在8月辞掉了工程师的工作,全身心投入索可可公司。"加工的可可豆也比以前更多了。"现在每天工作12到15个小时才能满足订单的需求。"我们终于达到了我们的预期目标,走到了一个新的起点上。"

三兄弟再次讨论起增加员工的问题。此前一直在犹豫,主要是担心公司的经营情况还不稳定,这个月好一些,下个月可能就差一点。"我们想要一个能和公司一起成长的人,"丹尼尔说,"我们不希望只是简单地雇用一个人,好像随时可以让他走人,或者就是每周来一两天帮个忙。"他说这回终于准备好行动起来了。"我们需要引进一些人来发展业务,"丹尼尔在2022年2月这样说,"现在有足够的现金流支持我们迈出这一步。"

在新年来临之际,如果说三兄弟还有什么担忧的话,那就是可可豆的价格。他们的可可豆是从供应商的小型特色农场采购的,用量超过以往任何时候。在疫情前,每吨价格是4000到5000美元,现在已经飙升到7800美元。目前,"我们没有调整产品价格,现在订单很多,我们尚可承受,"丹尼尔说,"但今年肯定要提高价格。"

大型巧克力生产商当然也看到了原材料价格的上涨,但他们通常都从工业化生产的农场批量采购,价格低得多。这些巨头拥有规模经济和其他随之而来的优势。三兄弟相信索可可生产的高品质巧克力可以与任何竞争对手的产品媲美。然而,就像每个小规模生产商一样,他们成功的最大障碍是价格。即使将每块巧克力的价格提高1美元,也会对他们争夺市场份额造成不利影响。

对于那些独立自营的药剂师来说,年复一年不变的主题,就是在大型连锁药店的挤压下生存状况更加艰难了。尽管如此,乔·莱赫在2021年下半年还是收到了一个令人振奋的消息。正如他所说,"最可怕的噩梦"就是不得不关闭杜肖药店,沙利文县从此没有一家独立自营的药店。幸运的是,一位三十五岁左右的女药剂师愿意从莱赫和他的两个合作伙伴手中买下这家药店。她从小就在沙利文县长大,现在和丈夫、孩子三口人生活在这里,每天花一个小时去西维斯连锁店上班。

"她厌倦了连锁店的工作,就到这里来找到我们,"乔说,"她的人生梦想就是拥有一家自己的独立药店。"仿佛冥冥之中自有天助。"很难找到一个跟这个地方没有任何关系的人愿意大老远来到这里,"乔说,"正好就有这样一个人,她来自我们共同生活的地方。这真是天作之合!"

布拉德福德县的坎顿药店也准备出售,乔和他的合作伙伴还没有找到买主。没有人像那位女药剂师那样来告诉他们,他的梦想就是在这个偏僻的农村开一家药店,他们需要找到一家机构来做整合,该机构会有多家药店,经营者并不是药剂师兼老板,而是他们聘用的药剂师员工。有几家机构曾经考虑过坎顿药店,但到了2022年初,还没有什么新的进展。

"人们收购一家企业时,考虑的首要因素是能够带来预期的利润。"乔说。他还没有完成这个心愿,但也不需要他去做了。在宾夕法尼亚州这个人口稀少的地区,一个只有1800人的小镇上,曾经有过两家药店,他们经历了"药品福利管理"体制的挤压、大型连锁店的蚕食、到处攻城略地的亚马逊的吞噬以及其他种种威胁。"我很骄傲我们还在这里。"乔说。

在老福格镇上,库苏马诺沉浸在人们称之为"大苏醒"的快乐里。在经历了一年多疫情防控措施后,大家终于体验到人与人之间自然交往的快乐，在餐馆跟朋友聚会，在电影院看电影，这些平常的事情都显得格外美好。他的那些宽敞的餐厅、惬意的露台、热闹的酒吧，正到了发挥作用的时候。"这个夏天太棒了！"库苏马诺说。

这并不是说他们已经完全恢复到2019年的水平。"我可以随口说出至少十几位还没有回来过的老主顾，"库苏马诺在2021年的秋季说，"这些人是我们的忠诚客户，他们甚至从来不点外卖。"制药行业私人聚会的预订量还没有恢复到疫情前的水平，他在网站上推介的"丧亲/葬礼午宴"也效果不佳。2021年中的另一件不尽如人意的事情，是他们申请餐饮业复苏基金的资助项目被拒绝了。该基金救助计划提出，有色人种聚居的社区大多服务保障方面较差，身处其中的餐馆在疫情中更加困难，因此在申请救助时给予他们二十一天的优先受理期。但这一安排引起了餐饮业白人老板的不满，他们在法庭上对此提出质疑，法庭采纳了他们的意见，该计划因此被搁置。小企业管理局拒绝了17.7万名符合条件的申请者，也包括库苏马诺餐馆，还有很多该计划原本要资助的小餐馆。

库苏马诺说，德尔塔病毒对经营的影响不大，但奥密克戎却让餐馆损失惨重。从圣诞节到新年夜，约120个预订被取消。他估计在去年的最后十天里，大概损失了1.5万美元的进账。

"这笔钱永远也回不来了。"库苏马诺说。尽管如此，他和尼娜还是重新提出了为员工建立退休福利的计划。任何具有两年以上工作经验的员工都可以参加该项计划，餐馆根据员工的贡献配置相应资金，最高可达3%。"这样可能会为每个参与的员工每年多花1500美元，但可以享受税收减免，也是小企业留住人才的好办法。"

利瓦伊·卡尼亚已经在餐馆工作了七年多，但他不愿意参加这个计划。自从安琪离开后，库苏马诺对这位炒菜厨师一直很器重。这年夏天，他连续两个周六晚上都请假，9月又安排了休假。当他提出下一个周六晚上再次请假要去参加女朋友的毕业聚会时，库苏马诺没有同意。那天利瓦伊一直在厨房干活，库苏马诺在下午 5 点前回家洗澡了。利瓦伊给库苏马诺发了一条短信，说他要离开一天。库苏马诺很生气，"我毫不犹豫地炒了他"。

这让库苏马诺重新回到了灶台上，不是临时替补周六一个晚上，可能遥遥无期。他没有从现有厨师中选拔，在眼下用工紧缺的时候找一个有经验的厨师并非易事，库苏马诺再次披挂上阵了。"有我在这里，大家都合作得很好，"库苏马诺说，"菜品更好了，还省了不少工资支出，就像每周在我们口袋里多放了 800 美元。"他很喜欢这种再当大厨的感觉，还有萨姆作后备，莎-爱莎也客串了一两次炒菜的活儿。"又能体验到自己做菜，这种感觉真好！"2022 年初，库苏马诺这样说。

如果说疫情改变了库苏马诺什么，那就是重新燃起了他对烹饪的热情，正是这种热情让他沉迷于餐饮业欲罢不能。在疫情前，他梦想着再开几家餐馆。他还计划在超市销售库苏马诺品牌的酱汁、调味品和意大利团子，现在他把这些计划都搁置了。他做父亲了，一家三口生活舒适，每周工作 50 到 55 小时也是可以承受的。

"也许在将来会做，"库苏马诺说到他的很多设想，"但现在我对这一切很满足。我不能把自己累垮了，那样的话眼下一切美好的东西也就不存在了。"

后　记　过去与未来

要想创业，必先痴狂。工作时间近乎残忍还在其次，风险概率决定了大部分创业企业必然失败。比起那些三到五年就消失的企业，能够存活八到十年算是少有的幸运儿，即使这样也难以避免被清算拍卖的命运。相对来说，为别人打工就单纯一些，主要是压力不会那么大。无论这一周的经营情况如何，都不影响员工拿到同样的薪水。在一家大公司工作通常还享有医疗保健和退休福利等待遇，从来也不会因为公司发不出工资而让员工自掏腰包。当然，别人也会从你的辛勤劳作中获利，这正是促使乔·莱赫开自己药店的原因。但你也不会承受那种无时不在的焦虑感，因为你不必考虑公司的经营收入是否足以支付下个月的银行还贷。

我们要赞美的不是美国的小企业，而是开创小企业的人。在美国，我们敬佩和尊敬的是创始人本身，他们是梦想家、革新者或实干家，他们宁愿把自己当赌注，甘愿承担风险，而不愿困在一份勉强维持生活的工作中，或被生活压榨得精疲力尽，或在听到自己的内心呼唤时止步不前。也许他们只是想要改善自己或家庭的生活，也许他们开一家餐馆仅仅是因为喜欢烹饪，或者接手一家药店是因为知道自己是社区不可或缺的一部分而感到深深的满足。不管动机是什么，他们独自在丛林中开创了一条自己的道路，而不是走在别人为他们铺好的路上。历史学家本·沃特豪斯认为，他所描述的"关于小企业的那些众所周知的赞美之词"可以"一直追溯到托马斯·杰弗逊[①]，他在建国时就赞美这种独立的自耕农的美德"。正是因为摆脱了专制君主的枷锁，才开创了我们自己的国家。我们因此而钦佩那些自力更生、斗志昂扬和勇敢无畏的人，是他们从无到有、敢于尝试、不屈不挠地创造了我们的今天。

罗伯特·D. 阿特金森和迈克尔·利德在 2018 年出版的《大即是美》一书中，认为由大公司主导的格局有利于美国经济。他们指出，大型企业提高了市场效率，通常也会提供更合理的价格，给员工支付更高的薪酬，员工的福利待遇也比小企业更好。可悲的是，正是那些大型连锁企业才可以更准确地称之为经济发展的"支柱"，在全国范围内把我们联系起来。这些巨头是经济发展的引擎。相对而言，像库苏马诺、格伦达和薇尔玛那样家庭经营的小企业，对整体经济的影响较小。马洛尼三兄弟有望在 2022 年销售 50 万美元的巧克力固然令人赞叹，但与好时公司 2020 年超过 80 亿美元的销售额相比，仍然不足挂齿。三兄弟在 2022 年初没有一名雇员，而好时公司雇用了一万五千名员工。利德和阿特金森认为，政府唯一应该帮助的小企业是那些有可能成长为大企业的初创企业。

阿特金森和利德还指出，在美国人看来，只要在某件事前面加上"大"这个词，就会听起来很邪恶：大制药公司、大烟草公司、大石油公司，等等，都让人望而生厌。语言和民调专家弗兰克·伦茨就"小企业主""就业提供者""创新者"和"企业家"这些词做了调查，"'小企业主'是最受好评的，"伦茨说，"因为这个词包含了其他词的所有内涵。"在现实生活中，我们喜欢大企业提供的便利和折扣价，它们也碾压了小企业的生存空间。但在某种程度上，正是小企业把我

[①] Thomas Jefferson，1743 年 4 月 13 日—1826 年 7 月 4 日。1801 年—1809 年美国第三任总统，同时也是《美国独立宣言》主要起草人，与乔治·华盛顿、本杰明·富兰克林并称为"美利坚开国三杰"。——译者

们与美国建国的历史联系起来，成为美国人与弱势群体之间的一条纽带。

当然，对于这些勇敢的创业者来说，前所未有的疫情带来了空前的困难。本来，在这种具有高度传染性的病毒袭击人类之前，这些创业者就已经备尝艰辛。防控措施经常调整，日常规范不断变化，关于是否应该接种疫苗以及看待疫情的所有观点都变成了政治立场和意识形态之争，从而将小企业主置身于一场文化战争中。现在回想起来，对于那些需要直接面对顾客的企业来说，疫情来时一关了之似乎是最省心省力的办法。2021年春天，疫苗的广泛接种本来是一件惠及大众的好事，却同样引起了新的纷争。商店、餐馆和其他小企业主还必须履行监督顾客行为的职责，并根据不断变化的标准对是否戴口罩、容纳客流量和是否打疫苗等提出要求。小企业主应对顾客的不满是常有的事，但现在即使没有与顾客接触也会受到辱骂。"卡尔米内"是一家意大利红酱餐馆，离我家住的公寓只有几个街区，我们大家庭就常在这里聚会。《纽约时报》报道说，2021年秋天，由于纽约市要求每家餐馆查看顾客的疫苗接种证明，在卡尔米内餐馆外爆发了一场"混战"。

不同规模的企业都必须决定是否要求自己的员工接种疫苗。对薇尔玛来说这不是问题，她的员工都是自愿接种的。对格伦达来说正好相反，她自己就是一个疫苗怀疑论者。库苏马诺则很纠结，他说如果是经营一家医疗诊所，或是一所学校的校长，肯定需要全员接种疫苗。餐馆员工情况就不同了，他最终决定不强制要求接种。

"我认为每个人都应该接种疫苗，"库苏马诺说，"我相信它的科学原理，我只是不相信那种不合情理的规定：一个在地下室制作披萨或一个在角落里洗碗的员工，没有接种疫苗就得被解雇。"不过，他也担心说话声音太大，让那些观点不同的顾客听到后会不高兴。

"疫情造成了这样一种环境，使人们之间的分歧大大增加了。"库苏马诺说。

成功的小企业有两样东西不可或缺：时机和运气。疫情给了人们一次抓住机遇改变命运的机会。每家企业在2020年的困境其实早在几年或几十年前就确定了，那时没有任何企业主会想到一种通过空气传播的疾病会导致全球企业关门。比较起来，那些选择进入餐饮业的人运气就差一些，而经营五金店、宠物店或修鞋店的人在疫情期间总体上运营良好。但餐饮业比起另一些企业又好一些，那些开办酒吧、舞蹈工作室或婚礼场地的基本上就无法生存了。小型制造商可能是最幸运的。辛迪·黑因是库苏马诺餐馆的常客，我就是从他那里第一次听说这家餐馆的。黑因在斯克兰顿经营一家杰德泳池工具公司，从1989年开始生产泳池和水疗用品。公司2020年的销售额增长了44%，"是我们迄今为止最好的一年。"黑因说。

"我合作过的众多制造商在2020年的表现都不错，有些甚至是史上最好。"小企业咨询顾问、《费城问询报》专栏作家吉恩·马克斯说。与他合作的大多数企业都被认为是"生活必需类"，可以照常生产经营。而那些"非生活必需类"企业，有一些也"偷偷摸摸照常运营"。有的企业因为疫情仅仅带来了一些小麻烦，而有的停业了几个月，他们作为薪酬保障计划的受益者，都得到了政府的资助。"即使他们本来并没有什么困难，政府也为他们承担了大量的员工成本。"马克斯说。另一个决定企业成败的偶然因素是企业的房东，有的房东属于顽固派，就算企业关门也必须按时全额支付租金；另一种是灵活型，他们知道与企业合作可以避免长期空置，适当放宽对双方都有利。

疫情期间所处的地理位置不同，也决定了企业不同的命运。如果在城市的中央商务区开一家三明治店或咖啡馆，看上去很美，但这时却几乎没有顾客，难以生存。在大城市，店面位置的选择可能决定了一家餐馆的未来。如果你的餐馆正对着公共汽车站，或者其他什么东西妨碍你开设户外餐厅，那就是厄运的开始。企业在支持共和党的红州还是在支持民主党的蓝州，经营环境也大不相同。根据网上订餐平台"开放餐桌"的数据，纽约、旧金山和费城等支持民主党的城市，疫情防控措施相对严格，2022年初，餐厅堂食的人数仍然比疫情前下降了至少40%。相比之下，迈阿密、亚利桑那州首府凤凰城和田纳西州首府那什维尔等支持共和党的城市，反对防控措施，室内用餐都恢复到正常水平。

我从对面街上的场景目睹了地理位置是怎样决定一家餐馆的兴衰的。判断优劣的标准是看能否在疫情中给更多的人提供餐饮便利，我透过办公室的窗户就能看到"领事馆餐厅"的变化，不能不承认这就是运气。在这个拥挤的城市里，餐馆空间通常都是狭长又局促的，而这家餐馆却很宽敞，还有舒适的人行通道。"领事馆餐馆"隔壁有一家美容美体店，在疫情发生前不久就关闭了，餐馆趁机占据了更多的面积，扩大了露天餐厅。这些仿佛一夜间在全国各城镇涌现的棚屋、帐篷、蒙古包、球形屋顶等各种户外设施，成了餐馆老板的生命线，也成了消费者的欢乐场，满足了大家既可以外出聚餐又不用在室内用餐的需求。"领事馆餐厅"的露天餐厅可以很舒适地容纳四十五人左右。接手了美容美体店的人行道面积后，他们在天气好的时候可以增加二十张桌子用餐。

不过，相邻街区有一家我们最喜欢的法国酒吧"醇酒屋"，老板的运气就没那么好了。他们的门店前有一个很大的自行车停放架，是几年前纽约共享单车计划支持的"花旗自行车"项目安装的。在纽约市禁止室内用餐的几个月里，他们没有空间搭建一个临时的户外餐厅。醇酒屋就在主干道旁一条狭窄的小街上，勉强在人行道上塞下五六张桌子。"领事馆餐厅"在疫情前一直经营惨淡，但在疫情期间因路边餐厅的扩展，竟然获得了意外的成功。而醇酒屋在疫情前生意兴旺，现在却变得举步维艰。所以，在你想要开一家门店前，请务必记住这个古老的忠告：第一是位置，第二是位置，第三还是位置。如今，它又被赋予了全新的意义，因为新的用餐规则的变化，可以让一家温馨、迷人的小酒吧从此风光不再。不同的位置导致了冰火两重天。

当我开始采写小企业在疫情中如何生存挣扎这一主题时，我担心的是像专家们警告的那样，一大批小企业会在疫情中永远消失。难道这本书会成为一首悲壮的挽歌，以此来祭奠那些在疫情中大量倒闭的小企业吗？

然而，当我在宾夕法尼亚东北部的道路上奔走的时候，我的所见所闻并非如此。从 2020 年春天开始，我定期访问大约十二家小企业的主人。按照那种世界末日式的预言，其中三四家会倒闭，但实际上一个也没有。有些企业受损相当严重，比如保罗·布莱克利奇和约书亚·马斯特两人在斯克兰顿市中心开的波仕餐馆，根据网站页面上的简要介绍，他们是从纽约搬到斯克兰顿的（布莱克利奇就在这里长大）。斯克兰顿在它的鼎盛时期被称为"电气化之城"，因为在 1886 年，它是全国第一辆有轨电车诞生的地方。他们先是买下了一栋曾经堂皇现今破败的 19 世纪老建筑，后来又买了另一栋，改造成婚礼场地和餐饮大厅。他们在第二栋建筑里开设了波仕餐厅，这栋楼很大，楼上有两个宴会厅，每个可容纳一百八十人。还有几个房间可供五十人以下的聚会使用。2022 年 2 月，波仕餐厅的关闭令人唏嘘不已（餐厅菜品相当精美，环境非常舒适），但布莱克利奇和马斯特仍在尽力挽救。2020 年 6 月，我第一次与马斯特交谈时，餐厅的收入是疫情前的 5% 到 10%。随着疫情持续不退，他们也越来越担心难以支撑下去。然而到了 2022 年，他们还是这两栋建筑的主人，还在继续举办婚礼、晚宴、大型聚会和公司活动，每周忙得不亦乐乎。

我联系了宾夕法尼亚州东北部和纽约市的几十家小企业，只有"二号寄售商店"倒闭了。在黑泽尔顿，当地商会主席玛丽·马龙说，疫情以来还有两家企业倒闭，但她补充说，这两家企业倒闭都有疫情以外的其他原因。2020年3月以来，在疫情形势最不明朗的时候，镇上新开了两家服装店，同时还有位于布罗德街和怀俄明街交会处的一家理发店。老福格镇上的情况与此相同。比利餐馆关门了，但也有新的餐馆开张，原来的罗西餐馆关门后，库苏马诺的叔叔拉里接手，缩小了规模后又重新开张。（销售他的招牌烤肉及意大利美食，还有沙拉和其他菜品，聘用莎-爱莎在这里做兼职厨师。）在怀俄明县，商会主席吉娜·苏黛姆也没有看到大量企业倒闭，有几家企业倒闭了，但新的企业又涌现出来。就像莱西维尔镇的肉钩烧烤店，在疫情初期就倒闭了，但新主人接手后重新开业。在唐克汉诺克，老街上看起来与疫情前差不多，只有迪特里希剧院对面的食品店在疫情前就经营困难，疫情暴发后不久就关门了。

当然，这只是一个州的一个小角落。不过，关于小企业至暗时刻的预言没有成为现实，也让很多人感到意外地惊喜。莎拉·克罗泽是老街商业联盟的通讯联络官，这是一个全国性组织，拥有数万名成员，分布在全国各地，其中大多数是雇员不到二十人的微型企业，他们是严重经济衰退中最脆弱的一族。我们在2020年春天第一次交谈时，克罗泽也对小企业的未来忧心忡忡。我们怀着同样的心情看到了眼前发生的一切。一项研究报告称，有41％的黑人小企业将因疫情而倒闭。另一项研究预测，到2020年秋天，全国四分之一的独立自营餐馆将永久关闭。

然而，从全国范围来看，克罗泽对小企业的现状感到非常欣慰。"很多小企业在2020年下半年又重新开业，"克罗泽说，"并且在企业家精神磨炼和业务创新上有了新的收获。"她在2022年初主要担忧的是大型企业的收购合并和对行业的进一步控制，这也是她所在的机构和同事在疫情前就一直提醒人们注意的。

"在疫情的严重冲击下,谁能真正坚持到最后还很难说。"克罗泽说。一家小企业或许幸存下来了,但令人忧虑的是经济领域的一场"长新冠"会让小企业变得更加虚弱。

卢兹·乌鲁希亚是安信永机会基金的首席执行官,这是一家总部位于加州的小额贷款机构,它向那些通常无法获得银行或其他传统资金来源的社区提供贷款,特别是拉丁裔、黑人和移民开办的企业。一项研究表明,这类企业和女性开办的企业倒闭的风险最大。乌鲁希亚也没有看到与她合作的小企业出现大面积倒闭。安信永机会基金为1300家企业提供培训,其中83%的企业由有色人种拥有。他们的各类贷款客户近7000家,包括餐馆、汽车修理厂、美甲店和花店。

"95%的企业都在逐渐恢复。"乌鲁希亚说。她把这一切归功于与他们合作的企业家的韧性。"这些企业有很大的成长空间,也有很强的耐力,"她说,"新冠疫情给他们造成了沉重打击,但这些打击他们已经习以为常。"

如果一个大城市的经济发展主要依靠旅游业和白领通勤人员,情况就没有那么乐观了。2021年3月华盛顿特区公共广播电台发布了一份颇为悲观的报告,"盘点了华盛顿特区在疫情期间倒闭的数百家企业"。我的采访调查对象没有选择纽约市的零售店和餐馆,正好错过了这座城市受疫情伤害最严重的行业。疫情暴发近两年后,通往纽约市的三条主要通勤铁路(美国最繁忙的三条铁路),工作日的客流量仍然不到疫情前的一半。地铁客流量也减少了一半。我之所以把关注重点放在纽约以外的地方,部分原因是这里的房租比美国大部分地方的租金都高出很多,而这对许多企业来说是一个致命因素。到2022年初,纽约5个行政区的数千家餐馆、酒吧和夜总会永久性关闭,与2020年初相比,这些行业的从业人员减少了7.5万人。酒店业也同样遭受重创,5.5万个工作岗位中,已经恢复正常的不到2万个，125家酒店的1.8万间客房仍处于关闭状态。纽约市的失业率为9.4%，是全国平均水平的2倍多。

大学城更是如此。学生们都在家里上网课，没有人去商店购物，也没人去餐馆吃饭。马萨诸塞州北安普顿的一个朋友估计，在她经常去的商业区，每个街区都会有2家店空置。密歇根州的安阿伯市是著名的密歇根大学所在地，他们创建了一个新冠疫情救援基金，目标是重振100家小企业。还有那些遍布全国各地的社区，有一些社区人口骤然减少，由此带来的冲击可想而知。

关于疫情给小企业造成的影响，准确的统计数字还需假以时日。在2023年之前，美国人口普查局还不可能发布企业倒闭的相关数据。即使发布了，大多数也会把只有一名员工的小企业与多达五百名员工的小企业混为一谈，有时还包括独立经营的个人。（根据这个定义，我就是一家小企业，但我并不是一家小企业。）在疫情暴发初期，许多学者调查研究了企业退出市场的其他衡量标准，比如企业用电账户和商业往来账户空置。但正如莎拉·克罗泽指出的那样，"很多地方都没有持续跟踪数据变化"。哈佛大学的克里斯多夫·斯坦顿在疫情初期与人合作的一项研究被广泛引用，"实际上很难准确衡量一家小企业的失败和倒闭。"斯坦顿说，他又回到了他正常的管理实践研究。

难以准确统计数据的另一个因素是，即使在经济形势好的时候，小企业倒闭也是一个普遍现象。有的企业倒下了，新的企业又出现了。有多少倒闭是自然规律，又有多少是因为疫情导致的？2021年4月一个经济学家团队发布的研究报告中试图辨析其中的差异。他们估计，正常年景每年有大约60万家企业永久性关闭，占全国注册企业的8.5%。美联储的研究人员估计，2020年新增20万家倒闭的企业，约占美国企业总数的11.5%。对小企业来说，遭遇了一个灾荒年，但损失并没有预测的那么大。

专家们曾预测破产企业会激增。"我们将目睹一波前所未有的破产潮。"2020年5月,一家长期追踪破产企业的研究公司的首席执行官对《华盛顿邮报》说。然而,与2019年相比,2020年的企业实际破产数还有所下降。2009年和2010年,申请破产的企业数量几乎是2020年的3倍。

如果出现大规模的小企业倒闭,我的内弟罗恩·卡斯伯肯定会有切身感受。罗恩是一名认证拍卖师,也是卡斯伯拍卖和评估公司总裁,专门从事破产公司剩余资产的出售。2022年初他告诉我,自新冠疫情以来,"业务一直在放缓"。过去正常时期,银行对拖欠付款的企业通常会毫不犹豫地收回抵押品。"但银行并没有采取这种强硬措施,因为疫情期间的实际情况确实给企业带来很大困难。"罗恩说。他最担心的是,如果银行全面实施对拖欠付款的企业收回抵押品,将会出现小企业倒闭的"海啸"现象。

加州大学圣克鲁兹分校的经济学家罗伯特·W.费尔利也是一个可靠的数据来源。正是费尔利在疫情早期发表了研究报告,表明41%的黑人企业在疫情中倒闭。(实际上,到2020年6月,这一数字已经下降到19%,但媒体还是继续引用41%的说法。)他没有关注企业的倒闭,而是关注那些在调查中自称"很积极"的企业主。这可能就包括那些长期经营的企业主,或是一个月前刚开始创业的。到2021年第四季度,小企业的数量与2020年初相同。在同一时期,他发现全国运营的黑人企业比2020年2月增加了数十万家,拉丁裔开办的企业也增加了。

对于任何想投资美国小企业未来的人来说,这似乎都是一个好消息。但深入分析后会发现,这些新增加的小企业有相当一部分是出于疫情期间的无奈之举,还有那些由于生活所迫而不得已成为个体经营者的人。

"我们看到很多女性开始创业,尤其是有色人种女性,"安信永机会基金的卢兹·乌鲁希亚说,"但这不一定是好事。很多人是因为失业而开始创业，还有人是因为经济状况难以为继，必须做点副业来养家糊口。"（支持创业的非营利组织考夫曼基金会有一项研究发现，2020年大约30％的新创业者是失业人员。）这与1930年代经济大萧条时期的情况完全一样：新企业的大量增加并不是人们看到了发展机会，而是因为他们失去了原来的工作。一夜间，这些失业者成了自己的营销顾问，或是烘焙婚礼蛋糕的面点师，以此开启新的谋生之道。

"这就是所谓的2008年之后的创业热潮，"乌鲁希亚说，"但现实是，如果没有政策扶持，很多创业者根本不能持续。"2020年，美国人提交的开办新企业的申请超过400万份，比2019年的申请量增加了25％，比2010年增加了75％。2021年，新企业申请量跃升至540万份。乌鲁希亚说："如果要想让这一次成为真正的创业热潮，那就需要帮助他们解决成长和发展中的问题，而不能仅仅是一个良好的愿望。"

为什么专家们对小企业的看法常常会犯错，关键是对个体企业主的创造力和毅力缺乏足够的认知。在疫情暴发的头几个月，我每次穿过街道去对面的中央公园，都能看到"领事馆餐厅"。餐厅的老板是四个来自摩尔多瓦的移民，它占据了一个宽敞的角落，地理位置得天独厚，他们及时地利用了这一优势。在距离中央公园一个街区的地方，他们在疫情初期设立了一个烤肉架和冰淇淋摊。后来疫情愈发严重，城市实行更严格的疫情防控措施，每天晚上7点，市民们自发地打开窗户，在家里敲响锅碗瓢盆，向那些因工作需要必须上班的工作人员致敬，这时的餐馆变成了一个路边酒吧。路边悬挂着美国国旗，播放着歌星辛纳特拉的歌曲《纽约，纽约》，将这一小块地盘营造出深夜时分令人陶醉的微醺氛围。后来允许开设户外餐厅，他们就邀请乐队来为顾客演奏。起初他们把桌子摆放在餐馆前面的停车位上，后来改为薄薄的金属管支撑的帐篷，最终他们花了4万美元建了一个坚固的棚屋，地板是胶合木的，屋顶是金属的，还安装了电灯和立体声音响。

有的人靠创新求生，有的人凭坚守持续，但所有的幸存者都依靠勇气和力量渡过难关。用当下一些文章中的流行词来说，他们可能并没有"转型"，但他们活了下来。

至少有一部分大公司也参与到支持小企业的行动中来。疫情初期，那些大银行是天然偏好大企业的，从他们对薪酬保障计划贷款执行中就可以清晰地看出这一点，但他们也有帮助小企业渡过难关的实际利益。全国的社区银行关注的是真正的小企业，大企业本来就不是他们的客户。但是，美国银行、摩根大通银行和富国银行这些大型金融机构也共同投入了数十亿美元帮助小企业。美国运通、网飞公司、谷歌和阿迪达斯等大企业都投入了大量资金用来帮助小企业强基固本，尤其是那些有色人种开办的小企业。

政府应该向他们表达敬意。薪酬保障计划是混乱、低效的，尤其在早期，被一些大玩家操弄。经济损害救灾贷款让申请者备受挫折，这些申请人在社交媒体上都有自己的朋友圈，他们在网上吐槽各自的遭遇。但是，当美国政府拨款近1万亿美元帮助全国的小企业时，情况发生了显著变化。薪酬保障计划资助了全国900多万家小企业（这一数字包括受疫情严重影响的个体经营者）。近400万家企业总共借贷了3.49亿美元的救灾贷款，这一数字远远超过经济损害救灾贷款历史上的累计贷款总额。美国运通拥有的卡比奇公司是一家金融科技公司，专门提供小型企业贷款和现金流解决方案，它一直在追踪疫情期间小企业的复苏情况。2021年卡比奇公司的一项调查发现，84%的受访者认为薪酬保障计划挽救了他们的企业。（这个调查还发现，不同规模的企业间存在差异。那些相对规模较大的小企业有34%获得了薪酬保障计划的支持，而那些不到二十名员工的小企业只有14%得到了资助。）

政府行动迅速。一些地方的管辖区域内允许餐馆和酒吧提供外卖酒水。相关规定放宽，允许餐馆占用营业场所前的部分街道开设户外餐厅。与 2008 年金融危机爆发时不同，这次政府采取了相当有力的应对措施。事实证明，所有的失业补助和救助资金都对挽救企业、稳定经济起到了至关重要的作用。2022 年初，《纽约时报》专栏作家保罗·克鲁格曼在一篇鲜为人知的报道中说："美国在控制这场严峻的大疫情所造成的损害方面取得了非凡的成功。事实上，回顾两年来的经济管理，我们可以认为是政策上的胜利。"

当然，疫情带来的挑战依然存在。2021 年，美国公布了几十年来最快的经济增长率，但也是四十年来最高的通货膨胀率。这对所有企业都造成了压力，经常发生的供应链中断也困扰着企业。库苏马诺采购的牛排和其他肉类涨价了，马克·蒙西销售的家具涨价了，马洛尼三兄弟支付的可可豆原料价格也涨价了。全国的小企业都面临一个同样的困境：到底是冒着顾客流失的风险，把成本转嫁给消费者，还是将新增成本自己忍痛吸收消化掉？乌克兰战争又导致了石油和天然气价格急剧上涨，已经有人提醒过马克，他的进货价格将会进一步上涨。

还有被媒体称为"大注销"的现象。从 2021 年春季到 2022 年初，有超过三千万人辞职。薇尔玛和格伦达遇到的用工短缺问题，影响了黑泽尔顿和唐克汉诺克的一批小企业。"小树枝"餐馆在疫情前一直是每周七天营业，现在因人手不足缩短到每周五天。即使这样，老板兼大厨杰瑞·伯格丁还在为人手不足而犯愁。同样，这条街上的泰奥加小酒馆也缩短了营业时间，每周只有五天开张。餐厅的大厨和共同所有人莫林·戴蒙德说，星期日也不能开张让她非常难受，因为他们周日的早午餐特别受欢迎。

"我不能太过操劳，"戴蒙德长长地叹了口气，又说道，"我以为在五十七岁的时候可以轻松一点，现在看来还做不到。"

老福格镇上，太过操劳一直是库苏马诺面对的问题。他憧憬着自己的后花园酒吧和烧烤店可以成为一个新的盈利中心，企业团餐和家庭聚会等主要业务还没有恢复正常，希望"魔鬼之坑"的兴旺可以填补这一损失。但是，员工每天的工作都超时了。以前需要人手时，他只要张罗一下就能找到新的员工，如今好景不再。他还要考虑别让自己太累了，计划中的"我的小激情项目"至少要到2022年春天以后再说。

不过，这是一个根据疫情变化再做安排的操作性事务，并不是攸关生存的问题。库苏马诺说，没能如期推进计划让他有点失望，但他还是"期待大家来经营自己的企业"。开办一家小企业总会觉得前途未卜，也总要面对人手不够、物价上涨、顾客挑剔等问题：这是这家餐馆进入疫情暴发第三个年头遇到的问题，也是他从开业第一天起就遇到的。库苏马诺感觉就像回到了过去。

致　谢

首先要感谢令人尊敬的小企业主们，没有他们的支持就不会有这本书。我在他们最困难的时候占用了他们的很多时间和精力，在他们正在为生存拼搏的时候又不断地回来叨扰。我要向库苏马诺、薇尔玛、格伦达、马洛尼三兄弟和乔·莱赫，以及马克、塔玛拉、保罗和约书亚表达我永远的感激之情。我要向所有在书中提及的小企业经营者表达深深的谢意，并恳请那些我访谈过但没有在书中提到的人予以谅解。他们有太多引人入胜的故事，而我却苦于没有足够的篇幅把他们呈现给读者。

霍利斯·海姆鲍奇，一位杰出的编辑，是他第一个让我萌生了写这本书的念头，在这里探讨我们国家与小企业的复杂关系。从此，当我们开车去购物中心或大型超市时，会对路边家庭经营的小店存一份由衷的敬意。新冠疫情又增强了小企业主与命运抗争的紧迫性。感谢您，霍利斯！

衷心地感谢伊丽莎白·卡普兰。每一位作者都应该幸运地拥有像她这样的代理人，她的经验、智慧和鼓励对这个项目的成功至关重要。她一直就是我的超级经纪人，但在这次写作过程中，她发挥的作用比以往任何其他著作都更重要。霍利斯、伊丽莎白，还有温迪·王，我从 2020 年春天开始接触这些小企业时，他们就成为我的顾问团成员。每一步都为我提供了视频支持，并帮助我修改了冗长的初稿。感谢哈伯柯林斯出版公司的詹姆斯·纳哈特，他帮助指导了这本书的整个制作；感谢珍妮特·罗森伯格，她的精心编辑为我节省了大量时间。

地方商会在疫情期间是小企业的生命线，也对我的调查访谈给予了关键的支持。我对黑泽尔顿镇的玛丽·马龙和唐克汉诺克镇的吉娜·苏黛姆尤其心怀感激，还有斯克兰顿市的鲍勃·德金，是他们辛勤地帮助我联系社区的企业。全国社区药剂师协会的道格·霍伊和利昂·米克斯也提供了宝贵的帮助。

感谢麦克·鲍威尔，他在《纽约时报》撰写的专栏文章感人至深，令人回味，那是 2020 年 5 月，"这个一直工作的人已经准备退休了，但是疫情将他挽留下来"。在我开始聚焦宾夕法尼亚东北部的时候，就是他为我指向了黑泽尔顿。朱莉·克雷默和尼科·特里安塔费路为我担任斯克兰顿地区的向导，并为我联系小企业主牵线搭桥。迈克尔·索可洛夫既是我的同事，又通过他颇富见地的文章帮助我更好地理解宾州的政治背景。感谢我的两位翻译爱莎·卡夫拉莱斯和阿拉比利斯·迪亚兹，还有费尔明·迪亚兹的帮助。

我的朋友兰迪·斯特罗斯是一位商业历史学家，也是本书初稿的最佳读者。他给了我那么多珍贵的建议，让我深感无以为报。感谢约翰·雷赛德，他在我的写作生涯中一直发挥着特别重要的作用，以及迈克·凯利、迈克·洛夫廷、休·马图奇、杰夫·科恩、迪娜·哈里斯和沙拉·托尔斯等。感谢我的母亲内奥米·里夫林，她在与校对员的交流中总是"史上最伟大的人物"，所以她一如既往地拥有文字上最后的决定权。

最后，我要特别感谢我的家人。这本书是在新冠疫情最严重的时候开始酝酿的，我和妻子黛西·沃克、我们的两个儿子奥利弗和赛拉斯住在纽约的一处公寓里。孩子们在线上上课和城市封控的压力下表现出的乐观精神让我无比自豪，他们对我开始一个新写作计划的支持又让我深感欣慰。当然，黛西既是最好的生活伴侣，又是我最好的读者，虽然有时候她的反馈意见不免简单粗暴。（"没人在意这些内容！""砍掉这一段！"）在这里，献给你们我内心的挚爱和感激。

资料来源

本书主要基于我在这个项目中采访的两百多人的素材而写成，其中包括六十多名小企业主，书中引用的只是我采访内容的一部分。但我也从各种报纸、杂志、电视、广播和播客等媒体中获取信息，用来充实相关内容。以下是撰写本书时使用过的媒体清单。

我依靠的信息来源首先是日常关注的媒体，主要有《纽约时报》、《华盛顿邮报》，美国国家公共电台，包括公共广播节目《市场秀》。我每天都要看《纽约客》《大西洋月刊》和英国的《卫报》，以及彭博社、美国全国广播公司财经频道、商业内幕网、《福布斯》杂志和其他关注财经报道的网站。因采访需要，我每天必读《费城问询报》，也是访问黑泽尔顿《标准发言人报》《怀俄明县新闻审查员》和《斯克兰顿时报》网站的常客。我要向以下几家媒体致敬，它们是：宾州综合门户网站哈里斯伯格爱国者新闻，《匹兹堡邮报》和一个由全州各地的新闻机构建立的非营利的调查网站"宾州聚焦"。我从它们的报道中获得了启发和信息，偶尔还会引用到书中。

至少从 2000 年中期开始，外地的记者就一直络绎不绝地前往黑泽尔顿采访，记录那里发生的事情，特别是该市通过"史上最严"移民条例之后。我想告诉读者的有关内容都始于迈克尔·鲍威尔和米歇尔·加西亚发表在《华盛顿邮报》上的一篇文章《宾州一城市对非法移民发出严厉警告》。同样值得注意的有：2015 年美国国家公共电台播出的埃莉诺·克里巴诺夫的报道《曾被阻止的移民给宾州小镇带来新生活》，2016 年《费城问询报》发表的迈克尔·玛扎的文章《移民争议十年，小镇今非昔比》，2016 年 10 月《纽约时报》发表的本雅明·阿佩尔鲍姆的文章《移民城市里的关键政治问题》，2018 年《国家地理》杂志关于种族问题的特刊发表的美国国家公共电台迈克尔·诺里斯撰写的有关黑泽尔顿相关报道（《美国在改变，一些焦虑的白人被甩在后面》），2018 年本·布拉德利出版的专著《寻根问底：宾夕法尼亚州一个县的选民是怎样选出唐纳德·特朗普并改变美国的》。

最近的一篇文章是查尔斯·汤普森发表在宾州门户网站上的《拉丁裔人引发黑泽尔顿疫情？观点分歧再次搅动小城》。

杰米·隆格泽尔是黑泽尔顿的当地人，现在是纽约刑事司法学院的法律和社会学教授，2016 年出版专著《非法的恐惧：宾夕法尼亚州黑泽尔顿小镇的移民与分而治之》。查尔斯·麦克维尔三世为《城市杂志》《大西洋月刊》等出版物撰写的关于他祖居的引人入胜的文章。麦克维尔是大黑泽尔顿历史协会与博物馆的副总裁，汤姆·加伯斯是总裁，他们提供了黑泽尔顿城中心鼎盛时期的介绍，当时无烟煤还是这一地区的主要产业。我还参阅了萨姆·勒三特对当地人的大量采访，他是当地一家有线电视台（SSPTV）的老板，也是《萨姆电视秀》节目的主持人。

有两本书帮助我了解煤炭对宾夕法尼亚州东北部的影响。一本是 2005 年出版、由宾汉顿大学和纽约州立大学历史学教授托马斯·杜伯林和宾夕法尼亚大学历史学教授沃尔特·利希特合著的《面对衰退：20 世纪的宾夕法尼亚州无烟煤地区》。另一本是 2018 年出版、人类学家保罗·A. 沙克尔的著作《记住拉蒂默：宾夕法尼亚州无烟煤地区的劳工、移民和宗族》。还有两本精彩的非虚构类图书也很有帮助：一本是芭芭拉·弗里兹的《煤炭：人类的历史》（2016），另一本是杰夫·古德尔的《大煤炭：美国能源未来背后的肮脏秘密》（2007）。

有很多专业媒体都对亚马逊公司作了报道，让他们在黑泽尔顿和整个零售领域都颇受关注。亚历克·麦吉利斯2021年出版的好书《履单：无所不有与一无所有》让我获得了诸多启发，还有凯伦·魏泽、大卫·斯特雷菲尔德、法哈德·曼约奥发表在《纽约时报》的文章。2020年5月，魏泽在《纽约时报》发表《为时已晚：亚马逊内部暴发最大疫情》，专门聚焦亚马逊的黑泽尔顿工厂。2020年春季，《标准发言人报》发表的吉姆·迪诺关于亚马逊（工业园区也是如此）应对疫情的报道，还有莱斯利·斯塔尔在电视新闻节目《60分钟》中对亚马逊的报道（都在2020年5月）。乔什·杰加在《边缘》杂志的报道《第七个亚马逊员工死于新冠病毒感染，该公司拒绝透露多少员工有风险》，还有以斯拉·卡普兰和乔·林格·肯特在全国广播公司网站的报道《第八个仓库工人死于新冠》。

《我们的小镇老福格》是一部2018年在斯克兰顿地区公共电视台播出的纪录片，与玛戈·L.阿扎尔利2015年在威尔克斯-巴里的《时代导报》上发表的《老福格的往日时光：历史的碎片》，都有助于我了解和写作老福格镇的历史。我参阅了鲍勃·里纳尔迪的文章《智者爱烹饪：我在黑帮时的故事和烹饪秘诀》。关于疫情期间披萨销量大幅增长的数据来自我的老朋友朱莉·克雷斯韦尔的一篇文章，2021年2月《纽约时报》发表的《披萨成为2020年餐厅主角》。关于酒吧和餐馆的话题，加布里埃尔·汉密尔顿在《纽约时报杂志》上有关曼哈顿普鲁内餐馆的文章十分精彩（《我的餐馆是我二十年来的生命，这个世界还需要它吗？》），2020年6月《纽约时报》周日商业版刊载的杰克·尼卡斯的文章同样精彩（《封控下的一家酒吧，三个月，十七个人》），以及2019年帕特里克·库赫出版的著作《职场大师：成为一个餐馆老板》。

在我实施这个项目近两年的时间里，我曾多次要求采访州长汤姆·沃尔夫，但都没有得到机会。关于他的背景，有几篇文章非常有用。我喜欢史蒂夫·沃尔克 2014 年在《费城》杂志上的人物侧写《完美陌生人》。同一年，沃尔夫当选州长，《匹兹堡邮报》发表詹姆斯·P. 奥图尔的文章《沃尔夫谋求州长职位，政治生活回到原点》，另一篇是《早间新闻报》上史蒂夫·伊赛克的文章《汤姆·沃尔夫，一位绅士政治家》。我还要提出 2020 年 6 月"宾州聚焦"网站上夏洛特·基思和安吉拉·库鲁姆比斯的报道《一笔糊涂账：混乱的宾州新冠免疫计划是怎样伤害小企业的》，同时《经济学人》的专栏文章《宾夕法尼亚州州长是如何应对疫情的》，2020 年 5 月《纽约客》上查尔斯·杜希格的文章《西雅图让科学家引路，纽约由领导人拍板》，为疫情期间官员的决策提供了一份有趣的参考教材。

从雅虎新闻、彭博社到《美国前景》杂志，很多媒体都对"薪酬保障计划"作了大量报道。特别值得注意的是史黛西·考利 2020 年 4 月在《纽约时报》上的报道，《银行在疫情救助中为最富有的客户提供"礼宾服务"》（与埃米莉·福立特合作采写），2021 年 5 月《小企业管理局的失误现在由她来解决》（小企业管理局一年的预算还没有国防部一天的花费多）。我也参考了扎卡里·沃尔姆布劳特在政客新闻网上对薪酬保障计划的报道；埃莉诺·克利夫特 2020 年 5 月为在线杂志《每日野兽》撰写的专栏文章《苏珊·柯林斯的小企业法案如何帮助大公司摆脱困境》；2020 年 4 月，格雷琴·摩根森、里奇·加德拉和安德鲁·W. 勒赫在美国全国广播公司新闻频道的报道，《与特朗普有联系并价值 1 个亿的公司获得小企业救助贷款》；2020 年 6 月，尤佳·哈亚西、露丝·西蒙和彼得·鲁德盖尔在《华尔街日报》刊发的报道《救助小企业贷款把全国最需要救助的公司抛在一边》；2022 年 2 月，波士顿公共广播站《要点》节目播发的报道《薪酬保障计划的失败和未来》。2020 年 4 月，蒂莫西·L. 欧布林在彭博社发表的关于俄克拉何马州国会议员凯文·赫恩的文章《一位"麦当劳议员"为自己的企业争取到疫情救助金》。

关于美国的救助计划"关爱法案"和政府在疫情期间提供的其他援助，我主要参考的是日常关注的媒体，包括乔纳森·奥康内尔和亚伦·格雷格在《华盛顿邮报》的报道，以及本·卡斯尔曼和吉姆·坦克斯利在《纽约时报》的报道。2020年5月，格雷格与艾丽卡·维尔纳合写的关于"经济损害救灾贷款"项目的报道《小企业管理局把灾难救助贷款限额从200万美元削减到1.5万美元，几乎所有新申请人都被拒之门外》。2021年12月，史黛西·考利在《纽约时报》上关于餐饮业复苏基金的报道，《餐饮业复苏基金是如何挑选赢家和输家的》。无党派研究机构"开放秘密"网站是我在书中引用游说数据的重要来源。

关于史蒂文·努钦的信息来自三篇重要的资料，均刊发于2020年：詹森·曾格尔在《纽约时报杂志》上的报道《史蒂文·努钦的方案避免了灾难。他能再复制一个吗？》，詹姆斯·B.斯图尔特和艾伦·拉帕波特在《纽约时报》上的报道《史蒂文·努钦想挽救经济，连他的家人都不高兴》，以及西拉·科尔哈特卡在《纽约客》上的文章《金融大亨掌管我们的经济复苏》。

卡本代尔南伊利诺伊大学历史学教授乔纳森·J.比恩撰写了两部关于美国小企业管理局的专著：《超越中间状态：联邦对小企业的政策，1936—1961》，1996年出版；另一部是《大政府与平权法案：小企业管理局的丑闻史》，2001年出版。同样值得注意的2020年5月刊登在《美国前景》杂志的亚历山大·萨蒙的文章《无人不恨的小企业管理局》，以及北卡罗来纳大学教授本杰明·C.沃特豪斯的著作。罗伯特·D.阿特金森和迈克尔·利德在2018年出版的《大即是美：揭穿小企业的神话》一书，也提供了官员和公众如何看待小企业的一个视角。

《华盛顿邮报》上还有三篇文章引起我注意：2020年5月，希瑟·隆的《小企业曾是美国经济的特色，疫情之后或许永远不再》；

2020年7月，詹姆斯·夸克的《小企业的终结》；2020年12月，道格拉斯·麦克米伦、彼得·郝瑞斯基和乔纳森·奥康内尔的《美国最大的公司在疫情期间发展迅猛，导致数千人失业》。《纽约时报》2020年5月发表杰西·德鲁克、杰西卡·西尔弗-格林伯格和莎拉·克里夫的报道，《最富有的医院获得了数十亿美元救助资金用于缓解医院困境》；杰西卡·西尔弗-格林伯格、大卫·恩里奇、杰西·德鲁克和史黛西·考利的《大企业以不光彩方式获得救助资金》；2020年4月，尼尔·麦克法卡尔的报道《从枪店到高尔夫球场：业主要求开业，诉讼随之增多》；2021年8月，本·卡斯尔曼的报道《新冠疫情下的创业热潮日益高涨》。还有《纽约时报》的其他记者，他们的报道为这本书的写作提供了帮助，他们是：埃米莉·科克兰、帕特丽夏·科恩、迈克尔·科克里、埃米莉·福利特、艾米·海默尔、大卫·莱昂哈特、埃里克·李普顿、萨普纳·玛赫什瓦利、大卫·麦凯布、本·普罗特斯、尼尔森·施瓦兹、吉恩娜·斯米亚莱克、肯尼思·P. 沃格尔。

我很喜欢弗朗西斯卡·马里2020年12月在《大西洋月刊》上的文章，《我爸爸给他的店带来了什么》。《大西洋月刊》主编埃德·杨的文集以及他对疫情的报道也受到高度评价，正是他提出了新冠病毒"是尘埃的一千分之一"的说法。我对德里克·汤普森和安妮·劳莱两人的作品表示敬意：汤普森在2020年4月的报道《疫情将永远改变美国零售业》，以及2020年5月的报道《防止经济大衰退需要10万亿美元》；同年5月，劳莱撰写的《小企业在这里消亡》，以及2021年8月的《疫情时期的商业繁荣》。

劳伦斯·赖特的《瘟疫年》一书是我看到的最早的也是我最喜欢的反映新冠疫情的专著，其他关于疫情的信息主要来源于"新冠跟踪网"、美国商户点评网、在线借贷平台卡比奇网（Kabbage）、小企业服务网站沃珀利（Womply）和人口普查局的小企业活力调查。阿利·施韦策和米凯拉·勒弗拉克是华盛顿公共广播电台的记者，他们的报道《盘点华盛顿特区在疫情期间倒下的数百家企业》。2013年《财富》杂志发表的凯瑟琳·埃班的文章《痛苦的处方药》，在多年前就揭露了"药品福利管理"体制是医疗保健成本高企的幕后推手。

有很多关于企业巨头控制经济领域的富有见地的报道。大卫·戴恩2020年出版的著作《垄断：企业权力时代》，其中包含了"药品福利管理"制度的内容。戴恩还有一篇文章《隐性垄断抬高药品价格》，发表在2017年他担任执行主编的《美国前景》杂志。引起我关注的还有马特·斯托勒和史黛西·米切尔的著作，斯托勒于2020年出版的《巨人：垄断权力与民主的百年战争》，以及比格在线新闻服务平台发表的相关主题报道。史黛西·米切尔于2007年出版的《巧取豪夺：大型零售商的真实成本和美国独立企业的抗争》。米切尔是地方自助研究所的联合主任，2018年她还在《国家》杂志发表文章《亚马逊不只是想统治市场，它还想让自己成为市场》。巴里·C.林恩于2017年在《大西洋月刊》也有一篇颇有启发的文章，《美国的垄断阻碍了经济发展》。

最后是关于巧克力的话题。我对高品质黑巧克力的了解是从索可可公司的生产设施开始的，继而又在《与如胜一起品鉴手工巧克力》（如胜巧克力生产商朗达·卡瓦主持，位于曼哈顿下城）节目中加深了理解，其样品中就有索可可公司生产的秘鲁和哥伦比亚风味巧克力。后来我浏览了约翰·南茜的网站，这里被誉为巧克力制作者的圣地，专注于"制作巧克力的艺术与科学"。糖果新闻网对巧克力制造业的报道很有参考价值，它还介绍了棕榈油、乳化剂和许多大型生产商使用的各种添加剂。斯塔亚·布利斯在2013年《卫报》发表的文章中有发人深省的一问："你的巧克力里面有蜡吗？"如果你吃的是批量生产的巧克力，答案很可能是肯定的。

译后记：草根里生出的梦想

2023年新年伊始，我第一次看到这本书的英文版。那时，全国在经历了三年艰难的疫情防控后，刚刚开始全面解封。我的直觉是"疫情下的小微企业生存"这个话题会引发读者的普遍共鸣，每个人都会在这里看到自己的影子，感同身受。后来，随着阅读和翻译的深入，我沉浸在小企业的兴衰悲欢之中，开始深切地认识到小企业在国计民生中无可替代的重要性，是观察经济社会乃至国家面貌的一个绝佳视角。在小企业逆境求存这面镜子中，照见的不仅是疫情中遭遇了怎样的冲击和挑战，做出了哪些努力和抗争，还映射出更广阔的领域。经过六个月的努力，在初步完成译稿后，我仿佛与书中人物融为一体，那些小企业主们已经超越他们自身和所从事的业务，成为大千世界人生性格与命运的缩影，给我以深刻的感染和启迪。因此我想说，这是一部别具一格的作品，写的是疫情，写的是企业，写的是社会，写的也是人生。

小企业的生存发展是一个世界性话题，不仅因为它创造就业和税收，也带来消费和需求；它是社会运转的稳定器，又牵连着千家万户的忧乐；它好像无处不在，所以常常被忽略不计；它又像家常便饭，不引人注目，也不可或缺。不仅如此，从这本书中，我们还读到小企业和它的主人们自强不息、追求美好生活的人生传奇，感受到小企业还是一种精神、一种生活方式，仿佛触摸到一个国家和社会创新与活力的细胞和基因,乃至一个人、一群人和广大草根阶层的梦想和希望。由此看来,小企业在国计民生中的重要性,怎么强调也不过分。可以说:小企业兴则国家兴,小企业强则国家强。

作者用手术刀一样精准、犀利、细致的笔锋,对美国政府的弊端痛加揭露和批判,不忌惮辛辣的嘲讽和尖锐的评论;批判那些只为自身谋利的大企业,以及被利益绑架的政府官员和国会决策者;对小企业主的创业精神、身处逆境不退缩、咬紧牙关坚持、不断调整变换适应环境,笔下隐含着深切的敬佩和歌颂;对黑人、拉丁裔人及其他弱势群体则是饱含同情,始终在为他们呼吁公平和正义。

作者采用层层递进、步步深入的手法,使得评论与事实相互交融,剔肤见骨,鞭辟入里。在翻译过程中我经常有这样的感受,这部分内容到这里似乎已经曲终人散,应该转换到其他话题上。却不料,循着这一话题继续深入,奇峰突现,别开生面。这种高超的叙事技巧,加上作者在现实问题剖析中表现出的诚实和勇气以及分明的爱与恨,形成一种语言张力,读来欲罢不能。

作者特别注重观察和揭示人物的命运,不是平面地记录人物事件,也不是单一的线索叙述,而是从历史、家庭、环境、性格、亲友等诸方面挖掘,纵横交错,使得一个普通人、一家寻常小店、一个经营细节,往往具有思想的深度和感人的温度,弥漫着淡淡的历史沧桑感,人物和企业形象栩栩如生,令人常常为之怦然心动。

作者在书中着墨最多、几乎贯穿全书的一条主线就是库苏马诺和他的餐馆。从他的祖父、父母到自己的家庭,从他幼年在餐饮方面表现出的天赋到上大学时开始进入餐饮业,他的性格、爱好、家人、朋友,他拿手的菜肴是怎么做出来的、遇到挑剔的顾客怎么应对、身处逆境如何权衡进退,都娓娓道来,逐一呈现,从创业、低谷、挫折,到不屈、开拓、坚持,汇聚起一个小企业主的众多特质,可谓有代表性的典型人物。他从不认输、顽强坚韧、顺时应势、不断变化，凝聚成一种鲜明的小企业主精神。从他身上，我们看到了备受推崇的企业家精神，甚至可以称之为民族精神的缩影。

因此，本书也可以说是了解和感知美国社会的一面镜子，是今日美国的万花筒和众生相。政治、经济、历史、地理、人际关系、风俗人情，都细致可感。有时会心一笑，有时扼腕叹息，有时由衷感慨，有时深长思之。我们常说讲好故事需要知己知彼，这本书就是有益的借鉴。在这里，决策者可以资政，经营者可以取经。年长者洞察历史，感悟今昔；年轻人感受励志，开启梦想。正所谓居庙堂之高，可以察民生疾苦；处江湖之远，可以评施政得失。

三年疫情，每个人都身处其中。这是一段不能忘记的历史。事实上，我也不相信经历过的人会轻易忘记这百年不遇的事变。但直到今天，我还没有看到像本书一样记载这段历史的专著。从这个角度说，它可能远远超越了小企业这个话题。2023年5月，当本书已经翻译大半时，一波"二阳"潮袭来，周围很多朋友再次感染，也包括在上一轮从未感染过的。本来，已经完全恢复常态的生活让人们正在淡忘疫情，而这一波又给人们提了个醒，虽说症状普遍比上一波轻，但病毒尚未远走，阴影依然徘徊。因此，书中的故事和情形，就不仅仅有纪念意义了。

疫情是突如其来、不期而遇的黑天鹅，百年不遇，或许从此不见。但是对小企业来说，那些与生俱来的弱点、先天的不足，以及经营中无处不在的困难和逆境，可以说是永不消失的疫情，将永远伴随小企业存在。面对现实，那些成功的小企业主往往具有以下几个鲜明的特点。一是发自内心的热爱。不论是出于生存、传承还是兴趣，开办一家小企业都必须有强烈的热爱之情。小企业通常进入门槛低，这就意味着竞争激烈，淘汰率高。但热爱可抵岁月漫长，热爱不会轻言放弃。这个门槛就不是可以轻松迈过的了。二是超乎寻常的执著。这就是传统的商业精神和工匠精神的体现,也是企业家精神的内核,孜孜以求产品和服务的极致,真正做到人无我有,人有我优,从不懈怠。事实上,这也是做好一切事业的基础和前提,在这个过程中持续锻造自己的核心能力和差异化优势,任何挫折、困难、失意都不能动摇他们的坚守。三是永不停息的变化。不但根据新的情况及时顺变、应变,而且不断分析研究消费者需求,主动求变、善变,不断调整自己以适应外部环境的变化。热爱不是抱残守缺,执著更不是故步自封。就像足球比赛必须在运动中寻找射门机会,小企业更要善于在变化中寻求新的机遇,这就是创新和调适,也是绝地重生的不二法门。在疫情肆虐中,一批小企业倒下,永远消失了,还有一些九死一生活下来了,特别是有一些经过疫情劫难反而更加强大起来。深入观察,他们的精神内核都是相通的。从这个意义上说,本书所描述的现象、揭示的道理、引发的思考,就不仅局限于疫情这一非常时期,而是面对困难和挑战、小企业如何应对、政府如何决策的一个永恒主题。

当然,最强大的力量也是最动人的地方,是小企业主与生俱来的禀赋和特质。就像书中作者所说:"有的人靠创新求生,有的人凭坚守持续,但所有的幸存者都是依靠自己的精神和力量渡过难关。"小企业在疫情中最终没有像专家学者预测的那样大量倒闭,正是因为小企业主这种流淌在血液中的创造力和生命力,这是任何工具都难以精确评估的最大变量。正如有的学者所说,如果我们在谈论经济增长时忽略了企业家的存在,就像一部没有王子的《哈姆雷特》,真正的主角没有出场。而关注企业家精神,探究他们的内心世界,正是本书观察小企业最具特色的地方。草根怀有的梦想,是一个国家和社会弥足珍贵的发展力量。我想,如果我们还做不到为这样的梦想插上翅膀,不知道怎么去支持、帮助他们的生存和发展,至少可以让这种在草根里生长出来的梦想安静自由地在广袤的大地上发芽、成长、开花、结果,哪怕枯萎和凋零,也会化作春风又生的养料。也许,这就是小企业需要的生存气候和土壤。

翻译是一门遗憾的艺术。不仅是因为它不可避免地会存在失误和差错，还因为在两种语言转换过程中，那种推敲、体会、感悟、斟酌真的永无穷尽。每一次定稿后都会发现还有需要改进的地方，每一个曾经满意的表达后来都有更好的可以取代。这就是"译"无止境吧！感谢上海译文出版社的编辑，我相信这一选题的价值会在今后愈发显现出来。感谢所有给我支持和帮助的朋友，我不能在这里占用很多篇幅列出长长的致谢名单，但我会记住他们与我分享的每一点经验和智慧、每一份诚心和真情，没有这些，我不可能完成这个任务。在这里，谨献上我深深的美好的祝福，祝愿我们每个人的梦想都能在今后的人生旅途上次第绽放！

方正辉

2023 年 7 月于北京

SAVING MAIN STREET: Small Business in The Time of Covid-19 by Gary Rivlin,
Copyright © 2022 by Gary Rivlin
Published by arrangement with Harper Business, an imprint of HarperCollins Publishers

图字：09 - 2023 - 0052 号

图书在版编目（CIP）数据

拯救老街：美国小微企业的死与生/（美）加里·
里夫林（Gary Rivlin）著；方正辉译. —上海：上海
译文出版社，2024.8. —（译文纪实）. —ISBN 978
- 7 - 5327 - 9562 - 8

Ⅰ. I712.55

中国国家版本馆 CIP 数据核字第 2024EV1007 号

拯救老街
[美] 加里·里夫林 著 方正辉 译
责任编辑/张吉人 装帧设计/邵 旻 观止堂_未氓
上海译文出版社有限公司出版、发行
网址：www.yiwen.com.cn
201101 上海市闵行区号景路 159 弄 B 座
上海市崇明县裕安印刷厂印刷

开本 890×1240 1/32 印张 9.5 插页 2 字数 207,000
2024 年 8 月第 1 版 2024 年 8 月第 1 次印刷
印数：0,001—6,000 册

ISBN 978 - 7 - 5327 - 9562 - 8/I·5990
定价：68.00 元

本书中文简体字专有出版权归本社独家所有，非经本社同意不得转载、摘编或复制
如有质量问题，请与承印厂质量科联系. T：021 - 59404766